墨 色

余静／著

陕西师范大学出版总社

图书代号　　WX18N1877

图书在版编目(CIP)数据

墨色 / 余静著. —西安：陕西师范大学出版总社有限公司，2018.12
ISBN 978-7-5695-0457-6

Ⅰ. ①墨… Ⅱ. ①余… Ⅲ. ①长篇小说—中国—当代 Ⅳ. ①I247.5

中国版本图书馆CIP数据核字（2018）第286299号

墨　色
MO　SE

余　静 著

责任编辑	梁　菲
责任校对	王文翠　刘存龙
出版发行	陕西师范大学出版总社
	（西安市长安南路199号 邮编710062）
网　　址	http://www.snupg.com
印　　刷	陕西龙山海天艺术印务有限公司
开　　本	787mm×1092mm　1/16
印　　张	21.5
插　　页	2
字　　数	316千
版　　次	2018年12月第1版
印　　次	2018年12月第1次印刷
书　　号	ISBN 978-7-5695-0457-6
定　　价	58.00元

读者购书、书店添货或发现印刷装订问题，请与本公司营销部联系、调换。
电话：（029）85307864　85303635　传真：（029）85303879

此中有真意，欲辨已忘言

孟晓白站在吊唁的人群中,心里像灌满了墨汁,漆黑一团。

花丛里躺着的,是她的老师。

他和她有过交集。——交集,呵呵,好文明的一个词。为什么不说有过一腿?为表示对死者的尊重,还是为了粉饰一段不堪?孟晓白低下头,牙齿把嘴唇咬出一道白印,月牙一样。

这是初冬的早晨,天气刚刚冷下来。这个城市的冬天大多时候是一片灰白色,天是灰白,地是灰白,遇到沙尘天气,天地混沌,世界模糊,让人不由得怀疑自己的眼睛。倒是这殡仪馆里,松柏常青,花团锦簇,为逝者装点出一派生命的绿色,好让他们永远活在我们心中。但这绿色多少有些虚假和怏怏之气,逝者已矣生者如斯,除了感叹生命的无常,我们又能做什么?

他生前显然是一位受人尊敬的老师,学生来了很多,每一张年轻的脸上都写满悲伤。

他应该知足了吧。

孟晓白原本不想来,但她高估了自己的定力。昨天夜里,她怀着一种决绝的心情上了床,把冰冷的双脚埋进被子,直挺挺躺着,像一具死尸。她如此迫切地想让自己入睡,黑暗中双目紧闭,却似乎看到、听到更多的东西。寂静中有一种声响,惊心动魄,那是往事在敲门。她不想开门,往事就挤在门口,越拥越多,张牙舞爪,像一群强盗正要破门而入。她用可怜的残存的力量抵抗着——我们谈判吧,我们讲和吧。

毕业三年了,孟晓白忘了很多事。

前天同学蒋凤仪打来电话,约她一起参加葬礼,她说最近忙就不去了。蒋凤仪在电话里唠唠叨叨,说了很多上学时的事,太可惜了,杨老师那么好,有才华有激情,怎么就得了癌呢?看着身体挺壮啊,大二去毛乌素沙漠,他走得比谁都快,怎么就得了癌呢?孟晓白一句话没说,就听着,听着,然后整个人就放空了,什么时候挂的电话也不知道。当时就决定不去,白天依旧上班,一切如常,那个消息被她自动屏蔽了。可晚上她过不去了,睡下后又起来给蒋凤仪打电话,问几点去,在哪集合。她几乎是恨恨地想,就当为她的往事办个葬礼吧,把往事和他一起烧个干干净净。

哀乐、白花、黑纱、镜框、静默的人群……孟晓白也曾参加过葬礼,但很少,在她二十五年的人生里,这种场面屈指可数。第一次是很小的时候,爸爸的一个同事上吊自杀,在防空洞里。亲属设了灵堂,她不懂事,还跑过去玩,回家被妈妈骂了一顿,之后妈妈拿一张报纸点着了扔在地上,让她在火上跨。她哭着在那堆燃烧的纸上跳来跳去,每跳一下纸片就飞起来,变成无数个黑色小魔怪,带着火星的,一碰就碎,它们和灰烬一起在空中翻腾,弥漫不散,那种味道很不祥。小小的孟晓白就哭得更凶了。听大人说那个人是得了什么抑郁症,她不知道什么是抑郁症,但这三个字却深深地刻在脑子里,那也许是一种绝症,很痛很痛的绝症。这起自杀事件像一片驱之不散的乌云,笼罩在孟晓白小小的心灵上很久很久,每次经过那个防空洞她就不寒而栗,觉得背后有一个影子跟着她。甚至有一次她看见了那个影子,白乎乎的一片,没有形状,在青天白日下荡来荡去。这个画面如此清晰,到现在孟晓白还怀疑自己看见的,到底是真实还是梦境。大人们也在渲染防空洞的恐怖气氛,其实是担心孩子们进去玩。但就有一帮胆大的男孩子试图挑战爸爸妈妈的权威,成群结队地去探险，在黑暗中大喊着：吊死鬼！吊死鬼！为自己壮胆，也在震慑某种东西。团队的力量真是无穷的，大家渐渐发现这里也没那么可怕。后来大人们觉得实在笼络不住这帮孩子，就把防空洞封了。孟晓白从没有进去过，她是大人眼中的乖孩子。很久以后她从那个地方走过，心里会隐约发毛，但这种"毛"像落在身上的雪，抖抖就掉了。

第二次，她十八岁，面临高考。奶奶去世，孟晓白哭得死去活来，爸妈不让她参加葬礼，她还是去了，披麻戴孝，跪在灵堂里，向每一位祭奠者磕头致谢，腿跪麻了也浑然不觉。妈妈让她起来，她偏不，十八岁的她固执地认为妈妈对奶奶不够尽心，她坚持跪在那里，好像示威一样。之后很长一段时间她都住在奶奶留下的老房子里，因为要考美院，她必须留在城里学画，房子里一张方桌一张床，因为未过七七，桌上摆着奶奶的遗像，供着祭品。晚上睡觉前孟晓白望着奶奶的遗像，说：奶奶，我要睡了，你别吓我。然后她可以安稳地一觉睡到天亮。妈妈来看她，就哭了，说我女儿好可怜，也不知道害怕。其实孟晓白是有些害怕的，但她相信奶奶不会吓她，奶奶怎么忍心吓她。

这一次，是孟晓白参加的规模最大的葬礼。

> 今天，我们怀着十分沉痛的心情，深切悼念杨云海教授。他半生辛勤耕耘在三尺讲台上，培育了无数的艺术人才，他是我们学院优秀教师的代表，是同学们景仰的好老师。
>
> 杨云海，1956年8月27日生于长平，2004年11月16日9点35分告别大家。作为一名卓越的美术家，他的人生谢幕得太早了，年仅四十八岁。
>
> 杨云海毕业于长平美术学院，后在北京中国画研究院研究生班进修，1983年留校任教。现任长平美术学院国画系教授，硕士研究生导师。20世纪90年代中期，他在中国人物画创作及理论研究上取得了突出造诣。他的作品多次获得全国性美展大奖……

孟晓白听着悼词，突然感到对杨云海十分陌生，这就是教了她四年的老师吗？如果没有发生那些事，杨云海不过是她学生生涯众多老师中的一个，她可以给他一个"为人师表"的评价，可以怀着一颗敬仰之心来参加他的葬礼，可以和同学一起回忆与他共处的日子，可以聊他的好，他的不好，可以痛惜，可以哭泣。可是现在，她不一样了，她与那些同学格格不入。周围一片抽泣声，孟晓白却有点走神。没有人会留意这个女孩，她怀着一颗叵测之心，来参加一个和她有过秘密的男人的葬礼。孟晓白觉得自己——像一个幽灵。

透过层层背影，孟晓白看到一个哀伤的女子。孟晓白见过她，杨云海的妻子，年轻的时候应该是个美女吧，四五十岁了还很有风韵。杨云海常在同学面前夸他老婆，漂亮、贤淑，看得出来，他们感情不错。她应该什么都不知道，孟晓白想，杨云海不会告诉妻子有个女孩叫孟晓白，这个女孩和他有过一腿，虽然之后再无交集，但杨云海绝不会允许有任何插曲打乱他们家庭的节奏，这是一个聪明丈夫的做法。

吊唁的人群缓缓移动，依次绕遗体一周，很多人发出嘤嘤的哭泣声，伴着哀乐，空气令人窒息。孟晓白跟在后面，眼睛盯着脚尖，刻意不去看花丛中的人，但快靠近时余光还是扫了一下，一张白脸上的红嘴唇特别刺眼。孟晓白的心怦怦直跳，不等仪式结束就夺门而出，跑了几步蹲在地上，大口喘气，胃里有什么东西顶着，她使劲干呕，眼泪都出来了。

葬礼结束后，同学们要聚餐。他们班十四个人，除了五个在外地，其余全来了。毕业三年，能聚在一起不容易，同学们兴高采烈，有人张罗着订包间，有人安排拼车，倒像是忘了刚刚参加完一场葬礼。孟晓白突然就想起了陶渊明的一首诗：向来相送人，各自还其家。亲戚或余悲，他人亦已歌。人生的悲剧永远是当事人的悲剧，没有什么感同身受，你感不了，也受不了，刚才脸上还挂着泪，一扭头就跟你讨论哪好吃哪好玩了。离别和相聚看似两个反义词，其实是一对双胞胎，它们如此相像，以至于不经意间悄然转换，而我们竟毫无察觉。离开殡仪馆的时候，天色阴沉，又一轮哀乐响起，又一拨人拥进告别厅，上一场的花圈撤下来，烧掉，新鲜的花圈搬进去，你来我往，攘攘熙熙，热闹的集市也不过如此。

聚会点在美院附近的真味轩，这是很多美院师生固定聚会的场所，地方不大，装修简单，墙上的字画却显示了它不凡的身世，挂的都是数得上的书画家真迹，美院院长、国画院院长、美协主席、书协主席，全了。这老板还真有面子。时间还早，大家先溜着走廊看画，一年多没来，几位新晋画家上墙，其间居然还有孟晓白的单位——《艺界》杂志社总编辑张枰的作品，是一幅草书条幅。草书难写，不光是笔法的起承转合有讲究，还要掌握字与字之间的节奏韵律，起笔如水泄千里，须一气呵成；草书也难认，书写者的运笔习惯、个性不同，加之书写过程中的偶然性，非得多年浸淫其中才能认个八九不离十。其实孟晓白是有些感慨的，人以类聚物以群分，在文化单位工作的，尤其是高层职位，你去问，十有八九不是练书法，就是学摄影，几乎成了定律。人啊，在附庸风雅方面，总是唯恐落后。张枰自从到杂志社当了总编，混迹于书法界，耳濡目染，书法水平见长，好几次孟晓白看见他在办公室开练。张总编写得到底好不好，还真是没法评价。这叫文人书画，功夫技法倒在其次了，主要你得有个身份，敢写，写得潦草，大家说这叫游龙戏凤，肆意汪洋；写得端正，大家说这是拙朴，大智若愚。人是捧出来的，尤其在书画界。孟晓白到杂志社三年多，有些事也是慢慢明白的。

吃饭的主题自然绕不开杨云海，又是一番唏嘘。班长吴强首先提议大家干一杯：为我们跟着杨老师一起学画的日子，杨老师人不错，对大家挺尽心的，可惜走得太早……吴强毕业时留了校，典型的正人君子，甚至有些刻板。蒋凤仪说：唉，我还想考他的研究生呢，现在怎么办呐。半年前我去找过他，没看出来有病啊，听说是肝癌。他以前多爱喝酒啊，带咱们写生的时候，每天晚上都喝，把咱班男生全喝倒了，他还没事。王鲁达说：谁说他没喝醉过，那次在桐乡不是也倒了吗？还有那个什么诗人，一顿海喝啊！倒了不说，杨老师还哭了一场，惹得大家都跟着哭。蒋凤仪乐得拍桌子：对对对，你们丢不丢人，一群大男人抱着哭，有那么多伤心事吗？王鲁达，你记不记得最后是谁把你扶上楼的？王鲁达说：就你话多，哭怎么了，这就叫青春！谁的青春不哭几回啊。蒋凤仪说：不行，我偏要跟你说清楚，是我和晓白把你架上楼的，你还鼻涕一把泪一把的，全抹我们身上了，是不是晓白？

孟晓白笑笑，没吱声。王鲁达说：看看人家晓白多厚道。胡丽君说：要说就杨老师的老婆可怜，弱不禁风的，没了杨老师她可怎么办呀。杨老师对老婆太好了，我那会儿还想，以后要能找个像杨老师一样的老公就行了。蒋凤仪说：你还说过找梁朝伟当老公呢，看谁都像你老公，花痴一个。胡丽君扑过来拧蒋凤仪的脸，两个人花枝乱颤。

大家说得热闹，孟晓白也想插一句，但又不知道说什么。她从来都不是班上最突出的那一个，不优秀，也不平庸。开会不坐第一排，发言不做第一个，不是一门心思努力上进，但也不甘落人后，拒绝别人的时候先想着怎么安抚，同学有心事会找她说，她却从不向人倾诉。细想想，孟晓白似乎也没有什么特别的心事要向朋友倾诉。小学到大学，她就像坐公共汽车，出发、到站，到站、出发，站站在点上，站站没落下，风平浪静，万里无云。可那一次，她却实实在在地拥有了一段"特别"的经历，特别到让她感觉不真实。在对待人生的种种时，孟晓白有一个判断，小事不足以对人说，大事说了也没用。即使到了需要做决断的时候，她也都想透了，想不透怎么办？那就让它搁在心里，反正心事不是树苗，不会发芽，不会长出来。都说没有不透风的墙，但到孟晓白这儿，她这堵墙还真是密不透风。

饭吃了两个小时，话说了不少，多是有一搭没一搭的闲话。要散了的时候，吴强突然说：我有个想法，咱们给杨老师办一个纪念展，大家觉得怎么样？

提议得到一致赞同。王鲁达问：在哪办？办多大？费用从哪来？吴强说：学校里就有展览场地，我可以联系让学校挂名，多少也能申请些经费。王鲁达说：需要赞助我可以出点，不多啊，就是一个心意。王鲁达毕业后开了个广告公司，这几年发展得不错。蒋凤仪马上跳起来：什么啊，你得出大头，王大老板！大家起哄：对对，有钱出钱，没钱出力。吴强说：确实需要大家出力，学校方面就是提供场地、挂个名，具体工作还要大家干。要办就办得漂漂亮亮的，也不枉杨老师和我们师生一场。他说着突然转向孟晓白：对了，晓白，你负责宣传，你们社人脉广，请些名家撑撑场子，得有点规格是吧。

哦。孟晓白答应了一声，含含糊糊的。

大家群情激昂，商量怎么给杨云海一个体面的、有学术含量的纪念展。吴强开始分配工作，说应该成立一个策展小组，大家平常都忙，再组织起来有难度，以后具体的事找具体的人，说着就点名，王鲁达、蒋凤仪、孟晓白、胡丽君。

孟晓白当即就说不行，很坚决。吴强有点蒙，没想到被回得这么干脆，印象中孟晓白很少拒绝人啊。吴强说：也没多少事让你做，就是联络媒体、请人，你在这方面有优势嘛。孟晓白说：需要我做什么给我电话就行，策展组就算了。蒋凤仪说：那可不行，晓白，你是大记者，必须核心成员！还有，同学们别忘了，晓白可是我们班的"好姑娘"啊！大家哄笑。孟晓白脸色煞白。吴强赔着小心说：为杨老师做点事，不行吗？

不行！孟晓白脱口而出。气氛突然间就尴尬了。孟晓白站起来要走，被蒋凤仪拉了一把：等会儿咱俩一起，王鲁达有车，让他送你。孟晓白说：不了，我这儿坐车方便得很。蒋凤仪说：哎呀，有车不搭，等于傻瓜，不坐白不坐嘛。王鲁达忙打圆场：就是就是，晓白，我送你，这么长时间没见了，再聊会儿呗。一时无人接话。胡丽君说：行了行了，人家不想让你送嘛，咋还赖上了。

孟晓白不语，只管往出走。蒋凤仪说：咱俩一块走。拿起包追上孟晓白，一边对着大家摆手：拜拜，拜拜。刚出包厢，孟晓白就听见胡丽君甩了一句：杨老师带了我们四年，不是每个人都有良心的。

孟晓白突然鼻子一酸，一滴泪想要落下来。

考美院，是孟晓白上高二那年暑假才决定的事。

孟晓白成绩一般，考普通大学肯定有难度，太烂的学校她又不想考。于是，艺术类院校成了救命的稻草。也是有机缘，晓白妈妈与一个远房亲戚多年不来往，偶然联系上，一问，原来这家的儿子就在美院教书。这根线算是搭上了。当下孟晓白就到了那个亲戚介绍的培训班上专业课。美院周围的培训班多如牛毛，为什么偏要上这一家。这里面是有门道的，培训班的上课老师多是美院的毕业生、研究生，还有美院老师，表面上看没有多大差距，其实真正起作用的是背景。孟晓白上的这个培训班，幕后是有"真人"的，这人就是美院招生办公室主任。要说学艺术的孩子都要走培训这条道，那晓白就是赢在了起跑线上。美院招生办主任啊！

从高二暑假到高三的上学期，孟晓白几乎每个上午都在学画。至今回想起那段日子，她还能闻到冬天在教室里生炉子的味道，劣质煤烟弥漫在空气中，久久不散，开窗子冷，不开窗子呛，让人难以选择，不过女孩子怕冷，只得忍受着煤烟的味道，用沾满炭笔灰的手抹眼睛。培训班大都开在美院附近的城中村，条件差，有土暖气已经很不错了。教室正中一个大炉子，通了粗粗的管，每天大家轮流生炉子,女孩子干不了这活,就委托给男生。那是情窦初开的年龄,一群男孩女孩为着同一个目标聚集在这里,画画、交流、闻煤烟味,很快就有了同"命"相连的感觉,于是生炉子便成了一种情感的调剂,说谁谁谁给谁生炉子了,好,一对绯闻男女就诞生了。孟晓白从没有叫谁替她生过炉子,她话少,总是踩着点来又早早地走,因为家里远,要转两趟公交车。老师知道她靠不住,慢慢地也不给她派活了,就好像没有孟晓白这个人。

画画这方面孟晓白是有些悟性的,她起步晚,进步却很快。那个招生办主任偶尔会来培训班,给他们指点一二,大家叫他孙老师。一次,画大卫头像,孟晓白有如神助,自我感觉很好。孙老师在班里转悠,不知什么时候就转到了孟晓白身后,站了片刻,没有言语。课间休息的时候,孙老师指着孟晓白说:那位同学,把你的画拿到前面来。孟晓白把画板靠在画架上,心里忐忑,不知老师要做何评价。只听孙老师说:大家看看,我只来过几次,发现这位同学进步很大,型打得准,画面层次、明暗都处理得很清楚。如果每位同学都像这位同学一样用心揣摩,那你们离美院的大门就近了一步。孟晓白第一次得到老师的夸奖,很开心,对这位孙老师增添了几分好感。

因为有亲戚在美院教书这层关系,晓白妈一直想在背后做点工作,力保晓白考上美院。人家没关系的都想着怎么找关系,咱们有关系干吗不用呢?这是晓白妈对晓白爸常说的一句话。那位亲戚的儿子刚调进美院,估计起不了什么大作用,但通过他找找人还是可以的。找谁?当然是招生办主任!晓白妈说,要送钱,现金,一定要现金!现在送礼是晚了,那要长期建立关系,培养感情,不是说你送了人家就会搭理你,再说送礼送啥,这也是问题;还是送钱好,他只要敢接,这事就能办!谁还怕钱咬手不成!

大方向定了,但送多少成了问题,少了拿不出手,多了拿不起。他们是普通家庭,平常过日子精打细算的,谁也不是冤大头,钱的多少要恰到好处,让人家不至于产生心理负担,又能感觉到我们的真诚。好几个夜晚,孟晓白看见爸妈坐在床头商量着,让她有点心酸。

临到考前的日子,专业课的培训更加密集。孟晓白有时会和一个女孩住在一起，省了回家的麻烦。那女孩在城中村租了房子，离培训班只有几步路程。一天早晨，孟晓白拿了毛巾牙刷到平台上洗漱，她们住在三楼，门外有个简易的洗脸池，长期的冲刷让水泥池底光溜溜的，能映出人影。水冰凉刺骨，晓白把漱口水吐到池子里，冻得直吸溜嘴，风钻进牙缝，更冷了。

　　这是一片城中村群落，不断扩张改建的城市剥夺了农民的土地，农民不再种地了，改收房租过日子，他们把楼房盖得很高，一个赛一个高，有的还装了电梯，准公寓化管理，没有了田野阡陌、鸡犬相闻，农民变成了新市民。这是一个令人目眩的名字——新市民，多么好听。他们已经融入这座城市了吗？孟晓白不知道。他们和城里人一样，每天在各种机器声、人声的喧嚣中醒来，穿着漂亮的衣服和鞋子，走过琳琅满目的橱窗，感受大商业的挤压和刺激，他们是否会有一丝不安，是否会怀念清晨土地潮湿的香味，孟晓白不知道。她感觉这里更像一座孤岛，在城市的包围下用力喘息，用力生活，这样的感受在黑夜将尽黎明到来的时候尤其明显。

　　此刻，孟晓白站在这座岛上。周遭楼房拥挤，满目砖墙，空间被分割成一格一格，像装置艺术中的某个组成部分，她当然也是这庞大装置中的一个零件了。她用冰凉的水把毛巾浸湿，胡乱抹了把脸。毛巾从眼前拿开的一刹那，她看到了一个人。

　　孙老师！

　　真意外。更意外的，是孙老师身边的女子，竟是他们培训班的一个女孩！

　　孟晓白慌了，就在对面的楼上，距离如此之近。她赶紧收回目光，但已经来不及了，孙老师也看见了她。孙老师倒很坦然，似乎还对晓白笑了一下。

　　孟晓白立马转身，回屋子，在床上坐了十来分钟，才和同屋的女孩下了楼。对面没有人，刚才发生了什么？孟晓白努力回忆她看到的那个画面，想为自己找一个合理的解释：他们是亲戚，孙老师是早上来看她的。但谁会一大早来串门呐，那女孩穿着棉睡衣，显然是送孙老师出门。孟晓白很沮丧，她心里已经有答案了。

课堂上，孟晓白偷偷看那女孩，她和往常一样，画画、说笑。她很漂亮。

几天后，孙老师来了，依然是转悠，偶尔指点一二。孟晓白只顾埋头画画，刚开始还有些不自在，撞见了别人的秘密，心虚的反倒是自己。后来她发现一切如常，孙老师没有对谁有过格外的关照，对那个女孩没有，当然对孟晓白也没有。让孟晓白不明白的是，人怎么可以装得像一切都没有发生一样，但她也明白了一件事，就是妈妈说得对，要送钱。

最终送了五千块。这五千块的意义是这样的：

第一，五千块说多不多，说少也不少，对于普通家庭而言，是一笔相当有诚意的数目，拿出来不丢人；第二，我们是有人介绍的呀，都是一个学校的老师，面子要给的，况且我家孩子就在你班里上课，帮忙要帮熟，礼轻情意重；第三，五千块是个节点，再要加就得一万，你总不好送个六千、八千，反而显得小家子气了；第四，一万是钱，五千也是钱，送一万肉疼，五千好歹是个整数，只要收了，结果是一样的。那五千能办的事为啥要送一万呢？综此种种，五千块是可行的。

晓白妈是算计透了，她常常得意于自己的聪明。直到现在，她还喜欢在晓白爸和晓白面前，拿那晚送钱的壮举说事儿。

8点来钟，估计人家已经吃完晚饭，晓白妈被亲戚的儿子带着，到了美院招办主任孙老师的家。钱装在随身的小包里，还带了一些补品。孙夫人正在客厅看电视，人挺热情，听说是为孩子考学的事，二话不说，就把晓白妈领进里屋。孙老师正伏在桌前看书，直到孙夫人叫了声，孙老师，有人找，这才抬起头，一脸不想被打扰的样子。

晓白妈立刻说，我是谁谁谁。

哦，你女儿在我的班里上课。孙老师像是问晓白妈，又像是自言自语。显然，已经有人提前给他介绍过了。

对对，叫孟晓白，孟子的孟，拂晓的晓，白天的白，老师有印象没？

学生太多，哪能都认得。

唉，您不知道，孙老师，晓白这孩子是真喜欢画画啊。

晓白妈坐下来，上身前倾。她想，今天就让你记住我女儿。晓白妈说：我家晓白从小就爱在作业本上画画，仙女啊，树啊，花啊，只要她见过的就能画出来。到城里学画也是她的主意，这孩子倔得很，自尊心又强，只要她决定的事谁也别想拦着。我看她每天跑这么远，大冷天手冻得通红通红的，心都疼。有一回特别晚了，她还没回来，我和她爸担心呀，等到快10点，娃才回来了，弄得一脸黑，身上、手上全是黑。我就问咋了，娃说没赶上公交车，好不容易拦了辆拉煤车，司机好心，就让娃坐在后头，这才回来了……

晓白妈说着动了情，眼泪也下来了。孙老师说：学艺术，要下苦功夫啊。晓白妈说：就是，孙老师，我跟您说，晓白这孩子能吃苦，就从她每天来来回回，风里雨里跑，从不跟我们喊苦，您也能了解个一二了。虽然我们家条件一般，但只要孩子喜欢，我们做父母的就一定支持！您说呢？孙老师一只手拨拉着书页，没应声。晓白妈接着说：这孩子善良，心眼好，在我们厂谁不夸。现在社会变了，好多女孩子咋咋呼呼的，没个轻重。我们晓白，朴实，也老实，不会来事，但心里是热乎的，知道知恩图报，知道……唉，孙老师，今天来就是想谢谢您，孩子在您这儿，让您费心了。

晓白妈又掏心掏肺地说了一阵子，孙老师一直不咸不淡的。眼看时间不早，晓白妈就从包里拿出东西来。

这个……您拿着，一点心意。

哎哟，这不行！绝对不行！拿走拿走。

孙老师推脱。晓白妈坚决把信封往桌上一放，一推，说：晓白在您这学了这么长时间，我们早该来看看老师，以后上了学还要让您费心呢。说完转身就走。客厅里亲戚的儿子正和孙夫人说话，见她出来了，后面跟着孙老师，知道事差不多了。

出了孙老师的家，再出了美院的门，晓白妈的一颗心才算是归位了。她很怕人家追出来，把钱还给她，这就完了。但她也抱定一个决心，钱拿来就没想着拿回去，只许成功，不许失败。在女儿的前途面前，她一张脸算什么，就算人家把钱给她甩在地上,她也要一张张捡起来,摞好,放回去。唉,当妈的一颗心啊……现在每每想起那个晚上,晓白妈还会热泪盈眶,免不了又要对晓白唠叨"养儿才知父母恩"的艰辛。

孟晓白知道爸妈的不易,但她很反感妈妈说这个,好像邀功一样。这是什么光彩的事吗?她不会告诉爸妈她看到的,她会在心里慢慢消化,这是她人生的第一课。她虽然有清晰的判断,却也为自己的同流合污感到羞耻。

1997年,发生了两件大事,一件是香港回归,另一件是孟晓白考上大学。

对于一个家庭来说,考大学比香港回归重要。7月1日深夜,很多商店、饭馆仍然开着门,人们聚集在电视机前观看中英交接仪式。当零点钟声响起,英国国旗缓缓降下,五星红旗冉冉升起的时候,孟晓白正在家里挑灯夜读,隔壁房间传来经久不息的掌声,时不时打断她的思绪。孟晓白在想另外一件事:1997年真的到了呀!那个弹着吉他唱《我的1997》的艾敬可以和男朋友去红磡体育馆看演唱会了。多让人羡慕啊。孟晓白,你必须考上大学!只有考上大学,才有机会去香港,去更远的地方。

妈妈在敲她的门:晓白,怎么还不睡,想看就过来看一下。孟晓白说我睡呀。晓白躺在床上思绪万千,专业课已经过了,就看统考这一关,为了理想,为了香港,她必须要考上。

高考那几天孟晓白状态不是很好,她来例假了。本来晓白的周期在月底,想着刚好不影响考试,谁知怕啥来啥,偏偏就推后了。考试的时候孟晓白手心直冒汗,端坐着不敢动一下,稍一动就感到暗流汹涌。一场考试下来,座位上印了一大片水红色,幸好穿了黑色裙子,否则真是出丑了。都说七月流火,孟晓白是七月流血,她忘不了自己随着人群走出考场,把书包的带子放得长长的,遮挡在屁股后面,而裙子上的血迹,已经在高温的炙烤下变成了硬硬的一坨。

等待发榜的日子,一家人提心吊胆。孟晓白估的成绩在分数线上下,有可能过,也有可能过不了,没拿到录取通知书,心里总是不踏实。一天,爸爸的一个朋友到家里，说起晓白考学的事，那人说：你写个字，我给你测一下。爸爸不解，这能算数？那人说：你写一个，别想，脑子里第一个闪出来的字。晓白爸在桌上画了一个"远"字。那人想了想，说：没问题，孩子今年走定了。晓白爸问：怎么就走定了？那人说：你看，"元"，就是首，第一，开始，象征一个新的开端；"元"又通"圆"，圆满，可不就是说事情成了吗？还有，"元"坐个车，说明要去另一个地方。你放心，孩子今年走定了！

爸爸很高兴，这分析得有道理呀，他别的字不想，偏就想了一个"远"字，冥冥中自有天意。爸爸拉朋友出去喝酒，喝多了，回到家居然没被妈妈骂，这在晓白记忆中是唯一的一次。

三天之后，孟晓白收到了长平美术学院的录取通知书。对于从小在郊区长大的她来说，外面的世界太美好了，大学太美好了！她的生命掀开了新的一页。

孟晓白现在常常想，如果记忆是一本书，她首先会把杨云海这一页撕掉。

　　孟晓白是个好学生，认真，平和，不争不抢。但这些"好"都不足以使她成为一个引人瞩目的女孩子。

　　女孩子是要有风情的，会在适当的时候示弱、撒娇、发脾气，偶尔伤怀流泪。她们宿舍的胡丽君就是这样的女孩子，堪称情种，也拜她的名字所赐——胡丽君，怎么听都像"狐狸精"。她也很受用这样的绰号，别人叫她"狐狸精"，她眼睛一眯，弯弯的，嘴角上翘，还真有些狐媚样了。胡丽君进大学就开始恋爱，她常说别的课选不选修都无所谓，但谈恋爱一定是她的必修课。要说这帮男生就是贱，越是对他们爱搭不理，越是前赴后继，心碎一地，不怕，粘好了揣兜里继续战斗。在这方面，孟晓白显得太平淡了点，以至于连自己都怀疑，她就那么不招男孩子喜欢？在大学如果不谈恋爱，是件很丢人的事，尤其到了大三大四，周围都成双入对的，你的孤单就更显得孤单了。

　　在一次女生宿舍关于爱情的讨论中，蒋凤仪问胡丽君：爱情应该等还是应该找？

　　胡丽君说：当然应该自己寻找，你没听过那首歌吗？你知不知道，你知不知道，我等到花儿也谢了……现在是什么时代？新千年就要到了，多吓人，

2000年，那么遥远的一个数字，科幻小说里的一个数字，被一些莫名其妙的先知预言为世界末日的一个数字，居然被我们赶上了，居然我们正值青春年华。天哪，你还等什么？以前的人愿意等，那是交通不发达、信息太闭塞，现在你找谁找不到，一个Email就搞定了，听说最近流行一个叫什么QQ的神器，网上即时交流，多人同时交流，多厉害啊。人们的交往范围越来越大，这对爱情来说是把双刃剑，选择空间大了，但竞争更激烈了呀，你等别人不等啊！必须主动出击，勇敢追求你的爱情。

大家哗哗拍手。蒋凤仪说：还得因人而异，像你这种没了爱情就活不了的，活该自己找，自己受累，有的人坐着就能等来爱情。胡丽君说：这怎么叫受累呢，这叫体验好不好。大学谈恋爱虽然不是必要的，但绝对是需要的，刻骨铭心也罢，过眼云烟也罢，都是人生的一种体验，搞艺术的更需要体验，不然伟大的毕加索怎么会有这么多的情人呢。蒋凤仪说：可惜你不是毕加索，毕加索体验得起，因为人家毕老爷伟大，我们呢，凡人一枚，经不起折腾。胡丽君说：你这就叫自我矮化，嘴里说要做半边天，骨子里还是觉得男的比女的强。鄙视你。蒋凤仪说：这叫实事求是好不好，女人在情感方面永远处于弱势，受伤害的概率比男人大得多。就比如你吧，胡丽君，在爱情里流的泪还少吗？ 胡丽君眼睛一翻，看着天花板说：我流泪了？但我还丰富了呢，你别吃不到葡萄说葡萄酸了。我不想跟你说，晓白，你说。蒋凤仪哈哈大笑：孟晓白就白纸一张，你让她说。胡丽君从二层架子床上探出头，很认真地问孟晓白：你说，爱情要等还是找？孟晓白想了半天，终于说：我也说不好，恐怕等和找都没这么绝对吧。胡丽君说：不行，你必须选一头。孟晓白说：我忘了是在哪本书里看到的，好像是张爱玲的话。于千万人之中，遇见你要遇见的人；于千万年之中，时间无涯的荒野里，没有早一步，也没有迟一步，遇上了就轻轻地说一句，哦，你也在这里吗？

宿舍一下子安静了。也就几秒钟，孟晓白的上铺忽又晃动起来，蒋凤仪在上面乐得直拍手：哈哈，绝！真绝！胡丽君，你听懂了吗？胡丽君一头倒在床上，蒙着被子说：等吧，等不死你们。大家笑作一团。

艺术院校的氛围是宽松的，在这样的状态下，往往学生不像学生，老师不像老师。杨云海被女生私下评为最具亲和力老师，他亲和到什么程度。他可以在学生早上睡懒觉起不来的时候，亲自敲门叫学生起床上课；他可以在学生考试不及格时告诉学生找哪个领导疏通才管用。女生都爱死杨云海了。在女生看来，他最致命的优点是对老婆好。他常说，他老婆当年是校花，他多不容易才追到手；他老婆很温柔，从来不跟他红脸；他们有一个漂亮的女儿，遗传了他们所有的优点。孟晓白觉得，一个男人得多爱一个女人才会在众人面前炫耀啊。中国人向来含蓄，除了在外人面前赞美自己的孩子，很少有人说自己的老婆有多棒，如果有，那也是作秀的成分多一些。说心里话，孟晓白挺羡慕杨云海老婆的，在外人面前都夸成这样，回家还不知道怎么宠呢。

大三的时候，杨云海带他们班去桐乡采风，为毕业创作收集素材。这是孟晓白有生以来去的最远的地方，也是第一次出省。坐了近二十个小时的火车到上海，再坐汽车到了桐乡。桐乡是个县级市，没什么名气，但它的一个镇世界闻名，这就是乌镇。孟晓白只在照片里见过乌镇，粉墙黛瓦，小桥流水，梦一样的地方。还不到国庆节，这里已经游人如织。其实桐乡还有不少像乌镇一样的小镇，没有被开发，更保留了古朴的气息。他们只在景区逛了一天，其他时间就深入周边的小镇小巷，找个地方坐下来，一画就是一天。

如此悠悠闲闲地过了四五天，同学们觉得寡淡了。每天这么朝九晚五，日出而作日落而息，好像夕阳红，初来的惊喜慢慢变为了无趣；再者就是嘴里寡淡，南方的饭菜淡、甜，都是酱味，对吃惯了辣子扯面的北方人来说简直就不叫饭。女孩子倒还忍得住，男孩就不行了，整天对着杨云海嚷嚷，要改善伙食，否则得出人命了。

这天下午，杨云海带来了一个人。那人小个子，又瘦又黑，留一头齐肩发。孟晓白一直看不惯男人留长发，很少有男人留长发好看，除非长相俊朗，玉树临风，又收拾得很干净，但此气场的男人简直稀有。

杨云海介绍，这是他的大学同学，在桐乡文化馆工作，叫于淼，于老师不但是个画家，还是位优秀的诗人。听到"诗人"俩字，有的同学偷笑起来。于淼也笑着说：别提诗人，一提这俩字我就闹心，感觉被人骂了一样。知道诗人代表什么吗？穷、精神分裂、无所事事，我可不想被同学们边缘化了。

大家都很快乐，平淡的生活被这个诗人打破了。更重要的是，这位诗人还带来了烤肉架、牛肉和酒。

男生支架子、穿肉串，女生围着诗人聊天。杨云海说：你们不知道，于老师上大学时特受女生欢迎，有才，那诗写得，多少女孩为之流泪啊。还有更绝的，于老师会看相，准得很，不信你们让于老师看看。女孩子向来热衷星座啊算命这些事，一听这个马上来劲了。于淼说：你们别被杨老师忽悠了，我不会算命，我是阅人。

阅就阅，于老师，你先给我阅阅呗。胡丽君凑到跟前。于淼觑着眼睛，看完胡丽君的脸，又看胡丽君的手，半天不说话。胡丽君被吓住了，慌着问：怎么样于老师，是不是不好？于淼说：挺好，送你一句话，有心争似无心好，多情却被无情恼。胡丽君摇着于淼的胳膊，说：什么意思嘛于老师，您说的我不懂。大家在一旁笑。胡丽君不依不饶：说清楚么，什么有心无心的，难道说我的情路很不顺吗？于淼狡黠地一眨眼：这可是你说的哦。

大家都有点躁了，纷纷把手交给于半仙，神色郑重。于半仙三言两语，亦真亦假，听的人是频频点头，好像都得到了自己想要的答案。算命这事挺纠结的，人人都想预知未来，又怕知道未来，算好了皆大欢喜，算的不好就耿耿于怀，反而成了心病。

当孟晓白把手伸给于淼时，于淼认真地看了她一眼，然后只说了一句话：嗯，是个好姑娘。这就完了，这算什么算命啊。孟晓白还没说话，蒋凤仪先急了：您这也太敷衍了吧，没您这么算命的，重算重算！于淼大笑，没有应她，反而对着杨云海喊了一句，你们班女生厉害呀！孟晓白虽然觉得好笑，但也感到了这句话的真诚，于是对于淼说：谢谢。于淼冲她点点头，说：你这姑娘倒沉得住气。孟晓白笑了，突然觉得这个长头发诗人蛮可爱的。

接下来的这个夜晚，弥漫着孜然烤肉、炭火、酒精的雄性气息。在北方的城市，男人们喜欢夜晚聚集在路边，围坐于矮桌旁，几条长凳，窄得只能担住半个屁股。啤酒、烤肉，几个投缘的朋友，一聊就聊到深夜。现在，此场景在一个江南小镇被复制，要不是偶尔有微风送来桂花的香气，真有些不知今夕何夕，忘记身在何处。这种穿越的感觉让人兴奋，大家都放松下来，于淼带了几瓶二锅头，诗人一旦喝了酒，就越发疯起来，他与杨云海一会儿交头接耳，一会儿手舞足蹈，杯子碰得咣当响，两个四十多岁的大男人竟像个孩子一般。诗也作了，歌也唱了，男生女生玩疯了。多好啊！忘情的感觉真好！就在这忘情的当儿，忽听到杨云海一声大喊：孟晓白！孟晓白一愣，正要答应，又听到一句——好姑娘！好啊，哪有老师这样打趣学生的，一定是于淼胡说了什么。孟晓白脸红了，低下头不吭声。有同学听见了，跟着喊：孟晓白，好姑娘！又有人喊：胡丽君，好姑娘！蒋凤仪，好姑娘……又有人发扬光大：杨云海，真爷们！一片欢呼声中，大家都激动起来，孟晓白也莫名其妙地潮了眼睛。

气氛有点煽情。杨云海说：其实，于老师才是真爷们！话音刚落，孟晓白发现，杨云海哭了，于淼也哭了。

那个夜晚，杨云海说了很多话，他说明年你们就毕业了，同学们要相互扶持，大学时代的情谊是最珍贵的。他还说于淼是他最好的哥儿们，他们上大学时喜欢同一个姑娘，是于淼成全了他。以于淼的才华，完全可以有更好的发展，于淼很少回长平，偶尔回来也不去找他，每次都是要走了他才知道，他心里清楚，于淼是不愿意打扰他。

虽然醉酒的缘故让杨云海语无伦次，但孟晓白也听了个大概，她很感动。她想，杨老师说的那个姑娘应该就是他老婆吧。

男人流泪是很有感染力的，酒喝到最后大家都有些伤感，几个男生也哭哭啼啼的，女生就更不用说了，有的没的，都流了不少眼泪。孟晓白记得，后来她和蒋凤仪，还有几个女生，分几趟把喝多了的男生扶上楼。杨云海是谁扶的，她不记得了。

第二天，大家都起得晚。孟晓白和蒋凤仪背着画夹要出门的时候，杨云海突然到她们房子，手里还拿着一件格子衬衫，说：全是油点儿，一股孜然味，谁给老师洗洗。说着把衣服扔在椅子上，又试探着问：要不，晓白同学，你帮老师洗一下？

对呀，杨老师，你真会找人，孟晓白是个——好姑娘。蒋凤仪在一旁嘻嘻哈哈。

孟晓白瞪了蒋凤仪一眼，赶忙把衣服收进脸盆里，嘴上说：好的杨老师，我回来就洗。心里却感觉怪怪的。

再后来的日子，同学们仍是早上出门画画，下午回来吃饭，但孟晓白觉得这日子有点不一样了。杨云海对她多了一分关注，有时候一起去写生，总会有意无意多辅导她一些。对于女孩子来说，往往一点小小的特殊照顾就会让她们很满足，孟晓白也不例外。一天中午，到了饭点，大家围坐在一处，不知谁拿出来几个茶叶蛋，刚放桌上就被抢空了。尤其王鲁达，一手握一个，正磕着呢。杨云海向王鲁达伸出手，说：你这小子，吃一个占一个，好意思不？知不知道女士优先，给我。王鲁达乖乖地把俩鸡蛋放在杨云海手里，杨云海削了一下王鲁达的脑袋，一个还给他，另一个递给了孟晓白，说：吃饭不能这么秀气，得抢。孟晓白接过鸡蛋，心里漾出暖意。

写生快结束的时候，杨云海对孟晓白说，他想去文化馆看看于淼老师，问她愿不愿意一起去。孟晓白爽快地答应了。

俩人打了一辆车，杨云海没有坐前面，而是和孟晓白一起坐在后座。孟晓白心里突然有了种异样的感觉，他们的关系会让人猜测，说是父女吧，杨云海显得年轻了点，穿戴又不同一般的中年男人那样中规中矩，一件宽松的亚麻衬衣很衬艺术气质，他们之间显然没有亲情的气场，那他们像什么关系呢？谁会想到这是一对师生？出租车司机有意无意地通过后视镜悄悄地观察，心里还不知道怎么想呢。杨云海偶尔说一两句话，大部分时间在闭目养神。孟晓白暗暗骂自己：孟晓白啊孟晓白，你发什么浪！叫你胡思乱想！她更靠近窗子，眼睛盯着路边不断闪过的树，快乐得想唱歌。

到文化馆的时候将近中午了。于淼很高兴，说难得有人来看他，对于孟晓白的到来更是受宠若惊。整栋楼很陈旧，没有电梯，于淼说这是文化馆的老楼，基本废弃不用了，但他倒觉得这里像一位老友，虽然落魄，但心静，沉得下来，适合读书画画。于淼的画室是个大敞间，靠窗子摆着一张画案，对面墙钉上了板子画毡，上面挂了两幅画，其中一幅有六尺那么大，画的是江南景色，构图有点吴冠中的意思。于淼看孟晓白盯着画，便说：这种画，不值得一看，给人交作业呢。孟晓白看到靠墙角支了一张床，问：你晚上住这里呀。于淼说：也不是，有时候累了歇一歇，方便。杨云海说：羡慕啊！我在美院还没有这么大的画室呢。于淼说：也就是这点我还可以聊以自慰，咱买不起高档房，但有的住，其他就不比你杨老师了。杨云海说：闲云将野鹤，岂向人间住，也就这世外桃源一样的地方能留得住你。三人扯了一会儿闲话。有人送菜上来，于淼将案子上的画毡掀起一半，碟子筷子摆好，说：就这吧，略备薄酒，不成敬意。晓白叫道：还喝呀！于淼说：无酒不成欢嘛，你们杨老师就好这一口。这么远来了我要不拿酒，杨老师该说我没诚意了。杨云海说：怎么把我说的跟酒鬼一样，是我陪你喝吧。今天少喝点，在学生面前别失态。孟晓白脑子一热，说：失不失态无所谓，我又不是没见识过。杨云海意味深长地看她一眼，说：于老师你瞅瞅，现在这学生还把老师放在眼里吗？在他们面前，我是没什么尊严了。于淼说：什么尊严，美院老师有尊严吗？我可听人说，美院老师都是披着人皮的狼啊。

孟晓白很喜欢听他们说话，放松，放肆，又透着坦诚，这是真正朋友间的谈话。孟晓白喝了点啤酒，多数时间都不吭声，听他们说。杨云海建议于淼调回长平，他可以帮忙。于淼说几年前有过一个机会，但那会儿父母身体不好，权衡再三还是决定留下来，现在把父母都送走了，他反而舍不得离开了。杨云海拍拍他的肩膀。于淼说，这几年越发觉出家乡的好，起码空气比长平好，生活节奏慢，没什么压力，他自在惯了。杨云海说，长平虽然比不上北京，但在北方城市也算是书画重镇，资讯多一些，交流机会也多，如果打算在艺术上发展，还是调回去好。于淼说再看吧，得等机会，凡事不能强求。

那您一个人不感到孤单吗？孟晓白忍不住问。

孤单哪都有，不是说你待在城市就不孤单了，不寂寞了，它和空间没关系，看这儿。于淼示意晓白看墙上的一幅字。

这是苏轼的词。莫听穿林打叶声，何妨吟啸且徐行。竹杖芒鞋轻胜马，谁怕？一蓑烟雨任平生。料峭春风吹酒醒，微冷，山头斜照却相迎。回首向来萧瑟处，归去，也无风雨也无晴。你看苏轼，一辈子辗转漂泊，数度被贬，最远到海南岛，而且在每一个地方任职都没超过三年，常常是房子刚建好，调令就来了，他又只身奔赴下一个人生的驿站。他孤单吗？寂寞吗？不然，他的内心太强大了，他有一颗自由卓绝的灵魂，他自比飞蓬，落在哪儿都是落，也无风雨也无晴。这是何等的智慧和境界！我比他幸福太多了！能待在家乡，有一处居所，时时能与亲人相见，够了！

于淼激动起来，孟晓白听呆了。杨云海笑着说：这么多年你一点没变，说起诗就忘乎所以了，你倒是痛快了，我浑身起鸡皮疙瘩。于淼说：苏轼是我的精神导师，这首词是我的人生座右铭啊。杨云海说：在学校你就用这招骗女生，现在更发扬光大了。于淼说：你别诋毁我啊，晓白同学在这，说话注意分寸。杨云海说：正因为晓白同学在这儿我才要说，晓白是个好——姑娘，谁上当也不能让她上当啊。

孟晓白扑哧一声笑了：讨厌！好姑娘，好姑娘，我都被同学们笑死了。话刚出口，孟晓白就被自己的声音吓了一跳，这就叫娇嗔吧，语气里透着热乎劲的，黏糊劲的，像刚出笼的桂花糕，裹着一股浓香扑面而来。不应该呀，这是学生对老师的语气吗？不该喝酒，真不该喝酒，孟晓白，你浪个什么劲啊！她感觉脸上烧乎乎的，赶紧拿筷子夹了一口菜。杨云海说：晓白，我跟于老师可没有打趣你的意思。于老师平常不会夸人的，可这回跟我说了不少夸你的话，我觉得过了，我的学生我还不知道吗？但于老师的眼力，我相信。孟晓白定了定神，举起桌上的半杯啤酒，说：二位老师，谢谢你们！我一直觉得我是个特别普通、特别没个性的人，是你们让我看到了自己身上还有那么点光彩。你们知道，这对一个女孩来说非常重要，我敬你们。孟晓白一饮而尽。

不知不觉已是午后，不知是困了，还是喝酒的缘故，孟晓白觉得头晕晕的。于淼让孟晓白在画室休息，他和杨云海要出去一趟，杨老师这样的大画家难得来桐乡，无论如何要跟这里的同道交流交流。

于淼和杨云海走了，孟晓白放松了许多，在书架上随意翻着，抽出一本诗集，于淼所著，书名叫《雨国》。她翻开一页细细地看——

> 我在雨国，
> 这是我的国度。
> 我从金戈铁马的沙场逃亡而来，
> 匍匐一路鲜血，
> 黄云漫卷，河流干涸，
> 我渴望故乡的雨，
> 穿透临安旧梦，
> 淋湿我的哀愁。
> 可我亲爱的人啊——
> 你在哪里？
> 竹枝词远，凤箫谁续？
> 又一个清晨，雨丝如唐诗般悠远，
> 我命令将雨凝成雪，
> 这样，我就能深埋在，
> 你的脚下……

孟晓白默念着，心有所动。她是不懂诗歌的，少女时期流行写朦胧诗，她也学着写过几首，都是情啊，伤啊，愁啊，不知所云，后来被她偷偷烧掉了。

南方9月的阳光不是很刺眼，但黏人得很，一直在孟晓白身上绕呀绕，越发困了。午后极静，感觉整栋楼里就她一个人，画室也更加空旷，刷了红色油漆的窗框将树梢的葱绿定格为一幅画，斑斑驳驳，有了时光的味道。百无聊赖，想想他们回来还早，孟晓白环顾四下，竟没有找到一张舒服的椅子，于是便靠在床头，打起了盹。

昏昏沉沉，似乎在做梦，脑子没有完全停滞。不知过了多久，好像听到有人叫她的名字：晓白，晓白……空谷回声一般，既遥远又清晰。是梦吗？她挣扎着睁开眼睛，猛然间看到了一张脸——杨老师！孟晓白一下子清醒了，腾地坐起来，说：哦，杨老师，我怎么睡过去了，于老师呢？杨云海没搭话，眼睛就那么盯着孟晓白，有点痴了。这双眼睛里有了和往常不同的内容，孟晓白心里慌慌的，问：要走了吧？杨云海低低地叫了一声：孟晓白。就一把搂住了她。

孟晓白完全懵了，身体僵直，不知所措。

杨老师、杨老师……你干什么？！你别吓我，你别吓我……她用力扭动，想挣脱杨云海的胳膊。

晓白晓白，求求你……晓白好晓白……杨云海喃喃着，嘴里呼出的热气打在孟晓白耳朵上，酒精的味道让她一阵眩晕。

一座山压下来，挡住了光，孟晓白淹没在阴影里，觉得自己正在缩小，越来越小，缩进一个黑洞。一瞬间山崩地裂，石头一块块砸下来，那样粗粝的、尖锐的，没有水花，却渗出一片片红……她疼。她忘了哭。

杨老师，杨老师……孟晓白叫得徒劳。这个时候，杨云海不再是一个老师，而是一个男人。孟晓白不知道，一个男人的身体竟然这么重。

4

从葬礼回来后,孟晓白就生了心病。她想杨云海是什么时候得的癌呢?在那件事之前,还是之后?她也懂,癌症是不会通过身体接触传染的,但她就是不舒服,想到一个癌症病人的精液沾满了她的身体,她就抓狂。孟晓白啊孟晓白,你怎么那么天真呢!居然相信师生情是崇高的,美好的。你怎么那么贱呢?没听过好听的吗?夸你几句,你就晕了,软了,还对人家动情了。四年前的那个午后历历在目,也许杨云海带她去看于淼原本就是个阴谋,孟晓白是个好姑娘,乖巧,听话,她怎么会拒绝呢。她无法理解,杨云海在外人面前那样毫不掩饰地夸赞自己的妻子,是作秀还是炫耀?道貌岸然啊!龌龊啊!有几秒钟杨云海趴在她身上不动了,她担心他是不是死了,她觑见他斜在一侧的脸,竟是那样一种带着痛苦的满足的笑意,像濒死前的回光返照,她吓坏了,又担心着于淼会不会突然出现,多么不堪啊!她终于流下了泪水,却似乎不是为自己而流。孟晓白还记得,杨云海被她的眼泪搞得手足无措,他问她为什么哭,她不快乐吗?孟晓白摇头,一个男人,把他的那玩意儿释放在你的身体里,居然问你快不快乐!孟晓白生起厌恶,扭过脸面向墙壁,将扣子一粒一粒扣好,有一粒不知遗落在哪儿。顾不上了,她移到床边,站起身,却看到杨云海抓着她的衣角，呜呜哭起来。背后衣摆上，一片殷殷的水红，将杨云海的眼睛刺出了血，他喉咙哑哑着说：对不起，对不起，我不知道……面对这张惊惶的懦弱的脸，孟晓白居然心软了，就这么完事了，她默默地把床收拾好，把自己收拾好，没等于淼回来，就和杨云海走了。

什么事都没发生，一切还和以前一样——无数个夜里，孟晓白这样对自己说。第二天打起精神，依旧和同学说说笑笑，只是对于杨云海，她再也无法将他和一个老师画等号。回到学校，杨云海几次想跟她说什么，她都躲开了，决不给他单独的机会。偶尔周围无人，杨云海只会满脸懊悔地说，对不起。孟晓白厌恶极了，人怎么可以这样虚伪。

纠结了几天，孟晓白还是去了医院，做全身体检。她不能抑制自己的大脑反复出现一个画面，那令人作呕的液体在她肚子上游移，通过毛孔、肚脐渗入皮肤，进到她的身体里，像病菌一样扩散在体内的各个角落……

孟晓白拿着体检表走进妇科检查室，排队的人挺多。一个五十多岁的女医生面无表情地坐在桌子前。到她了，医生问：哪不好？

孟晓白说：没有不好，就是……查查。

医生白了她一眼，说：没事你查什么，结婚了吗？

没有。

流过产吗？

没有。

把裤子脱了，躺上去。

第一次做妇科检查，第一次这么直白地被人问话，孟晓白尴尬极了。另一个女人，在白布帘子后面窸窸窣窣地提裤子，出来时瞟了孟晓白一眼。女人走后，医生说：多大的人了，一点常识都没有，自作自受！语气里有鄙夷，也有恨铁不成钢的意味。孟晓白脸发热，好像这句话在对她说。帘子后，一台躺椅样的机器戳在那儿，因为楼层高，里面的窗户没挂窗帘，机器被照得明晃晃的，发着清冷的光。孟晓白左右看看，有点明知故问：就躺这儿？医生在外面说：拿张垫子，垫屁股底下。孟晓白在一个塑料容器里发现了垫子，垫子很薄，淡淡的蓝色，能透出人影。她拿一张铺在躺椅上，女医生进来了，说：怎么还没脱，动作快点，后面还一堆人呢。孟晓白把鞋脱了，又褪下裤子，小心地躺上去，确保那张蓝色垫子在屁股下面。医生又进来了，边戴手套边看着孟晓白：怎么都脱了？褪一条裤管就行。可能这个无知的姑娘让医生产生了恻隐之心，语气明显缓和了许多：别紧张，腿搭上来。孟晓白乖乖地把两条腿叉开，脚踝刚搭上去，就被坚硬冰凉的金属激得一抖，全身都冷起来了。在这个有暖气的病房，她感觉不到一丝温暖，窗外的阳光直射进来，那么强硬地，冷漠地，直对着她的私处。一种痛彻心扉的羞耻感击中了孟晓白，她抖得不能自已，她听见自己虚弱的声音：对不起，我不查了。孟晓白坐起来，在女医生诧异的目光下提起裤子，穿上鞋，仓皇逃出了医院。

这一日蒋凤仪打来电话，说杨云海的纪念展筹备得差不多了，需要她帮忙联系媒体，最好在《艺界》杂志上也报道一下。孟晓白说好。蒋凤仪又问：心情好些了吗？孟晓白说：一直都挺好的呀。蒋凤仪说：骗谁啊，我还不知道你，那天吓我一跳，当面怼人，你可不是这种风格的。孟晓白说：哦，你的意思是我只能说好好好，是是是。蒋凤仪笑着说：没有啊，你这几年脾气见长，有个性，我喜欢。

大学时蒋凤仪睡在孟晓白的上铺，宿舍里数她和孟晓白关系最好。蒋凤仪家里条件不好，父亲是一家国营老厂的职工，几年前下岗了，母亲是家庭妇女，没工作，生活过得拮据。但难得的是，你在蒋凤仪脸上看不出一点困顿的影子，她活跃、开朗、大大咧咧，什么事都写在脸上。这是孟晓白喜欢她的原因。记得大一刚入校的时候，蒋凤仪很快和同学打得火热，偏偏对她不睬不理，后来俩人关系好了蒋凤仪才说，你那会儿的样子，拽得很，假清高，懒得理你。孟晓白哑然，她是慢热型的，初接触她都会有相同的评价，她不是拒人千里，而是不知道怎么迎合，或者说融合。工作之后她强迫自己有意识地改变。现在变了没有？她不知道。

杨云海的画展该怎么报道，孟晓白很踌躇。没想到，还没等她向社里汇报，社里领导却先找她了。总编辑张枰很重视，说这样一位有才华有声望的画家，他的去世是我省画坛的一大损失，要组织好报道，作为一家专业的美术类杂志，应该体现我们对逝者、对艺术的尊重。

领导发话了，编辑部立即行动起来。席主任对孟晓白说：老规矩，我们可以无偿报道，但要给社里留几幅画，你去谈吧。

我找谁谈去？孟晓白郁闷了。

杨云海艺术回顾展在长平美术学院美术馆举行。开幕式很隆重，来了不少文化名人，之后又举行了研讨会。这是一个研讨对象不在现场的研讨会，是真正的盖棺定论。孟晓白想，搞这样的活动有意义吗？中国的研讨会培育了一大批评论家，他们不负责批评，只负责赞美。有一回她参加一场作家研讨会，一位评论家在发言最后掷地有声地说，这部作品的最大不足是文字凝练到极简的地步，常在不该结束的时候戛然而止，让人有意犹未尽之感，希望作者在下一部作品中有所改进。孟晓白当时差点笑场了，这叫批评吗？这是言之凿凿的表扬好不好。她由此觉得，研讨会就是一场表演，艺术家、作家与评论家心照不宣，加上媒体的推波助澜，共同制造一场高潮。看到了吗？这次研讨会与众不同，少了一个重要组成部分，但本质上没有丝毫改变，都是一场给活人看的表演。

孟晓白看到了一个熟悉的身影，竟然是于淼。也不奇怪，以他们的关系，不来是说不过去的。四年没见，于淼还是长发，黑瘦，不过头发在脑后束起来，倒比四年前精神了许多。于淼也看见她了，隔着人群冲她摆了摆手。孟晓白突然闪出一个奇怪的想法，于淼不是能掐会算吗？不知他算没算到杨云海的结局。还有那件事，孟晓白一直想不通，四年前的那个下午，于淼为什么消失了？如果他和杨云海一起回来，如果……唉，不想了。她一个人走出来，想透透气，在展厅门口看到吴强、王鲁达几个人。吴强说中午安排了饭，等完了一块去。正说着，蒋凤仪从展厅奔出来，拉着孟晓白就往里走，一边说：还没看画展吧，给你看张画。

孟晓白被蒋凤仪拽到一张油画前。杨云海是画国画的，油画在他的作品中比例极少。这是一张肖像画，尺寸不大，画面上有一个女孩，站在红色窗框的窗户前，影影绰绰，融在一片绿色里。蒋凤仪说：你看，像谁？孟晓白心里咯噔一下，嘴上说：哪有像谁。蒋凤仪看看画，又看看孟晓白，说：像你！多像你啊，你看。孟晓白听见自己呼了口气：这模模糊糊的，哪像我了？又补充一句：我这张大众脸，走到哪都有人说我面熟。

这张画很特别，不像杨老师以往的风格。

身后传来一个男人的声音，孟晓白转过头，看到一张陌生的年轻的脸。那人问：你们是杨老师的学生吧？蒋凤仪说是。那人说：我也是，读他的研究生，明年毕业。蒋凤仪说：我原本也打算考杨老师的研究生呢，没想到杨老师走得这么突然，现在要怎么办呢……因为要考研，蒋凤仪对研究生的问题格外关注。

那人叹了口气，对孟晓白说：这幅画是我们在他的画室发现的，不是学校的画室，杨老师在外面还有一间画室，知道的人不多，我常去，也没见过这幅画。看落款是2001年画的，看这画里人的眉眼，还真与你有几分相像。蒋凤仪猛拍了一下孟晓白的胳膊：就说嘛！老实交代，你什么时候给杨老师当模特了？孟晓白看见右下角的落款是2001年8月。那是他们毕业的那一年。

孟晓白没有回答，只对那人点点头，径直朝展厅外走。蒋凤仪和那位研究生说了几句，追上来：喂！喂！等等我，你怎么那么没礼貌，连招呼都不跟人家打。

孟晓白只是走。蒋凤仪继续说：他叫仲天麒，天空的天，麒麟的麒，他说考研有什么问题叫我找他呢，太帅了！你注意到没有，他长得多帅呀！孟晓白，你倒是听我说话没！

听着呢！他叫仲天麒，长得很帅，你不是看上他了吧？

什么呀，你以为我是胡丽君呢，花痴啊！

孟晓白直接回家了。她在离单位不远的公寓租了间房子，四十来个平方，虽然小，功能倒还齐全，厕所、厨房都有，她觉得一个人住足够了。爸妈说干脆他们出首付在城里买套房，让晓白慢慢按揭，现在每月的房租不也一样花钱吗？到头来房子还不是自己的。孟晓白不听，打算过几年再说，工作三年，除了勉强应付自己的日常开支，其他的想顾也顾不上。爸妈的想法是让她赶紧找个男朋友，谈上一两年结婚生子，完事大吉，她想的却是凭自己的力量在城里买套大点儿的房子，把爸妈接过来一起住。

家里有方便面，还有昨天买的青菜，孟晓白对付着吃了午饭，就去了杂志社。

手头有一堆资料，展览的通稿、研讨会专家的发言、杨云海个人艺术简历，足有十页之多。这就是一个人的一生，不管他有多少丰功伟绩，最后也就浓缩在这十页纸上。孟晓白翻开专家的发言，想看看于淼是怎么说的，却没找到。

孟晓白开始整理资料，下期《艺界》要做杨云海的专题。这样的编辑工作她已经驾轻就熟，知道如何编排更能展现一位画家的艺术成就，用哪些人的哪些话更能拔高其艺术境界。只不过这次不同的是，这位画家是她的一位"故人"，一位真正"故"了的人。孟晓白想起那幅油画，看到它的那一刻很震惊，画面中的场景，那红色的窗户、那绿色，都在诉说一个故事，一个只有当事人才看得懂的故事。杨云海为什么要画那幅画？愧疚？还是对她难以释怀？或是以此纪念一段不伦之情？孟晓白发出一声冷笑，身子也跟着一抖，她现在可以肯定的是，杨云海那几年也是受了煎熬的。

3点多，张枰总编回来了，叫晓白到他的办公室。张枰问：中午吃饭你去哪了？孟晓白说：我回来赶稿子了。张枰说：急什么，又不让你明天发，年轻人就是不知道轻重缓急，本来想给你介绍几位业界的大腕儿，对你的工作会很有帮助的。孟晓白点头说：知道了。张枰说：画的事情你抓紧办，赶在下期付印之前交到社里。孟晓白犹豫着说：张总，我还要做专题，要画的事能不能……让其他人办。

就你办！张枰的脸阴下来，说：你不是美院毕业的吗？之前都有惯例的嘛。我今天和美院刘院长谈得很好，这是共赢互利的事，难不成你让我去开这个口吗？

孟晓白不说话了。其实《艺界》在这个城市的地位挺尴尬的，虽说是老牌杂志，但这几年媒体竞争风起云涌，电视台、都市报都抢占书画阵地，他们杂志的发行量一年不如一年了，有时候孟晓白看着都着急，但奇怪的是大家都不急，每期杂志按时出，该送的人每期送，就这么维持着。也有老编辑对晓白说，怎么说这也是国有体制，文化单位，有政府出钱养着，干嘛要拼死拼活呢。孟晓白渐渐发现，大家都很满足于现状，谁也不愿杂志社有什么改变。比如张总，来了这几年在杂志内容上没有什么大动作，光忙着经营社会关系了，顶着总编辑的头衔，现在又成了知名书法家，圈里人好歹要给他面子。也难为张总了，像要画这种小事也要亲自给她布置，放在大社，哪轮得上一个小记者跟总编讨价还价呢。

　　整个下午就这样不咸不淡地过去了，编辑部的几个人，除了老李，都早早散去。老李叫李德忠，面相长得老，四十多看着像五六十的。老李最近不爱回家，如果有同事早上来得早一点，就能看到老李端着茶缸子刷牙回来，一张脸皱巴巴的，边走边拿毛巾使劲抹，就这还漏了嘴边的牙膏沫子。大家都明白，老李家的战争又打响了，昨晚他又躲到了办公室。老李曾忿忿然地说，这个时代已经颠倒了，阴阳颠倒！黑白颠倒！男人不是男人，女人不是女人，他家的两个女人，一个他老妈，一个他老婆，那简直就是俩刺猬，一挨着就扎，你说让她们分开吧，不行！誓死保卫家园。两个人你说你的，我说我的，单独听，都对，都有理，放一块，那就是水火不容。老李没辙了，那好，你们都是我老娘，我劝不了还躲不了吗？眼不见为净，我还不管了，除非出人命，你们谁也别想让我回去。老李说，他还想多活几年呢，住办公室挺好啊，公家的暖气烧着，电视看着，茶水喝着，耳根子清净呀。开始大家还劝，马姐就没少说，可没用。一次老李的老婆来办公室，那架势，跟个压寨夫人似的，还是个死了丈夫的压寨夫人，从此她当家了！老李当即就灰溜溜跟着回去了。后来马姐说，大家都闭嘴，别管老李家的官司了，他老婆不是善茬啊，万一给谁个难堪，我们都搁不住。

　　编辑部就孟晓白和刚子年轻，他俩是一年进杂志社的，对于这些家长里短的事，孟晓白很少发言，倒是刚子义愤填膺：李老师，离婚！谁怕谁！每到这时老李就摇头，离不得，离不得。怎么就离不得？老李说：就这么过吧，她们也没几年吵头了，二十年都过来了，我也习惯了。刚子问：什么叫没几年吵头了？马姐给刚子递了个眼色，叫他闭嘴。马姐说：清官都难断家务事，你们小年轻懂什么。

孟晓白没想到，于淼会来找她。

那天下班刚离开杂志社，老李打电话过来，说有人找她，如果她没走远的话，就回来一趟。孟晓白问谁啊，老李说不认识，说是从外地来的，一定要见她。孟晓白问男的女的，老李说男的。她大概猜出来是谁了。

真是于淼。他站在门厅，没有进办公室。于淼说：开完研讨会出来找你，发现你已经走了，问了你们班同学才知你在这儿。几年没见，变得更漂亮了晓白。孟晓白说：于老师，找我有事？于淼说：没事就不能找你啊。孟晓白笑笑：您难得回来一趟，要见的人肯定很多，怎么会想起在我这浪费时间呢。于淼说：到底是记者，说话都不一样了。这次回来谁都可以不见，你必须要见，怎么样，赏脸吗？孟晓白说：您不是已经见到我了吗？于淼说：对啊，我直接来找你，而不是先打电话，就是一定要见到你。

孟晓白和于淼出了杂志社，在附近找了家茶馆，坐下来。正是吃饭时间，来喝茶的人不多，于淼问晓白要不要先吃饭，茶可是越喝越饿的。孟晓白说不用了，她中午饭吃得晚，现在不饿。乍见到于淼时，她心里还有些慌，言语间也带了些锋芒，现在俩人面对面坐下来，她反倒放松了。孟晓白想，她倒要听听，于淼要跟她说什么。

我是为杨老师来的。于淼开门见山，没有一点过渡。

我知道，来开研讨会嘛。

这不是主要的，主要是来找你。

于淼看着孟晓白，想从她的表情读出点什么。这个女孩平静的外表下面有多少波澜呢？抑或她原本就心如止水。于淼顿了一下，说：我答应过他的……

孟晓白端起茶杯抿了一口，又抿了一口，茶味略苦，没有一点清香，不知道是哪一年的陈茶。

于淼继续说：三个多月前，我才听说他病了。到医院看他的时候……那么壮的一个人，瘦得不成样子了……他躺在病床上对我说，他这辈子伤害了两个人，一个是他老婆，一个是你，他说他得这病是老天爷给他的报应……他很激动，我不想再让他说话，就说等他病好了我们再好好聊，他笑得很勉强，说病好了他就不需要我了。他那会儿的状态已经不允许说太多话，他只交给我一封信，说如果他走了，就让我来找你，把信交给你。如果他活过来了，就永远不来打扰你……他还说，如果他死了，说明老天听到了他的忏悔，这是他应得的惩罚。只希望，你能原谅他……

于淼突然哽住，沉默良久，说：晓白，你能原谅吗？作为他的老朋友，我恳求你，原谅吧，让他睡个安稳觉吧……我知道，他说到伤害，一定是做了很不好的事，但是，他现在……死了。晓白，我跟你说对不起……

孟晓白听着，有一瞬间觉得她听到的声音不是坐在对面的于淼发出的，那声音好远，远到了时间之外。

于淼说：其实我一直在考虑该不该来找你，葬礼的时候我看见了你，但我没有找你，我想你既然来了，说明你可能放下了一些事，如果我再来见你的话，对你也许是另外一种伤害。但今天看见你的那一刻，我改变了主意，我想我应该来，这不光是完成云海的临终嘱托，也是对你的一个交代，回避是解决不了问题的。所以我决定把这封信交给你，我能做的也只有这些，完成云海交给我的任务。晓白，不管你有什么样的心结，我希望你能放下，就为你自己，好吗？

孟晓白没想到，她的泪水会止不住地流，她捂住脸，指缝都浸湿了。

晓白：

犹豫再三我决定写这封信，因为我恐怕时日无多了。无数次地想过会在什么样的情形下跟你说这些话，却没想到会是这样的方式。

晓白，我不想说是因为酒精的缘故让我丧失了理智，那样我与畜生何异？每次回想，我都确认我对你是动情的。说出来这是多么可笑的话，一个老师，一个有妇之夫对他的学生动了情，而且是在那样荒唐的情况下。但是，就算是我为自己找了一个美丽的借口，也请你相信吧。

而我实在是没有任何借口能原谅自己，一个男人应为他所做的一切负责，但我是失败的，我负不起这个责，却伤害了你，我是多么的无耻和下流。现在我常常想，如果那年不是我带你们去采风，如果我没有带你去看于老师，如果我没有看到你的美丽，如果我没有喝酒……可是，这些"如果"都发生了。我最感到懊悔的是，对你，我不再是一名称职的老师，甚至你可能因此对人生失望，怀疑你对艺术的选择。请你千万不要，不要因为我影响了你今后的人生，那样我的罪过就太大了。也正是因为有这样的担心，在你毕业后我才隔绝你的消息，希望时间能让你淡忘一切。我知道，以你的个性，你是不想再见到我的，我也为你做不了什么，与其这样受煎熬，还不如站在远远的地方看你，祝福你。

晓白，我不知道你能不能看到这封信，或者说我到底希不希望你看到。因为当你看到信的时候，我已经在另外一个世界了，我不想死，这么看来我是不希望你看到信的，呵呵，这可真折磨人啊。

对于于森老师，不要怪他，也不要怀疑他。他什么也不知道。

一个不奢求你原谅的人
2004年7月

孟晓白是回到她的小屋才打开这封信的。冬夜清冷，灯光昏黄，她伏在桌上号啕大哭，四年来没有流的泪，就让它一次流尽吧。

天气越来越冷了。这几日社里很是热闹，大家能不出去就不出去，享受公家的充足暖气。

有阳光的日子会让人产生错觉，外面真的冷吗？玻璃被晒得暖烘烘的，办公室一片明媚，各位喝茶聊天，感念岁月静好。但一出门，冷！空气又干又硬，像一头撞在山上，草木皆"冰"，阳光七零八落，那小风嗖嗖的，在脸上、脖子里、裤腿、胳肢窝窜来窜去，欢实得很。孟晓白不喜欢冬天，一到这时候她就手脚冰凉，晚上躺被窝里，刚泡热的脚不一会儿就凉了，感觉是人焐被窝，不是被窝焐人。为这，晓白爸还专门送来了暖水袋，让她每天晚上放脚底下焐着。

要画的事让孟晓白一筹莫展，她去了美院两次，都没见到院长，不是在开会，就是外出。眼看下期杂志即将付印，她手头连一张杨云海的画都没要来。按常规这事是不需要找院长的，杂志社一般跟画家直接接触，达成协议后，根据市场价格用若干数量的作品来抵报道费用，这是你情我愿的事情。但这几年美术类杂志层出不穷，《艺界》的影响力大不如前，有名的书画家无所谓，你想报道就报吧，画是不给的。当然也有一些不入流的画家想上作品，他们还不乐意，因为会拉低杂志的档次，如果给这些人开了口子，那就真的堕落了。坚守！坚守！这是张枰经常对他们说的一句话，坚守格调，坚守艺术底线，哪怕暂时失去了市场，也要保住这片艺术的净土。孟晓白觉得，张总这些话说得都对，但那是在有保障的情况下，他们杂志是文联下属的事业单位，如果真把他们都丢在市场里，任其自生自灭，那这本杂志还有竞争力吗？张总还敢说宁可失去市场，也要坚守的话吗？当然老李、马姐这些人也坚守了，不过他们坚守的是铁饭碗，而不是张总说的崇高的艺术底线。有时候孟晓白觉得自己特别碌碌无为，写的东西并不是自己真正想写的，干的事情没有成就感不说，还没有尊严，经常给人赔笑脸，目的就是多要两张画。她就这么点追求吗？也想过离开，但每次都被妈妈呵斥，别人敲破墙找着缝想往里钻，你倒好，守着清闲不清闲。孟晓白不甘心，难道老李和马姐就是她的未来？

又给院长发了几条短信，短信上说"我是《艺界》记者，关于贵院老师杨云海的报道有几点问题需要与您沟通，不知您什么时候有空"云云。打电话，院长一般是不接的，偶尔接了也只说"我正忙，下来说"，还不等这边说话就挂了。下来说？这个"下来"是什么时候嘛。长平美术学院院长姓刘名北辰，学油画出身，多以肖像画为主，属于很写实的学院派。上学时孟晓白很少有机会见到刘院长，毕业典礼授学位算是第一次近距离接触，她的印象里刘院长不是一个画家，而是学校的管理者，是一个官。孟晓白知道，以她的身份是不足以让院长和她见面的，院长是真忙。不行，还是去他办公室堵吧。这一次，孟晓白没白来，可能是院长办公室那个小伙了看她跑了好几趟，有点于心不忍，就告诉她，院长在学校，这会儿正在会议室跟人谈事，你就在门口死等，他总要出来的。孟晓白道了谢，站在会议室门外，心想今天说什么也要见上院长。

等了一个多小时，会议室的门终于开了，刘院长和几个人走出来。孟晓白冲到院长面前，说：刘院长，我是《艺界》杂志社的记者，是我们张总叫我来找您的。刘院长很官方地看了孟晓白一眼，问：有什么事吗？孟晓白赶紧从包里取出一叠纸，说：这是杨云海老师纪念展的报道，有一部分是关于咱们学校的，您审审吧。刘院长没有接稿子，一边往办公室走一边说：让办公室小张看看就行了，有什么问题找他，我马上还要出去。孟晓白跟上来说：是这样刘院长，这期杂志是明年第一期，社里很重视，张总特意交代我，杨老师的报道要让学校满意，您就看看吧，耽误不了太多时间的。

追到办公室门口，孟晓白一副铁了心的样子，今天跟定你了。刘院长在办公桌前坐下来，看到孟晓白还站在那儿，便笑着说：是你们张总让你来的？

对，打扰您了，我知道您特别忙，主要是社里催得紧，这一期马上就要出了。孟晓白把稿子放在院长面前，又说：我也是咱们学校毕业的学生。

哦，哪个系的？刘院长很快翻着稿件，眼睛都没抬一下。

国画系。

谁带的？

就是……杨云海老师。

刘院长点点头，说：没什么大问题，就是关于学校这部分报道我看就不必要了吧，毕竟是纪念杨老师个人的专题，把学校放进去不伦不类的，反而影响不好。那就这样？刘院长示意今天的谈话到此结束。孟晓白说：好的，那学校这部分就不要了。另外，张总跟您提了没，我们社想收藏几张杨老师的画……终于说到正题了，孟晓白有点语塞：您看，画的事我找谁谈……是不是需要签个协议？我们之前都是跟画家本人签的，这一次情况有点特殊……

刘院长已经离开了座位，一副随时要走的样子。他对孟晓白说：杨老师的去世很突然，据我了解，他的画学校只收藏了几张，那是他生前留给学校的。这次展览是学生处和美术馆联合举办，所有作品由家属提供，具体问题你找他们，最好和杨老师的家属谈，毕竟他们才是这些画作的所有者。孟晓白急急地问：找家属，这合适吗？还得学校出面吧？刘院长说：有什么问题你找学生处，让他们协助，就说已经给我说过了，好吗？回去代我谢谢你们张总，感谢这次的大力支持啊。

显然没有说下去的必要了，孟晓白对这个结果并不意外，甚至觉得就不该开这个口。一位去世的画家，如果他值得报道，就应该是无偿的，这中间怎么能有"交易"的成分呢？"交易"是跟活人谈的，跟死人怎么"交易"？口口声声说坚守艺术底线，其实还是利益为王。这次索要作品的行为，怎么看都有点趁火打劫的意味，人家尸骨未寒，你怎么去开这个口？

　　孟晓白决定对张枰实话实说。回到社里，张总不在。马姐一见到晓白，很亲热地迎上来问：怎么样？见到人了吗？孟晓白说：见是见到了，不过没什么成效。马姐说：哎呀，没关系的，你多去磨磨，他总要给张总面子的，三张四张不行，一两张总是可以的吧。孟晓白说：磨？怎么磨？今天院长说得很清楚了，画不该由学校出，让我找家属要。唉！怎么感觉跟要饭的一样，人家想给就赏一点，不想给你总不能抢吧。马姐说：真挺难为你的，我也干过这事。上次，鲁艺的那个画家，咱们巴巴地给人家做了一个专题，人家还不买账，说他主攻国外市场，国内的媒体他看不上。妈的，拽的呀，我都想抽他。但我还得赔笑脸，说好话，陪他逛博物馆。磨呗，其实大多数艺术家都挺性情的，只要让他高兴了，什么都好办。最后他确实被我感动了，说张总都在其次，主要是给我面子，不想让我交不了差。

　　马姐压低声音，脸凑到晓白耳朵边，说：最后总算是给了。她说着伸出三个指头，在晓白眼前晃了晃。孟晓白明白，马姐后来只给社里交了两幅，另一幅落进了自己的口袋。这就是其中的道道了，给公家干活的同时自己也有好处捞，这才是原动力。

　　马姐给孟晓白出主意，既然院长这儿行不通，就去找学生处；而且院长也说了让学生处协助的话。直接找家属谈显然是不合适的，还是先让学生处的人给家属带话，然后咱们再去说。还有，不要找学生处的处长，最好是认识下面的人，有时走官方路线更麻烦，中国人是讲究私下里回旋的，一旦把事情摆在桌面上反而不好说了。

　　孟晓白当即就想把这活儿交给马姐，她也不想谋什么，还不如让马姐谋了呢。马姐说不行，张总点名让你孟晓白去，而且这组报道是你组织的，你又是美院毕业的，这感情上就不一样啊。马姐叮嘱晓白，可以给张总说困难，但先别打退堂鼓，领导是最烦这个的，他会觉得你能力不行，态度也不行，把事儿不当事儿。马姐最后说，如果晓白真需要她，她可以和晓白一起去，做点辅助的工作。谁叫她是晓白的"马姐"呢！这话说得挺热乎，也在理，晓白领情了，好，那就再努力一把吧。

吴强就是学生处的，这次展览也是由他牵头组织。孟晓白决定先找吴强。

电话打过去，吴强表示很意外，说孟同学是很少给他打电话的。两个人寒暄几句，孟晓白说了来由。吴强也觉得这事不好办，但也表了态，一定帮忙，于公于私都该帮。他说他先以学生处的名义找一下杨老师的爱人，看能不能用最简单的办法把事办了。

第二天，吴强回话，说杨老师的爱人没说答应也没说不答应，只说过一阵。还说师母状态不好，最好过几天晓白跟他一起去趟杨老师家，画的事情看情况再提。也只能这样了，看来想在杂志付印前拿到画，希望渺茫。

周末，吴强约孟晓白去杨云海家。孟晓白踌躇不定，她不知道该不该面对杨云海的妻子，甚至有些怯怯的，直觉告诉她杨云海的妻子并不知道孟晓白这个名字，她完全可以以一个学生的身份去探望她的师母，理所当然。孟晓白又想，女人的直觉是相通的，你有直觉人家也有，也许她已经发现了一些蛛丝马迹，只不过没有问、没有究，但心里总是有些波澜的。那这个面到底该不该见呢？孟晓白思前想后，突然很气自己，这算个什么事，至于自己这么费脑细胞吗？她是见不得人吗？还是做了亏心事怕见人？与其想象各种可能，还不如大大方方地去。孟晓白和吴强约好了时间，临了又给蒋凤仪打电话，拉她一起去，蒋凤仪二话不说就答应了。孟晓白暗暗感激，觉得有这样一个朋友真好，心里也踏实了许多。

她收拾停当，在镜子前端详了好久，镜里的人面如冷月，眼神坚定。哎哟，太严肃了！她咧开嘴撑开一个笑容——你这是探望师母，不是找情敌对峙呀！孟晓白，放松，放松。

吴强先到了，两个人在楼下等蒋凤仪。这是美院的家属区，有四五栋楼的样子，住着美院大部分教职工，那个招办的孙老师就住在这里。孟晓白想，当年她亲爱的妈妈就是在这其中的一栋楼上与孙老师有过短暂的谈话，在晓白妈妈看来那是一场战役，以她的胜利告终。当然，这场战役原本就没有失败者。后来晓白上了学，妈妈不止一次地让她去拜访一下孙老师，毕竟人家是帮了忙的，说不定以后毕业还会求到人家呢。孟晓白从没有去过，她想孙老师怎么会记得有她这个学生呢。也奇怪，他们也从没碰过面。

等了十来分钟，蒋凤仪风风火火地到了。她在一所民办小学教美术，最近正全力备考研究生。孟晓白有点内疚，她因为自己的某些原因把蒋凤仪拽了来，蒋凤仪还什么都不知道呐。孟晓白说：今天叫你过来太急了，没耽误你什么事吧？蒋凤仪说：没有，我能有什么事，这几天看书看得头昏眼花，正好出来放放风。吴强说：看来你这次是势在必得，非考上不可呀！上学的时候也没见你这么用功。蒋凤仪说：还别说，我这次是真用心了，非考上不可，谁叫我这么热爱艺术呢！

三人说笑着走到楼口。没有电梯，吴强在前，蒋凤仪第二，孟晓白跟在最后，三人像商量好似的，都收住了说笑，默默上楼。

到了门口，孟晓白深呼一口气。吴强敲门，开门的不是杨云海的妻子，而是一个年轻男人。蒋凤仪惊呼一声：仲天麒！孟晓白想起来了，他是杨云海的研究生，在画展上见过。仲天麒请他们进门，说正在整理杨老师的东西。蒋凤仪说正好，大家一起帮忙。四人穿过客厅，走廊一侧并排挂着两幅国画，一幅是杨云海的，他的风格晓白很熟悉，另一幅是小写意花卉，也不知是什么花，枝干繁茂，花朵很小，没有设色，只用淡墨渲染，衬托出一股清丽之气。仲天麒说：这是师母的作品。孟晓白哦了一声，看到题款处写着一个"梅"字。

走廊深处就是书房。进去的时候，韩梅正和一个女生将地上的几摞书放进书柜。一面墙是博古架，画册、卷轴，瓶瓶罐罐的东西挤在一处，凌乱得很。让孟晓白目光停驻的是书桌对面的一张条案，上面支着一个相架，相片中人正是杨云海。相片前一个小香炉，插了三炷香，青烟缕缕，迂回上升，消散在房间里。吴强叫了声韩老师，然后介绍孟晓白和蒋凤仪。韩梅点点头，说：谢谢你们啊,杨老师学生多,我也认不全……给你们老师上支香吧。三个人走到案前,各点了一支香,站定。韩梅说:这是你们杨老师最喜欢的藏香,里面有十几种药材呢,你们闻闻,是不是有种特殊的香气,它有镇定安神的作用……对,安神,可以让人好好睡觉……韩梅声音很轻,幽幽的,却听得十分真切。孟晓白举着一支香不知所措,在缭绕的烟气中突然有些恍惚起来,相片上的人,曾经那么恨他,现在却站在他的家里,在他的妻子面前,为他焚香。头低下去的一刹那,孟晓白莫名地湿了眼睛,地面变软了,在她脚下微微泛起涟漪。

　　整个上午都在整理杨云海的遗物,大家很少说话,默默地把东西归类。韩梅回卧室休息了一会儿,大约半小时,又出来了,对仲天麒说:给大家倒杯水吧。

　　仲天麒去烧水,蒋凤仪也跟了去。水端来了,大家就在原地,或站或坐,默默喝水。蒋凤仪突然想起了什么,问:韩老师,您女儿不在家啊?韩梅说:她回北京了,学校的课耽误不得。蒋凤仪说:都上大学了呀,您女儿叫月月吧?一个特别漂亮的小姑娘,以前总听杨老师说呢。韩梅说:他最宠这个女儿,当初还舍不得她一个人去北京上学呐。蒋凤仪说:北京多好啊!毕业后最好能留在北京发展,您以后也可以搬过去呀。韩梅说:看她吧,留在那边也不容易。我呢,在学校住惯了,也不想挪动。韩梅四下看了看,又说:这房子住了快二十年了,刚结婚的时候没钱装修,就这么住进来了,后来我一点一点地收拾,这地板、家具、小物件,都是我一样一样挑回来的。你们杨老师不爱干这些琐事,整天就是画画,要不就跟你们在一起,他喜欢学生,说在你们中间可以永葆青春。蒋凤仪说:我们也特别喜欢杨老师,女生都爱死他了,杨老师总在我们跟前夸您,说您多么温柔美丽,你们多么幸福。是不是,晓白?

　　孟晓白短暂地反应了一下,说:啊?对。韩梅露出一丝笑意,说:我哪有这么好。突然转向孟晓白,问:你叫……

　　孟晓白说:我叫孟晓白。心怦怦跳。吴强说:韩老师,她就是《艺界》杂志的,上回我给您提过。他一边说一边对孟晓白使眼色。

孟晓白知道，这是吴强在暗示她提作品回报的事。她说不出口。

已经是中午时分。孟晓白打算离开，画的事情就这样吧。走的时候，韩梅说很抱歉，家里太乱，没办法留大家吃饭，很感谢同学们的帮忙。

仲天麒和他们一起下楼，刚出楼口，吴强就问孟晓白怎么不提画的事，今天来不就是为这事吗？今天不提以后可就没机会了。孟晓白说：我知道，但我实在说不出口。蒋凤仪问什么事，孟晓白说你就别操心了，好好复习备考。

吴强简单说了下情况，蒋凤仪埋怨晓白：你怎么没告诉我？你说不出口让我说啊！你就是皮儿薄。孟晓白笑着说：是，我是皮薄我认了，就你皮厚肉糙，没心没肺。仲天麒问：那你回去怎么跟单位交代？孟晓白说：没事，实话实说呗，领导能理解最好，理解不了就算了。在这件事上，我还是坚持我的态度。仲天麒深深地点了点头。

画的事孟晓白没有直接找张总，而是先找了编辑部的席主任。席主任五十出头，一直不得志，在这个位置上坐了快十年，总也得不到升迁的机会，论资历他算是老人，大家对他有一份尊重，但似乎也仅是尊重而已。老席性子软，没有权威，加之摊上了个爱出风头的总编辑，往往越过他去给底下的人布置任务，席主任形同虚设。时间久了，老席就越发龟缩起来，对自己交代的事有时还问上一两句，如果是张总直接布置的活儿，他干脆不闻不问。这有点像家庭关系，如果父母太强势，孩子往往性格懦弱，强压之下只有听话的份儿。大家在背地里说，这老席叫真能忍啊，都快成忍者神龟了。

老席是孟晓白的直接上级，按规矩还是先给老席汇报一下比较好。孟晓白到了主任办公室，老席正在修剪窗台上的植物。

看到有人进来，老席手里的剪刀没停，继续他的修剪工作，一边不紧不慢地说：坐吧，小孟。孟晓白走到窗台前，问：席老师，这是什么植物？老席说：这叫春羽，名字好听吧，看它柔柔弱弱的，其实特别好养，十天半月浇点水，有点阳光就行了。

嗯，真好看。孟晓白端详着眼前的春羽，叶片大而饱满，枝干却很细，从根部生发出数条向上伸展，每片叶子都张得很开，绿莹莹的，在灰白的办公室里显得格外亮眼。老席说：小孟，你不是来我这欣赏植物的吧？孟晓白说：最新一期杨云海的专题做好了，但是……画没要来。老席说：正常的，也不是每次人家都愿意给。孟晓白说：是，这次情况特殊，跟家属没法谈。老席说：那个美院的院长，张总不是跟他挺熟吗？让张总亲自说个话，不比你顶用啊？孟晓白说：我去了几次，也提过张总，但人家不接这个茬儿。老席哼哼了两声，没搭腔。孟晓白说：席老师，要不您给张总说一声，看还有其他办法吗？老席说：这事是张总直接抓的，前后情况我都不了解，你还是自己向他汇报，把事儿说明白，没问题的，这次情况特殊，张总一定能理解。

孟晓白不好再说什么了。走的时候路过张总办公室，大门紧闭，看来还没回来。一般情况下，张总办公室的门是敞开的，每次路过总能看到他在练字，很有些书法家的气场。回到座位上，老李凑过来问：张总在没？孟晓白说：不在，门关着的。老李嗯了一声，匆匆向里面的办公室去了。

老李是个爱琢磨事儿的。有一回聊天，老李问孟晓白，有没有发现咱们办公室的布局有什么不一样的地方。孟晓白说没有啊。老李说：一看你就不常去领导办公室，你仔细观察一下领导办公室的位置布局。一般情况下，最大的领导应该在最里面，也就是最隐蔽处，来拜访的人要走半天，七找八拐，这样才显了领导的神秘和权威。领导哪那么容易见呢，但咱们杂志社正好相反，大领导的办公室在最外面，往里才是什么主编、主任，你知道为什么这样安排吗？

孟晓白摇头。按她的理解，汇报工作一般是级级递进，自下而上，那么办公室的位置也应该按工作程序设置，这样效率不是更高吗？

老李神秘地一笑，脸上的褶子堆积成梯田。他说：小孟，到底说你年轻啊，你以为这办公室是随便安排的，哦，把大领导都放在最里头，你们在外面找谁、干什么事他都不知道，那领导还叫领导吗？领导最怕底下的人瞒着他，架空他。处处皆留心，处处有学问，办公室的位置也是学问，大领导在最外边，你们去找谁不得从他门口过啊？你看张总每天练字、看报，除非是来人谈重要的事，哪天大门不是敞着的，你能绕过他去？所以啊，领导要世事洞察，了然于胸，这才有掌控感嘛。

　　老李一席话听得孟晓白胆战心惊，一个办公室的位置老李都能琢磨出这么多道道，这个人可真不敢小看。

仲天麒最近有点魂不守舍,毕业创作完全不在状态。他心里像住了一个跑马场,马撒了欢地疯跑,拢也拢不住。他知道,他迷上了一个姑娘。

孟晓白——孟晓白——这个名字撞击着他的大脑。从什么时候开始的呢?他们也只见过两次面,说的话加起来不超过十句。孟晓白算不上特别漂亮,但周身散发着一种特殊的气质,怎么形容呢?远望山色空蒙,近观水光潋滟,大约如此。这种气质很让他着迷。孟晓白对他有没有感觉,他拿不准。其实在女孩子这方面,他还是有些自信的,但孟晓白让人捉摸不透,她有自己的小世界,只要她不乐意,谁也别想进来。

仲天麒想,他该如何进入她的世界呢?

那天蒋凤仪来电话,问考研的事,他们约在美院门口,仲天麒把以前的资料给了她。谈话中提到孟晓白,蒋凤仪说她和晓白是闺蜜,在学校就很好,晓白看着挺柔弱,但骨子里硬得很,遇到什么事总爱自己扛着,不像她,憋不住话,啥都给人说。仲天麒不好多问,貌似随意地说,能不能把晓白的电话给他,他想问一下杨老师那期杂志出了没有,想要几本带给师母。蒋凤仪挺干脆,当即就给孟晓白拨电话。孟晓白说已经出刊了,改天带给她,现在正忙,不多说了。蒋凤仪挂了电话说：哪天我去她那儿要了给你。仲天麒说：不麻烦了，你马上要考试，好好复习，我直接找她就行了。

现在，仲天麒正翻着手机通信录，M字母打头的只有一个名字——孟晓白。他想，该不该贸然打这个电话，踟蹰了片刻，终于拨出去。

你好，是孟晓白吗？

是我。

我是仲天麒。

哦，杂志的事吗？我还没来得及给凤仪呢。

没关系，你哪天有空我去取吧。

也行，你刚好代我拿给韩老师。谢谢啊。

应该我谢你的。我什么时候去拿，现在……行吗？

现在？孟晓白停顿了一下，说：好，我就在单位，你来吧。

放下电话，孟晓白去领了几本杂志，等着仲天麒过来。画的事她已经向张总汇报了，张总虽然没说什么，但看得出来他很不满意。这就像做生意一样，都说赔本赚吆喝，其实那是给自己宽心的话，再有追求的商人也不想只赚吆喝，经济价值才是最终衡量标准。

很快，仲天麒电话打过来了，说他就在杂志社门口。孟晓白说：你等下啊，我给你送出去。仲天麒笑着说：我都到你门口了，外面这么冷，你就不请我进去坐坐？孟晓白心想，我又跟你不熟。但还是说：好吧，你上五楼左手第一间，就是我们编辑部了。

仲天麒出现在《艺界》编辑部，吸引了不少人的目光。有一种人天生就扎眼，长得很高调，以孟晓白对一个男人的审美标准来讲，仲天麒过于漂亮了，高个子，穿一件墨绿色的羽绒服，脖领处露出黑白格子的棉绒衬衣，清清爽爽干干净净，怎么看都像T台上的模特。漂亮男人和漂亮女人一样，总归是养眼的，孟晓白第一次认真地观察仲天麒，觉得他像一棵树，什么树呢？对了，白杨树。这种树在北方很常见，耸立而挺拔，有一首歌不是唱嘛：一棵小白杨，长在哨所旁，根儿深干儿壮，守望着北疆，微风吹，吹得绿叶沙沙响，太阳照得绿叶闪银光……现在，仲天麒这棵树就在他们编辑部，没有太阳照也闪着银光，那是被一帮女人的眼睛照亮的。马姐以借茶叶为由已经过来一趟了，还有两个女同事也兴奋地凑过来，莫名其妙地跟孟晓白说了几句闲话。孟晓白理解，来单位找她的人很少，找她的男人更少，找她的漂亮男人少之又少，现在来了位白杨树一样的男人，难免会引起骚动。孟晓白感觉到了仲天麒的一丝得意，同时又有一份坦然，想必接受女孩子的注目礼，对于他是件稀松平常的事。孟晓白并不想因为一个男人而成为焦点，但同时，一份真切的女孩子的虚荣感油然而生，让她的内心小荡漾起来。

　　孟晓白把杂志递给仲天麒，说：你先看看。仲天麒接过来，很仔细地翻着看，一边说道：嗯，选的都是杨老师的代表作品。这文章是你写的吗？孟晓白说：不是，就整理了一下。仲天麒说：本来我想买的，但在报刊亭都找不到。孟晓白说：我们走的是邮局发行，外面不好找。仲天麒说：谢谢！这是很好的纪念，我会带给韩老师的。

　　仲天麒在斟酌每句话的分寸，不能表现得太亲热，这样会把孟晓白吓跑，他第一次遇到一个给他不确定感的女生。孟晓白问他是哪人，他说是本地的，大学上的四川美院，毕业后游荡了一年，又考回来上研究生，可惜他进校的那年孟晓白已经毕业了，他笑着说这就叫擦肩而过吧。孟晓白也笑了。

　　虽然不想表现得太急切，但仲天麒还是没忍住提出一起吃饭，说要谢谢孟晓白的帮忙。果不其然，孟晓白说不了，她还有一个选题没完成，要加班。仲天麒没再勉强，嘴上说，好吧，哪天有空叫上蒋凤仪一起吃饭。他在心里暗暗告诫自己：稳住，稳住，慢慢来。

　　从杂志社出来，仲天麒去了韩梅家。韩梅正在厨房忙活，客厅里的电视开着，声音很大，听着像是昆曲。厨房的地上已经堆了一大堆东西，塑料袋、香油瓶、菜叶、发了芽的土豆、蒜头。韩梅说：都是过了期的东西，以前总舍不得扔，想着能用，其实净占地方了。说着把这堆东西往一个大袋子里装。仲天麒拿过袋子，说：我来吧。

　　韩梅开始把橱柜、冰箱里的东西一件件往出拿，像要把什么掏空一样。一个小烤肉架,也被她往垃圾袋里装。仲天麒迟疑着问:这个,也要扔吗?韩梅说:扔!你见过一个人在家烤肉吃的吗?仲天麒不再说什么,默默收拾。

  韩梅坐在客厅沙发上,手里拿着仲天麒送来的杂志,却不看。电视里昆剧唱到正酣处,韩梅突然问:你知道这唱的什么戏吗?仲天麒走过来,看电视上的字幕:

  原来姹紫嫣红开遍,
  似这般都付与断井颓垣。
  良辰美景奈何天,
  赏心乐事谁家院?
  朝飞暮卷,
  云霞翠轩,
  雨丝风片,
  烟波画船。
  锦屏人忒看的这韶光贱。
  ……

  仲天麒说:好像是《牡丹亭》吧?——对,是《牡丹亭》。韩梅出神地看着电视,自顾自说道:我祖籍上海,从小就喜欢听昆曲,你们杨老师却不喜欢,说太阴柔,悲悲切切的,唱一句要转好多弯,听着急。有一次我们回上海,刚好赶上新排的《牡丹亭》在上海大剧院演出,我就逼他和我一起看,那次演出真是太完美了,舞美、灯光、演员,无可挑剔。你们杨老师看完终于承认了昆曲的好看,说美得动人心魄,但他就说好看,不说好听,呵呵,固执得很。之后他还以《牡丹亭》为素材,画了几张小品。对了,你见过吗?仲天麒说:见过,我记得是在一次展览上,有六七张吧。韩梅说:对,是展出过,有个上海的老板把这组画都收藏了,可惜,我手上连一张都没留……

  荧屏上,女演员咿咿呀呀,唱得百转千回,柔肠寸断。仲天麒从心底生出凄凉来，没了杨老师，师母可怎么办呐。

从韩梅家出来，仲天麒在校外吃了碗牛肉面，又回到教室。还有半年就毕业了，他要好好想想毕业创作，脑子里已经有了基本的构想，素材林林总总，收集了不少，但最近太多事烦扰，让他不能集中精力。8点多钟，天色完全暗了，仲天麒沉浸在自己的世界里，毛笔在宣纸上皴染点勾，墨色渐渐丰富起来……

教室的门被推开了，仲天麒没有抬头，以为是哪个同学。直到那人在他身边发出啧啧的声音，他才发现不是熟人。但一瞬间他就明白了，那是"江西人"。在中国的书画圈，江西人很有名，几乎成了"以物换画"的代名词，他们似乎可以拿来一切物品与你的画交换，家具、古玩、玉石，当然，这些代价比较大，精明的江西人是最会算账的，他们会把好东西用在刀刃上。换画最常见的是用宣纸，现在好的老宣越来越少，价格不菲，有上千一刀（注：一百张为一刀），也有上万一刀的。现在书画市场慢慢繁荣起来，一些知名画家已经不愿意用画来换纸了，但这些江西人依旧不折不挠，成箱地把红星宣纸往画家的画室搬，你让他拿走吧，他撂下一句：老师，你只管用。人就走了。一些画家碍于情面，一来二去也就送他一张半张的。但这也只限于一般知名画家，真正的大腕想见一面都难。这几年江西人也知道生意不好做了，他们马上转变思路，盯上了各大专业院校的研究生。为什么只选研究生？仲天麒曾经问过一个江西人，那人说，这是遍撒网捕大鱼，你想啊，都上研究生了，肯定是要走画画这条道的，没准这些人里头将来会出个大画家，一旦毕业留校，那画价铁定是要翻番的。学生清贫，用不起好纸，他们提供啊，有的一换就是几十张。这些画先压着，就像押宝，压准一个人就成了。长平市的书画市场这几年很红火，江西人有一定的功劳，他们活跃在这个圈子倒买倒卖，搅动市场，甚至能影响书画交易的趋势。所以，一些画家和藏家虽然嘴上说烦，但心里也对精明的江西人存着一份尊重。

仲天麒也被换画骚扰过。这种以物易画由来已久，当年郑板桥不堪索画之扰，特作"润格"贴于画室，其中特别标明：

> 凡送礼物、食物，总不如白银为妙。公之所送，未必弟之所好也。送现银则心中喜乐，书画皆佳。礼物既属纠缠，赊欠尤为赖账。

看来任何时候人们都是喜欢真金白银的，诚如郑板桥所言，"公之所送，未必弟之所好"，但我的画却是你"所好"，这就有点不对等了。既然不对等，那画家也可根据礼物的轻重来"回报"对方，是应酬之作呢，还是精心之作。仲天麒曾被导师杨云海郑重告诫过，不要轻易卖画或换画，看似现在得了点便宜，但未来如果画出了名堂，跻身著名艺术家行列，你会被自己年轻时撒向市场的画害死。一是当年笔墨功夫太嫩，而且多为应酬之作，以现在的眼光看简直惨不忍睹，画家丢不起这个人，这就能明白为什么会有画家不认自己的"亲生子"，明明是自己画的却死活不认账；二是流出的作品被画作所有者随意定价，因为人家怎么定都是赚的，生生地坏了行情。

仲天麒对换画这种事一直比较排斥。现在，这个江西人脚下就放着一箱宣纸，他凑到近前，看仲天麒画一笔就叫一声好，两个指头捋着嘴唇上的一撮小胡子，神态自若。

仲天麒忍不住说：我这是草稿，好什么好啊。江西人一副很懂的样子：就是好啊，草稿也好，张弛有度，可见笔墨功夫啊。就是……江西人在纸上弹了两下，说：就是这宣纸差点儿，你这水平配得上用二十年的红星。同学，你试试我的纸，特净皮的，保证感觉不一样。说着就从箱子里拿出一摞宣纸。仲天麒说：我真不需要，大哥，家里的纸都放得发霉了。江西人说：怎么能不需要呢？画家需要纸，就像农民需要土地，土地是农民的命根子，画家的纸就是土地，一年四季都得耕耘啊，否则靠什么吃饭呢！农民有嫌地多的吗？没有吧。所以画家的纸永远不嫌多，只有好不好。来，你先试试，试试嘛。

江西人不由分说，麻利地抽出一张铺在桌子上。这种人仲天麒还真招架不了，试就试吧，他用笔头在纸的一角轻轻一点，墨迅速被纸吃进去，绽开一个边缘规整的圆形，墨的层次也比较柔和，再拎起纸抖一抖，没有那种脆脆的声响。看来这个江西人还算厚道，这纸虽称不上"二十年红星"，但也有些年头了。

江西人语调高起来：怎么样？没骗你吧，好纸！市场上起码五千元一刀。仲天麒无奈地说：是这样，你这纸不错，但我确实不需要，我可以帮你问问其他人。江西人说：没关系没关系，纸先放你这儿，你只管用。问一下，你研究生几年级？仲天麒说：研三了。江西人问：有机会留校吗？仲天麒说：没可能。江西人问：你导师是谁？仲天麒有些不快，心想你管我导师是谁。江西人看仲天麒不回话，连忙说：没别的意思，我看你画得不错，挺有前途的，想帮帮你。

帮我？仲天麒心说，你拿什么帮我？他不好意思直接赶人走，只好说：我还忙着，要不您到别的教室再看看。

江西人不但没走，反而坐了下来。他语气诚恳，语重心长地对仲天麒说：小伙子，你听我讲，我这个帮忙可不是随便说说的。你看啊，我在圈里也有些年头了，你们学校好多老师我都认识，像你画这么好，应该早做打算，留校是最好的，但留校太难了，必须打通关系，你是学生，当然不知道怎么打通，但我知道啊，我可以替你跑，只要你有这个意愿。当然，我的条件也很简单，你给我画，我来跑关系，该送礼该送钱你就不管了。

仲天麒很惊讶，啥时候有这项业务了，真是只有你想不到，没有他们做不到。但要是没办成呢？钱也花了画也砸手里了，就算是留了校，你就能保证画一定能升值吗？仲天麒满脑子问号，觉得这人是个"大忽悠"。

那你要多少画呢？仲天麒问。先拿五十张。江西人伸出五个手指。仲天麒笑了：您以为我是机器吗？就算我愿意给，我也画不过来呀。江西人说：又不让你一下子给，咱们这是君子之约，长期有效。仲天麒说：你就不怕画砸到手里吗？江西人说：这就要看眼光了，任何投资都是有风险的，做书画也一样，没有这点魄力就别在这个圈混了。顿了顿，又说：怎么样？考虑一下。

对于留校，仲天麒不是没想过，杨云海生前隐约提过留校的事，虽然没有明讲，他相信如果有机会，杨老师是很愿意推荐他的。但现在导师不在了，他就像没了娘的孩子，谁会替他争取呢？他也就不再做留校的奢想。

看仲天麒不置可否的样子，江西人不再追问，说让他好好想想。临走时，把一张名片放在仲天麒面前的桌上。

年的味道越来越浓了。过了元旦,工作中的人们开始无心恋战,忙了一年,好也罢坏也罢,总算过去了。中国人在过年这件事情上有着完全一致的价值观:有钱没钱,回家过年。

上学时,孟晓白对年总是抱有很大的期待。新年伊始,万象更新,人也会更新吧,会不会有一些新鲜的不一样的事发生在自己身上。初一过去了,十五过去了,正月过去了,一切如常,草绿了,花开了,但年年不是如此吗?跟她有什么关系?学生时代的心思是不在这上面的,她还是每天早起,上学,放学,世界那么大,对她而言就是家和学校而已。她在心里对年的感觉渐渐淡了,尤其工作以后,每天按部就班,平淡如白开水,节日来了又走了,年就是一个大长假而已,聚会、吃饭,吃饭、聚会,到哪都一样,唯一的好处是可以心安理得地休息,放纵自己的身体。

但今年似乎有点不一样,孟晓白挺期待过年的,想回家好好陪陪爸妈,吃他们做的菜,一起看春晚。是不是人到了一定年龄就变得恋家了,过完年孟晓白就二十六了,她开始有了紧迫感,工作没什么成绩,恋爱也没正经谈一次,她觉得自己踩不上人生的点了——何止踩不上,简直是步步踏空。每次回家,她都会被妈妈敲打：抓紧找对象，抓紧结婚，抓紧生孩子，把女人该办的事办完了！孩子，有苗不愁长，你的事业也不耽误。就算事业干得不咋地，咱还有孩子啊，这就是成就，是终极目标。说到底，家庭才是女人的归宿，千万不敢把自己耽误了。

妈妈的话不是没有道理，她有时也会想：孟晓白，你是不是该谈场恋爱了。大学里那段特殊的经历，让孟晓白觉得她和一般女孩子不一样，不是自卑，不是自闭，而是一种自我催眠，把恋爱的感觉和能力催眠了，她愿意这样一直睡着，醒来会让她感觉不安全。她讨厌相亲，所有亲戚朋友的介绍一概拒绝，为此没少让妈妈生气。办公室的几个人，喜欢拿她和刚子打趣，说你俩现在都单着，干脆在一起算了。刚子每次都应和，好呀好呀，就怕晓白看不上我呢。孟晓白这时就笑笑，没有多余的话。她知道，这种办公室交际是无聊的调剂品，大家当笑话而已。

蒋凤仪打来电话，说她考完试了，自我感觉良好，约着一起吃饭。孟晓白说好啊，在哪吃？蒋凤仪说：我可没钱请你，就在你家吃，你买菜我来做。

闺蜜一起做饭是件快乐的事，孟晓白早早下班采购了很多东西，回到小屋摘菜、洗菜、切菜一通忙活，搭配归置好，整整齐齐码在盘子里，看起来很有成就感。就等蒋凤仪炒菜了。她们分工明确，孟晓白是帮厨，蒋凤仪是大厨，凤仪看不上她的炒菜水平，经常骂她糟蹋东西。

当孟晓白剥完最后一颗大蒜的时候，蒋凤仪来了。让她万没想到的是，蒋凤仪不止一个人，身旁还站着仲天麒。蒋凤仪说：我把仲天麒带来了，没有事先通报，你不介意吧？孟晓白翻了蒋凤仪一眼，心说带都带来了，我还能怎么样。嘴上说：你这个大厨也拿得太稳了吧，菜早都备齐了，现在才来。蒋凤仪说：我们买东西去了。又对仲天麒说：我就说不用买什么了，晓白肯定都准备好了，你还非得买。仲天麒说：我不请自来已经不好意思了，哪能白吃白喝呢。他提着一大包东西往进走，一边问：厨房在哪儿？

在那儿，来我帮你。蒋凤仪完全熟门熟路。孟晓白跟在他们后面，反倒像个客人。看仲天麒一头扎进厨房，她一把将蒋凤仪拽出来，压低声音说：你要带他来也事先告诉我一声啊，真把这儿当自己家了。蒋凤仪嗲着嗓子说：哎呀，好晓白，好姑娘，你不觉得就咱俩吃饭太单调了吗？我也是临时想叫他来的，怕给你说你不同意。我考研他帮了不少忙，想谢谢他嘛。孟晓白说：那你也得给我说一声啊，我一点准备都没有。蒋凤仪说：你什么都不需要准备，你需要准备什么呀？

我……孟晓白语塞。是，还真没什么可准备的。蒋凤仪说：好了好了，你不觉得多了一个帅哥你这房子的温度都上升了嘛！孟晓白推了蒋凤仪一把，说：花痴！快去炒菜吧，你忍心让你的帅哥一个人忙活。蒋凤仪朝她一挤眼，扭着进了厨房。

孟晓白明显感觉到蒋凤仪对仲天麒的热忱，他们只见了两三次面而已，发展得这么快了？哦，是他和孟晓白只见了两次，也许他和蒋凤仪已经见过好多次了，蒋凤仪不刚刚说了么，她考研仲天麒帮了不少忙，看来他们交往有些日子了。孟晓白心里怪怪的，说不上是什么感受，就是，怪怪的。

仲天麒从厨房出来，脸上有点讪讪的，说：蒋凤仪嫌我碍手。手掌在衣服上抹了两把，湿漉漉晾着，又说：不好意思啊，没打招呼就来了。孟晓白递上一张纸巾，示意他擦擦手。

你一直住这儿吗？仲天麒环顾了一下四周。这是一间毛坯房，水泥地、单人床、书桌，简单得像学生时代。孟晓白说：住了快三年了，离单位近，方便些。书桌上有一些碑帖，颜真卿、柳公权、王羲之、赵孟頫，杂七杂八胡乱摞着，仲天麒拿起一本，问：在练字吗？孟晓白有些不好意思，忙把帖子收好，说：有空的时候练练。仲天麒问：练谁的字？孟晓白说：不一定，最近在临褚遂良。

从上大学开始孟晓白就有练字的习惯，每天吃完晚饭雷打不动要写两张，倒不是要练成什么书法家，就是喜欢写字时的状态，屏气凝神，一以贯之，一落笔就必须完成，否则气结，字也就没了生气。这种投入其中于外界全然不顾的状态让孟晓白很痴迷，所以毕业之后虽然不画画了，练字倒没有间断过，只是没以前那么勤了。

仲天麒说：杨老师给我们上课的时候特别重视书法，他常说书法家可以不会画画，但画家一定要写好字，书画相得益彰，这才是完整的作品。只是写字没个三五年的功夫是显现不出来的，我们总觉得太慢，也太寂寞，很难坚持下来。

孟晓白默默听着，仲天麒又问：那你还画画吗？孟晓白说：很少画，没有那个心境。其实也想画，但总感觉提不起劲儿，不知道画什么，我挺羡慕你们在学校的，有画画的氛围。仲天麒说：画吧，只要想画在哪都能画。孟晓白微微一笑，说：说得也是。仲天麒看着她，心脏被她的嫣然婉转瞬间击中，有一种强烈的想拥抱她的冲动。

上菜啦！蒋凤仪风一样的从厨房窜出来，手上各端一盘菜，看这俩人兀立不动，便说：快摆桌子呀，没眼色的。

书桌即是饭桌，顿时摆得满满当当，其实也只四菜一汤而已，绿的青菜，红的西红柿，黄的蛋花，黑的排骨炖香菇，很是悦目。孟晓白说：我闻到过年的味道了。蒋凤仪很得意，先是扫了孟晓白一眼，目光一转又坚定地落在仲天麒身上，说：小意思，你这儿原料有限，我还没完全发挥呢！仲天麒端起玻璃杯，说：那就赶紧开动啊！咣当一声先碰了蒋凤仪的杯子，又碰了孟晓白的：谢谢二位，你们都有付出，我是来白吃的，哈哈！一杯啤酒下去了大半。

喝完喝完嘛，没有诚意。蒋凤仪边说边伸手将仲天麒的酒杯往高抬。看着仲天麒一口气喝完，蒋凤仪也干了。她给仲天麒斟满酒，又给自己添满，说：天麒，我敬你，这次考试多亏你指教，谢谢！一仰脖，又干了。仲天麒说：悠着点喝，其实我还真没觉得帮你什么忙，看你这样我都不好意思不干了。仲天麒又灌下一杯。蒋凤仪说：没事没事，你随意，我只是表达我的心意嘛。她看孟晓白的杯子还是满的，便说：哎，怎么回事？为什么不喝？你是主人好不好。孟晓白笑着说：你还知道我是主人啊，你们俩准备一直这么拼下去吗？蒋凤仪拍了一下晓白，欢快地说：急什么，等会儿我还要跟你拼呢！孟晓白说：等你考上了再找我拼吧。

对！到时也算我一个。仲天麒端起酒杯，说：来，我们预祝蒋凤仪同学考研成功!

　　玻璃杯在空中碰撞出清脆悦耳的响声，菜肴的香味弥漫在小屋里，膨胀成温软的可以触摸的气息，三个人的脸因为愉悦而发烫、红润。孟晓白想，朋友啊，真是个好东西。

　　当晚，蒋凤仪没有回家，喝多了。仲天麒走的时候，蒋凤仪非要跟着一起走，脚下却是飘的。孟晓白说：不能喝就别逞强。心下有些不悦，怎么不知道克制呢，自己难受不说，还在一个男人面前失态。蒋凤仪的失态让她有点不好意思，送仲天麒出门，她莫名其妙就冒出一句：放心，我会照顾好凤仪的。仲天麒一愣，一时不知道怎么接话了。心里想说，有什么不放心的，蒋凤仪又不是我什么人。但又觉得不妥，生生把话咽了回去，笑着说：你们是好朋友嘛，我有什么不放心的。于是转身，噔噔噔地下楼。孟晓白说了句，路上小心。她盯着仲天麒消失在楼梯的转角处，声控的电灯突然暗了，一片漆黑中孟晓白猛地一跺脚，几乎在同时，她听到另一个跺脚的声音，狠狠的，那该是仲天麒。灯光很昏暗，好像随时要灭掉的样子。

　　这一夜，蒋凤仪兴奋异常，说了很多话。她们就在床上打对坐着，让孟晓白想起小时候过年到外婆家，天气冷，一进门外婆就让"上炕去"。农村那种土炕，烧得热热的，娘们几个就把身子捂进来，好几只脚在被窝里绞到一起，也不知是谁的，就这样坐着、聊着、聊着、捂着……温暖的感觉很容易就让人有了睡意，孟晓白就在一群大人中间睡着了，尽管她很喜欢听大人们说话，她一直就是一个很忠实的倾听者。此刻，蒋凤仪斜靠在墙上，头发顺溜地垂下来遮住两颊，她本来是个圆脸，这一遮让她的脸形成了一个好看的弧度，增添了几分妩媚。孟晓白想，这丫头一定是造过型了。

　　蒋凤仪还在那儿喋喋不休：仲天麒对我是有意思呢还是有意思呢？哈哈哈，你说他对我有意思没？反正我对他有意思。人好又帅，他往这儿一站，其他那些男人就没法看了，你说还能看吗？一个个粗俗不堪，一点情操都没有。晓白，你不知道，我第一次见他心就扑通扑通跳啊，不怕你笑话，当时我就想，我要上了研究生，不就能经常见到他了吗？孟晓白说：等你考上人家就毕业了。蒋凤仪说：噢对，那也没事，起码我跟他是在同一个水平线上，有共同语言。

　　孟晓白对蒋凤仪的狂热有点担心，于是问：你对他了解多少？你知道人家心里怎么想的，就这么掏心掏肺的。蒋凤仪说：所以啊，我觉得要尽快让他了解我的心思，都什么时代了，干嘛要猜来猜去的，多费劲。我想他应该也明白我的心思，我每次去找他，他都很热心，帮我找资料，帮我分析可能的考点。我不敢肯定他喜欢我，但他一定不讨厌我。孟晓白说：他何止不讨厌你呀，有这么分的吗？哦，喜欢、讨厌，没有中间感觉啊，你到底是自信呢还是傻。蒋凤仪说：我傻我傻，我不是心里没底吗？只要他愿意和我交往，我一定让他慢慢喜欢上我。晓白，你说我是不是太自不量力了，你别看我整天嘻嘻哈哈的，我特别怕你们瞧不起我⋯⋯

　　说什么呢！孟晓白蹬了一下蒋凤仪的腿。

　　真的！你说我，有什么？长得不漂亮，工作一般，家里就更不用说了，我爸下岗，我妈没工作，至今连套像样的房子都没有。晓白，你知道我为什么一定要考研吗？我家里没钱，上研究生又是一大笔费用，但我必须考上，我要改变我的生活，改变家里的现状，让他们过得好一点。现在在这个小学教课我快憋屈死了，每天上班打卡，下班打卡，我又不教主课，你让我一天待在学校干啥，想早走干点自己的事还被人盯着，你说工资高我也就忍了，就这点钱还想买我的时间，我不想浪费青春，更不想误人子弟。我就不是教书的料，也找不到什么更好的工作，像你，在杂志社多好，有保障有地位，我只能考研，考上了才有希望。你知道吗？我这次下的功夫比高考还要大，我给爸妈说了，再为我花一次钱，我会加倍地还他们，孝敬他们，我会努力，我还要照顾弟弟⋯⋯你知道，我爸妈现在每天出摊卖烤串，好不容易攒了些钱，我不想花他们的钱，我都工作三年了，我真是没脸，但没办法，现在花钱是为了以后挣钱，你说是不是？只是，只是⋯⋯这么冷的天，他们都舍不得一天不出摊儿，每天晚上都忙到11点多，他们要等最后一拨上晚自习的学生下课⋯⋯蒋凤仪声音哽咽，眼泪下来了。

孟晓白鼻子一酸，她还真没见过蒋凤仪这样，忙去抹凤仪的脸：哎哟，怎么说着说着哭起来了。她心疼凤仪，一时不知道怎么劝慰。

　　蒋凤仪抓着孟晓白的手，说：晓白，让你笑话了，你明白我的感受吗？孟晓白说：我明白，我都明白……但是凤仪，你是不是把考研看得太重了，考上研究生就能过上好日子吗？现在多少研究生毕业的也找不到工作啊。你给自己的压力太大了，当然能考上最好，如果考不上也没什么，你要真不想当老师，也可以再找其他工作，一切都会好的，慢慢来。蒋凤仪说：我一定要考上，而且毕业还要想办法留校，我都想好了，这是我给自己设定的目标，今年考不上明年再考，我是铁了心了。孟晓白说：你只看到一棵树，看不到整片森林，这么多选择，干嘛要在一棵树上吊死呢！

　　谁说我只吊一棵树呀！我吊的是两棵树，一吊研究生，二吊仲天麒，嘿嘿……蒋凤仪用手胡乱抹了把眼泪，又笑了：最近憋得我呀，难得有人愿意听我说这多话。晓白，你真好，真的，有你这个朋友真好。

　　孟晓白笑着说：你别这么含情脉脉地看我，我又不是仲天麒。

　　你是仲天麒就好了！

　　哎呀呀，你想什么呢！就盼着仲天麒跟你一个被窝啊。

　　流氓！

　　谁流氓了，你能想还不让人说啊。

　　完了完了，晓白，你变坏了，得赶紧找个男人管管你。

　　我不着急，你还是操心你的仲天麒吧。

　　要不这样，在我还没有确认仲天麒到底喜不喜欢我之前，你也有资格追求他，咱们俩这么好，我就大度一点，如果仲天麒最后选了你，我也就认了，总比他落在旁人手里好，你说是不是？蒋凤仪一本正经。

　　你想死呀！孟晓白拿起枕头砸了过去。俩人笑作一团。

　　在两个女孩促膝长谈的时候，仲天麒正坐在回学校的公交车上，冷风一吹，他这才感到微微的眩晕。对于蒋凤仪的热情，他是能感觉到的，而孟晓白，却让人捉摸不透，她总是那样有节制，不温不火，淡淡然然。仲天麒不确定，如果他向孟晓白表白，会有怎样的结果。他是真的喜欢这个女孩，也许因为太看重，他才如此谨慎。车窗外灯火忽明忽暗，仲天麒不会想到，在孟晓白的那间小屋里，他的名字成为一个高频词，点缀了这个孤独的寒夜。

  大年初四,孟晓白接到马姐的电话,说老李的妈死了。
  老李的妈死在老李城里的家。据说老太太在和老李媳妇多年的斗争中,终于败下阵来,准备回老家跟大女儿过,老李想,那就在城里好好过个年吧,过完年送老太太回去,没承想老太太在大年初三晚上静悄悄地走了。老李后来说,大年初一早上吃饺子,家里按往年惯例在一个饺子里包了一毛钱硬币,偏就让老太太吃到了,老李媳妇心情好,说老太太有福气。老李的妈也高兴,一口气吃了十来个饺子,还喝了半碗饺子汤,这就躺下了。谁知接下来的两天里,不吃不喝不撒,也不叫,老李问话她就抬抬眼皮,哼哼一声,伴随着长长的一口出气,脸上看不出难受的样子,竟还有一丝隐隐的笑意。老李给老婆说,不然送医院吧。老婆不答应,说大过年的,遭这罪干啥,妈也没啥毛病,就让她睡,睡够了就好了。到了初三半夜,老李不放心,起来看老太太,连叫了几声妈不答应,发现老太太身下有淡黄色的水渍渗出,再凑到跟前一探,老太太已经没了气息。老李说不出什么滋味,坐在床沿怔了几分钟,似乎不是那么难受。他想,现在该干什么呢?换衣服,对,换衣服。寿衣是早就准备好的,他大姐在农村老家请专门的裁缝做了两套,他这边一套,老家一套。老李

把老婆和儿子都叫起来，老婆一进老太太的房间，就捂着嘴出来了，说臭得很，你没见那屎尿都流出来了吗？老李说，奇怪，我咋闻不见。老李的确没闻见什么臭味，倒有一种气味让他觉得很熟悉，那是他小时候最爱吃的豆豉味，家乡人过年都要做豆豉烧肥肉，豆豉浸在被炸出来的肥油里，汪汪酽酽的，这个味道会持续很久很久。

老李对他老婆嫌恶的表情早已习以为常，他从容不迫地为母亲擦身，换衣服。做完这一切后开始给老家的大姐打电话。墓地是早就选好了的，老李的爹正等着孩儿他妈下来陪他呢。大姐说，无论如何要把妈送回来，绝对不能火葬。现在的问题是，如何把老太太运回去，到哪找车？老李想到了马姐，马姐的女儿在医院当护士，也许有办法。

快5点的时候，车来了，是医院的救护车。司机是一男一女，那女的看来很有经验，一进门就问老李，人在哪？快拿被子把人裹好，裹两层，担架床硬着呢。然后又说，运费五千，要现金，现在就付。

老李老婆大喊：什么？五千！要人命呐，打劫呐！那女的说：就这个价，大过年的，谁愿意干这事，要不是熟人介绍，我们才不来呢！老李老婆软下来：便宜点，便宜点，商量一下，我们没这么多钱呀。那女的态度坚决：不行！一分都不能少，先付钱，再抬人。老李老婆发泼了：人在做，天在看！你们这是发死人财知道不！你们这是违法的知道不！

这生意我不做了行不行！没见过这样的，帮忙还帮出麻烦来了。那女的抬脚就要走，老李一把拉住，说：好好，不说了，马上付钱，赶紧抬人吧。老李老婆指着老李的脸骂：你个傻子，冤大头，你钱多是不是！老李一声不吭，和儿子一起将老太太挪到担架上。

老李老婆在一旁唉声叹气：哎，我说你妈还真会挑日子，大过年的，她走得清爽了，就不想想后人多折腾，叫你别接你妈过来你偏接，害我们白白花了五千块，她在老家那儿多好，现在……把人折腾死。我给你说老李，今天这运费，你跟你大姐必须一人一半，不能叫咱一家承担。老李，你听见没有？

司机一直催着，到底走不走？天亮了可就不好走了。老李向老婆要钱，老婆说你不是有两千多吗？到了让你姐再付一半。老李说你先给我，先把妈送回去要紧。老婆说没有，没有没有就是没有！老李冲进卧室，在抽屉里一通翻，老婆拽着他的胳膊喊：你疯了，你干啥！想干啥！老李眼睛都红了，纤细的胳膊用力一推，他老婆就四仰八叉地躺倒了。老李老婆蒙了，坐在地上半天回不过神，她从没见过老李这个样子，什么时候敢对她动手啊。老李拿了张卡揣在兜里，走到里屋，看着担架上的用被子包裹得严严实实的老娘，扑通一声跪下：妈，儿子不孝，让您老受惊了，我们回家吧。站起身已是涕泪纵横。

那个凌晨，救护车先是找到一家24小时服务的自助银行，老李取了钱，这才载着老李和他的妈踏上了回家的路。

大年初七上班第一天，老李的家事已经被马姐宣扬得尽人皆知，单位派席主任慰问过了，老李正在休丧假，还没上班。大家都说老李家两个女人的战争结束了，老李该清净了吧。

孟晓白这个年过得有点感触，她见到了高中时期两个要好的女同学，一个初为人母，一个初为人妻。

她们看起来很满足，言语间尽是老公、孩子，她们极尽夸张地赞美晓白——你一点都没变，身材保持得真好，大记者，厉害啊。但晓白感到这些话是那么陌生和敷衍，几次晓白提起话头，很快就被打断，朝着她们感兴趣的方向说去，无非还是房子、车子、票子，她们被生活的琐事填得满满的，浑身洋溢着世俗的幸福。孟晓白说不上羡慕，但为她们高兴，这也是一种方式的活法，挺好。有一个家庭，给老公做饭，给孩子喂奶，抽空逛逛街，为买一条新裙子高兴好几天，也吵架，也埋怨，也无聊，但就这么生活，也许这就是生活。孟晓白有时很茫然，不知道什么是她想要的，有一句励志的话：只要你知道想往哪里去，全世界都会为你让路。问题是，人往往不知道自己想往哪里去。这似乎是一个简单的问题，但很多人终其一生纠结于此，被生活的滚滚洪流裹挟而去，不得抽身。

跟妈妈说起这两个同学，晓白妈感慨，人家嫁人的嫁人当妈的当妈，你是驾着云翻着跟头也赶不上了。以前我还老给人夸，我们晓白是步步踩到点上，上学、工作，顺顺当当，一点儿不让大人操心。现在可是落后了，谈个朋友怎么也得一两年，一晃荡就三十了，日子快得很，不敢算啊。晓白说：妈你怎么什么都不想落下，恋爱结婚又不是比赛跑步，还要争个一二三。晓白妈说：你个死丫头，我是提醒你，什么是你现在的工作重点，是找朋友谈恋爱！单位有人给你介绍对象没？有就一定要见，不要排斥相亲，缘分这东西，谁知道什么时候来呢。你自己也要留个心眼，看看周围有没有合适的，别整天傻不拉几的，听见没？孟晓白点头。妈妈没听到应声，又问：听见没？说话呀！孟晓白说：听见了。其实她脑子有点抛锚，妈妈看她心不在焉的样子，发出一声叹息：唉，女大不中留，留来留去留成仇。

厨房烧着水，壶嘴发出急促尖长的鸣叫。孟晓白说：我去灌水。打开壶盖，开水争抢着奔向壶心，在一片蒸腾的水汽中，她脑子里倏然闪出一个影子——仲天麒！吓了她一跳。

收假头天上班的固定节目是同学聚会。今年是王鲁达张罗的，在竹园村火锅，同学们都说便宜王鲁达了，以他的经济实力，怎么也得在俏江南来个七荤八素吧。王鲁达不以为然，说同学们太庸俗，同学聚会是为了什么？不就是情谊无价嘛！吃什么不重要，重要的是我们在一起，在一起知道嘛！

王鲁达这几年迅速地成长为一个胖子，生意和身材成正比发展，比在学校的时候更活络了，本来人就挺白，现在越发的白里透红，红光满面，引得女同学啧啧赞叹，围着他问：是怎么保养的呀，皮肤比女人都好。王鲁达抚摩着肚子，说：我保养什么呀！忙得黑天白日的，每天除了喝酒还是喝酒，我就是这么喝发的知道不，发面馍馍多白啊，你们发一个试试，保证白白胖胖爱死人！女同学说：你别得了便宜还卖乖，有吃吃喝喝能发财的事，把我们也算上呗。王鲁达说：对了，说到喝酒，你们女孩子还真要多喝点葡萄酒，葡萄酒是养颜美容第一圣品，有助消化，防止便秘，减肥抗衰老，还防癌……蒋凤仪说：我真听不下去了，王鲁达你是卖酒的吧。王鲁达小眼儿一眯：嘿！你还别说，我还真卖酒了。他拍了一下坐在旁边的胡丽君，说：上酒！

胡丽君变魔术似的从脚底下拿出一瓶酒，王鲁达举在手上，说：看看同学们，亲爱的女同学们，葡萄酒千万要喝纯正的，地道的，我今天请大家品尝的，就是源自南非艾尔拉菲酒庄的顶级红酒，本公司独家代理。服务员，给大家倒上。蒋凤仪说：我说这么好请大家吃饭呢，原来是推销的，什么叫无商不奸，什么叫杀熟，知道了吧。胡丽君白了蒋凤仪一眼，说：犯得着在这儿推销吗？我们是直供星级酒店的好不好，这酒贵着呢，达子就想让大家尝尝。蒋凤仪说：既然这酒这么好，又是自家的，那达子，给同学们每人送一箱呗。

蒋凤仪的提议立即得到同学们的热烈响应。王鲁达用他的胖手挥了挥脑门子的汗，说：每人一箱？！你们赔死我算了。但是，同学们既然开了这个口，我就豁出去了，送！否则还真以为我是来推销的。

王鲁达问胡丽君，车上有多少酒。胡丽君没好气地说：也就一箱吧。王鲁达双手合十做致歉状：对不起啊同学们，今天酒带得不够，先一人一瓶好不好，要喝随时来找我。

经这么一闹，大家都看出点端倪，吴强问：达子，你跟胡丽君怎么回事，老实交代。王鲁达说：给大家正式介绍一下，胡丽君，我们公司的总经理助理，刚刚上任。大家掌声鼓励！胡丽君笑着捶了王鲁达一下，娇羞不语。吴强说：总经理助理，那就是你的助理了。王鲁达说：小的不才，正是。吴强说：真有你的，请得起我们的狐妹呀！王鲁达说：肥水不流外人田嘛，在学校我已经对不起咱班女生了，没照顾好你们，像晓白啊，凤仪啊，在座的这些个美女，多么优秀，可惜了。

王鲁达一本正经的贱样子让女生直呸他，而大家也相信，胡丽君和他不仅仅是总经理和助理的关系这么简单。

吃完饭大家兴致不减，又去唱卡拉OK。孟晓白很喜欢唱歌，她嗓子不高，但"能唱到人心里去"，这话是杨云海说的。那是一次班级集体活动，孟晓白在大家的鼓动下唱了一首《滚滚红尘》，其实发挥得不太好，她有点怯。唱完了杨云海说，孟晓白唱得不错，能唱到人的心里去，画画是一样的，也应该画到人的心里去。孟晓白把这句话记了好久。

这是难得的让孟晓白感觉释放的夜晚。同学们在一起，知根知底，虽然大部分一年也见不上一面，但见着了就特别亲切。不知谁把王菲的歌点了个遍，却没人唱，大家忙着喝酒聊天摇色子。孟晓白就挨个唱，唱嗨了，又和男同学对唱了好几首情歌，惹得胡丽君一个劲儿上来抢话筒。大家说：那你就跟你的老板来一首吧。胡丽君说：我不嘛，王鲁达的水平我还不知道嘛，我要和班长唱。说着就上去牵吴强的手。大家看出来胡丽君有点喝多了，撒娇卖萌身子软，吴强站起来用手接她，她却一下子倒在吴强身上。吴强讪笑着对王鲁达说：能否与您的助理合唱一曲？胡丽君将吴强举起来的手打下去，说：犯得着向他请示吗？我又不是他什么人！王鲁达说：就是就是，我们胡丽君什么人，那是狐仙妹妹呀！妹儿呀，陪班长好好唱，唱好了给你发奖金啊。胡丽君瞪了王鲁达一眼，和吴强俩人就那么腻在沙发里唱了一首《相思风雨中》。

闹到凌晨1点多，大家都乏了。王鲁达迤里歪斜倒在沙发上，嘴里叫着买单，又唤胡丽君过来，支吾说：我包里有……有卡，你……去结下账。胡丽君嗔怒着：你喝这么多干嘛，现在又不是上班时间，干嘛指使我呀。嘴上这么说，却把包扯过来，在里头一通乱翻。服务员进来，问买单吗？王鲁达喊：买买，我买。那边胡丽君还在找卡呢，哪儿呢？在哪儿吗？其他人就这么等着，蒋凤仪冲孟晓白直眨眼。这时吴强说：还是我来吧，谁让我最清醒呢。就跟着服务员出去了。王鲁达在后面使劲喊班长，要追出去的时候却跟跄一下，差点跌倒。

终于各回各家，胡丽君叫来司机把王鲁达弄到车上，自己也跟着上车。大家都明白怎么回事了。临走时王鲁达连连作揖，说不好意思啊，本来他做东，应该把美女们都送回家，可现在喝大发了，车也不敢开了，他还拜托吴强代他送女同学回家。蒋凤仪直撇嘴，小声嘀咕，装什么装！还他做东，单不是人家吴强买的吗？就他会做好人，跟胡丽君一唱一和的，俩人还真配。

吴强一定要送孟晓白和蒋凤仪回家，三人上了车。车刚开蒋凤仪就呀地叫了一声，问她怎么了，蒋凤仪说：我忘拿王鲁达那瓶酒了！孟晓白和吴强都乐了，你还惦记着呢！蒋凤仪说：那是，不拿白不拿，不能便宜了王鲁达！

包厢的热度在出租车里很快冷却下来，孟晓白感到脸上的红晕在一点点褪去，那红晕一定是妩媚的，饱含着红酒的艳浓与妖娆，是她平常不会有的状态。掏出一直放在包里的手机，孟晓白一惊，竟然有四个未接电话，都是仲天麒的。最后是一条短信：晓白，打你电话总不接，明天你上班吗？我去找你，有事。孟晓白想回一条，又意识到时间太晚，她也不愿让蒋凤仪看到。

　　第二天刚上班，仲天麒的电话就来了。孟晓白说不好意思啊，昨晚同学聚会忘看手机了。仲天麒笑着说，没事就好，语气很轻松。

　　孟晓白不知道的是，昨晚，仲天麒一直打她电话，不通；跑到她家敲门，没人；又在楼下等到11点，还是没等到。仲天麒忐忑了一夜，现在，他听到孟晓白的声音，心总算放下了。昨晚的事像没发生过一样，他约孟晓白下午一起吃饭，说有东西带给她。孟晓白挺奇怪，会有什么人托他给自己带东西。仲天麒说：见了面你就知道了。孟晓白说：你还卖关子呀。仲天麒说：要不我现在就过来。孟晓白说：你别来。心里慌慌的，她想说叫上蒋凤仪一起吧，但终于没说出口，觉得自己好像背着凤仪干什么坏事似的。

　　他们约在一家湖南土菜馆，就在孟晓白单位附近。下午清闲得很，没到正月十五这个年不算过完，大家都无心上班，点个到晃晃悠悠说说闲话就去赴各种场子了。孟晓白硬是磨蹭到下班，马姐走的时候还不忘关怀她：晓白你没约会呀，赶紧的，找个人约会去，别老单着了，大过年的一个人多可怜。孟晓白想，我看上去很可怜吗？张楚有一首歌，叫《孤独的人是可耻的》，上大学时张楚和几个地下歌手开演唱会，她和同学去听了，对这首歌印象深刻。孤独的人为什么是可耻的？那会儿她不明白，单纯地喜欢这个歌名，她们在宿舍里一遍一遍地播放，好像听着它就可以慰藉自己躁动的青春：

　　　　这是一个恋爱的季节
　　　　空气里都是情侣的味道
　　　　孤独的人是可耻的

　　　　这是一个恋爱的季节

大家应该互相微笑

搂搂抱抱　这样就好

我喜欢鲜花　城市里应该有鲜花

即使被人摘掉　鲜花也应该长出来

这是一个恋爱的季节

大家应该相互交好

孤独的人是可耻的

生命像鲜花一样绽开

我们不能让自己枯萎

……

　　不能让自己枯萎，这几个字在孟晓白大脑里停留了片刻，她突然有些伤感，孤独的人不光可耻，还可怜。偌大的办公室就剩她一个人，她准备泡一杯红茶，喝完这杯茶就快到约定的时间了，从单位走过去，时间刚刚好，或许还会稍微晚一点。

9

仲天麒坐在靠窗的位子上,周围人声鼎沸。他本想订个包间的,却被告知早订完了,像这种价格实惠味道又好的小店,平常都紧俏得很,更别说在正月间了。

这是他和孟晓白的第一次约会,算是约会吗?好像叫约见更合适。仲天麒露出一丝笑容,他想起昨天晚上自己的冲动之举,就那么跑到孟晓白家敲门去了,如果她在会怎么样呢?客气地把他让进去,然后他把东西给她,然后再见。就这么简单?他很感谢那"东西",让他有了正当的理由约孟晓白,他有点得意,他在不经意间帮了她,那么自然和顺理成章。仲天麒用手拍了拍放在座位旁的纸袋,像是用这种方式说谢谢。

昨天仲天麒去探望师母,韩梅的精神看上去好了很多,她女儿溪月也从北京回来了。仲天麒见过溪月,杨云海很以这个女儿为荣,虽然没有继承父业学艺术,但考上了中国传媒大学新闻系,杨老师总说搞艺术这行太累,也太寂寞,不容易出成果,他希望女儿过得潇洒些。韩梅问女儿还记不记得这个哥哥,杨溪月说这么帅的哥哥谁会不记得呀。仲天麒问溪月毕业后有什么打算,溪月说当然想留在北京,找一家媒体做记者,最好是在电视台。韩梅插了一句：溪月想当主持人呢……还想说什么，被女儿的眼神制止了。溪月说：别老给人说这个，你以为在北京当个主持人容易嘛，能进电视台就不错了。韩梅说：天麒又不是外人，有什么不好意思的。溪月说：谁不好意思了？这叫韬光养晦好不好。那眼神里有一丝嗔怪，但又是带着笑意的。仲天麒在溪月的眼睛里看到了杨云海的影子。溪月像杨老师多一些，典型的北方人，大眼睛，厚嘴唇，个子高挑，说白了就是这孩子长得挺开的，少了几分妈妈的秀气。

晚饭时，韩梅说她和溪月准备回上海，寒假结束再回来。仲天麒问：怎么韩老师没在上海过年？我还以为你们一放假就走了。韩梅说：票不好买，到处都是人，凑这热闹干嘛。况且……溪月的爷爷奶奶还在这里。

韩梅在厨房收拾碗筷，叫溪月陪仲天麒聊天。两个人进了画室，以前杨云海喜欢在这儿给研究生上小课，不知是不是因为人去屋空，这里的空气清冷了许多。画案上大大小小的毛笔枯杵着，笔头被墨色浸染，已经失去本来的颜色，有的将秃了，毫无规则地耷着毛。看得出笔的主人一直在用它们，东西用久了，就格外顺手，舍不得扔。东面的毛毡墙上以前总挂着完成的或未完成的画，现在都没有了，只留下点点墨痕。

杨溪月在画案前坐下来，摩挲着面前一张黄旧的宣纸，说：小时候我总在这儿看爸爸画画，爸爸问我，溪月要不要跟爸爸学画画呀，我说不要，咱家已经有人会画画了，我要学你们不会的东西。于是爸爸就给我买了钢琴，说音乐、美术不分家，溪月学了钢琴，我们就是真正的艺术世家了。钢琴搬来的时候我非要往画室放，因为我特想爸爸一边画画我一边弹琴，可这里实在放不下，爸爸说以后一定要有一间大画室，能放下月月的钢琴，这样他就能在女儿的琴声下作画了。

溪月的眼睛亮晶晶的，她说：你知道我妈为啥非要在这儿过年，她不想在我爸走的第一个春节家里就没人，怕我爸太孤单……仲天麒不知道说什么好，有时候人是不需要劝的。

要走了，仲天麒被韩梅叫进书房。韩梅在一摞宣纸中翻出几张画，都是杨云海几年前的作品。她又挑出两张，一张四尺，一张斗方，四尺画的是红衣达摩，斗方是写意花卉。韩梅说：这两张画你拿给《艺界》杂志吧，就是之前来过的那个女孩，也是杨老师的学生，杂志我看过了，做得挺不错的，我知道他们的规矩。

仲天麒很意外，瞬间又被兴奋填满，没想到韩老师还记得这件事。仲天麒几乎能想到孟晓白看见这两幅画的表情了，一定既惊讶又欣喜，他太高兴了，他帮晓白完成了工作！他要见她！

此时，孟晓白正在过来的路上，刚刚接到的一个电话让她有些许不安，是蒋凤仪。凤仪问她在哪，想不想一起吃饭。她回答说在单位赶稿子，估计会比较晚。这句谎话顺溜得连她自己都没想到。如果凤仪知道她是和仲天麒吃饭，会怎么想？会怪她吗？她走热了，将围巾往下扯了扯。今天是难得的冬日里的好天气，好几天没见的太阳终于露脸了，这会儿在西边弥漫了一片淡淡的红霞，让连日来笼罩在雾霾中的城市有了一点颜色。

刚进饭馆，孟晓白就看见仲天麒站起来冲她招手，她快步走上去，说：我没迟到吧。仲天麒说：没有，是我来早了。

两个人不能免俗地说了几句客套话，面对面坐下来。仲天麒说：本来想订个包间的，可惜没有了，这里太吵了。孟晓白说：没关系，挺好的。仲天麒说：想吃点什么，你来点。孟晓白说：你来吧，我最怕点菜。仲天麒说：你对这里熟嘛，应该知道哪个菜好吃。孟晓白说：其实我也不常来的。服务员是个小姑娘，拿着菜单站半天了，看着俩人推来让去，忍不住插了句嘴：你俩一人点俩菜呗。一口湖南普通话，把孟晓白下了逗乐了。仲天麒也笑着说：好，就听你的。接过菜单点了两个招牌菜，又把菜单递给晓白：该你了。孟晓白看也没看，说来个手撕包菜吧，俩人三个菜就够了，别浪费。

等菜的当儿，孟晓白问：你到底有什么东西要给我呀？仲天麒微笑着，从纸袋里掏出一个大信封，说：非得现在给吗？我还没焐热呢。

这是画家特制的用来装作品的信封，孟晓白只瞥了一眼，就知道是杨云海的。她有些诧异，问：这是……？仲天麒说：这是杨老师的两幅作品，是韩老师让我带给你的，作为给你们杂志社的回报。

孟晓白愣了，她对这件事已经不做奢想，虽然社里领导不满意，但也知道问画家要作品是件不容易的事，活着的还一拖再拖呢，何况人已经没了。孟晓白说：我真没想到，怎么她……就想起来了呢。仲天麒说：我也觉得意外，昨天韩老师说杂志她看了，专题做得不错，就让我把画给你。过两天她们就回上海了。孟晓白说：谢谢你。仲天麒说：不用谢我，要谢韩老师，我只是二传手而已。我高兴的是你终于可以交差了。仲天麒发现，孟晓白并没有表现出很兴奋，她甚至没有将画拿出来看一下，就放在桌角上。

你不看看吗？仲天麒问。

不看了，这儿也不是看画的地方。

你就不怕我偷梁换柱，我可是杨老师的得意门生，我要想复制的话一般人可看不出来。仲天麒故意逗她。

你会吗？孟晓白微微歪着头，露出让仲天麒着迷的笑容。

菜上桌了，孟晓白开始埋头吃饭，她不是那种能挑起话头的人，好像仲天麒也不是。也许因为见面次数太少，还不到能够随心所欲聊天的程度，好在谁也不用担任活跃气氛的角色，这样没有压力的谈话倒很舒服。仲天麒一直在悄悄观察孟晓白，这个女孩子有一种稳定的气场，不卑不亢，安然若素。也许在她静水深流的外表下，隐藏着不为人知的心事。仲天麒着实看不透，要么她就是城府很深，要么就是极致单纯。她是哪一种？又或许是另外一种。

仲天麒从小到大都很有女人缘，可以说他在这方面很自信。他有两个姐姐，小时候被姐姐们宠着，纵着，他又生得那么标致，常常到哪儿都被一堆女人围着捏脸蛋，这孩子真漂亮！太心疼了！而他也很享受这种赞美。可以想象，一个招人爱的小男孩在一群姐姐姨姨姑姑婶婶的包围下会多么有安全感，而这种安全感激发出他的自信，让他在姐姐们中间如鱼得水，无往而不利。这种局面一度让仲天麒的父母很担心，怕这孩子有女性化倾向，很明显，仲天麒比他同龄的男孩子绅士得多，干净得多，纤细得多。他不爱滚在沙堆上玩打仗，不爱翻墙爬树，不爱趴在地上拍洋片，他爱听姐姐讲《红楼梦》和《西游记》，他偷偷地把父亲的古董瓶拿出来填上土培育植物，拿个小本本画神仙鬼怪……总之，父母觉得他太安静了，太柔软了，这可是家里唯一的儿子，他们希望这是一个有担当的儿子。

事实证明，父母的担心多余了。青春期的风暴彻底逆转了仲天麒，性别的觉醒让他对于自己的容貌变得无比厌恶，他想酷，把自己晒黑、留胡子，女生对他的示好和赞美让他感到羞耻，他对班里的女生冷若冰霜，让他不理解的是，他表现得越冷漠，女孩子们越是趋之若鹜，默默地用目光追随他，坚定而热忱。女生们为什么会有这样的表现，处在青春期的仲天麒并不知道，在女孩子眼中，仲天麒和班里其他的男孩子太不一样了。仲天麒看起来孤傲、冷漠，但他不野蛮，从不打架，事实上仲天麒讨厌打架，他觉得这是一种低级行为。仲天麒的酷也不一样，他留着没有刮干净的新鲜的胡茬，剃着斩钉截铁的板寸。别人留胡子那是脏，他是有味道；别人剃板寸像看守所出来的，而他是深入虎穴的卧底，举手投足都透着正义的隐忍的光芒。关键是仲天麒骨子里的艺术气质，这是要杀死人的好不好！和孟晓白不一样，仲天麒是从小就想当画家的，上美院也是早早就定下的目标。这与家庭的耳濡目染有关，他父亲热爱收藏，他最早关于父亲的记忆，就是父亲拿着放大镜久久地凝视着一幅画或者一个刻成小童的玉石把件，那眼神温柔得像绸缎，一遍又一遍在那些物件上逡巡着，抚摸着。当然，他小时候不懂什么眼神，只知道这时的父亲很好说话，会答应给他买喜欢的东西，有时也叫他过来一起看放大镜下的"风景"，说这是好东西，让他好好看，看在心里头。父亲的书房就是一个百宝箱，世间有的，画里都有，山川河流、树木云彩、鱼虫花鸟，还有美人，所以，开始学画画之后仲天麒就遍临家里的藏画。他父亲很欣慰，收藏了一辈子别人的作品，家里终于要出个画家了。

考上美院的仲天麒不再是那个装酷的青春期少年，他干干净净，温文尔雅，依然接受着女孩儿们的注目礼。有一个女老师特别喜欢他，私下给他说，不要和班里的女孩谈恋爱，她们都配不上他，仲天麒怀疑这位老师是不是想当他的丈母娘，后来发现老师的女儿还小，就欣然接受了老师的建议。大学四年，不谈恋爱，事实上确实没有遇到让他心动的女生，他有情感洁癖，决不会为了填补感情的空白而去招惹一个他没有感觉的女孩。于是，时间就这么呼啸着过去了，在即将告别学校生涯的最后一年，他遇上了孟晓白。

到现在仲天麒也不明白，是什么样的力量让他鬼使神差地走到孟晓白面前，是那次画展吗？是因为杨老师的那幅画吗？——那幅融在一片绿色中的与孟晓白有几分相似的肖像画。

吃完饭，仲天麒要送孟晓白回家。孟晓白说不用，离得很近，慢慢走着就回去了。仲天麒说我陪你走吧，就当吃完饭散散步好吗？语气里有恳求的意思。

两个人默默走着，夜色渐浓，空气清冷，但毕竟已经立春，风中有了一丝温润的气息，拂在脸上不那么坚硬了。这是一条背街小巷，路灯坏了几盏，以前反反复复修好过，但过些日子又不亮了。每回孟晓白下班晚了，经过这里都是快速穿过，今天她的脚步不知不觉慢了，可能是有人陪在身边的缘故，心里竟踏实了许多。

仲天麒和孟晓白比肩而行，稍稍转头就看到她的侧面，她穿一件白色羽绒服，米色小花藏青底子的围巾衬着她的面庞更加白皙，在夜色中那么清澈夺目。仲天麒忽然想起临过的一幅佚名古画，因为时间久远画面景物很暗，唯有画中的女子蝤首蛾眉，顾盼生辉。仲天麒心中一动，觉得必须说点什么，难得有这样的夜晚，难得身边有这样的人。

你每天下班都是这样走回去吗？

基本是吧，最多二十分钟，比坐车还快呢。

如果有个人以后想陪你一起走，你介意吗？

孟晓白停下来，用一种不确定的眼神看着身旁的这个人。一辆车经过，发出刺耳的鸣笛声。

仲天麒说：是我，我说的这个人是我，以后……我陪你走。

孟晓白像是发问，也像是对自己说：你陪我？

对！就像今天这样，陪你。

孟晓白有点慌乱，好家伙，直接就上来说"我陪你"，我们才认识多久，我们很熟吗？她有点坏坏地想，我倒要看看你有多少诚意。

你是打算天天陪我吗？

当然，只要你愿意。

我不愿意。

为什么？

我们好像还没有熟到这种程度，况且，我也不需要人陪。

仲天麒对孟晓白生硬的拒绝感到不安，不是不快，而是不安，她越这么拒人于千里之外，他越觉得这个女孩的孤单。仲天麒笑着说：你这个人还真不会谈话，你总这么拒绝别人吗？孟晓白说：我是有啥说啥，谢谢你的好意。你时间很多吗？那你应该陪陪更需要你的人，比如，蒋凤仪。仲天麒有点急了：咱们能不能别提蒋凤仪。孟晓白说：为什么不提？你不知道她很喜欢你么？

难道她喜欢我我就得喜欢她，哪来的逻辑！仲天麒不由得加大了声音。干脆豁出去了，把该说的话都说了：

对，我是跟蒋凤仪见过几次面，她热情，开朗，是个很好的姑娘。但说句不太道德的话，我们的几次相处，除了帮她找些考研的资料外，我的一个更重要的目的，是为了接近你，见到你！难道你没感觉到吗？

孟晓白彻底慌了，她没想到仲天麒把话说得这么直白。她只管走，脚步越来越快，前面就是十字，过了十字就到家了。她甚至要小跑起来，却一把被仲天麒拽住胳膊——你听着，我喜欢的人，是你！仲天麒一字一顿，眼睛在暗处闪着光。

孟晓白甩开他的手，冲过马路，消失在夜幕中。

　　总编张枰在会上表扬了孟晓白,说孟晓白同志工作努力认真,面对任务明知有难度,也不推脱,不懈怠,积极为社里争取利益。很好!年轻人就要这样干工作。相比之下,我们一些老员工却没有给年轻人做好榜样,做人做事要光明磊落,谁都有私心,但要有个度,如果打着杂志社的名义谋取私利,损害了杂志社的名誉和利益,那就得不偿失了。一经查出,社里将严肃处理。

　　听的人心里都明白,明着是表扬孟晓白,实际上是给某些人敲警钟。孟晓白坐在底下挺膘的。昨天上午,她把杨云海的画拿到张枰办公室,本来去年的事拖到今年,她还有些不好意思,谁知张枰很高兴,让孟晓白把画铺在桌子上。孟晓白也是第一次打开看:一幅是佛教题材,红衣达摩端坐在画面下方,双手合十,旁边一座石壁拔地而起,笔力苍劲老到;另一幅是花卉,相比达摩面壁的饱满浓烈,这张淡墨清笔,自有一番雅趣。张枰看得认真,说杨云海不愧为实力派,各种风格都能信手拈来,又问起这两张画的情况。孟晓白简单汇报了要画的过程,先是找院长未果,后来又到杨老师家拜访,最终是杨老师的爱人将画给她的。张枰频频点头,又亲切地问晓白来社里多久了,感觉怎么样,同事们相处如何呀,等等。孟晓白搞不懂张总为什么突然这么关心下属,就泛泛地说了一些感受，无非是自己还要努力，多多学习之类。谁承想一不小心成了典型。

其实孟晓白不知道，张枰总编在过年期间听到了一些反映。过年嘛，饭局多，而像张总这样的上游人士聚会的机会就更多，在大大小小的吃吃喝喝中，有一些不和谐的声音传到了张总的耳朵里。据说，他们有记者借着采访的名义向艺术家索画，或者把该交到社里的私扣下来成了自己的东西，更有甚者，个别领导也参与了交易，凡此种种，不一而足。艺术圈有这个现象张枰是知道的，其实不止艺术圈，媒体记者与被采访者之间总有些说不清楚的关系，谁都知道这是违背职业道德的，但水至清则无鱼，只要不过分，张枰也就睁一只眼闭一只眼，权当不知道。但这次不一样，他觉得事情已经严重损害了杂志社的声誉，同时，也严重挑战了他的权威。尤其这个"个别领导"，让他心里添堵，如果记者们与"个别领导"勾结起来，中饱私囊，为所欲为，那他算什么？把他这个总编辑置于何地！张枰想想就胆战心惊。他来杂志社不过四五年，本想着不求有功但求无过，平平稳稳就行，一方面积聚力量，一方面笼络关系，时机合适再往上走走，谋个书协主席或者副主席，也不枉他在书画界混迹这么久。现在，有人给他脚底下垫砖，他是不允许的。书画这个圈子不大，有些艺术家又活跃异常，八面玲珑，你摸不清楚他的水有多深，跟哪些官员有瓜葛，如果有关杂志社不好的言论传到上面，他张枰是要为此买单的。不敢想啊！这些年，张枰一直在经营自己的外围关系，对社里的事务确实有所懈怠，没想到院内失火，"个别领导"是谁？他大概能猜出个一二。该整治整治了，张枰决定，好好杀杀社里的不良风气。而孟晓白恰是在这个时候上交了杨云海的作品，这让张枰稍感欣慰，同时也觉得这是个很好的契机。

让孟晓白和所有人更没想到的是，张枰不仅在会上表扬了孟晓白，还奖励了她一幅画！当张枰总编宣布，鉴于孟晓白同志的良好表现，社里决定，奖励孟晓白书画作品一幅，而这幅画正是孟晓白昨天上交的杨云海作品的其中一件。宣布完毕，全场哗然。这是从没有过的事呀！孟晓白也惊着了，恨不得立即人间蒸发，她从没有接受过让自己如此难堪的奖励。台上一再叫她的名字，坐在旁边的刚子用胳膊肘碰了她一下,她艰难地从椅子上挪出来,低着头,红着脸,从张枒手里接过了画。席主任率先鼓掌,大家噼里啪啦地跟着拍起来。

开完会,孟晓白感受到了大家不一样的目光,她很不习惯将自己置于一个焦点的位置,何况这个突如其来的奖励确实有点无厘头。刚坐下,刚子就窜到她跟前来了个敬礼:向孟晓白同志学习!孟晓白说:别神经了。刚子凑近她说:厉害呀,不显山不露水,闷声干大事,教教我呗,怎么才能当典型。孟晓白没好气地说:好好写你的稿子。——没了?——没了。刚子继续嬉皮笑脸:孟晓白,你怎么不真诚呢,让我们分享分享呗,把画拿出来让我们欣赏一下呗。孟晓白说:你想看就拿去。把桌上的画朝刚子面前一推,打开电脑,不理他了。刚子看孟晓白脸色不对,便说:下班看,下班看。灰溜溜走了。

整个下午孟晓白都是蒙的,写不进去稿子,索性不写了,一个人到阳台上透气。马姐跟了出来,亲热地搂着孟晓白的肩膀,明知故问:谁的画呀?孟晓白说:杨云海的。

哦,就是去年死了的那个画家,我记得是你们美院老师对吧,不是说要不来吗?

我也想着没戏了,谁知道峰回路转,就要来了,可能是我运气好。

那你就交了?

对,交了。

唉,要说你年轻不懂事呢。去年的事谁还记得,你不交就不交了,谁能把你怎么样?这年头,要想着给自己留点儿。

马姐语重心长,话锋一转,又说:也对,年轻人嘛,想进步出风头是可以理解的。孟晓白说:马姐,我没想出什么风头,我就是完成任务,就这么简单。马姐欲言又止,终于挤出来一句:被人利用了都不知道。

我有什么可利用的?孟晓白觉得好笑。马姐说:就当我多想了。她理理被风吹乱的头发,又轻描淡写地问了一句:对了,张总都跟你说什么了呀?孟晓白说:没什么,就是问问工作的情况。马姐说:问你的还是问大家的?

孟晓白突然明白马姐想知道什么了,她无心再将这场对话继续下去,于是说：我只说了自己的情况，没有提马姐一个字。

马姐嘴角向上牵了牵，算是笑了。

下午回到家，孟晓白靠在床上发了会儿呆，脑子里好像在想一些事情，却又理不出任何头绪。生活啊，总会教给人很多东西，孟晓白也在不断的碰撞、疑惑中认识生活的本质，一方面尝试着妥协，与生活握手言和，一方面又固执地守护着内心的一份骄傲和纯真。她以为她的简单可以换来简单，但现实恐怕不是这样。

好吧，还是为自己做顿简单的晚餐吧，做饭能静心，她一直这么认为。

一块生姜被她切成小丁，又剁碎，她喜欢生姜在热油里激出的香味，但又不喜欢吃姜，所以她每次都把姜弄得很细碎，炸成姜油，再添水，煮面，下菠菜，抡上鸡蛋，撒把葱花，一碗香喷喷的葱姜面就做好了。这是最简单的美食，小时候妈妈赶着上班就会给晓白做，现在她觉得比妈妈还做得好吃了。吃了饭，渐渐平静下来，孟晓白想写一张字，桌上放着她临了很多遍的《兰亭集序》拓片。她坐下来，认真地写：永和九年，岁在癸丑，暮春之初，会于会稽山阴之兰亭……最熟悉不过的开头，最熟练不过的笔法，她总是从开头写起，中途断了或写坏了，就重新再来，她不能容忍这种残缺，于是从头写，从头写。"永和九年，岁在癸丑"，这几个字她写得最多，自然也最好。好的开头就一定有好的结尾吗？从写字来看不是这样的，更何况漫长的一生呢。

写字最能消磨时间，一张写完已经9点多了。孟晓白想起了那幅画。杨云海是人物画家，这样的小品花卉是他偶尔为之的习作，她走的时候随手把画丢在办公室的抽屉里了，没有上锁，好像故意和谁赌气一般。她想，如果仲天麒不把画带给她不是什么事都没有了吗？真多事！转念又骂自己，哎，你怪人家仲天麒干吗，怪得着吗？就算人家说了"我喜欢的是你"，也不要有恃无恐呀！孟晓白被自己的逻辑逗笑了。那晚与仲天麒的对话声声在耳，没有哪个男孩子跟她说过这样的话，当时她不知所措，居然就逃走了，真没出息！仲天麒会怎么想。她后悔没有说点什么，比如，对不起，我不能接受。有礼有节，目光诚恳而坚定，像外国小说里的修女。她会劝仲天麒珍惜爱他的人，接受蒋凤仪。蒋凤仪是她的好姐妹，她决不会夺人所爱。好吧，就这样。

孟晓白把这些场景在脑子里过了一遍，突然觉得它们就像俗套的电视剧一样乏味。

最近《艺界》杂志社的员工都感受到了压力。总编张枰在社里的时间多了，隔三岔五就会找人谈话，大家讳莫如深，更有细心的人发现，自己提交的文章在采编系统里有被张枰看过的痕迹，甚至个别地方还做了修改，有时只是一个标点符号而已。而以前，除非重大选题，张枰是不看稿子的，审稿、发稿由编辑部主任负责。现在张枰居然看起了稿子，他是在传达什么信号呢？一些敏感的人开始为编辑部席主任担心。

老席倒是很平静，依然在办公室侍弄他的花花草草。桌上电脑开着，下期的稿件还没审完，蓝色的字迹是老席改过的，蓝色之外的一点红，那是张总的颜色。老席还是喜欢以前在一张张稿纸上修改文字，这儿画个圈，那儿划拉一笔，多有感觉，这才叫改稿子。现在装了电脑，去年又安了个什么采编系统，一切要在电脑上完成，说是无纸化流程化，他看不出来有什么好。屏幕冷冰冰的全是标准字，一点儿感情也没有，你无法通过字迹和行文习惯猜测作者的生活及个性，他相信"字如其人"，现在这四个字恐怕不管用了。

老席回到电脑桌前，他审稿很慢，眼睛老看错行，那红色在屏幕上一闪一闪的，挺刺眼。张总突然对审稿感兴趣了，老席有些吃惊，之前他总提让张枰多看看稿件，把把关，但张枰忙得顾不上，说老席审稿他放心，有时签版都由老席代劳。老席知道，张枰志不在此，人家在外面谋大事，他呢，也就顺水推舟，老老实实，审稿，签稿。现在张枰重新介入采编，无非是强调总编辑的存在感，表明他对采编流程的掌控，让那些有点什么想法的人有所顾忌和收敛。老席想到那天开会张枰的所言所为，包括奖励孟晓白的决定，他事先是知道的。在前一天快下班的时候，张枰把几个主任召集起来开会，研究新一年的目标任务，最后提到工作作风，说有员工打着杂志社的旗号为自己谋私利，已经到了肆无忌惮的地步，在外界影响很不好。社里要制定相应的奖惩制度，对这样的行为决不能听之任之，同时对有贡献有操守的员工要及时鼓励并奖励，营造健康正气的工作氛围。张枰征询主任们的意见，大家都说好，老席嘴上说好，心里发出一阵冷笑：这会儿着急了，早干嘛去了，好吧，看你张枰怎么折腾。对于孟晓白的奖励，大家一定觉得很突兀，什么事都讲究师出有名，不能想一出是一出，给孟晓白奖励了，那之前比孟晓白贡献大的人怎么想，以后其他人奖不奖，怎么奖？这都是问题。张枰问大家有什么意见，老席没吭声，领导已经决定的事，说一句都是多余。

在杂志社有些紧张和压抑的气氛中，一件让大家的神经稍稍放松的事件发生了。

老李的老婆来到了杂志社，口口声声要面见领导。老李休完丧假刚上班不久，看见老婆气势汹汹的架势，赶紧把她往出拽，老李老婆劲儿大，把个瘦精精的老李推来搡去，嘴里还不停叫嚷：怎么，不敢让我进啊，你让开！让开！你做得出就别怕人说，我要让领导评评理！老李没办法，说：你不走我走！老李的老婆跳着脚指着老李的背影，你有种就别走！马姐拉过老李媳妇，让她坐下消消气，又倒了杯水。老李老婆接过杯子使劲一蹾，水洒了一桌。马姐问到底咋回事，老李老婆呼呼出着粗气，你们领导在哪？我要见领导！你们给我评评理，李德忠要跟我离婚！他要跟我离婚！说着涕泪交集，痛斥李德忠的无耻行径。

大家都挺纳闷，老李这是咋了，家里两个女人闹得最火热的时候他都没离，现在一个女人走了，按说该消停了，他反倒要离了。马姐跟老李老婆见过几次面，算是熟悉些，就劝她有话回家说，这么多年夫妻了哪能说离就离，老李肯定说的是气话，回到家两口子门一关啥话都好说。老李老婆冷笑着，说他要是能说一句话就好了，问题是他一回家就成了哑巴，现在终于会说一个字了，就是"离"！老李老婆执意要见领导，怎么劝都不行。大家心说，领导都烦着呢，谁顾得上你家的事呀。最后还是席主任出来了，估计听到外面的动静坐不住了。老李老婆见到席主任像见到了亲人，老李的妈去世就是席主任代表社里去慰问的。老席也表现得很亲切，把老李媳妇让进了办公室，这个悲愤的女人又是一遍声泪俱下，希望丈夫的领导能伸出援手挽救她那濒临倒塌的婚姻。

在孟晓白遭遇职场冲击的同时，仲天麒也遭遇了冲击，这是一个女人的冲击，来自蒋凤仪的冲击。

蒋凤仪考研通过了。当她战战兢兢地输入自己的考号，点击进入成绩查询，几个数字明确告诉她，分数在录取线之上。蒋凤仪瞪大眼睛来回审视了好几遍，终于流下了激动的泪水。天不负我！穿过这几个数字，她似乎已经看到自己美好的前途。她立马将好消息告诉了孟晓白，晓白在电话那头开心地大叫。她想打电话给仲天麒，又临时改变主意，决定亲口告诉他。

蒋凤仪直接找到仲天麒在外面租住的画室，她之前借考研资料时来过一次，当时就很有心地记住了这个地方。仲天麒在画室，一切都刚刚好。蒋凤仪的喜悦肆意流淌，溢满全身。她告诉仲天麒，她考上了！然后不管不顾地一头扎进仲天麒的怀里。

仲天麒被这突如其来的举动惊住了，双手悬在半空，不知落在哪儿好。短暂的停滞后，他轻轻拍了拍蒋凤仪的肩膀，问：你考上了？蒋凤仪脸红红的，抓住仲天麒的手摇晃着，像一个孩子在跟父亲撒娇要零食。

我过线了！真的不敢相信！蒋凤仪又想哭了。仲天麒让她在沙发上坐下来，自己坐在对面，他需要尽快建立一种正常的谈话方式。

我太兴奋了！刚才，不好意思，我……没有吓到你吧。

怎么会，祝贺你呀！

我感觉做梦一样。

现在是不是一下子轻松了？

没有，就是兴奋，还要准备接下来的复试呢。

那都不是问题，你一定行！

真的谢谢你，天麒，你给我很多动力。

没有，你这么说我都不好意思了，是你自己努力。

可惜，我进校你又毕业了。

那没关系，我们可以随时联系。

我多想我们……能在一起，在校园。

我们有的是时间啊，你，我，晓白。对吧。

我不是这个意思。我是说……啊呀，仲天麒！这跟晓白没关系，是我们俩，我喜欢你，我想做你的女朋友。如果你没有女朋友，那就让我做你的女朋友吧！

蒋凤仪一股脑说完了，把挺直的身子重新陷进沙发里，伴随着一声长长的吁气，像刚干完一件重体力活，但是眼睛显得很有神采。

仲天麒想，真是怕什么来什么，一直以来他都"被表白"，但像蒋凤仪这样强烈直接的却没有。他有些感动。要不要告诉她，其实他喜欢的是孟晓白，她最知己的朋友，尽管晓白对他来说还是个未知数。怎么告诉蒋凤仪？这次他真的不忍心了。

仲天麒定定神，正要开口，却被蒋凤仪伸出的手捂住了。她说：你现在不用回答，不要立刻告诉我你的决定，反正我把该说的都说了，啊！我舒服多了。她脸上洋溢着满足的笑意，从沙发上跳起来，一把挽过仲天麒的胳膊。

现在我饿了，咱们去吃饭吧。她边说边眨着眼睛看仲天麒，一派天真少女的模样。仲天麒被她的样子弄得没脾气，心想，蒋凤仪和孟晓白是完全不同的两种性格，一个直率的可爱，一个深沉的可恨，怎么都让他遇到了呢。

吃完饭，蒋凤仪的兴奋劲儿还没过，让仲天麒和她一起去找孟晓白。仲天麒说不了，他想起那天晚上孟晓白落荒而逃的情景。还是先不去打扰她吧，也许她需要时间。

蒋凤仪告诉孟晓白，她向仲天麒表白了。孟晓白正翻着衣架上的衣服，她被蒋凤仪拉出来逛街，听到这番倾诉，哦了一声，眼睛依然盯着那一排五颜六色的春装。

蒋凤仪欢快地说：喂，你就不问问什么情况。

什么情况？孟晓白漫不经心的样子。

没情况。蒋凤仪夸张地摊开手，说：我们就一起吃了饭。

他……答应你了？

他没答应，也没不答应。

什么意思？

就是没有说什么呗，但我还是很开心，我说了我想说的。

孟晓白内心很纠结，她说不清自己到底是希望仲天麒答应蒋凤仪呢，还是不答应。如果仲天麒接受了凤仪，她真的会高兴吗？

一个男孩子几天前向你表白，之后又接受了你的女朋友。这不是个好玩的游戏。但你确实无话可说，因为你并没有接受他，你什么都没做就走了，是不是可以说明你已经表达了拒绝。如果你已经拒绝，那他接受另一个女孩的表白有何不可。只不过这个女孩子是你的闺蜜，你心里的不舒服会更强烈一些。但是，那个晚上，在那个晚上，仲天麒清清楚楚明明白白说喜欢的人是你呀，那么肯定、直接，你甚至还能感受到他抓住你胳膊时的力度。为什么现在面对蒋凤仪又没有拒绝，模棱两可是什么意思？喜欢孟晓白又舍不得蒋凤仪，这算什么？孟晓白想着想着竟有些生气。

蒋凤仪从试衣间出来，一件桃红色T恤，映着她的脸特别好看。爱情会让女人变美，或者说一个心里有爱的人看起来会更美，蒋凤仪举手投足都散发着自信，她一直风风火火的，现在又透出一点娇媚之气。孟晓白羡慕她，也有些看不起自己，不是已经做决定了吗？为什么赶不走心里那些乱七八糟的想法，她为自己不能像蒋凤仪一样坦坦荡荡而郁闷不已。

3月的脚步特别快，杂志社的院子种了好几株玉兰，前两天还开得正盛，从楼上望下去白茫茫连成一片，把小楼托在云朵里。今天孟晓白再看，玉兰花已落了一地，花瓣打了卷，微微泛黄，再没有耸立在树端那般圣洁，那般摇曳生姿，也许再过几天它就如泥土一般颜色，陷入尘埃里再也看不见了。

手机里有仲天麒发来的短信：晓白，因为工作的事我要去趟北京，三四天后回来。对我那天说的话你不要有负担，你可以好好考虑，最次我们还能做朋友吧。回来再见。祝好！

自那个晚上之后，孟晓白就没有见过仲天麒，她只是从蒋凤仪口中捕捉到一些信息，并不知道仲天麒在忙些什么。这条短信让她安心，就像衣服上的一粒扣子掉到床底下，虽然没捡，但你知道它就在那里。

蒋凤仪来电话说，三个人一起吃顿饭庆祝一下吧。孟晓白想也没想就脱口而出：仲天麒去北京了。蒋凤仪问：你怎么知道？孟晓白后悔得直打嘴，原来她不知道啊，一时不知怎么回答。蒋凤仪再问：他去北京了？你怎么知道？然后又自言自语：我见他的时候他没说啊。孟晓白说：哦，他打电话，问我杂志的事随口说的……我也不太清楚。蒋凤仪说：不行！我得问问他。电话挂断了，孟晓白长舒一口气。

快下班的时候，蒋凤仪来了。编辑部不少人认识蒋凤仪，知道她是孟晓白的好朋友，大家互相打招呼：来啦？——来了。蒋凤仪很自在，把包往孟晓白桌上一扔，一屁股坐在椅子上。孟晓白说：我看你跟这儿的人比我还熟呢。蒋凤仪翻她一眼，说：那是，谁让我受欢迎呢，干脆咱俩换吧，让我在这儿上班得了。孟晓白说：好啊，求之不得，我上研究生，你来当编辑。蒋凤仪说：你早答应多好，我就不用费劲考研了，哈哈，现在我得想想。

俩人打趣着玩。孟晓白没有在蒋凤仪脸上发现什么异样，言语也如往常，渐渐放下心来。但又惦记着蒋凤仪是不是给仲天麒打电话了，于是问：你今天打算怎么庆祝啊？蒋凤仪说：不庆祝了。孟晓白问：怎么了？蒋凤仪说：仲天麒不在，他去北京了，他说走得急没跟我打招呼。孟晓白说：那你还来我这儿干嘛吗？蒋凤仪说：我没地儿去呀！哦对了，咱们可以先小庆祝一下，否则你该说我重色轻友了。蒋凤仪兴致很高，孟晓白却有些别扭，她反感这样的三角关系，觉得自己在隐藏一个阴谋。

两个人去看电影，买了票时间还早，就在一家果蔬店坐着。聊起即将到来的研究生复试，蒋凤仪无意透露出一个信息：她报考的导师是孙院长。孟晓白立刻警觉起来，问：哪个孙院长？蒋凤仪说：孙立得。

孙立得，这个名字好熟。孟晓白想起来了，是当年她考学时那个招生办主任。孟晓白问：他不是招办主任吗？蒋凤仪说：人家早当副院长了，就咱们毕业那年，你真是两耳不闻窗外事。孟晓白说：干嘛报他的研究生啊。蒋凤仪说：他是副院长啊！难考着呢，我还想以后争取留校的机会，当然要傍个有权有势的，哈哈！

孟晓白忘不了当年学画时在城中村出租屋看到的那一幕，犹豫着要不要告诉蒋凤仪，这个孙院长不是什么正人君子。蒋凤仪看她欲言又止，问怎么了。孟晓白思忖片刻，便将那件事说给她听。

没想到蒋凤仪不以为然：没事的，他人品如何作风如何，跟我读他的研究生有什么关系？

孟晓白有点急了：怎么没关系，你们要在一起三年，古人说一日为师终身为父，现在虽然不讲究这个，但导师一定要好好选，导师是引领你的人，师徒是一辈子的事。

蒋凤仪瞪大眼睛说：你是穿越来的吧孟晓白，现在不是我选的问题，是人家要不要我的问题。说实话晓白，我读研真的不是为当画家，也不为当评论家，我只是想有一条更好的出路。所以在我看来，他的职务比他的人品、专业更重要！况且你也只是眼睛看到而已，又不完全了解内情，不能因此就否定孙院长啊。

孟晓白无话可说，也许是她太迂腐了，站在蒋凤仪的立场上，这样的选择也无可厚非。但她还是担心，便啜嚅着：他……他当年还收了我的钱。蒋凤仪看着孟晓白认真的样子，心下感动，却也忍不住笑起来：好晓白，我知道你对我好，放心吧，没什么的，就算他不是正人君子又怎样，我又不是选老公，孙立得还不一定收我呢。

12

老李到底还是离婚了。他的态度如此坚决,与大家印象中那个对老婆唯唯诺诺、唯命是从的老李有天壤之别。

老李是受啥刺激了?以前总说离不得离不得,现在怎么就离得了。而且大家发现,老李又开始住办公室了。早晨大家到的时候,老李已经端着个瓷杯喝茶了。老李爱喝黑茶,泡得很浓,汤色深红,泛着茶油。大家说老李你这么瘦了,还喝这么酽的茶,肚子里没油可刮了。老李嘿嘿一笑不说话,低头吹开茶末,滋溜一口,一多半入喉,一小半尚留在口中用舌头翻滚几回,待满口留香,再缓缓咽下。喝完这一口,老李才答话,脸上现出满足的神色。大家都说老李变精神了,以前是缩着,佝着,现在舒展了。老李说他是无家一身轻,难得潇洒。就像这黑茶,挤压在一起是为缩小空间便于储存,乌漆墨黑不分你我,泡开了才有灵性,个体也就生发出来了,与人生是一样的。大家就说老李变成哲学家了。

老李老婆大闹杂志社更使老李下定了离婚的决心。老席叫他到办公室谈心,问咋回事,真的就过不成了?老李说过不成了。接下来他阐明了离婚的理由,老席于是打消了调停劝说的念头。以下是老李的原话:

我妈在的时候，我不能离。我总想再看看，再忍忍，没想到大半辈子过去了，我忍的结果是啥？没有任何改善。我不说这个女人有什么毛病，谁没毛病，归根结底是我俩性格不合，结婚前我就知道，她性子暴不饶人，我想着不都说互补吗？我妈还说娶个厉害媳妇不吃亏，管着你挺好的。其实互补个屁呀！以后谁跟你说夫妻性格可以互补那是扯淡！谁也改变不了谁。前些年我还想着哪有严丝合缝的婚姻，都是磨呀磨，相互让步相互妥协，等都磨圆了就好了，谁知这么多年都是我在让步我在妥协。我妈也是个厉害人，表面上跟这个女人水火不容，怕她儿子吃亏，可私下里还是老观念，说人家好歹给咱生了大孙子，你要离婚村里人都笑话呢，我是不想让她老人家操心，就这么过吧。现在我妈走了，我伤心啊！她老人家福没享上，倒替我操尽了心，临走还不得清净。我不孝啊！我妈走了，我儿子也工作了，我没有后顾之忧了，我要为自己活两天，人生苦短，我太累了。离婚是我提的，她无话可说，错不在我，我一没出轨，二没变心，她能说啥，只能到这儿胡闹，她是穷途末路了，抓着谁是谁。您不用劝我，我是铁了心了，这婚非离不可！

　　与老席谈话结束后，老李回到家。老李老婆想缓和气氛，也意识到自己以往常常令老李下不来台，于是擀了面让儿子去叫老李，老李坐在屋里没动弹。儿子把面端来了，老李扒着碗很快吃完，把嘴一抹，端着空碗走到厨房。他老婆问：还吃不？老李说别收拾了，说说接下来的事吧。他老婆说：接下来啥事？——离婚的事么。老李话音刚落，一只碗就摔了下来，碎片四溅。那是老李刚刚吃饭用的碗。他老婆骂：你不要给脸不要脸！还来劲了！老李说：我要脸呢，我咋不要脸。他老婆说：你要脸就不该在儿子面前提这俩字！老李说：儿子大了，他自有判断。他老婆说：你还知道儿子大了，都谁给你养大的，这么多年我管你爷俩的吃喝拉撒睡，管你妈的吃喝拉撒睡。好啊！你妈刚死你就变脸了。老李喊：你别提我妈！

　　老李知道，要谈就是这种结果，听这个女人无休无止的唠叨、咒骂。他看见她的手在案板上发抖，旁边就是菜刀。他突然担心这个女人拿起刀甩过来，以她的性子不是没可能。

老李走了,有点灰溜溜的。他想,还是不要跟这个女人正面交锋。长期处于某人的淫威下,多少都会落下一点儿病。

几天后,儿子来找他,说他妈同意离婚了。老李要的就是这个结果,他还是了解她的,急性子,藏不住事,是解决问题型的,还要她自己主动解决,越逼越完蛋。儿子说,他也劝他妈了,这样勉强过着实在没什么意思,不要顾忌他,他也独立了。从他的角度当然希望家庭和睦,但父母这样的状况只能是互相消耗,于事无补。说到最后,儿子试探着问老李,能不能先分开住,别离婚。老李说,儿子呀,你想让你爸多活几年就不要再说了。

按照老李老婆的要求,房子归她,儿子归她,存款一人一半。老李算是净身出户了。留给老婆的这套房子还是十多年前文联系统内部分配的,虽然户型老旧,空间局促,但对老李来说也是最大的财产了。老李说,他现在真正的是一无所有,却感觉无比轻松。他说退休了就回老家种地去,每天日出而作日落而息,乐得个逍遥自在。

大家知道老李的现状,对他住办公室见怪不怪了。有天早上张枰到得早,看见接待室的沙发上摊着床被子,老李刚从洗手间出来,手还是湿的,见到张总挺不好意思,说要在单位借住几天,找到房子后马上搬。张枰还不知道老李离婚的消息,有时候单位发生的一些事,领导总是最后知道。了解了情况后,张枰关切地说:没事,住吧。你还要多注意身体,不能长期这么将就。这暖气也停了,还有一阵倒春寒呢,晚上冷不冷?有啥困难就及时说,我这里,还有单位,能帮忙的一定帮。说完拍拍老李的肩膀,很感同身受的样子。老李在说出一连串"谢谢张总,谢谢领导关怀"之后,目送张枰进了总编室,心中兀自惆怅了好一会儿。

老李的离婚让孟晓白想起自己的父母,他们差不多是同龄人。父母时代的爱情到底是怎样的?相濡以沫相敬如宾,还是吵吵闹闹天雷地火,慢慢把爱情熬成亲情?但亲情似乎也是不牢固的,否则老李怎么会离开他孩子的妈。

孟晓白回家时妈妈偶尔也会跟她谈起自己的年轻时代,一说到兴头上就收不住,把晓白爸当年追她的情景一幕幕还原出来,特别陶醉。晓白爸有时会插一句：过了啊，我哪有这么上赶着，不是我单方面追你妈，她对我也有好感，都是相互吸引。孟晓白的父母在肉联厂工作，那会儿也不加工什么火腿呀香肠的，其实就是生猪屠宰，周围人都习惯叫屠宰厂。上世纪70年代是计划经济，买肉是要批条子的，所以在屠宰厂工作虽然听着不好听，但效益好呀。那会儿关于屠宰厂的段子挺多，说厂里有个光棍认识了个女娃，人家问他在哪儿上班，他说在电台。姑娘心说不错呀，在电台工作，那一定是文化人。交往以后才知道是在屠宰厂上班，姑娘很生气，说你咋骗人呢。小伙说我没骗你呀，我就是在"电台"——"麻电台"，屠宰前给猪过电，先把猪打晕了，我就在这个"电台"上班。姑娘哭笑不得。据晓白妈说最后还成了，人家姑娘图的是从此吃肉方便了。晓白妈是卫检员，就是给肉皮上盖紫色章子的，盖了章就表示通过检验，卫生合格，然后发往各地。在厂里算是挺好的工种，相对轻松和干净。晓白妈总不厌其烦地描绘她那时的装扮：乌溜溜的两条粗辫子搭在肩上，发梢绑着素花手绢，黄军裤，黑皮鞋，白袜子，走在街上那叫一个夺目。给她介绍对象的多了去了，为什么单就看上晓白爸了。晓白妈说，就是看你爸为人老实，能写个文章啥的。

晓白爸在厂办搞宣传，经常组织活动，年轻的男男女女在一起难免会发生点儿故事。外面的运动再轰轰烈烈，这个远离市区被农村包围的小厂子倒也平静，更催生了年轻人爱情的荷尔蒙。每次组织学习或开思想会，晓白爸就会注意到这个有两条大粗辫子的姑娘，有意无意地接近她，照顾她。那会儿人面皮薄，虽然互有好感，但谁也没捅破这层窗户纸。晓白爸说，两个人关系的转折点发生在1976年唐山大地震之后，地震的消息传得沸沸扬扬，气氛紧张的那段日子，晚上在宿舍睡得好好的，半夜就有人砸门，喊着要地震了，让大家赶紧躲到防空洞里去。像晓白妈这样的年轻姑娘哪见过这阵势，吓得不知道怎么办了。一次在防空洞里开会，晓白爸悄悄给晓白妈塞了张条子，上面写着：生命诚可贵，爱情价更高。这句短短的诗无疑对晓白妈起到了很大的激励作用。晓白爸说，看到这个姑娘如此无助，激发了他无穷的力量，他本想自己写首诗送她，但几次开头都写不下去，后来想到了这首著名的诗句，觉得特别能表达他的心情。他是在给姑娘喊话：地震不可怕，没有爱情的生命才可怕，他把爱情看得比生命更重要。孟晓白听到这儿乐了，问爸爸：后面不是还有两句吗，怎么没抄？晓白爸说：不能抄啊。若为自由故，两者皆可抛，两者都抛了，你妈能跟我呀。

这段故事被孟晓白称为"防空洞的爱情"。她问妈妈那张字条还在不在，妈妈说：留着那干啥，早撕了，那会儿还怕人看见呢！晓白爸就指着晓白妈说：看看，这么具有历史意义的文字资料，说扔就扔了，一点不知道珍惜。晓白妈说：你当那是存折呢！还文字资料，就写那俩字，不嫌寒碜。两个人又进入了斗嘴模式。

孟晓白挺享受这种时刻，听着父母你说一嘴我还一句，好像互不相让，但言语里有默契有亲密，更有被岁月浸泡的习以为常。在晓白看来，这是一种很稳固很安全的关系，就像三角形，她和爸妈分别占据三个角，不管角度怎么变化，基本形态不会改变。在家里，晓白妈比较强势，好在爸爸一直服从管理，多年来遵循少较真、先认错的原则，把妈妈的脾气控制在一定范围内。她觉得这是爸爸智慧的地方。

孟晓白小时候是个孤单的孩子，她没有兄弟姐妹，也因此更重视友情。初中时，班里转来一个叫艾丽的女孩子。有天下课，三个高年级女生来找艾丽，其中一个问：你叫艾丽？艾丽不知道发生了什么，怯生生地说：是我。那女生又问：你是艾斌的妹妹？艾丽点点头。那女孩说：我是艾斌的女朋友，以后有人欺负你就给我说。还没等艾丽回过神，女孩就潇洒地转身走了。女同学们发出啧啧的赞叹，太酷了吧！有这样一个当哥的夫复何求！那时候香港江湖片盛行，《英雄本色》中宣扬的兄弟情义让正处在叛逆期的男孩子亢奋不已，他们在学校里拉帮结派，称兄道弟，打群架，对抗老师，自以为形成了他们的小江湖。而艾丽的哥哥正是这一帮人的头儿，被称为"大哥"。有了这个"大哥"，艾丽的人气瞬间飙升。孟晓白本来看不上这些男生，小小年纪充老大，不学无术，整天在社会上晃荡，自以为威风得不得了。但她对艾丽的哥哥很感兴趣，派女朋友来关照妹妹，自己却不出面，虽然拽得有点矫情，却也挺男人。

艾丽是个安静的女孩子，跟晓白很谈得来，两人慢慢成了要好的朋友。艾丽说，她哥其实没那么嚣张，就是讲义气，崇拜周润发。因为家庭条件好，人也大方，身边就聚集了一些男孩女孩，愿意听他的。孟晓白去艾丽家玩的时候，有两三次见到过艾斌。上高中的艾斌个子一米八几，也许因为太高，背微微有点驼，更显出不羁的风度。他很健谈，喜欢讲社会上的事情，她们俩就静静地听，有时被逗得大笑。一次艾斌从口袋里掏出两包东西，让艾丽冲给晓白喝，说是外国高级饮料，名叫雀巢咖啡。晓白从没喝过这种饮料，艾丽拿出两个杯子，那粉末状的东西一遇开水迅速化开，冒出一股奇异的香味。晓白呷了一口，觉得微苦，和巧克力糖的味道有点像，但比巧克力更有滋味。艾斌说，这是他女朋友给的，她爸是官员，好东西多。孟晓白想起那天来找艾丽的高年级女生。艾丽说，你少要她的东西，凭啥她就是你女朋友了，也不嫌害臊。说完就把杯子放下，不喝了。艾斌耸耸肩，很不以为然的样子，对孟晓白说，她不喝你喝。然后端起艾丽剩下的咖啡，像外国电影那样，对着晓白做了一个碰杯的动作，一口倒下去，在嘴唇上留下一层奶沫。孟晓白觉得艾斌很"大哥"，不跟妹妹计较，就劝艾丽别耍性子，有这么照顾她的哥哥，别身在福中不知福。艾丽说，我可不想要这个爱闯祸的哥，你要就给你吧，不然你做我嫂子算了。孟晓白脸红了，心说我还真想要呢，可惜不是我的。有一次，学校开大会宣布处分决定，艾斌因为打架上了黑榜。当校长用严厉的声音念到艾斌名字的时候，同学们齐刷刷把目光聚焦在艾斌身上。艾丽把头埋得很低，两只手绞在一起。孟晓白感觉她在微微发抖，就握住她的一只手，自己也像被传染了，脸烧乎乎得很难为情，好像艾斌也是她的哥哥。

人生很多事件都是突如其来的，你无论如何也猜不出它的结局。孟晓白那会儿觉得，她会和艾丽做一辈子的姐妹，包括这个爱闯祸的大哥。

初三那年春天，正是复习的紧张时刻。毫无征兆，艾丽有一天没来上学，孟晓白想许是家里有什么事，或者身体不舒服，就没有太在意。第二天也没来，第三天依然没来。晓白有些奇怪，会有什么事呢？放学找了个电话亭打到艾丽家里去，无人接听。第四天，同学之间开始有些传言，说艾丽的哥哥艾斌死了，是跟人打架被捅死的。

孟晓白是不信传言的，但心里却有些发慌。她偷偷跑到艾斌班级门口，装作不经意间路过，果然不见艾斌的人影。但艾斌以前也经常逃课的，晓白对自己说。很快，消息越传越盛，细节也越来越多，说艾斌是为了保护女朋友被一帮社会上的混混打伤，其中一刀刺中要害部位，血流了一地。那帮人吓得跑了，周围群众报警，叫来了救护车，但因流血太多最终没抢救过来。所有的细节都让人心惊胆战，孟晓白坐不住了。在一个下午，她偷偷跑到艾丽家，还没进门，一种超乎寻常的肃静让她意识到，这次的传言是真的。她看到艾丽失神地坐在哥哥的房间里。床铺收拾得很干净，地面一尘不染，桌子的玻璃下压着各色烟盒，其中有一张雀巢咖啡的包装纸，被小心地拆开压得平展展的。孟晓白眼泪下来了，和艾丽抱着痛哭了一场。艾斌真的死了，但并不是被刀捅死的。反倒是他刺伤了对方，在躲避追赶的时候横穿马路，被车撞了。

两周后艾丽来到学校，陪她来的还有父亲。她是来办休学的。失去哥哥的痛苦让艾丽无法再正常上学。据说他们家后来还打了官司，起诉司机和打人者。这场官司被议论了很久，到底该谁来承担责任，毕竟艾斌也是事件的参与者。孟晓白从没有问过艾丽官司是如何了结的，再后来，他们一家离开了这个伤心地，艾丽上了其他的高中，开始她们还通信，后来听说艾丽出国了，就再也没有了联系。

这件事让孟晓白真切体会到了人生的残酷。好几个夜晚，她都梦到艾斌拉着一个女孩的手在拼命奔跑，天很黑，雾色锁住了双眼，她使劲想看清那个女孩的脸，却怎么也看不清，她追逐着，叫喊着，突然间她意识到，原来那个女孩就是她自己！恐惧令孟晓白从梦中惊醒，她忧伤地感到，没有什么是永恒的。

13

从北京回来后,仲天麒在毕业工作的问题上与父亲发生了分歧。

仲青田带儿子去北京见了一些藏家、画家朋友。仲青田在这一行做了二十多年,积累了不少资源,眼看着儿子就要研究生毕业了,他很自然地想到要动用一些关系,让儿子在这个圈子露露脸,以后免不了要人帮扶。其实仲青田已经为儿子设计好了未来,那就是做职业画家。他们仲家该出个画家了,这是关乎家族荣誉的事情。书画经营这个行当,说好听了是收藏,但在很多人眼里就是画贩子,倒买倒卖,虽然这几年市场好,挣了些钱,但终究摆脱不了身上的铜臭味。尤其一些无良画商制造贩卖赝品,更坏了行业的声誉,让外界觉得这个圈子水深莫测,不敢涉足。仲青田并不想让仲天麒子承父业,他们家境殷实,可以为儿子提供很好的条件,仲天麒只要专心画画。北京是文化中心,艺术圈非常活跃,留在这里就是给以后打基础。这次仲青田来北京打算给儿子找个画室,让他好好画几年,再想办法进专业画院。一旦能在北京落脚就踏实了,他丝毫不怀疑儿子的才华,否则这么多年的熏陶岂不白费了。

仲天麒却有自己的想法。他不愿一毕业就去北京,在父亲的安排下按部就班地画画,每月靠家里的接济过日子。在北京这样一个到处是艺术家的地方，你可能一跳进去就沉入汪洋大海，你的作品没有任何价值，更别说要靠它谋生。他当然也有做画家的梦想，但不是现在，他想先工作积累几年，将近二十年的求学生涯让他感觉和社会脱节了，他不想离开教室就进画室。而另一方面，他也有自己的私心，就是孟晓白在长平，离开长平就等于离开了孟晓白的视线，他们之间可能还没开始就结束了。仲天麒是有顾虑的，他想最起码应该问问孟晓白的意思。

以前仲天麒很少有机会和父亲一起出去，对于父亲的圈子他知之甚少，家里隔三岔五会来一些人，父亲只让他看东西，不允许他插嘴，更不允许他插手，有时甚至刻意回避。仲天麒知道，父亲是想让他与这个圈子拉开距离，这行当是个大染缸，三教九流都在里面扑腾，怕自己沾染了不良的习气。而这次去北京，父亲却如此高调地把他介绍给朋友们，用心良苦可见一斑。

眼下，仲天麒觉得要紧的是说服父亲同意自己留在长平，上研之后他几乎不在家里住，尤其最近几个月忙于毕业创作，更是不着面了。今天吃完晚饭，他没有马上走，让母亲很欢喜。对于让儿子去北京的安排，做妈的自然舍不得，但又怕耽误了儿子的前程。两个女儿都已经出嫁，现在这个唯一的最小的儿子成了她最大的牵挂。大学四年仲天麒在四川，她总担心儿子吃得怎么样，钱够不够花，交没交女朋友，常常令两个姐姐愤懑不已，说从没见妈这么关心过她们。母亲就说，你们在我身边嘛，可怜麒儿在外地，谁照顾他呀。好不容易把儿子盼回来了，现在又要去外地，而这一次可跟之前上学不一样，有可能就在那里扎下根了，以后再找个外地媳妇，回来一次都难。母亲深深感到，她就要抓不住这个儿子了。所以，当仲天麒说不想去北京的时候，她先是感到高兴，随之又陷入更深的忧虑中。在儿子的前程面前，妈妈的牵挂是那么不堪一击，纵然万般不舍，但只要于儿子有利，她也只好割爱了。

陪妈妈说了会儿话，时间已经8点多，仲天麒估摸着这会儿应该是父亲喝茶的时间。他推开父亲的房门，这里是他从小神往并敬畏的地方，被他称作阿里巴巴的宝库。家里其他房间都收拾得井井有条、干净规整，唯独这间屋子杂乱无章，图书、画作、石狮、瓦当、瓶瓶罐罐，挤在一处，柜子里放不下就放桌子上，桌上放不下就堆地上，这些不断增加的东西抢占着人的空间，任谁都会觉得插不下脚。但父亲却不以为然，他享受着被这些东西包围簇拥，对它们的方位了如指掌。他在这里就是王，所有物件都是他的兵，他可随意支配调遣，在岁月的长河里穿越自如，挥斥方遒。母亲实在看不过眼，曾经几次要进来收拾，都被父亲赶了出去。母亲忿忿然，说你就跟你的字画睡一块吧。索性不管了。好在父亲之前的投资也渐渐有了收益，母亲这才稍稍安心，不再过问父亲的事。

仲天麒进去的时候，仲青田正在闭目养神。听到响动，他微微睁开眼，看是儿子，又把眼睛闭上了。仲天麒叫了声：爸——看父亲没反应，便挨着他坐下来。面前的一杯茶已经没有了热气，仲天麒按下电炉开关，上面蹾着的铁壶吱吱响起来。仲青田这才直了直身子，问道：没回学校？——没有，今儿不回去了。——毕业创作咋样？——快了。父子俩的问答总是很简短。铁壶的水开了，仲天麒把杯里的茶水倒掉一些，又添上沸水，沉在杯底的茶芽被激荡起来，旋转着在更高的水面上泛起一抹红晕，茶汤又鲜活了。仲天麒把杯子向父亲手边推了推，说：晚上少喝点，容易睡不着。仲青田说：红茶不碍事，暖胃。一时无话，空气中流淌着只属于父子间的微妙的情绪，仲天麒下了决心，说：爸，我想好了，我还是想留在长平。

你真想好了？

是，在这儿也一样画画，没必要非到北京去。

怎么能一样，起点就不一样。多少人想去北京去不了，现在我们给你创造条件，你只管专心画画，我自有安排。仲青田语调高了一些。

不是每个美院出来的都要当画家呀，爸。

你必须当画家！你读了这么多年美院，就为出来找个工作？人要有大志向，我们又不要你赚钱养家，你还有什么不愿意的。

就是因为你们不让我赚钱养家，我才不愿意。仲天麒小声嘟囔了一句。说实话，他有点怕父亲。

我看你是不知好歹。这次我那些老朋友愿意帮忙，一是看我的面子，二是觉得你还有些天赋。也就两三年，就能把你办到画院去。

我想先闯荡几年，看看自己到底适合干什么。我不能总花家里的钱啊。

男人要有大格局，别总操心钱的事，等你成就了钱自然会来。

仲青田对儿子的想法很不满意，在他看来，这是没有魄力的表现，做事瞻前顾后，舍不得离开家，像个女人。唉，都是他妈和他那两个姐姐从小给宠坏了。仲青田想，以儿子这样的性格，柔和、细腻，也许就适合当个艺术家，绝对不能进收藏这行，干这一行胆子要大，决断要快，否则好东西放到你眼前也会白白错过。

仲青田啜了口茶，说：工作的事你就别操心了，我自有安排，好好搞你的毕业创作。

又是"自有安排"。仲天麒很反感父亲的"自有安排"，这实际上是剥夺了他选择的权利。父亲不由分说的样子看来是要结束这场对话了。仲天麒想，好吧，你铺你的路，我搭我的桥。他在心里暗暗做了打算。

蒋凤仪的研究生复试很顺利，复试之前她去拜访了导师孙院长。她想，不能打电话，人家又不认识你，说拒绝就拒绝了，干脆直接去找他。作为学生去向导师讨教，应该是说得过去的理由，而且见了面就会有印象。蒋凤仪这点好，胆子大，直截了当，我管你认不认识我，有理不打上门客，你还能赶我走不成。

不知道孙院长住哪儿，索性去办公室找他，却见门紧闭，敲了半天没人应答。旁边一间办公室门开着，蒋凤仪问孙院长去哪了，一个女孩说，院长参加画展去了。蒋凤仪下了楼，在大厅徘徊，不知道该怎么办，无意间在布告栏里看到一张海报，说某某画展在美术馆举行，学术顾问一栏写着孙立得的名字。蒋凤仪脑瓜一亮，对了，孙院长会不会就是去参加这个画展了？一看时间，果然是今天！蒋凤仪突然觉得，真是天赐良机，这样的见面不比直接闯到人家办公室更自然吗？不管怎么样，先混个脸熟再说。事不宜迟，打车来到美术馆。美术馆门前人头攒动，她一眼就看到孙院长站在嘉宾台上。还好没晚，蒋凤仪喘了口气，这才觉出额头上已经沁出了汗。

等到领导们讲完话，剪完彩，一群人蜂拥进美术馆，蒋凤仪也冲进去，心说有这么多人热爱艺术呀。前台被一群老头老太太包围了，原来是抢免费画册的。蒋凤仪追随着孙院长进了展厅，开幕式后嘉宾照例是要参观展览的。这些嘉宾都是业界知名人士，看展过程中不断有人上前握手，合影。蒋凤仪几次想上去打招呼，但孙院长身边总不得空。眼看着一圈快转完了，蒋凤仪想，不能再等了。她走到孙院长跟前，在他与一位老师谈话的间歇，果断地插了一句：孙院长好！同时大大方方地伸出手。孙立得不认识她，敷衍地握了握手，准备继续他的谈话。

蒋凤仪抢着说：孙院长，我是咱们学校毕业的学生，今年考您的研究生呢。孙立得点点头。蒋凤仪又说：我叫蒋凤仪，刚才到您办公室找您，您不在，我就到这儿来了。旁边的人看蒋凤仪很执着的样子，便说改天再聊，看画去了。孙立得这才把目光投向身边这个女学生，他说：哦，你到我办公室了。蒋凤仪说：是呀，我等了好长时间，想向您请教呢。说着绽开一个可爱的笑容。孙立得问：考得如何啊？蒋凤仪说：还不错，初试过了，正在准备复试。您会亲自给我们面试吗？孙立得说：好好准备。孙院长没有直接回答她的问题，但脸上已有了笑意。蒋凤仪说：我很想做您的学生呢，您要多关注我呀，我叫蒋凤仪。

这时又有熟人上来打招呼，孙院长边走边说，好像忘了蒋凤仪的存在。蒋凤仪默默跟在他们身后，一直走出了展厅。看孙院长要走，蒋凤仪追上去说了一句：孙院长，改天我去学校找您。孙院长挥了一下手，不知是向她还是向旁边的人，随即钻进了车里。

很快，蒋凤仪趁热打铁，第二次拜访了孙院长。这回她运气好，孙院长难得闲暇，看起来心情也不错。两个人在办公室有了一次比较深入的交谈，蒋凤仪贪婪地倾听着，为孙院长渊博的学识所折服，她甚至怀疑孟晓白讲的那个故事的真实性。为了加深孙院长对她的印象，她撒了一个小谎，说她考学前曾在孙院长的培训班里上过课。果然，孙院长很高兴，说他带过的学生太多，记不得了。从始至终，蒋凤仪都用一种崇拜的目光仰视着孙院长，她内心已经开始规划未来的硕士生活了。

一切都是那么顺遂人意，蒋凤仪觉得自己快转运了。复试一结束，她找到仲天麒说，春光正好，我们去踏青吧。

仲天麒有些为难，因为毕业展在即，要准备的东西很多。从北京回来后，除了工作的事情困扰他，同时也焦虑着该怎么跟孟晓白见面，让双方都没有负担。仲天麒是骄傲的，他以前没追过女孩子，回想那天晚上说过的话，他有点不敢相信，甚至怀疑这一切是否发生过，而孟晓白挣脱他的手匆匆跑掉的身影却一直萦绕在脑际，又让他确信这不是幻觉。他后悔了，后悔太早戳破这层纸，让他们处于尴尬的境地。也许像朋友一样相处才是现阶段最好的状态。

仲天麒思忖着，踏青倒是个好提议，大家一起玩，见面也就顺理成章了，也不至于太尴尬。于是他对蒋凤仪说：我来组织吧，现在正是桃花盛开的时节，我知道个好地方，我们赏桃花去。蒋凤仪乐坏了：太好了！这才叫不负春光嘛。仲天麒要去的其实是他二姐的桃园。二姐嫁了个有钱老公，在郊区农村买了块地，种了一片桃花林。林子并不对外，只供亲朋好友赏花休闲。

在蒋凤仪的督促和仲天麒的操办下，踏青桃花林终于成行了。

一个周末的上午，仲天麒和两个同学，加上蒋凤仪、孟晓白共五人出发了。仲天麒的同学开车，在约定地点接了蒋凤仪和孟晓白。孟晓白见了仲天麒依旧一副淡淡的样子，谈笑自若，完全没有尴尬之感，反倒令仲天麒有些不好意思，觉得自己想多了。五个人挤一辆小车有些局促，仲天麒坐在副驾，另一位男同学开玩笑说，仲兄承让，把这么好的位子留给他，与两位美女坐一起，还赏什么桃花呀，人比桃花好看多了。

一路说笑，很快到了桃园。远远望去，红云飞渡，满目烟霞。

孟晓白没想到，桃花竟然可以这么美。当浩浩汤汤的粉红云霞扑面而来的时候，她感到一阵眩晕。

这是一个正在建设的园子，凉亭的廊柱涂了朱红色，刻意做了旧，新铺的石子小路在阳光下闪着细碎的银光，一条小溪流从汉白玉石桥下穿过。也许因为园子太新，孟晓白总觉得少了点味道，相比之下，那一大片桃花林自然天成，在周围田地的衬托下分外惹眼。孟晓白之前总以为桃花太过妖冶艳俗，清雅之人当喜欢莲花梨花才是，现在看来是一种偏见和附庸风雅。她从来没有认真地观察过桃花，仅凭个人好恶就认可了那样的说法，对桃花是多么不公平。此刻，置身桃花林，一树树明媚逼人，枝枝条条地向她伸展过来，放肆且招摇，每一片花瓣每一簇花蕊都撩拨得人心驰神摇，浮想联翩。渐渐眼前的景象模糊了，桃花成团成堆地放大、交汇、蔓延，千枝万朵层叠缠绕不绝于缕，在头顶幻化为粉红色的云烟，瞬间吞没了孟晓白。桃之夭夭灼灼其华，是哪家的新娘打翻了胭脂盒，渲染出这夺目的烂漫。孟晓白站在桃树下，一时间发痴了。

与孟晓白一样发痴的还有蒋凤仪。从进入桃林那一刻她就大呼小叫：太美了！太美了！两个女生流连于桃花林，让男生们直言有眼福，人面桃花相映红，古人的话不虚，这果然是最养眼的画面。在他们赏花的当儿，午饭已备好。仲天麒的二姐雇了附近村子的一对农民夫妇，负责看园子的同时也给来这儿游玩的亲友做饭。饭桌就摆在桃林边的凉棚里，五个人围坐在一起，春风拂面，桃花嫣然，大家都感到一种醉人的美好。仲天麒从车里搬出啤酒，蒋凤仪大叫：还没喝酒我就晕了，是被花香薰的吗？大家笑言桃花妖气太重，最能迷惑人，否则何来"桃色"之说。桃花岛主黄药师设计的桃花阵，不种别的花，偏偏种桃花，外人一进阵就晕了，不光考验功力，还考验定力。仲天麒说：北宋黄庭坚有个著名的《花气诗帖》，第一句就是"花气薰人欲破禅"，有人说诗里的"花"是桃花。拿食物作比，如果说梨花是素的，那么桃花就是荤的，倒不是指它的香气，桃花气息很淡，而是说颜色和姿态。那一朵朵娇滴滴肥腻腻的，就像和尚吃了肉，把平时修行的禅定都给破了。你说厉不厉害，也奇怪，我留意了一下，寺庙里还真是很少种桃树，不知有什么讲究。一男同学立刻做出恍然大悟的表情：啊啊，怪不得，我就说咋这么心神不宁的，原来是桃花给闹的，看来我们都是没有定力的人啊。大家都笑了。

吃完饭总得有点活动，一男生提议打麻将。麻将牌是现成的，几个人在饭桌上铺了桌布，就呼啦啦地码起牌来。孟晓白对打牌没兴趣，一年里也就过年陪亲戚朋友摸两把，她打得慢，有时遇到难打的牌得反应老半天，常常被人催促和笑话,后来索性不打了。孟晓白坐在蒋凤仪旁边,有时蒋凤仪拿不准打哪张,让她参谋,她只是摇头,气得蒋凤仪直拍桌子。孟晓白看了一会儿,觉得无聊,便一个人在园子溜达,不知不觉穿过桃林。桃林边上有一小块菜地,也不知道种的什么菜,种了几种菜,叶子深深浅浅地密密匝在一起,绿油油的,让人欢喜。孟晓白在田埂上坐下来,望向更远处的村庄。这样的场景多么熟悉,她从小生活的厂子就建在郊区农村,暑假的傍晚,她总喜欢坐在楼顶,眺望不远处的村庄,看灯火渐渐亮起。家属楼与村子之间隔着一大片苞谷地,凉风吹来沙沙作响,她好像听见了苞谷在暗夜里拔穗的声音。他们一群孩子是把苞谷地当作森林的,他们拨开肥大的叶片在田地深处探险,有时会掰下未成熟的棒子当武器,偷偷地砍下一节苞谷秆放在嘴里嚼,那滋味像甘蔗一样清甜。孟晓白低头看了看右手小拇指,指腹上一道月牙弯弯,那是一次偷掰苞谷留下的痕迹。笑意不觉爬上孟晓白的嘴角,刹那间她的心中一片澄澈。

坐了好久,孟晓白才起身,慢悠悠朝桃林方向走,走到一半,看见仲天麒迎面过来。孟晓白的第一反应是绕过他,却已经来不及了。仲天麒说:你在这儿啊。孟晓白说:我在周围转了转,怎么不玩了?仲天麒说:玩着呢,我让马嫂代我打两把。

想必马嫂就是那对农民夫妇中的妻子了。孟晓白一时局促起来,说:那,走吧。她绕过面前的仲天麒,心里怦怦直跳。仲天麒想抓住她,像那个晚上一样,但终究没有伸手,只紧紧跟在她身后。快出林子时,仲天麒突然说:我可能毕业后要去北京了,你……你觉得怎么样?孟晓白先是迟疑了片刻,然后说:恭喜你呀,去北京当然好了。仲天麒说:我其实并不想去,你知道的。他看着孟晓白的眼睛,想从中看到留恋、不舍,哪怕是一丝遗憾,但他看不清,看不透,这个女孩子的目光深如桃花潭水,也许是他太愚钝了,也许他太自作多情了,人家并没有觉得你仲天麒去北京跟她有什么关系。他第一次感到如此受挫。眼前的桃花依旧粉面含羞,撩人心绪,仲天麒的心却一点一点冷下来。"村南无限桃花发,唯我多情独自来",脑子里蓦然被这冒出的诗句填满,嗡嗡的,像是一个嘲笑。

14

暑假来了。孟晓白早已没有了暑假，可一到这个季节她就有逃离的冲动，逃离熟悉的生活，逃离惯常的轨迹，到一个没有人认识她的地方，看云卷云舒、日出日落，哪怕是一个人宅在家里，早上趿拉着拖鞋去楼下买碗豆腐脑，花很长的时间做饭，开着电视发呆。总之她想要一段完完全全属于自己的生活。

一个多月前，长平美术学院研究生毕业展举行。孟晓白和蒋凤仪一起去看了展览，当然是因为仲天麒。这几年美院的本科及研究生毕业展搞得很红火，从最初只对院内师生进行创作成果汇报，渐渐开始有了社会化的趋势。一些行内人士和专业机构会在毕业季穿梭于各大美术类院校的毕业展，寻觅有潜力的青年画家和作品，学校也因此越来越重视毕业展，对于那些立志于未来做画家的学生来说，这个平台不光是展示作品，更是接受市场检阅，走向社会的开端。孟晓白毕业时学校的新美术馆正在建设，那一届就在旧馆做了展览，仓仓促促地结束了。她那会儿巴不得赶紧出校门，对于毕业展竟没有多少记忆，只记得自己的毕业作品画的是藏女，没什么新意，现在那张画还在家里放着，不知被妈妈收在了什么地方。

孟晓白来的时候，蒋凤仪已经到了，她正和仲天麒热烈地说着什么，时不时仰头发出咯咯的笑声，面庞因兴奋而泛着红艳的光。蒋凤仪已经收到美院的研究生入学通知书，心情好得不得了，看见孟晓白过来，快活地向她挥手。孟晓白走到近前，对仲天麒伸出手，说：祝贺。仲天麒握了握她的手，说：谢谢。两个人好像例行公事，既生分又别扭。其实在伸出手的一刻，孟晓白就后悔了，暗骂自己干嘛这么一本正经，又不是领导会见。心里这么想着，伸出来的手就不那么肯定了，像蔫了的菜叶子，她感到仲天麒的手也很无力，甚至有点敷衍。

蒋凤仪把孟晓白拉到一组画前，说：怎么样？是不是特棒！她摇晃着脑袋，上扬的眉梢挂着扬扬自得之色，就像这是她的作品。孟晓白面前是一组六条屏，六个人物隐在暗处，有男有女，有老有少，或神色凝重，或面目诡谲，或欢喜异常，或不露声色，无一例外，面前都摆放着一尊器物，有的上手把玩，有的只是盯着发呆。这六件器物是瓷瓶、砚台、佛头、玉簪、石狮、紫砂壶。人物兼工带写，用笔松弛，器物却画得极为工细，质感强烈，呼之欲出。这一松一紧、一动一静、一前一后、一暗一明的对比使画面非常有戏剧感。孟晓白看了看右下角的卡片，上面写着《恋物志》。

仲天麒一直等在孟晓白身后，看她半天不说话，便问：觉得怎么样？提提意见。孟晓白说：有趣、丰富，题材还蛮有新意的，你怎么想到画这个？蒋凤仪在旁边抢着说：天麒的爸爸就是搞收藏的。仲天麒说：其实就是想在题材上有都市感和新鲜感，以前一画人物就是少数民族，藏族的彝族的蒙古族的，要么就是农民伯伯，好像不画这个就没深度、不老到，大家都一窝蜂地画藏女，太泛滥了。孟晓白笑着说：你这是说我吧，我毕业那会儿就画的藏女。仲天麒咧了咧嘴：哈哈是吗，我说错话了。孟晓白的笑容一下子让他觉得舒展多了。

蒋凤仪说：反正整个比较下来，我觉得你的创作是最出色的！仲天麒说：哪有，还差得远哪，画完之后的确有不满意的地方，但又不知道怎么改，感觉墨色吃不进去了。画要挂起来才能看到不足，挂家里不行，必须要挂在展厅，毛病一下子就出来了，所以我现在很难受，还可以画得更好。蒋凤仪说：已经够好了，你太追求完美了。仲天麒说：不是追求完美，现在画面大的感觉有了，主题也算突出，就是没能营造出一种氛围，其实有那么点意思，还不够。

什么氛围？孟晓白和蒋凤仪异口同声。

你们没看出来吗？看来确实是有缺憾。仲天麒微微摇了摇头。

孟晓白转过身，面对画作默默端详了片刻，小心翼翼地问道：是紧张感吗？仲天麒眼睛一亮，掩饰不住欣喜地说：你真看出来了？孟晓白说：就是感觉，画面里似乎有一点紧张和不安。

仲天麒说：对呀！我就是想营造出一种紧张的气氛，一种对峙，人与物的对峙，人与人的对峙，是与非的对峙，真与假的对峙，虽然没有剑拔弩张，但大家心怀叵测，暗自较量。其实这个行当是没有硝烟的战争，这也是它的神秘和魅力之处。恋物也是炼物，要用心去琢磨。你能看出来太了不起了！

被仲天麒这么大大地夸奖了一回，孟晓白脸热了。

有几个熟人过来向仲天麒表示祝贺，蒋凤仪立马招呼起来：什么恋物炼物的，来照相照相。她很自然地挽起仲天麒的手臂，亲热地依偎着他，俨然女朋友一般。其他同学也凑上来，孟晓白很自觉地站到边上。她以为自己无所谓，但事实是，她被蒋凤仪的这个动作深深刺痛了。

这个暑假孟晓白异常忙碌，画展多采访多应酬多，有时总编张枰还会叫她参加饭局。刚子揶揄她说，孟晓白成张总的红人了。晓白也懒得辩驳，她其实不愿意陪领导出席这样的场合，但又不得不去。中国人是一个很喜欢在饭桌上交流的民族，这一点孟晓白深有体会，正襟危坐去谈事有时不一定会成功，而在酒桌上推杯换盏推心置腹，感情似乎一下子就加深了，不管它是表面文章还是真情所致，总之事情就谈成了。饭桌上难免要喝酒，孟晓白是能喝一点酒的，但她从不就范，因为在这个场合，一旦一个女孩子说她能喝酒，那就等于说你开放了通关文牒，饭桌上的每一位男士都要在你这里通关，这是很吓人的。加之晓白爸平时一再强调，女孩子在外面千万不敢喝酒，碰都不能碰。所以一直以来只要是工作饭局，孟晓白坚决只喝果汁酸奶，连红酒都不碰。张枰曾委婉地批评她放不开，太拘谨，这怎么能和艺术家打成一片呢。孟晓白心说，拘不拘谨要看什么场合，和什么人在一起，我才不想和什么艺术家打成一片呢。

这天午饭时间，孟晓白接到老李电话，让她领两瓶特供酒立即送到迎宾楼。孟晓白不敢耽搁，忙去行政部领了酒，打车去了吃饭的地方。迎宾楼是一家高档会所，外面看着不起眼，门脸也小，但了解的人都知道这里非同一般，是政府官员和所谓上流人士经常光顾的地方。孟晓白提着酒，在服务员引导下上了三楼的牡丹厅，推门进去，发现已经坐了一桌子人。除了张枰，老李也在，还有几个女孩是媒体的，她在一些采访场合见过。孟晓白打了招呼，准备放下东西就走，却被张枰叫住：别走了，一起吃饭，给你介绍个大画家。孟晓白挺不情愿，却也只好坐在老李旁边。

等了半个来小时，服务员引着一位老者进来了，后面还跟着一个年轻女子。大家立即站起来，张枰迎上去双手握住老者的手亲切地摇着，说：啊呀冯老，好久不见，越来越精神了啊。饭桌上的人一一向冯老问好。孟晓白见过这位老者，他是本省的名人，花鸟画家，六七十岁了，依然活跃在画坛。冯老顶着一头蓬乱的白发，穿红色圆领汗衫，脖子上挂一串星月菩提。他一边握手一边越过张总的脑袋喜眉笑眼地说：呀，这几个女子都见过么。一个女孩说：冯老，您穿这么艳想干啥么，把我们都比下去了。冯老说：胡说呢，你们一个个跟花儿一样，我老汉能比过。又指指跟他一起进来的女子，说：都是小王给我捯饬的，你们问她。小王不言语，只是笑，突然想起什么似的在随身背的包里翻，很快翻出来一件白色中式大褂，在冯老身后展开，冯老乖乖地伸出胳膊穿进袖子里。老李忙叫服务员进来调空调温度，小王说：不用了，他加一件衣服刚刚好，一会儿吃饭就热了。大家都了解，这个小王是冯老的助手兼保姆，冯老的老伴多年前去世了，之后他身边就多了一个新角色——女助手，这些年换了好几任，而这个小王据说是跟他时间最长的。关于冯老女助手的故事圈内尽人皆知，而且常编常新。孟晓白听到过一些，也不知是真是假，说冯老好酒更好色，选助手男的不要，四十岁以上的不要，不漂亮的不要。很多亲戚朋友都帮他找过女助手，农村姑娘居多，看着都挺老实本分，但跟着冯老一年半载就不一样了，多少熏陶出了点儿艺术的感觉。其中有一任助手，看着冯老画画自己也想学画了，冯老也大度，就手把手教人家，结果学着学着人家姑娘要走，说是想考美院，请冯老帮忙，冯老说哪有这么容易，你这水平跟着我画画玩儿可以，考学差得远呐。这位姑娘很有志气，毅然决然离开冯老，上正经的美术培训班去了。冯老很苦恼，我就是要个保姆嘛，不是培养画家呀。而最让冯老痛心的是，这些女助手们大多走的时候都会顺走他一些画，有的是冯老画得不满意，扔了，可人家姑娘有心，悄悄给捡回来，过几天再让冯老看，冯老说，还行，便给补了款拓上印，这画就留在姑娘手里了。当然，也有冯老心甘情愿赠送的。据说有位姑娘离开冯老就开了一家画廊，以经营冯老字画为主。大家都说冯老爱上女人的当，但冯老本人依然痛并快乐着。大家又说，冯老也不吃亏，亏的倒是人家姑娘，又当保姆又做助手的，跟一个糟老头子这儿耗费青春，走的时候顺你几张画那也是应该的。

孟晓白坐在位子上，偷偷瞄了一眼现任女助手，三十来岁，不算漂亮，但五官端正，眉眼里透出一种与年纪不符的慈祥，一件稍显宽大的素色旗袍裙让她看起来更加老气横秋。这样的装束似乎是在刻意缩小她与冯老年龄上的巨大差距，让人看着不那么别扭。不知这个小王能跟着冯老多久，孟晓白暗想，小王图什么，是冯老的身份地位，还是金钱利益，抑或还有情感因素？她想不明白，但她理解，每个人有每个人的活法，也许在你看来最不正常的关系却有着最合情合理的理由。

服务员开始挨个斟酒，到了孟晓白跟前，她用手挡住杯口，说我不喝酒。张枰说：倒上，倒上，今天每个人都要喝，陪冯老喝好。一旁的老李附和着：对，倒上倒上，一杯总没问题吧。孟晓白只好把手拿开。酒倒上了，张枰站起身说：我知道冯老平时都住在山里，一般情况是不下来的，今天难得冯老赏光。当然，我知道我一个人是没这么大魅力的，都是在座各位美女的功劳，冯老才这么给面子。我没说错吧，冯老。冯老哈哈大笑：哎呀，还是张总最懂我。张枰躬下腰碰了一下冯老的酒杯，说：感谢冯老赏光，干了干了！一起一起！大家也都站起来热烈地碰杯，孟晓白用嘴唇沾了沾杯沿，表示喝过了。

在交谈中，孟晓白终于搞清楚了这桌饭的主旨，原来今年是冯老从艺五十周年，正在筹备全国巡展，张枰想让杂志社来操办这个事。在张枰的鼓动下，几位女记者轮番给冯老敬酒，冯老兴致高涨，尽管小王在旁边一再说，不敢这么喝，但架不住姑娘们围着冯老左一句我是您的粉丝，右一句您是我的偶像，冯老舒坦得不得了，哪还管小王说什么。很快一圈酒喝完了，一大桌子就孟晓白没敬酒。孟晓白不是没意识到，也不是装傻，而是她讨厌敬酒，尤其在这样的场合。

看着这桌兴高采烈的人，她怎么也进入不了状态。她知道，敬酒对她来讲是个任务，跟领导出来吃饭，你不敬酒，会让领导没面子。果然，张枰发话了：小孟，给冯老敬个酒，你要给冯老做专访的。孟晓白只好站起来，双手举杯说：冯老，我敬您。冯老盯着晓白直笑，没有拿酒杯的意思，反倒扭头看小王，那目光像是征询，我还能喝吗？小王挡住冯老的酒杯说：不敢这么喝的，今天已经过量了。张枰说：小王，别扫冯老的兴嘛，你太低估冯老的酒量了，这才热身呢。老李说：我从没见过我们小孟喝酒，今天头一回，冯老是爱美之人，美女敬酒哪有不喝的道理，况且我们小孟不光是美女，还是才女。老李一边说一边拉着孟晓白的胳膊走到冯老跟前。孟晓白有种被绑架的感觉，心里很不舒服，但她还是微微弯下腰，捧着酒杯说：冯老，我敬您。冯老上下打量孟晓白，嘴里啧了一声，对着张枰说：张总呀，你那儿还有这么漂亮的姑娘啊。张总笑着说：您先把酒干了，哪天我安排小孟专程去采访您老。冯老说：哎呀，我看这姑娘一杯酒从头喝到尾，别勉强人家娃娃，喝不了就算了。手却拿起杯子，说：姑娘，干脆我们干个奶算了。大家嬉笑起来。孟晓白满脸通红，杵在那儿不知道怎么办才好。在座的一位年纪稍大的女子用夸张的语气说：冯老呀，我们生气了，您光对小姑娘怜香惜玉的，我们也喝不了酒，您干嘛不跟我们干奶呢？又是一阵哄笑。老李忙着打圆场，连连叫道：服务员，服务员！拿酸奶！酸奶好，酸奶营养又美容。孟晓白突然就笑了，说：李老师，给我把酒倒满。老李有些疑惑，但还是给她的杯子添上酒，倒得猛了点，溢出来洒在她手上。孟晓白对冯老说：您喝奶，我喝酒，干了。说完一仰脖，把酒干了。冯老怔了一会儿才反应过来。张枰叫了一声：好！啪啪鼓掌，大家也都拍起手来。冯老竖起大拇指，对张枰说：张总带兵有方，冲着咱们小孟，是叫小孟吧，我的展览交给你们了！张枰大喜，一拍桌子，说：来，大家干一杯，预祝冯老从艺五十年大展圆满成功！必须成功！大家起立干杯。孟晓白看到小王抢着把冯老面前的白酒拿过来喝了，冯老只好端起服务员刚倒上的酸奶，很不情愿地啜了一口。

这顿饭吃了两个多小时，回来的车上，张枰很兴奋，说这次展览将作为今年社里的重要活动全力推进，让孟晓白尽快拿出策划方案。回到杂志社已经快3点，孟晓白刚在椅子上坐稳当，马姐就过来问道：回来啦。看你中午急匆匆出去，就知道你肯定是给张总送酒去了。孟晓白笑了笑，表示默认。马姐又问：老李也去了？孟晓白说：是呀，怎么了？马姐说：没什么，早上席主任找老李办个事，老李不在，这不安排给我了。看孟晓白没吱声，突然神秘兮兮地凑到跟前，压低声音说：以前这种饭局都是席主任去的，哪轮得上老李呀。说也奇怪啊，老李原来蔫不拉几地对什么事都不上心，怎么离婚后像变了一个人，活泛了，积极了，整天住办公室，把单位当家了。还有，张总请客不让席主任陪让他陪，这说明什么？马姐抛出这个问题，但似乎并不打算让孟晓白回答，只是很有深意地眨了几下眼，施施然走了。

看着马姐的背影，孟晓白皱起眉头，她永远也搞不懂马姐为什么对别人的事这么热衷，是自己太迟钝，对周遭的变化后知后觉；还是别人太敏锐，总能想到、看到一些所谓的内情。其实，她并不为自己的迟钝而担忧，她倒宁愿这么迟钝下去，也不想变成聪明的马姐。

毕业展之后，仲天麒就陷入了焦虑。父亲紧锣密鼓地安排他去北京的事宜，完全无视他的想法。人在被动中往往生起更强烈的反抗精神，仲天麒已经自作主张联系好了本地一家拍卖公司。拍卖公司老板是他的大学同学，当年还是仲天麒建议这个叫邓骁的四川人来长平创业。长平艺术氛围浓厚，画家多，画廊多，玩收藏的人也多。邓骁权衡之后，果断采纳同学建议。在仲天麒上研究生的三年里，邓骁的拍卖公司搞得风生水起。也是这小子命好，赶上了艺术品拍卖行业快速发展的时期，虽然在规模上和北京、上海等地的大公司没法比，但在这个城市来说算是起步较早的，又搭上了时代的顺风车，公司成立当年做的第一场拍卖会就小有盈余。钱虽然不多，但却极大地鼓舞了邓骁，这说明他的选择是对的，他也因此把仲天麒看作自己的贵人。邓骁知道仲天麒的父亲做收藏多年，在这个圈子很有些名望，于是常请仲青田为他掌眼，他更知道仲天麒从小接触古画、老画，练就了一双好眼力。他不止一次地邀请仲天麒加盟他的公司，但仲天麒对做生意不感兴趣，一直没有答应他。现在，仲天麒硕士毕业了，在面临抉择的当口，很自然地想起了同学邓骁。

邓骁对仲天麒的加入求之不得，当即就承诺，让仲天麒做副总经理。仲天麒坚决推辞了，他清楚自己能干什么。在邓骁的坚持下，仲天麒答应担任艺术总监，就是对拍品进行鉴定、把关。鉴赏作品仲天麒是乐意的，这项工作正合心意，一方面能看到大量的作品，另一方面时间相对自由，不会耽误他画画。

就这么决定了。仲天麒却一直没跟父亲说，他心里其实是畏惧父亲的，在之前的人生里，他很少和父亲发生冲突，读美院、上研究生是他们一致的想法。正因为在大的方向上没有分歧，他一直表现得比较顺从，而仲青田理所当然地认为，在工作这件事上，儿子和他的想法是一致的，去北京是成为全国知名画家的必由之路。当然，在长平做画家也不是不可以，但仲青田有更大的野心，他要在有生之年把儿子推向更大的舞台，收藏了一辈子别人的作品，唯有自己的这个作品最珍贵，他怎能不竭尽全力呢！现在，仲青田开始行动了，他居然请了北京的朋友来看儿子的毕业展，显然他对儿子的毕业创作很满意。当其中一个开画廊的朋友贾总说，这画我收了，小仲出个价吧。仲青田哈哈大笑。仲天麒陪在旁边，觉得这就是一句恭维话，也许人家并没有真的想要，只是给父亲捧个场。但这句半开玩笑半当真的话让仲青田很有面子，还没等儿子回话，就说：哈哈，我倒是想送给贾总呀，可这画已经被他们学校收藏了。你要喜欢还不简单，让天麒再给你画嘛。贾总说：那敢情好，小仲来北京给我带上啊。仲天麒说：没问题贾叔。不管怎么样，有人喜欢他的画总是令人高兴的。

之后的两天，仲天麒陪着父亲的朋友在周边游玩，邓骁知道了，执意要请这些业界前辈吃饭，还特别给仲青田打了电话，说无论如何让他这个晚辈尽一尽地主之谊。一行人离开的前一晚，邓骁在阅江楼设宴。阅江楼位于城南，紧邻长平的标志性建筑玄奘塔。说是叫"阅江"，其实是一大片人工湖，湖上有装饰灯，晚上星星点点，远望如渔火。坐在包间里，窗外古塔映月，杨柳婆娑，夜空中刹那升起绚烂的烟花，此情此景将这场夜宴渲染得恰到好处。

整晚邓骁异常活跃，周到且谦逊，引得大家连连称后生可畏。仲天麒因为父亲在场，总是收敛一些，不敢放开，倒是仲青田频频让儿子给前辈们敬酒，仲天麒挨个敬了一圈，又陪邓骁一起敬了一圈。喝到酒酣耳热之际，邓骁的话明显稠了起来，脸也红了。他给仲青田斟酒，连说了三句谢谢仲叔，说他从四川过来，这里没什么亲人，承蒙仲叔照顾他，帮助他，天麒也把他当兄弟一般，这些年他学到了很多东西，受益匪浅，甚至说没有仲叔就没有他的今天。仲青田连连摆手，说：哪里啊，言重了，你是干这行的料，是你自身努力的结果，说到照顾，还要感谢你照顾天麒呢。邓骁说：仲叔放心，我一定照顾好天麒，毕竟我在社会上比他多混了几年，但论专业，我远远不如他，天麒能来帮我，我真是太荣幸了！

仲天麒看到父亲脸上露出狐疑之色，眼光移过来瞟了他一眼，但很快恢复如常。这样的细微变化也许只有他看得出来，父亲早已练就了在场面上面不改色收放自如的本领。仲天麒有些紧张，但并不打算阻止邓骁说下去，甚至觉得松了口气，他正考虑如何对父亲开口，现在邓骁替他说了，挺好。

贾总说：怎么小仲不打算当画家了，要进军拍卖市场啊。仲天麒说：有这个想法。邓骁说：什么叫有想法，必须干起来呀！他咣当碰了一下仲天麒的酒杯，继续说：各位前辈肯定比我清楚，这几年中国开了多少家拍卖公司，大家好像着了魔了，拍卖纪录一次又一次被刷新！太振奋了！就在上个月，又一家大公司在北京成立，背靠保利集团，实力雄厚，从他们招兵买马、征集作品的气势来看直指中国嘉德。现在小打小闹不行了，像我这个公司，前两年拍些本地画家的东西还能过得去，但从长远来看，没有真品、精品、稀有的作品是无法与其他公司抗衡的，这个行业很残酷，没有一点撒手锏很快会被干下去。我想好了，要做大就不能局限在本地，在长平你就是使出吃奶的劲也拍不出陆俨少的六千九百多万呀！想都不敢想，这个纪录肯定还会破。你说都是做拍卖的，差距咋就这么大呢！咱们这儿有件上百万的我都要在梦里乐醒了，千万，不敢想，但这个数字起码给了我们向前奔的动力和勇气。其实，我早有进军北京市场的想法，但从内心来讲，没有这个信心，也没有合适的人跟我一起干。现在，天麒要来了，我心中的火重新被点燃了！还有在座的前辈帮扶着，我要不努力一把都觉得对不起自己，更对不起一直帮我的仲叔。天麒，相信我！我们哥俩儿双剑合璧，谁与争锋啊！

邓骁满脸通红，越说越兴奋，举着酒杯的手微微颤抖着。仲天麒痛快地跟邓骁干了一杯，没有必要再解释什么了。

这顿饭一直吃到晚上9点多，邓骁喝高了，叫了司机送人。仲天麒对父亲说，他陪邓骁缓一缓，就不回家了。仲青田没说话，陪着朋友们走了。

邓骁瘫在沙发上，对着空气描绘公司宏伟的蓝图，仲天麒却听不进去了，酒精令他的大脑发木，但还在固执地运转着，他想父亲会怎么看待他的决定，自己是不是做好了准备。邓骁的热忱让他惭愧，说实话，他并没有要做一番事业的冲动，他是有私心的，他心上的那个女孩并不知道他的纠结。

孟晓白，你此刻在干什么？你知不知道，我在为你忧愁。这么想着，仲天麒拿起桌上的酒杯，看着这透明的东西发愣，天花板上辉煌的灯光倒映在半杯残酒里，明晃晃的，亮晶晶的，像是一种神秘的催眠的物体，让人慢慢沉醉。仲天麒闭着眼睛把酒喝了。邓骁跟跄着回到桌前，一屁股坐下来，拉着仲天麒的胳膊说：还喝呀，好！我今天舍命陪君子，陪你喝！服务员，服务员！拿酒！服务员应声而到，看着这两个人不知道要不要拿酒，显然人家已经下班了，正等着最后的客人离开。仲天麒摆摆手，示意服务员别管他们，自己却拉起邓骁往门外走。两个人坐在路沿边，空气里没有一丝风，不远处的玄奘塔在景观灯的映衬下变成冷冷的蓝绿色，湮没于幢幢树影中，像一幅静默的水墨画。白天的喧嚣归于沉寂，黑夜是个多么出色的掩护手，它把千愁万绪隐匿在万家灯火中，但有谁，内心是真正平静的。

邓骁的电话响了，是他女朋友打来的。邓骁的女朋友叫卢明慧，本地人，之前在另一家拍卖公司任财务部主管，两个人在业务上有些往来，有时邓骁会请教一些账务上的问题，一来二去就好上了。一年前卢明慧跳槽过来，现在担任公司的财务总监。电话那头的声音在夜里听得很清楚，卢明慧问邓骁在哪，什么时候回来。邓骁含糊不清地说很快就回来了。卢明慧问你是不是喝多了，和谁在一块呢。邓骁开始不耐烦起来，说了句马上回家，就挂了电话。紧接着仲天麒的电话也响了，还是卢明慧，仲天麒说邓骁和他在一块儿，正等着司机来接，让她放心。卢明慧又交代了几句，这才把电话挂了。仲天麒问邓骁打算什么时候结婚，邓骁说还没考虑这事，公司正在爬坡期，压力山大，哪顾得上结婚。仲天麒说这并不矛盾嘛，那会儿你巴不得让人家卢明慧到你这来，说她是你的财神，是你的爱神，怎么现在不着急了。邓骁没吱声，只在黑夜里发出长长的一声叹息。沉默了一会儿，邓骁突然问：你怎么样？有情况没？仲天麒说：我能有什么情况。他低头看脚下的影子，心中却被什么东西激荡着，让他有一种特别想倾诉的冲动。他原本不想说孟晓白的事，因为一切都还是未知数。

仲天麒的倾诉确实给邓骁惊到了——这个有情感洁癖的老同学居然心里有了姑娘！邓骁大笑不止，一口酒反上来，呛得直咳嗽。仲天麒表情严肃，脸被车灯映照得忽明忽暗。邓骁拍打着仲天麒的肩膀，说：你也有今天，我还以为你不喜欢女孩呢。仲天麒也乐了。

司机到了，两个人移步仲天麒在美院旁租的房子。邓骁不打算回家了，他要好好教教这位老同学如何搞定一位姑娘。千言万语汇成四个字：死缠烂打，展开来说，就是仲天麒不像个男人。邓骁说：你得往上扑啊！她明确告诉你她不喜欢你吗？没有吧，那不就结了。有的女孩就是作，她得拿捏着呢，让你辗转反侧，生不如死，你要是知趣地退了，那你就是不知趣！借着酒劲，邓骁让仲天麒现在就给孟晓白打电话。仲天麒说：神经病。邓骁说：你不敢打的话我帮你打！一副为朋友两肋插刀的样子。仲天麒踹了他一脚，说：你还是给卢明慧打个电话吧。

夜深了，两个人都没有睡意，关了灯开起清谈会。邓骁觉得两个男人睡一张床太怪异，于是挪到沙发上，各自躺着说话。仲天麒突然有一种回到大学时代的感觉，那时候男生宿舍也是关了灯黑聊，话题当然是女人，尺度相当大，仲天麒偶尔发言，多数时候是听，常常被大家讥笑清心寡欲。那时候还真是心无旁骛，就想把画画好。现在，同样是在黑暗里，同样与同学在一起，心里却翻江倒海一般难以平静，他轻叹一口气，闭上了眼睛。

第二天，仲天麒一脸疲惫地回到家。父亲正在客厅看报，仲天麒这才想起父亲让他今天一大早去机场送客人，他有些慌张地问：贾叔他们走了吗？仲青田没搭理儿子，继续看他的报，一张脸挡在报纸后面，更让人摸不清阴晴。这显然不是一个适合谈话的时机，仲天麒绕过父亲，准备上楼回房间，仲青田却说话了：你真打算和邓骁一起干？

仲天麒瞧着那张报纸，它稍稍下移，露出一双质询的眼睛。他说：对，我想先试试看。

试？仲青田轻哼了一声：你有这么多时间试吗？他放下报纸，直视着儿子。仲天麒没吭声。仲青田又问：你真的对拍卖感兴趣？仲天麒说：我对书画鉴定感兴趣，这……也是一个学习的过程么。仲青田暗暗苦笑，唉，还真是我儿子。我给别人鉴定了一辈子，总想着什么时候有人来鉴定我儿子的作品，他倒好，转了一圈又回来了。仲青田说：你们想得太简单了。拍卖这个行业不好做，投入很大，回款周期长，搞不好就陷进去了。我是个人在做，没什么成本，量力而行，你们做公司就不一样了。仲天麒说：我知道，爸，邓骁已经做了几年，有基础了，而且现在市场前景这么好，他的一些设想我觉得还是挺靠谱的。

仲青田说：靠谱是心里想的、纸上写的，跟实干两回事！昨天吃饭的时候邓骁踌躇满志，说什么进军北京市场，年轻人有理想有拼劲儿很好，但一定要掂量掂量自己的位置。我不想给你们泼冷水，但有些话必须要说，北京市场是这么好进的？你没有实力雄厚的大财团支持根本玩不起，一个外来公司凭什么在北京生存，靠好作品？道理都对，但人家凭什么把好作品放你这儿拍！你有什么信誉，有什么人脉，能拍出个什么好价钱？就算你有好东西，但买家凭什么相信你，人家宁愿去嘉德，去保利花大价钱买个放心，也不会到你这儿来！

仲天麒觉得父亲有些悲观，什么事不是人干出来的，你不干怎么知道呢？人年纪大了总是瞻前顾后的。他不好直接反驳父亲，于是说：放心，爸，我们会慎重的。

仲青田看了一眼儿子，他其实是有些惋惜的，儿子天资不错，好好画上几年也许会画出些名堂的,但他现在却没有画画的心思。仲青田也无奈,艺术创作是很个人的行为,你无法代替他,只有他自己想画,才能全心投入,将生活体验和对世界的认识落实在纸上。好在画画是一辈子的事,也许过几年他玩够了又想画了。抱着这样的期许,仲青田说:本来我已经托人在北京给你找到了住处,现在你要留在长平,好,我不拦你,多说也没用,但我希望你做到一点。

没想到父亲这么快就答应了他,仲天麒欣喜地说:好的,爸,你说。仲青田说:我希望你不要放弃画画,毕竟你有七年的专业训练,如果你不愿做职业画家,那也要将画画作为你终生的爱好和追求。仲天麒点点头,不知为什么,他感到鼻子酸酸的。

回到房间,困意顿时袭来,也许是心里的石头终于落地了,他觉得放松了许多。昨晚和邓骁的彻夜长谈让他哈欠连天,他倒在床上,却一眼瞥见床头柜上放着的东西,那是一方端砚。他清楚地记得,那是他和父亲在一次拍卖会上拍得的,当时价格不菲,父亲咬着牙将它拍下来。它一直是父亲最珍爱的物件,仲天麒曾觊觎了好久,想象着用它将墨化开是怎样的情景。现在,它就端放在自己眼前,隐隐散发出温润的墨青色的微光,左上角一条依石而雕的小鱼似乎向砚心游来。仲天麒用手抚摩着,细细感受它的温度,又凑到鼻子跟前嗅了一下。他的眼睛湿润了。

16

蒋凤仪穿过大街,街边有一群人举着标语牌,向路人散发宣传单,在递上一张印着大头照的海报时,还不忘殷殷地说一句:请为李宇春投票。

蒋凤仪看着这些拉票的孩子,竟然有些感动。为了一件事一个人全情投入,也是一种幸福,他们还有一个共同的名字——玉米。蒋凤仪也是"玉米",她也在追看《超级女声》,那个叫李宇春的短头发女孩子风靡全国。蒋凤仪有时在想,与其说人们喜欢李宇春的歌,不如说喜欢这种参与感,用无数平凡人的力量把另一个平凡人推向人生的巅峰,这是草根的胜利,李宇春就是每个人的梦想。蒋凤仪觉得,自己就是一个彻彻底底的草根,平凡如尘埃,他们是第一代80后,但似乎又与真正意义上的80后不太一样,他们有70后的沉重感、紧迫感、责任感,又不可避免地沾染了一些80后普遍的性格特征,自由、激进、个人主义,忽而不可一世又忽而坠入谷底。据说王朔曾在一个私下的场合评价:80年代这拨孩子成色不好,再也没有让人眼前一亮的了。不知道这话是真是假,但多少说明了社会上对80后的某些看法:80后是被惯坏的一代,甚至有人说是垮掉的一代,云云。蒋凤仪很不以为然,哪一代都有垮掉的,为什么单拿80后说事儿,她就完全没有"80后化"呀。这个世界变化太快了,三五年就隔代，蒋凤仪觉得自己与这些1984、1985年的孩子简直就是两个时代，她不敢挥霍自己的青春，她不甘心做那无名的尘埃，只在别人路过时短暂地扬起。她要改变自己的命运，像李宇春一样站在舞台的中央，接受观众的喝彩。

蒋凤仪被一种激动的情绪充盈着，就在刚才，她还在为学费发愁。一年一万多，艺术院校学费本来就高，加上生活费、材料费、外出采风费等等，一年怎么说也得三万多。她为了考研已经近半年没有去学校上课了，工作这几年紧紧巴巴攒了五千多块，连第一年的学费都不够。蒋凤仪不好意思问家里要钱，弟弟还在上大学，正是花钱的时候。虽然爸妈说过，只要她考得上，他们就供得起。但蒋凤仪知道，爸妈这是给她宽心呢，他们每天摆摊儿能挣多少钱，给了她日子就更紧了。蒋凤仪想起，上本科那会儿曾向学校申请过家庭困难学生补助，不知道读研还有没有这项政策，虽然补助不多，但有总比没有强，她要把握所有的机会。

蒋凤仪给导师孙立得发了短信，问能不能去学校见他。自从收到研究生的录取通知书，她还没有当面向孙院长表示感谢呢。她心里清楚，孙院长没有帮什么实质的忙，但在同等资历下，能够录取她本身已经说明了导师对她的认可。她应该感谢他，同时，也想向孙院长打听一下助学基金的事情。孙院长没有回短信，现在还没开学，蒋凤仪不知道去哪儿找他，只能等回信。她又想到仲天麒的画室就在学校附近，不如这会儿去看看天麒。一想到仲天麒，蒋凤仪的心里颤悠悠的，他怎么那么好呀，举手投足迷死人，更难得的是如此优质的男生却没有一点傲气，随和、友善，跟他相处很舒服。蒋凤仪能感觉到，仲天麒家庭条件不错，虽然他从不说家里的事，有时她问了才偶尔得到一点点信息，但这样更好，说明他不是个物质的人，他不在乎与他交往的女生有没有家庭背景，这对蒋凤仪来说是个重要的信号，起码让她有勇气去追求仲天麒。是的，追求！蒋凤仪像对待考研一样热烈认真地追求这个男生，她已然把自己的心袒露在仲天麒面前，对方却没有给她相等的回馈。可气人的是，她居然一点儿都不怨他，甚至期望就这样下去，只要天麒不讨厌她，她一定会用她这把火把他那盆水慢慢烧开了。她是不是太贱了！想到这儿，蒋凤仪扑哧笑了。她拨通仲天麒的电话，问他在哪儿，能不能去找他，仲天麒说他正在外面忙，让她别来了。蒋凤仪有些失望，用娇憨的语气说：我怎么老见不着你呀，忙完了记得给我打电话啊。

天气已经立秋，阳光却是火辣的。蒋凤仪坐在学校主楼下的小树林里，给孙立得又发了一条短信，她准备再等等。她是个急性子，想到什么事就要马上做，等不到明天。此时的小树林很安静，数百个拴马桩默默伫立着，岁月模糊了它们的样子，把每一个狮头、猴头磨得圆圆的，更增添了一份拙朴和沧桑。这是学校里的一道风景，是学生们最怀念的地方，蒋凤仪曾和孟晓白一起画过林子里姿态各异的枝丫，曾在树下与蹩脚的男生接过吻，在残缺的拴马桩上晒过被子……一切宛若昨天。幸运的是，她又回来了，这是她努力的结果，她即将迈上人生的新台阶。生活多么美好，前途多么光明！蒋凤仪将胳膊高高举起，做了个大大的伸展动作。手机响起来，铃音是李宇春版的《我的心里只有你没有他》，歌声在小树林里飘荡，听着竟是这般悦耳。

是孙院长回过来的。孙院长说他一时半会儿回不了学校，让蒋凤仪过来找他，并告诉她一个地址，公园天下7号楼2单元1601。蒋凤仪立即出发，坐公交车到了南苑大街，一路问着找到公园天下。这是一个挺新的住宅区，需要刷卡进入，保安问找谁，蒋凤仪说找孙老师，又报了房号，保安说房主不姓孙啊，要不你打个电话。蒋凤仪只好给孙立得拨过去，却不在服务区。保安说这里信号不好，要不等会儿再拨。蒋凤仪火了，不就进个小区吗？至于这么麻烦嘛！保安说这是高档小区，要么有门禁卡要么有人接，随便放人进去他要负责任的。蒋凤仪看着这个一脸忠诚的小保安，哼哼，可怜人必有可恨之处，活该你一辈子当保安！正僵着，一个穿物业制服的中年人走过来，问咋回事？蒋凤仪不等小保安回话，说我要去哪哪儿，他不让进。中年人说，哦，是雷总那儿么，让进让进。

经了这一番口舌，蒋凤仪心里不痛快。沿着石子小路向里走，到了7号楼门口，又是关着，又要刷卡进。蒋凤仪想，什么高档小区，就是不让进小区嘛。摁房号，一阵叮叮当当的响动之后，门开了。进电梯，出电梯，房门与普通住宅没什么差别。蒋凤仪轻轻敲了几下，发现门并没有关，一个女孩子的声音传出来：请进。蒋凤仪说：我找孙老师。进了门，她着实被震住了，这里完全是另一番天地。一面用青砖砌成的玄关墙挡住了她的视线，墙边种着一排细竹，姿态挺拔，绿意盎然，墙角一长条石槽里几尾黑鱼游来游去，墙右侧开了一个圆形门洞，类似于苏州园林的样子。门洞上方挂一木匾，上刻三个字：绿筠轩。

那女孩子一身米色长裙，在门内候着。进了这道圆形门，蒋凤仪才发现这是一个复式的房子，空间很大，很高，房内布局看似简单，却处处独具一格，竹帘、条案、古琴、插花、紫砂壶，每样东西都被摆在恰当的位置，既独立成景又相互衬托，这种静谧之美让人不由得屏息凝神。蒋凤仪暗自赞叹，没想到在一栋钢筋水泥的高层里还有这样一个世外桃源，她第一次来这种地方，既紧张又兴奋。

蒋凤仪被女孩子带着继续走，里屋传来男人的说笑声。绕过一道屏风，推开门，便看见了孙院长。孙立得正拿着毛笔，在面前的宣纸上皴皴点点，画案旁两个中年男子饶有兴致地围观。蒋凤仪叫了声孙院长，孙院长没有停笔，只冲她点了点头，直到笔上的墨用尽了，才对着另两位说：这是我的研究生。又给蒋凤仪介绍：这是雷总，这是戴老师。蒋凤仪说：雷总好，戴老师好。被称作戴老师的男子问：上研几了？蒋凤仪说：今年刚考上。戴老师说：还没报到吧。

蒋凤仪说：没有呢。戴老师说：那你今天算是来着了，孙院长提前给你上小课。

是呀，我真太幸运了！蒋凤仪拔高声音，语气有些夸张。其实她对孙院长的画了解不多，孙院长是搞美术史论的，尤其是中国古代美术史研究，在业界很有些名气。蒋凤仪说：我真的很少看孙老师画画呢！戴老师说：当搞理论的拿起了画笔，你猜怎么着？他故意停顿了一会儿，先看看蒋凤仪，又看看雷总，这才不紧不慢地说：这是要跟我们抢饭碗呐。你们想想，一个吃透了中国画精髓的人，一旦画起画来，那还得了，让我们这些人情何以堪呀。孙立得笑起来，说：呵呵，就是玩玩儿，消遣一下，跟你们这些画家没法比。他边说边退后几步，觑着眼审视这张半成品。

半天没吭声的雷总说：书画就是用来消遣的嘛，怡情养性，一正经起来就不好玩了，顾忌多，条条框框多，没有了快感，不好玩。我不懂画，就觉得院长的画有味道，跟这里的氛围特别搭。戴老师说：雷总绝对是懂画之人，说得好，有水平！雷总说：跟着孙院长怎么也被熏陶了呀，我琢磨着画画跟我做这个绿筠轩一样，都得有玩的心态，半是经营半是闲嘛。

蒋凤仪想，原来这地方是他的。不由得多看了雷总两眼，真是人不可貌相，这个衣着普通、浑身有股乡野气的男人竟然是这样一处清雅之地的老板。

在孙立得作画的过程中，蒋凤仪努力表现。斟茶倒水，加墨添色，适时将画举起来，站在画案对面以便老师们能看到全貌。她对自己很满意，不光是表现，还有形象，她今天穿着件粉蓝相间的无袖格子衫，衣角松松地扎在牛仔裤里，青春洋溢。衣服是她收到录取通知书当天在一家小店里淘的，很便宜，但质地不错，她没有犹豫就买下来，想着给自己一个小小的奖励。

孙立得完成了作品，让蒋凤仪从他包里把印章拿出来。他一手捏着芙蓉石章子，一手的两个指头在画上比画。蒋凤仪忙将青花印泥瓷盒打开，准备着作品的最后一个步骤。孙立得却突然问她：你看看钤到哪里合适？蒋凤仪猝不及防，有点不好意思地说：我也说不好。戴老师在旁边说：怕什么，大胆讲，都研究生水平了，孙院长这是教你呢。蒋凤仪定了定神，又仔细看了一遍画面，脑子里迅速搜索着上本科时学到的钤印知识，于是说：那我就斗胆了，说错了孙老师可别怪我。她指了指画的右下角，然后忐忑地望着导师。孙立得说：中规中矩，无过无功吧。大部分有绘画知识或经验的人都会做你这个选择，为的是画面平衡，而我偏偏要印在这里。说着将章子钤下去。在画的左方偏下位置，一方红印稳稳地钤在几笔苍润的墨色中，朱砂那样的红也显不出它的鲜亮了。孙立得问：知道为什么吗？蒋凤仪摇头。孙立得说：有时候过于平衡反而是一种破坏，给人故意为之的造作之感。中国画要懂得藏，藏巧露拙，印章的确是画的一部分，但没有必要张牙舞爪地跳将出来显示自己的存在，与画面不争不显不露，浑然一体才是好的。雷总拍手说：真长知识！原来这作画的道理和做人是一样的。

三人又对着画品评了一番，蒋凤仪只有听的份儿，她觉得自己很幸运，有机会继续深造，更重要的是和这些优秀的人在一起，与她教小学时周围的同事完全不在一个档次。她有点认同胡丽君的理论了，怎么说来着，男人不是用来依靠的，是用来提高的。当然，她要把"男人"两个字换成"强人"，在某一方面强大的人，而她，要站在强人的肩膀上，做自己命运的主宰者。

画完画接着喝茶，整个下午就这样滑过去了。蒋凤仪找不到机会跟孙立得说她的事情，也不想在旁人面前露怯。雷总张罗着晚饭，说已经在附近的酒店订好了包间。孙立得说不去了，他崇尚极简生活，晚上几乎不吃饭。戴老师说：不然这样吧，雷总这里不是可以做饭嘛，随便做点什么，咱们就不出去了。雷总说：太简单了吧。孙立得说：不简单，这样最好，熬点稀饭就行了，健康营养，还不耽误咱们说话。

雷总看这两位真不是跟他客气，就叫那个女孩子过来，吩咐她准备晚饭。蒋凤仪立即自告奋勇，说做饭自己拿手，手艺绝不是吹的。一个小时之后，四菜一粥上桌，四菜是尖椒鸡蛋、醋熘土豆丝、手撕包菜、酱牛肉，一粥是小米绿豆粥。蒋凤仪利索极了，到厨房打开冰箱一通搜罗，鸡蛋、土豆有，大米小米、各色豆子有，酱牛肉是现成的。于是反客为主让那个女孩子下楼买青椒和卷心菜，这几个菜她在家里常做，驾轻就熟。果然，这顿饭得到了三个男人的一致称赞，说吃得很舒服，还说现在的女孩子很少有会做饭的了。蒋凤仪很开心，觉得今天没白来，和导师之间的距离感一下子缩短了。晚饭后又小坐了一会儿，三人告辞，戴老师开车送孙立得回学校，问蒋凤仪住哪儿。蒋凤仪说：不用管我，您送院长回去吧。孙立得说：那怎么行，女孩子家的，上车。

蒋凤仪一路都在想怎么跟孙院长开口，她突然觉得申请助学金是件很丢人的事，她第一次因为贫穷感到羞耻。今天下午，在这个城市最昂贵的地段，在那样一个清雅的所在，她和几位可以称得上成功的人士一起赏画品茗、谈天说地，一时间几乎忘记了她来的目的，学费跟她有什么关系，没钱跟她有什么关系？而现在，她坐在弥漫着香烟味的车里，前面的两位老师依然兴致很高，她却一点点被打回原形，好不容易鼓起的气又慢慢泄了。

很快到了学校，孙立得下车前突然想起什么，问蒋凤仪来找他是不是有事，蒋凤仪忙摆手说：没事没事。又怕人不相信似的，有点讨好地说：我就是想看看老师嘛。孙立得下了车，叮嘱戴老师把蒋凤仪安全送到家，这才进了楼道。

在离家还有一段距离的路口，蒋凤仪说到了，她不想让戴老师看到她住在这么寒碜的地方。这片儿属于城北，从地理位置来讲不算偏，只是这几年城市建设向西南发展，这里像是被人遗忘的角落，多少年了还是老样子，街巷湫隘，污水横流，房屋破败，错落无序，活像这座城市的一块块补丁，难看而顽强地存在着。唯一的好处是，生活、交通比较便利，周围有学校有医院，住在这里的人倒也习惯了。蒋凤仪家也是几年前才搬来此处，父亲下岗后无事可做，开始大家还散散淡淡地过生活，后来渐渐稳不住了，很多人离开厂子去谋事。父亲的一个亲戚开了个小餐馆，拉父亲一起干，父亲被说动了，结果坚持了不到一年就关了门，投的钱也打了水漂。可父亲不甘心，把餐馆不要的锅呀灶呀什么的，改装利用支起了烤串摊，在小区、学校附近流动卖，虽然累，但总算有了点收入。为方便出摊，父亲干脆在这里租了房子，而把厂里的住处租了出去，这一进一出还能赚点儿。平常弟弟在学校住，蒋凤仪当老师那会儿也住在教工宿舍，所以这里基本上就爸妈俩人，自从她开始考研，就从学校搬了回来，一家三口挤在一处。每天她出门穿过菜市场，脚底踩着烂叶子，耳边充斥着各种吃食的叫卖声，空气中挥之不去油炸臭豆腐的味道，她就想，这片生机勃勃的土地啊，什么时候能从这里搬出去。可是，就这样一处她总想逃离的地方，也没有一间房子真正属于她。

车停下了。戴老师问：到了？蒋凤仪说：到了到了，谢谢戴老师。她让戴老师先走，戴老师说要看她进去才行，孙院长交代的事绝对不能马虎。蒋凤仪只好向街道深处走去，前面拐一个弯才到那条巷子，她脚步很快，直听到身后的车子一溜烟走了，才慢下来，低头发现自己正踩着一摊污水，鞋边都湿了。

17

自从当了拍卖公司的艺术总监，仲天麒就忙碌起来。首要任务是筹备年底的大拍，邓骁的意见，在北京做一场，长平做一场，仲天麒觉得有点冒进，他同意去北京拍，但不是今年，要在年底举行两场拍卖不是一件容易的事。邓骁是个有冲劲的人，胆大、敢整，他总说市场的机会稍纵即逝，现在大势这么好，不拼一把怕以后后悔，就算去北京先试试水，这一步迟早要迈出去，晚迈不如早迈！仲天麒拗不过他，同意根据征集作品的情况来定。

征集好作品真是不容易，有时对方在电话里说得天花乱坠，但一看实物就失望了，品相太差，甚至是假的。最夸张的一次，是到一位老者家里去。老人打电话说他藏品很多，从郑板桥的竹子到康熙的瓶子，藏品上百件，是他一辈子积攒下来的，现在年龄大了，孩子们又对收藏不感兴趣，老人想着自己走了这些宝贝怎么办，给孩子还怕他们糟蹋了，不如变了现，分给孩子们更实惠；另一方面，也想给他珍藏了一生的宝贝找个有缘人，他也就没什么牵挂了。仲天麒光听老人念叨这些作者的名字，就兴奋得不得了，感觉挖到了金矿，赶紧说：老伯，您就在家等着，我们过去看东西。

仲天麒和邓骁一起找到老人家，这是一个学校的家属院，老人在一楼住。

进了门，光线很暗，适应了好一会儿才看清屋子里的陈设，到处是柜子，大大小小，高高低低，柜子上堆着画、瓷器、石头，各种物件，不知道的会以为是收破烂的呢。屋子里有一股发霉的味道，大概是长期不开窗通风。两个人站在一堆柜子中间，感觉无处下脚，老人引着他们坐到沙发上，一边将沙发、茶几上的画轴拨拉开。东西被一件件搬出来，展开，名头都大得吓人，郑板桥、八大山人、齐白石、张大千、傅抱石……展开一张仲天麒叹口气，展开一张仲天麒叹口气，全是赝品啊！少数几张临得不错，从技法来讲算是好画，而大多数是一眼假。仲天麒小心翼翼地问老人这些都是在哪买的，花了多少钱。老人兴致勃勃，故事一个接一个，有自己买的，有和藏友换的，有别人送的。老人指着一张齐白石的白菜蟋蟀图，说是二十多年前从北京的一个朋友那里买的，那人的姨奶奶在齐白石家里当过佣人，他花了很少的钱收了这张画。说话间老人得意地笑了，显然这是他一生中值得炫耀的事。仲天麒和邓骁互相看了一眼，不约而同地从心底生出悲凉来。怎么办？给老人直说，你这些东西全是假的，一文不值。不行，他一辈子都搭进去了，这不是要他命吗？而且你说了他能信吗？他会说你眼力不济，认不得好东西。不说，那就让老人守着一屋子破烂孤独终老。唉，收藏真是害人啊。

老人端来两杯水，说先歇一会儿，再看里屋的画。仲天麒暗暗叫苦，连忙摆手说：不看了不看了，打扰这么半天您也该休息了。老人说：没事没事，你们来了我高兴，孩子们不愿意听我说这些事，就因为我爱收藏，他们都跟我闹僵了。仲天麒心存侥幸，也想给老人一个交代，难道就没有一张真的嘛！老人从里屋又抱了几卷画出来，仲天麒一张一张过，终于找到一幅唐云的寿星图，画面有点开裂，重新托裱一下勉强可以上拍。仲天麒舒了一口气，给老人说这张可以签合同。老人很狐疑地看着他俩，问：就拿这一张？邓骁在一旁快要崩溃了，说：大爷，其他的画您先收着，我们电话再联系。老人说：能带的都带上，我信你们呢。邓骁心说，你信我，我能信你吗？终于忍不住说了一句：画还是有点问题，我们回去再研究一下。老人警觉地问：有问题？有什么问题？邓骁说：大爷，以后可不敢随便买画了。老人翻了邓骁一眼，说：小伙子，说话要负责任呀。语气明显不悦。邓骁不说话了，拉着仲天麒往门口走。老人问：那还签字不呀？邓骁说：改天，改天。连唐云的那幅也没拿，就出了门。

来到大太阳底下，邓骁忍不住骂了一声：靠！这种人的东西还是不接为妙，你想想，一辈子收了这么多破烂，他得有多固执才能坚持下来，万一我们拿了他的东西再有个好歹，这老头绝对要拼命的。仲天麒点点头，表示认可邓骁的判断。他有些丧气，耽误了一上午竟没有一点收获，其实对他们来说，这一趟也就是费些时间，但对那位老人而言，却是一辈子的心血。怎能不令人唏嘘啊。

又一个下午，仲天麒在公司接待了一个人。那人一进来，仲天麒就觉得在哪见过，脑子里正飞快地搜索着，那人却问道：你没留校吗？仲天麒想起来了，这不是那个江西人嘛。曾经到他们教室去过，想用一箱宣纸跟他做交易。仲天麒笑了，说：我们还挺有缘啊。江西人直摇头，说：你不当画家可惜了。虽只有一面之缘，也算故人，尤其仲天麒现今入了这个行当，与江西人打交道是难免的。俩人聊了一会儿，无非是最近谁的画好出，谁的还要再捂捂。江西人是一线的市场观察员，他们信息海量且琐碎，听的人一不小心就会陷入他们编织的汪洋大海中。仲天麒倒乐意跟他多聊会儿，不是他说得有多对，而是他的经验，好的经验坏的经验，对仲天麒这个刚跨出校门的人来讲，总是有些用处的。

言罢，江西人打开随身带的画筒，拿出几幅画铺在仲天麒面前，其中有三幅立即吸引了仲天麒的眼睛，心也不由得狂跳起来。这不是老师杨云海的画嘛！那熟悉的运笔和墨色确定无疑，更让他惊喜的是，这画竟是杨云海的戏曲人物"《牡丹亭》写意"系列中的几张。仲天麒记得师母韩梅曾给他提过这组画，还为没存下一两张而遗憾不已。

仲天麒问：你从哪儿得的？好像不全啊。江西人说：是哦，你是杨先生的学生肯定清楚的，这组戏曲人物我还真不知道有几张，我也是好几年前收的，当时很看好杨先生，谁知他英年早逝，可惜啊。仲天麒问：不打算留了？江西人说：我也想留呀，只怕越留越赔。看仲天麒投来质询的目光，江西人又说：你还别不信，我不是随便说的咯，你看啊，这画家的艺术价值和他的寿命有什么关系？当然有关系咯，有很大关系！尤其国画，只要你活着，一直画，越老越牛。如果死了，对不起，你很快会被忘记，画也就没啥价值咯。仲天麒说：那也不一定啊，白石老人、张大千，他们的画不是越来越受追捧吗？江西人说：不一样的，那是出大师的年代。现在是什么年代？而且这些大师在去世之前已经奠定了江湖地位，杨云海呢？恕我不敬，他正在爬坡期，如果爬到山顶就成了，爬到一半，掉下去了，死了，就完了。地位很尴尬，趁着现在还有人记得他，赶紧出手，兴许还能赚点，你看着吧，再过几年，基本就没人提了。现在画家多得拿车拉，活的都炒不过来，谁还惦记死了的。

仲天麒觉得胸口憋了一股气，想反驳，但一时又找不到一句有力的话。江西人看仲天麒脸色不对，马上说：对不起呀，话听着很残酷，但事实就是如此呀。

仲天麒知道，他面对的是一个完完全全的生意人，画在他们眼中就是能换钱的纸，谁能带来利益就去追逐谁，跟收藏没半毛钱关系。他猛然间有了一个想法：师母不是一直想留几张"《牡丹亭》写意"做纪念嘛，干脆从江西人手里把画收回来，也算他为杨老师尽了一份心。正踌躇着话怎么说，江西人似看透了他的心思，说：杨老师这组画确实是精品，我也挺舍不得的，你们帮我找个有缘的买家好不咯，能提前出手的话就不上拍了。仲天麒淡淡地说了句，可以。他不能表现出迫切的样子，以免对方坐地要价，同时也觉得应该找师母商量一下，问问她的意思。于是打了收条将这几幅画留下了。

江西人走后，仲天麒给师母打电话。韩梅暑假回上海了，还不知回来没有。电话那头韩梅的声音淡淡的，并没有表现出特别的惊喜，她说还要在上海待几天，画的事等她回来再说，还叮嘱仲天麒不要勉强，看卖家的意思，如果人家要拍卖或有其他买家的话，就算了。仲天麒放下电话，又将那几幅画打开，细细地看，思绪一下子回到了几年前。那时他经常在杨老师的画室看他画画。杨云海是个很有激情的人，画到得意处常常手舞足蹈，完全不避讳在学生面前失态，他会讲一些很个人的创作体验，是在课堂上听不到的，所以仲天麒常往杨云海在校外的画室跑，杨云海的很多画他都是第一个观众。有一次杨云海说，等你们毕业了我们一起搞个师生展。仲天麒很期待，后来还有意识地将一些自我感觉不错的画留下来。可是人生无常啊，那些话语还在耳畔，眼前的画墨色如新——人，却再也见不到了。仲天麒感慨良久，突然特别想和哪个人分享他的感受，分享这几幅画。他想到了孟晓白。此刻，她在干什么？

　　孟晓白在干什么？此刻，她正在北京三环外一家快捷酒店里等待著名画家冯老的"召见"。

　　冯老从艺五十周年全国巡展首站定在北京。据说某酒厂老板全程赞助，冯老的回报是他展览的部分作品，另一个亮点，是将他的花鸟画印到酒瓶上，这款酒还起了一个很雅的名字——花间集。此次冯老一行去北京，正是要敲定展览的细节和其他相关事宜。让总编张枰不满的是，冯老和酒厂的合作竟然越过了杂志社。虽然杂志社与冯老方面还没有达成具体的书面协议，可那次饭桌上言之凿凿，这么一个大画家，话不是随便说的吧。张枰立马给冯老挂电话，冯老在那头直打哈哈，说还没到媒体参与的时候，人家请他来他就来了，走得急，没顾得上邀请张总。张枰说：您老既然把展览交给了我，我就得对您负责任，画画您是行家里手，但宣传这块儿您老还真是外行，媒体一定要早介入呢！预热、铺垫、造势，要不谁知道您老要办画展啊。冯老说他要在北京多待些日子，拜访拜访领导，和朋友们见见面，一切等他回来再说。张枰当机立断：就别等回来了，我派记者去，下期杂志推您老的专访！冯老不好再拒绝，说行吧行吧，人到了北京再联系。

　　张枰把孟晓白叫来，交代了三点：第一，给冯老做访问，下期刊发；第二，从媒体角度给画展提出建议，我们来做媒体统筹；第三，了解冯老和酒厂的具体合作方式。

　　一到北京，孟晓白就联系冯老，对方却关机了。她只好先住下来，走之前张枰交代说冯老在国家画院，她便在画院附近找了一家快捷酒店，想着如果联系上好第一时间赶过去。孟晓白百无聊赖，在酒店里看电视，她不敢跑远，怕一旦冯老让过去，她又不在附近，就这么等吧。

　　5点多，接到仲天麒的电话，她有点意外。仲天麒说没什么事，就想问问她在哪，想让她看几幅好画。她说在北京，仲天麒说那就等她回来，临挂电话又让她一个人小心点儿，注意安全。孟晓白说好，坐在床边发了会儿呆，突然看到墙上镜子里的自己，一副梨花带雨的神情，她骂了一声：贱。

　　电话还是关机。孟晓白到楼下随便吃了点东西。天阴沉沉的，空气像要挤出水来，憋得人心慌，云层深处由远及近敲着闷闷的鼓点，要下雨了。将近8点，张枰来电话询问情况，孟晓白说还没见到人。张枰明显不悦，让她继续打电话、发短信。

　　眼看过了10点，估计今天没戏了。孟晓白渐渐放松下来，洗漱完靠在床头看一个搞笑的综艺节目。电话突然响了。她跳起来去取正在充电的手机，不是冯老，是张枰的号码。张枰让她马上过去，说冯老就在画院对面的酒店1108房。

　　现在？孟晓白确认一遍。张枰说：是，现在，马上去！孟晓白拿起一件薄风衣，下楼。出了酒店，才发现雨下大了，又折回大堂借了把伞。从快捷酒店到画院并不远，走路也就十来分钟，但天晚了，又下着雨，孟晓白心急火燎，打了车直奔冯老的住处。

　　开门的是一个挺面熟的女人，孟晓白想起来了，是那次吃饭见过的冯老的助手小王。小王依然穿着中式的裙子，只不过这次不是素色，而是大红大绿，像披了件床单在身上。小王说，冯老正跟人谈事，让她稍等一会儿。孟晓白这才看到里面的套间还坐着几个人，心下着急，又不好说什么。等了大约半小时，里面的人终于起身，冯老送他们出来，其中一位看到孟晓白坐在那儿，说：哟，还有人等啊，冯老的精神头比我们年轻人还足啊，小王，要让冯老休息好。几个人嘻嘻笑着出了门。

　　孟晓白忙站起来跟冯老打招呼：不好意思啊，冯老，这么晚打扰您，张总……冯老打断她说：你们张总真是急性子，我说等我从北京回来，他就等不得。孟晓白说：主要是我们下期杂志要做您的专题呢。冯老说：怎么做？说说。孟晓白把准备好的提纲递给冯老。冯老瞅了一眼，放在一边，说：看了一天的东西，眼睛疼，我不看这个，你说说就行了。

孟晓白讲专题的思路，冯老盯着她看，突然问：我们见过吧？孟晓白说：见过，那次和张总一起吃饭。冯老说：对嘛，你叫什么名字？——孟晓白。——哦，小孟，小孟。冯老眯缝着眼睛，脑袋前后晃动。孟晓白说：冯老，咱们开始吧。——哦，开始开始。

采访很顺利，孟晓白有备而来，冯老面色渐渐活泛了，夸她的提问有水准。而冯老的回答也很精彩，思维清晰、敏捷，倒让她有些吃惊。采访中小王来催过一次，冯老不耐烦了，让小王先睡。小王不听，歪坐在沙发上等，连连打哈欠。冯老说：你还准备坐着见周公啊，睡去睡去。冯老摆手，小王扭捏了一会儿，遂进了里屋。

冯老拿出几张照片，铺在桌子上，身子朝孟晓白凑了凑，说：小孟帮我看看，哪些画适合印在酒瓶上。孟晓白端详着，选出几张构图简单色彩雅致的递给冯老，冯老没有接，却一把抓住孟晓白的手，在两掌间摩挲，说：手真凉。孟晓白僵住，照片落在腿上，她想把手抽出来，却被握得更紧。再抽，冯老终于松手。孟晓白说：我该走了。冯老拍拍她的手背，又去拿她两腿间的照片，孟晓白霍地站起来，照片散落在地板上，一张一张像面目模糊的影子。冯老问：头发怎么湿了？孟晓白说：外面下雨。冯老说：下雨了？你看我都不知道，张总真不懂怜香惜玉，这么晚了，还下着雨，让一个姑娘家家的跑来跑去。说着就伸手拨拉孟晓白额头垂下的一缕头发，孟晓白头一闪，说：没事，采访完了我就走了，您早点休息。

冯老说：这么晚了，要不让小王给你开间房，就住这儿。孟晓白摆手：不了，再见。说着已奔向门口。冯老说：看把孩子急的，这两天你就跟着我吧，画展的事需要协调，我给你们张总打电话，让你在北京多留两天。孟晓白也不知是点头还是摇头，嘴里答应着，仓皇出了门。直到坐上电梯，她才长吁了一口气。

走出酒店，外面大雨如注。孟晓白想起伞忘到房间了，她立在那里，不知如何是好。打车，没有车过来。一阵风裹挟着雨摔打在她脸上，感觉好凉，她瑟缩着抱紧肩膀，冲进雨夜，脚下溅起高高的水花。她一路狂奔，立交桥下的积水已没过小腿，一辆小车熄火停在中间，黑暗中像一只伺机而动的水怪。有穿着橙色衣服的路政人员在排水，其中一个对她大喊：靠边走！靠边走！孟晓白害怕了，她从没有见过这么大的雨，从没经历过这么恐怖的夜。站在桥柱旁，她牙齿打战，浑身发抖，水顺着头发往下淌。包里似乎有什么东西在抖动，是手机，手机一直响。她哆哆嗦嗦地在包里摸，将手机拿出来贴在湿漉漉的脸上。

晓白，北京下暴雨了，你在哪？你好吗？仲天麒的声音从话筒另一边传来，那么遥远，又那么清晰。孟晓白说了一句：我还好。鼻子一酸，眼泪混着雨水一齐流下来。

蒋凤仪开学一周了。艺术类研究生的课程安排比较轻松，除了文化课是固定时间，专业课基本由导师自由安排。孙立得这一届共招了三个学生，除蒋凤仪外，还有两个男生，其中一个是学校子弟，另一个从外地考来的，据说是专业前三名。蒋凤仪心里清楚，她是完全没有什么优势的，所以更多了一分努力和用心。孙立得平常事务性的工作很多，开学到现在正经给他们上过两次课，然后就开了一个书单，要求他们按这个单子买书，读书。

看着一长串生涩的书目，蒋凤仪压力倍增，觉得自己像白痴一样，有了紧迫之感。她告诫自己：蒋凤仪，赶紧收起你研究生的小陶醉，你资质平平，这回是走了狗屎运，偏就让你考上了，千万别把运气当本事。蒋凤仪也感到了来自经济的压力，家里给的学费已经让她内疚不已，她必须规划好这三年的花费，不能再让父母操心了。钱能省则省，书能借就借。蒋凤仪先去了学校的图书馆，之后又到省图市图查找，总算借出几本，但大部分的书还是没找到，有的找到了却不外借。

蒋凤仪想，也许应该找仲天麒帮忙。对啊，每每她遇到什么事，第一个想到的人就是仲天麒。她知道仲天麒最近一直在忙拍卖公司的事，他们已经很久没有见面了，每次打电话他都说在工作，或者去外地征集作品，就是没时间和她见面。蒋凤仪并不生气，谁让她一厢情愿想做人家的女朋友呢，人家并没有给她什么承诺，但只要仲天麒不拒绝，只要仲天麒一天没有女朋友，她想，她还是有机会的。

蒋凤仪很想去仲天麒的公司看看。打电话过去，仲天麒说他不在公司。蒋凤仪说：你总要回来吧，我在公司等你。仲天麒问是有什么事吗？蒋凤仪说没事就不能见你了。顿了一下又说：不过还真有事，哈哈，找你借书。

邓骁的拍卖公司位于长平最早的书画一条街，这里画廊鳞次栉比，门面看着普通老旧，但你不晓得可能一间不大的地方，却拥有百千万的身家。长平人有玩书画的传统，或收藏自赏，或送人雅玩，想到买画，就会来这个地方。当然也会遇到赝品，但懂行的人只是看，不会戳破，做买卖的也练就一双慧眼，往往看人下菜碟儿。近两年政府大力发展文化产业，在长平的东面、北面都开发了新的书画交易场所，但老长平人就认这儿。当年邓骁为公司选址，也是颇为纠结，新地方有政府补贴、免税政策，面积大、设施完备，但考虑再三还是落户于此，就是看中了这里的氛围和人气。

蒋凤仪来过这儿，但从没有认真留意过，现在因为仲天麒的缘故，她一路走一路看，比以往更多了几分亲切。几乎每一家都关着门，只有门楣上的各色匾额传达出画廊主人的喜好和经营作品的倾向。整条街静悄悄的，来往车辆不多，人也少，完全没有商业气息。蒋凤仪想起有谁说过画廊是"敲门生意"，大概都是圈里的熟人，画的流转全凭老板的人脉和信誉，你恐怕很难把几万几十万交给陌生人换得一幅画，除非送礼，但一定有熟人引荐。所以好的画廊不是敲锣打鼓迎来送往，而是讲究缘分，画的缘分，人的缘分。"卖一张吃三年"的情况是有的，所以这门生意不在一朝一夕，常常关着门，老板在里面喝茶，熟人敲门进来，就一起喝茶、聊天，看看新入手的画，生意也一并做了。

走了十来分钟，看到一家匾额上镌刻"图将好景"四个绿漆大字。蒋凤仪推开门，自动感应器发出嘀的一声响。一面深赭石色木质屏风立在正中，左右各镶嵌一副雕花窗棂，中间让出一米见方的位置，上挂一幅大写意红牡丹，煞是夺人眼目。蒋凤仪转过屏风，里面是一间小的画廊兼会客室，屋内无人，蒋凤仪就看墙上的画，半天才有人从里间出来，问她什么事。蒋凤仪说找仲天麒，那人说仲总不在。蒋凤仪说我知道，我等他一会儿。那人遂给蒋凤仪倒了一杯茶，说您坐，又进里屋去了。蒋凤仪看到茶海上有一些画册和杂志，就随手拿起一本翻着看，里面居然有一篇是介绍孙立得院长的。蒋凤仪精神为之一振，细细地读下去。这是一篇专访，孙院长谈中国历代仕女图的社会审美，从战国到明清，从《人物龙凤图》到《月曼清游图》，娓娓道来。蒋凤仪想起大学时学习工笔画的时候，临过周昉的《簪花仕女图》，她总是没有耐心一遍又一遍地渲染着色，每每草草了事，因此她的成绩很一般。那时也没有想到会考上研究生，继续研究绘画理论，早知道的话，她一定好好抓住本科的时光，不至于现在这么吃力。

正在想时，门口又嘀的一声，风似的进来一个人，方脸浓眉，板寸头，像没看见她一样，径直朝里间走。蒋凤仪听见有人叫邓总。过了不到五分钟，邓总出来了，坐到茶海的主位上，蒋凤仪的对面，喊了一声，怎么桶里没水了？立刻一个小伙搬了一桶纯净水出来，麻利地换了。邓总这才对蒋凤仪说：你好。

蒋凤仪想，这个人应该就是仲天麒的同学，她曾听仲天麒提过一嘴，说在拍卖公司给同学帮忙。她笑着说：你好，邓总。邓骁有点诧异，问：你是……蒋凤仪说：天麒跟我说过你，你们是同学。对吧，邓总。邓骁两臂交叉抱在一起，饶有兴致地看着蒋凤仪，说：什么邓总？叫我邓骁。蒋凤仪说：我也是长平美院毕业的，我们是校友呢。邓骁说：我可没仲兄有福气，我大学不是在长平上的，但我跟长平人有缘分。他眨眨眼睛，又说：仲兄也跟我说起过你。

真的吗？蒋凤仪很惊喜。邓骁笑里带着得意，说：让我猜猜看，你叫——孟晓白。蒋凤仪眼里的光黯淡下来，她想说我不是孟晓白，但一时语滞，竟愣在那里。邓骁继续说：你不想知道仲天麒怎么说你吗？蒋凤仪很好奇，她倒要听听这个人怎么说，于是问：仲天麒都说什么了？邓骁说：晓白同学，这就是你的不对了。仲天麒对你的情意你还不知道吗？我还从没有见过他对哪个女孩子这么上心过，简直到了夜不能寐的地步。他是不善于表白的人，你就别折磨他了。

蒋凤仪听着，突然发出一声冷笑。简直太滑稽了！到底发生了什么事？她问：他真的这么说……

当然了！邓骁两掌一拍，说：我太了解他了！这家伙有感情洁癖，以他的学识人才，什么样的女孩子搞不定？但他从不就范，一般人入不了他的眼。可这次我就奇了怪了，我还想孟晓白到底何方神圣，竟然把我们仲兄迷得五迷三道的。我就一直想见见你，今天还真巧让我碰上了。

蒋凤仪问：你说的这些……是他告诉你的？——他亲口对我说的！邓骁将"亲口"两个字念得很重，又说：哎，我就知道，他在你面前一定含蓄得很，爱你在心口难开，这家伙就是闷骚，哈哈。

看对面这个女孩子半天没反应，邓骁说：仲兄应该快回来了，要不我打个电话问他到哪了？蒋凤仪幽幽地说：不用了。站起身要走，又对邓骁甩了一句：不好意思，我不是孟晓白。

从拍卖公司出来，一种被侮辱的感觉让蒋凤仪喘不上气，走了一会儿，她在一家画廊门前的石凳上坐下来。她必须理一理头绪，很多画面在脑子里断片了，该从哪儿接起呢？她在仲天麒的画展上，她在仲天麒的房子里，她和仲天麒一起赏桃花，她和仲天麒一起在孟晓白家里吃饭……她觉得自己竟然这么傻。

心里的愤怒渐渐积聚，一股气冲上来几乎让蒋凤仪飙出泪。她看着手机通信录上孟晓白的名字，狠狠摁下去。

孟晓白，你早知道是吧？

孟晓白一头雾水：知道什么？凤仪。

我真不知道你是这么会装的人，上学的时候没看出来呀。

装什么呀，凤仪，你可真逗，谁惹你了？

你早知道仲天麒喜欢的是你对吧！你还跟我装没事人一样，亏得我什么都告诉你，你觉得特好笑是吧，特得意是吧！我就是个傻子！蒋凤仪声调越来越高，引得一个路人扭头看她。

孟晓白哑口无言，心虚得像从手上飞了的气球，没着没落。蒋凤仪的声音穿过听筒，震得她的耳朵嗡嗡作响。在那边稍微喘息的当儿，孟晓白忙问：你在哪儿？我去找你，我们见面说好吗？

一阵沉默。半天传来蒋凤仪的声音，哽哽的：这么说你是承认了，你真跟他好了……电话挂了。

孟晓白惴惴不安，她清楚蒋凤仪的个性，如果她跟你大吵大闹，反而没事，现在就这么冷冷地挂了电话，更叫她担心。正不知怎么办才好，手机又响了，她以为是蒋凤仪，赶紧抓起来，却是仲天麒。

仲天麒支支吾吾，说蒋凤仪刚刚来公司了。孟晓白莫名就生起气来，不知是气自己还是气仲天麒，心里又没个主意，只是沉默。她想，也许她真不应该答应仲天麒。

从北京回来后，孟晓白和仲天麒的关系有了突飞猛进的发展。

仲天麒甚至感谢那场暴雨，让他心爱的姑娘卸下了伪装，孟晓白不是铁板一块，她是柔软的，她是需要照顾的。他也庆幸自己鬼使神差般地打了那个电话，他听到晓白的哭泣，伴着哗哗的雨声，撞击着他的心，他恨自己为什么不在她的身边。

第三天仲天麒去机场接机，看到孟晓白的一刹那世界都安静了。他奔上去接过孟晓白的行李，坚定地将她揽进臂弯里。此刻似乎所有的话都显多余，直到上了车，仲天麒问：怎么样，还好吗？孟晓白疲惫地靠在副驾驶的椅背上，她有点发烧，本来张枰让她在北京多待两天，她执意要回来，也不管张总同不同意，果断定了机票。她想，张总交办的任务她已经完成了，她跟了冯老一天，见了酒厂的人，看了展览场地，对画展的细节给出建议。冯老依旧谈笑风生，偶尔开开孟晓白的玩笑。小王一整天寸步不离，让孟晓白多少有点安心。

送孟晓白回到租住的房子，仲天麒再一次环顾四周，内心激荡，他想起第一次来这里的情形，是和蒋凤仪一起。三个人，一桌简单的饭菜，几瓶啤酒，适意而温馨。记忆里蒋凤仪总跟他干杯，笑得放肆，反倒是作为主人的孟晓白有些拘谨了。令他不安的是，以一个倾慕他的女孩子做掩护，去接近他爱慕的另一个女孩子，实在不是一件高尚的事。第二次他来，不对，有第二次吗？他没有进屋，只是在楼下徘徊了很久，内心的焦灼无法言表。

现在，仲天麒立在房子中央，顿感沧海桑田，时光静止。一切陈设如昨，身边的姑娘莺莺细语，笑脸明媚，连灰色的水泥地都变得柔软而温暖。

孟晓白说：谢谢你来接我。仲天麒说：你不舒服，躺下休息吧。孟晓白说：不用，我没事。脸颊漾出一抹红晕。

仲天麒看着面前的孟晓白，感觉空间在一点一点缩小，小到只能容纳两个站立的人。他伸开双臂把孟晓白揽进怀里，察觉她有一丝丝抗拒，那个单薄的身体颤抖了片刻，才将脸渐渐贴近他的胸膛，再也不动了。仲天麒想吻下去，孟晓白身子一凛，退后一步。她说：我饿了。仲天麒不言，只是笑。

仲天麒依着晓白的意思熬了一锅粥，米放多了，就添水，结果熬出一大锅。又要炒菜，冰箱里空空如也，无菜可炒。两个人就一碗一碗地喝白粥，欢天喜地的。

吃过饭仲天麒让孟晓白在家待着，他跑去附近的超市采购了一大堆吃的用的，把冰箱塞满了。孟晓白坐在床上看仲天麒忙碌，心里充满爱意和感动，同时也隐隐不安。她在心里问自己：她配不配仲天麒这么对她，她的身体被侵犯过，也许仲天麒眼里的她并不是真实的孟晓白，她没有那么完美，那么好。这么说来，仲天麒眼里的她不就是虚幻的吗？因为他一点都不了解孟晓白，他爱的是他认为的孟晓白，不是真正的孟晓白。想到此，一种深深的挫伤感瞬间袭来。

19

　　蒋凤仪从教室出来，一眼就看到等在门口的孟晓白。她一步不停，径直从孟晓白身边走过去。

　　那天挂了孟晓白的电话，她一个人走了好久。虽已入秋，但中午大太阳照着，回到宿舍就有了中暑的症状，拉了被子就睡，一觉起来已是夜里。蒋凤仪坐在黑暗中，听着宿舍里几个女孩子此起彼伏的鼻息，心里怅然若失。上大学时孟晓白是她的下铺，有一段时间舍友都忙着谈恋爱，就她和孟晓白落了单，常常宿舍里就剩下她们两个，于是渐渐亲密起来。她们结伴一起看电影、逛街，无话不谈。大一那年圣诞前夕，蒋凤仪记得是个周末，宿舍里又只剩她们两个，恰恰来了一个男子，说他是某某饭店的，想找两个美院学生给饭店做装饰，画画圣诞老人什么的，工作量不大，每人一百元。蒋凤仪一听有机会赚钱，立马答应，拿着画笔就要跟那人走。孟晓白不放心，但经不起蒋凤仪撺掇，又觉得不能让她一个人去，于是详细问了那人情况，看了身份证、工作证，俩人这才跟着那人走了。上了车，孟晓白心里七上八下，万一遇到骗子怎么办？蒋凤仪看出她的担心，捏着她的手悄悄说：怕什么，有我呢。到了饭店，确是要在一面墙壁上画画。两个人一直干到晚上也没干完，就在饭店住下来，第二天又画了一上午，终于完工。饭店主管很满意，给她们每人加了五十元，派车送她们回了学校。那是蒋凤仪第一次自己挣钱，孟晓白也是第一次，两个人都很兴奋。回来之后才知道，宿舍里其他女生听说她俩跟着一个男人走了，一夜未归，急得不得了，说如果第二天她们还不回来就准备报警。孟晓白也挺后怕的，对蒋凤仪说：咱俩也真是胆大，不明不白就敢跟陌生人走。蒋凤仪大咧咧地说：哪有这么多坏人？我说了，有我在你怕什么，怕被先奸后杀吗？哈哈！

　　孟晓白一点脾气没有，但记住了蒋凤仪的"有我在你怕什么"，心里为有这个朋友而庆幸。蒋凤仪也没想到，后来又发生了一件事，让她彻底实践了"有我在你怕什么"这句话。

　　那是一个夏天的傍晚，蒋凤仪和孟晓白到学校附近的夜市吃饭，几个二流子荡过来搭讪。她俩不理会，自顾自吃了饭往回走。谁知这几个人等在半路上，拦住她俩不让走，要"一起玩玩儿"。看一时脱不了身，蒋凤仪不知哪来的勇气，说：可以，我陪你们玩，放她回去。那几个人乐不可支，连称这姑娘有个性。蒋凤仪对孟晓白使眼色，意思说，你回去叫人，别担心我。孟晓白跑远了，蒋凤仪顿时害怕起来，表面上却还装着无所谓。其中一个瘦瘦的男子拉她到暗处，说：走吧，跟哥哥玩去。蒋凤仪挣脱抓她的手，突然大喊：放开我，流氓！几个路人朝这边看，瘦子很恼怒，一胳膊将蒋凤仪圈过来，另一只手向她衣服里伸，蒋凤仪更是不管不顾地大叫：流氓！抓流氓！喊声惊动了夜市的食客，有人站起来。瘦子看情形不对，放开蒋凤仪，一伙人骂骂咧咧地走了。蒋凤仪想快跑回学校，腿却哆嗦得不听使唤。刚走了几步，就看见孟晓白带人来了，蒋凤仪的眼泪一下子涌出来。孟晓白抱住她，直哭。旁边男生问：那伙人呢？你没事吧？蒋凤仪摇头。一个男生说：妈的，欺负到我们美院女生头上了！他们往哪个方向走了？上车！追！蒋凤仪和孟晓白分别跳上车，骑了不远，就看到那伙人。载着蒋凤仪的男生径直骑到瘦子身边，撂下车子，手里早已拿着一块砖头，照脑袋拍下去，瘦子应声倒地。一男生喊：撤！七八辆自行车一路狂奔。快到学校时，载着蒋凤仪的男生叮嘱，如果明天有人到学校问起这事儿，记住，我们什么都不知道。

　　直到现在蒋凤仪还清楚地记得那天晚上的每个细节。幸运的是，第二天什么都没发生，第三天、第四天依然无事，蒋凤仪的心渐渐放下了。她很感激救她的男同学们，尤其是那位拍砖的。孟晓白说，那天她跑回来先是砸他们班男生宿舍的门，居然没人，于是就向隔壁版画系的男生求救，一个宿舍的人全去了。他们班男生后来懊悔不迭，称"英雄救美"的壮举被别人占了先机，更重要的是他们被班里女生集体鄙视。那起事件直接促成蒋凤仪大学时代的第一次恋爱，也是唯一的一次。她怀着感激而崇拜的复杂心情爱上了那个为她拍砖的男生，这似乎是一场众望所归的爱情，英雄救美，最终美人爱上了英雄。如果不是毕业时两个人的感情无疾而终，定当成为美院的一段佳话。蒋凤仪后来想，她其实根本就不爱那个男生，完全是被当时的气氛裹挟，但她始终感激他，让她的大学时代有了高潮。

　　因为种种共同的经历，蒋凤仪和孟晓白的关系更亲密了，甚至在蒋凤仪和拍砖男生热恋的时期，她也会顾忌孟晓白的感受，怕冷落了朋友。倒是孟晓白不愿当电灯泡，打趣蒋凤仪是因祸得福，如果不是她找来那个男生，蒋凤仪也不会有这样的缘分，这么说来她算半个媒人了。孟晓白这样说时，蒋凤仪总回她：你个没良心的丫头，是我救了你好不好，怎么反倒像我欠你人情一样。孟晓白说：本来你就该感谢我嘛，难道不是我把他带到你面前的吗？蒋凤仪说：是，是，都是托你的福，我欠你的还不行嘛！

　　命运就是这么奇特，现在蒋凤仪果然还了人情。她把仲天麒带到孟晓白面前，孟晓白却狠狠地扇了她一巴掌。

　　蒋凤仪第一次感到孟晓白面目可憎，对于仲天麒，她没有恨，只是心寒。到目前为止，仲天麒竟然连一句解释的话都没有，她是空气吗？这种无视比拒绝更残酷。

　　蒋凤仪冷着脸目不斜视，径直向宿舍楼走。孟晓白追上来，说：凤仪，你听我说。蒋凤仪不应。孟晓白紧跟几步，说：凤仪，对不起。蒋凤仪不应。孟晓白又说：是我的错。蒋凤仪停下来，冷笑道：你有什么错？你没有错！孟晓白说：我应该……告诉你的。蒋凤仪说：你不用告诉我，我算什么，我又不是你妈。

孟晓白沉默不语，她想说她不是故意的，她有多少次想告诉蒋凤仪自己的犹豫和纠结，但就是开不了口，或者说，连她自己都不清楚她要怎么办。蒋凤仪的语气让她害怕，她该怎么解释这件事呢，一时心里又急又悔。

蒋凤仪说：你还有什么要说的吗？没有了再见。转身进了宿舍楼。

孟晓白怔了片刻，慢慢向校外走，一路看到三三两两亲密说笑的学生，想起她和蒋凤仪上学时的种种，顿觉五内俱伤。正叹息时，忽觉面前挡了一个人，抬眼看却是胡丽君。两个人从过年同学聚会到现在有半年多没见了，不承想会在这里碰上。

胡丽君兴奋地搂住孟晓白的脖子，说：我就看着像你嘛！跟你摇手居然不理我。孟晓白说：我没看见。胡丽君弯着那双标志性的狐狸眼，撇嘴说：想什么呢，看你失了魂一样。孟晓白说：没想什么。对了，你过来干吗？胡丽君说：来学校看看呗，只许你来不许我来呀。孟晓白勉强笑笑，不语。胡丽君又说：听说蒋凤仪考上研究生了，没想到她还有这本事。你是来找她的吧，就知道你俩关系好。孟晓白不语。胡丽君说：改明儿要让这家伙请客，考个研究生还悄悄的，怕同学吃她呀。孟晓白说：刚开学事多，我们也不常见面呢。胡丽君说：你们都忙，就我是个闲人。孟晓白说：你还在王鲁达的公司吗？你们的酒卖得咋样？胡丽君眼睛掉下来，说：卖什么酒！不作不死。似乎还有话，却又止住，摆手说道：好了好了不说了，我走了，改天找你聊哦。说话间已走出好几步。

回到单位，孟晓白颓然坐下，眼睛盯着电脑屏幕，一个字也敲不进去。老李踱过来悄声问：冯老的专访写得怎么样了？孟晓白说：快了，正在收尾。老李说：张总要审。孟晓白点头。

冯老的全国巡展定在10月底，分别在北京、广州、长平三地举行。孟晓白从北京回来后，张总就将冯老展览的事交给了老李，让孟晓白负责写稿。孟晓白听马姐说，在张总的斡旋下，杂志社总算和赞助展览的酒厂签了合同，负责媒体宣传、画册印制事宜，虽然比例不大，好歹也算分得了一杯羹。马姐很为孟晓白鸣不平，说晓白搭了桥，倒让别人先过去了。孟晓白说其实自己也没干什么，办展览事无巨细，她干不来，只写稿最好。马姐说，你倒谦虚得很，别人未必领情，得了好处谁想着你。孟晓白笑笑，不置可否。

一直熬到晚上8点多，总算完成了专访，孟晓白把稿子传给老李，又给席主任发了一份。关电脑，下楼。

出了杂志社大门，孟晓白才想起没吃晚饭，正踌躇着要不要吃，一辆车在她身边停下来。

仲天麒摇下车窗，说：就知道你在单位，还没吃饭吧。走，上车。孟晓白不理他，转身就走。仲天麒下车追上来，说：你再生气也要吃饭吧。孟晓白不言。仲天麒说：我知道你是为了蒋凤仪，这次确实挺伤她的，怪我没早跟她说清楚。你不用担心，以凤仪的个性，这件事很快会过去的。孟晓白停住，说：以她的个性，她什么个性？你这么了解她吗？仲天麒一时语塞。孟晓白说：我们不要见面了。仲天麒说：为什么？孟晓白说：不为什么。仲天麒说：就为这件事？孟晓白说：对，就这件事。

仲天麒说：你怕影响你和蒋凤仪的友谊，就不怕影响我们的关系吗？也许我不该做这样的比较，但在这件事上，你的反应有点过度了，你真的不用担心，时间会把一切都解决掉，你和蒋凤仪还是最好的朋友。仲天麒想把孟晓白揽过来，但她一躲，没有丝毫松懈的意思。仲天麒说：你到底在想什么？我真的看不懂你了。孟晓白低声说：看不懂就算了。

孟晓白只觉眼眶微热，喉咙发紧，还好有夜色掩饰，没被仲天麒看出异样。索性走吧。她听见仲天麒粗重的喘气声，感觉他的脚步往相反的方向去了，又听见开车门、关车门，发动机轰响，车走了。身后渐渐沉寂，孟晓白的眼泪还是不争气地掉下来。

第二天，孟晓白起晚了。

匆匆赶到杂志社，刚子一见她就问：怎么才来？等你开会呢。孟晓白说：昨天没通知开会呀。刚子用手指了指席主任办公室，说：早上临时召集的，我说你采访去了。

席主任办公室不大，编辑部七八号人坐的坐，站的站，填了个满满当当。席主任笑着招呼：都别站着，挤挤坐，没位子的搬凳子去。大家伙儿说：没事，站着好，老坐着对身体不好。席主任说：你们站着我看着眼晕，这是提醒我别拖堂的意思？大家打着哈哈，几个人出去搬了凳子进来。

席主任扫视一圈，脸上挂着笑，说：有一段时间没开部门会了，大家都忙，各司其职，很好，说明你们每个人都成长了，成熟了。你们知道，我不爱开会，以前选题会周周开，没必要，大家都累。他略微停顿了一下，接着说：但不开会不意味着不沟通，凡事都要有个流程，流程乱了，就没规矩了，没规矩势必影响到工作，有时候一句话的事儿，说到就行。我昨天看到小孟发来的稿件，就是那个冯老画家的专题，稿子不错，小孟快成社里的笔杆子了啊。

几个人窃窃私语，孟晓白低下头，感觉到老李瞟过来的目光。席主任说：下期杂志是不是就要上这个内容了，但我到今天还没见到合同。我看文中写到什么什么酒，全是溢美之词，需要这么提吗？还有，见合同发稿，这是程序，多少年没改过，大家都清楚吧。这个专题我到现在都搞不清怎么回事，也没人跟我说过。小孟，这合同是你负责吧？

孟晓白正要回话，老李却说：老席，是我负责的，合同已经好了，我正准备给你呢，不是广告部要先审一下嘛。席主任说：工作的事还是要多讨论，尤其是大选题，三个臭皮匠顶个诸葛亮，群策群力嘛，是不是老李？老李答应着，席主任又说：老李，你把这次展览的情况给大家说一下吧，大伙儿给出出主意，丰富丰富内容。老李说：之前一直是小孟接触的，她去北京出差，一是给冯老做采访，二是为展览做前期筹备，我就是按领导的意思拟了个合同。席主任说：小孟去北京了？你看我都不知道。又笑着对老李说：还是你来讲吧。

老李简单汇报了展览的合作、赞助情况，席主任又问了一些细节，布置了几个选题，强调大家要及时沟通，随即散会。

孟晓白被席主任叫住，让她等一会儿。人走尽了，办公室敞亮了许多，孟晓白这才注意到房子里的绿植又更新了，多了两株小树一样的植物，枝繁叶茂，绿意葱茏。席主任给杯子接水，头低下时一撮头发软塌塌地耷拉下来，露出越发明亮的头顶。孟晓白暗想，席老师这几年头发越见稀薄了，植物倒是养得好，比人有精神。

　　席主任坐回位子，两只手在头顶一番抚弄，将那撮不听话的头发盖好，这才对晓白说：稿子我看了，基本上没问题，就是对酒的介绍这块，篇幅是不是过大了？孟晓白说：这是对方要求的，张总也答应了。席主任说：不能对方怎么要求就怎么来，总还是有个节制吧。商业意味太明显了，对我们杂志的品质是有影响的，你觉得呢，小孟？孟晓白说：我也感觉到了，但是……席主任说：你先改吧，调整一下，一些太露骨的地方可以删掉。孟晓白说：有些资料是他们提供的，还反复交代说不要删改。席主任说：这怎么行，我们办杂志，还由了他们了。你改你的，有问题再说。

　　孟晓白答应着，心中思忖，张总说按照客户的要求来，席主任说按他的意思改，这可为难她了。出了办公室，老李端着他的大茶缸迎上来，小声说：事无巨细，事无巨细呀。孟晓白笑笑，无话。

20

仲天麒那晚找孟晓白,原本是想告诉她,他要去新加坡看一批画,需个五六天才能回来。谁想两个人不欢而散,话也没来得及说出口。他心里烦闷,蒋凤仪那边还没解释,现在又要安抚晓白,最近公司事情多,作品征集到了关键阶段,他实在无暇顾及。邓骁为之前的鲁莽后悔不迭,急于想做点什么补救,就对仲天麒拍胸脯,说让他放心,自己去跟孟晓白和蒋凤仪解释,一定不能让兄弟背黑锅,脚踩两只船的事,兄弟绝对干不出来。仲天麒哭笑不得,连说你省省吧。

韩梅从上海回来了。去新加坡的前一天,仲天麒去看望师母,带着收来的那三幅"《牡丹亭》写意"。韩梅精神不错,仲天麒说:给您看样东西。他拿出画,小心展开。韩梅细细地看,许久,抬起头说:就是这个了。眼泪应声而落。

仲天麒不知说什么,忙抽出一张面巾纸递给师母。韩梅在眼角揩了揩,又去看画。画不大,均为小斗方,草皮纸,边缘毛糙。韩梅记得当年杨云海只是试纸,画得随性,却收获了意想不到的效果,颇具关良之风。面前的这三幅分别是《春香闹学》《游园惊梦》《拾画叫画》。当时画完成后杨云海最满意

《春香闹学》，她却喜欢《游园惊梦》。原因是画面好看，杜丽娘和柳梦梅才子佳人，眉目传情，摇漾春如线，真真和戏里一模一样。而《春香闹学》，一个泼丫头和一个迂腐老头满场追打，鼻子不是鼻子眼睛不是眼睛，粗鄙丑陋，笔法太过潦草张狂。但杨云海说这画好就好在一个"丑"字，"丑"就是"真"。斯人已去，话语犹在耳畔，现在韩梅含泪细赏，才真正读出了《春香闹学》的意趣与活泼。画面里人物呼之欲出，韩梅越发伤感起来。她将画合上，对仲天麒说：收了吧。

仲天麒一边卷画，一边详细讲了画的来历，表达出想买下这三幅画的意思。韩梅听了，沉默片刻，说：算了吧，画看过就好，不一定非要留在自己手里。

仲天麒猜度师母也许是经济的原因，不好意思明讲才拒绝的，遂说：我跟卖家谈一谈，价格应该不会太高，钱的事您就不用管了，画您只管收着。韩梅说：那更不行了，你才上班几天，有多少钱，况且也没有让你花钱的道理。仲天麒说：师母，您就别客气了，我知道这几幅画对您的意义，要是别的画也就算了，这三幅一定要拿回来的。说实话，我也没办法把这一系列全收回来，正好这三幅让我碰上了，多少能弥补点遗憾吧。

韩梅叹了口气，说：之前我也觉得遗憾，但现在我不这样想了，真的，师母知道你的好意。其实画留在我这儿没有什么意义，不过徒增伤感罢了，不如让它自由来去，让更多的人看到。

仲天麒想说这"更多的人"要看是哪类人，对于大多数买家来说，这画根本就是商品而已，倒来倒去无非为了钱，没有几个人真正懂得欣赏和珍惜，放在他们手里倒亵渎了这画。心里这么想着，话却没说出口。他已经打定主意，要为师母将画买回来。

两个人又聊到溪月。韩梅说女儿今年毕业了，在北京电视台实习。仲天麒说：那很不错呀。韩梅说：难为她一个人在北京生活，我还担心她工作的事，想着托人在长平找家单位算了，但这孩子心气高，一直想留在北京，可又担心我一个人在这边没人照顾，就一直纠结是走是留。我对她说，难得她有这个追求,我又不是七老八十动不了,让她放心在那边。这孩子还挺争气,前两天说工作的事有着落了,在北京电视台实习,说现在都是什么栏目制,只要她干得好,就可以签约了。我特别高兴,特别高兴……韩梅说着,眼角泛起了泪光。仲天麒说:溪月挺独立的,您就放心吧。韩梅说:话是这么说,但北京生活压力那么大,她一个女孩子还是太辛苦了,我又帮不了她,有时候心里急得很。仲天麒说:您把自己照顾好就是帮她了。韩梅点点头。

仲天麒留下三幅"《牡丹亭》写意",准备告辞。韩梅执意不肯,非要他拿走,仲天麒只好先带上。回到公司,邓骁和卢明慧正在盘点库房,看他回来,卢明慧说:怎么又过来了?明天不是出差吗?还不回家歇着。仲天麒说:忘拿名片了。

邓骁跟在仲天麒后面进了里间办公室,说:本来打算咱俩一起去,卢明慧非让我留下,这次就辛苦你了。仲天麒笑着说:你现在学乖了,这么听老婆话。邓骁说:听老婆话有饭吃,主要是不想浪费资源,你一个人完全能搞定,我相信你!况且这边也得有人坐镇啊。仲天麒说:你直说不想浪费银子不完了。邓骁说:小看我了吧,咱是干大事的人,还在乎那点钱吗?仲天麒说:那就是卢明慧不放心你。

俩人闲扯了一会儿,仲天麒把那三幅"《牡丹亭》写意"拿出来,说:跟你商量个事,这是我老师的画,我想自己收了。邓骁打开画看了看,问:有必要吗?画是不错,可升值空间不大了。仲天麒说:有必要,这里头的故事我回来跟你说,画你先替我收着。邓骁说:没问题,卖家那边说好了吗?仲天麒说:还没有。邓骁朝外间瞥了一眼,说:这事别让卢明慧知道,按规定公司员工是不可以直接从客户那里买画的。仲天麒说:这个我知道,所以跟你商量,这回情况特殊,我算是明知故犯,但也顾不了许多了。我还没跟卖家签合同,只给他打了个收条,想着如果公司这边不同意,或者卖家非要上拍,我就是在拍卖会上也要把画拍回来。邓骁说:拍,拍你个头呀!公司不同意?公司就是我,我会不同意吗?!你这么想要这画,公司替你买下不就完了,你只管拿走。仲天麒心里一热,笑说:公司是你一个人的?还有卢总呢,人家是财务总监,你充什么大方。邓骁捶了仲天麒一拳,说:兄弟啊!

第二天,仲天麒从香港转机飞新加坡。临登机前给孟晓白发了短信:晓白,我去新加坡出差。你要好好的,勿念。下了飞机,仲天麒看孟晓白并未回信,有些失落。

新加坡严老先生的侄子来接仲天麒,人很客气,连说仲先生辛苦了,本来严老先生应该回去的,但老人家年纪大了,腿脚不方便,只好烦劳仲先生来一趟。坐在车里,严老先生的侄子俨然导游,介绍新加坡的天气、名胜、经济、文化,说他们是华裔,最早一代的中国移民,大陆已经没有亲人了,只知道老家在福建。严老先生一生热爱中国书画,对现在流行的所谓当代艺术看不上眼,认为是哗众取宠,无文化之根,他在大陆有些朋友,都是同好。严先生说:其实我们也不知道老人家什么时候收了那么多画,据说还有些价值。刚好有长平的朋友介绍了贵公司,帮忙牵了线,没想到你们真的能来,太感谢了!仲天麒说:老先生让人钦佩,我看了你们转过来的画册,确实不错。这次能一睹原作,也是我的荣幸。

到了酒店,仲天麒提出现在可否看画。严先生说:一路劳顿,先休息,晚上接您吃饭。仲天麒不好表现得太迫切,只得客随主便。

休息了一会儿,离晚饭时间还早,仲天麒步出酒店。许是刚下过雨,路边草坪微湿,满目皆绿,空气清透。街上人少,安静。仲天麒抬头望天,云朵低垂,天色泛青,似又在酝酿一场雨。他深吸一口气,周身爽快了不少。这才想起还没跟邓骁报平安,于是给邓骁发了短信,慢慢踱回酒店。

晚上的饭局在新加坡中国餐馆。严先生很不好意思,说新加坡是移民国家,没有自己的菜系,好在这里百分之七十都是华人,中国菜还是很地道的,实在不成敬意。仲天麒忙说:您太客气了,太隆重了。

桌上共七人,严先生介绍:这是表哥、表嫂,这是朱小姐、程先生、吴先生,都是同好。仲天麒一一握手,问为何不见严老先生。严先生连连致歉,说老人家晚上习惯早睡,明天会在家里恭候。

酒过三巡,大家渐渐轻松起来。表嫂问:仲先生贵庚呀?成家了吗?还没等仲天麒回答，朱小姐拍了一下表嫂，说：男人也不兴问年龄的啦，仲先生青年才俊，一定有很多女孩子喜欢喽。仲天麒笑笑，不言。严先生说：女人就是喜欢问什么结婚了吗，有朋友吗，哪里的女人都一样，仲先生别见怪啊。表嫂说：我哪里到处问了，还不是看仲先生年纪轻轻就这样有才华，我心里欢喜得很。朱小姐说：你只顾欢喜，没见仲先生脸都红了吗？仲天麒原本还好，听她这么一说，脸上腾地烧起来。表嫂说：会害羞的男人是好男人。大家又一阵笑。

仲天麒岔开话题，问道：我看严老先生的收藏有不少是长平籍画家，这里头有什么渊源吗？严先生说：这你得问表哥。

表哥四十来岁，戴黑色方框眼镜，人很斯文。他放下筷子，说：家父早年在新加坡文化促进会任职，80年代的时候曾经去长平有过一次交流活动，他是会议工作人员，有机会认识了一些书画界的朋友。回来之后一直有信件来往，很多画作都是那时候得的。说来有趣，我小时候常见父亲买一些小玩意儿寄到国内，什么收录机、金丝眼镜、日本颜料，一来二去就有画作寄来，后来才知道那些是父亲送给画家的礼物。那时这些东西在国内都是稀罕玩意儿，就有画家托父亲在新加坡购买，家父不收钱的，时间长了有些画家不好意思，就寄来一张半张的作品送给父亲，当然也有父亲主动求的，价格便宜，东西好。那时候大家都很真诚的，父亲是真心喜欢，对方也感念有懂自己作品的人。近年来家父倒不怎么收画了，说人心浮躁，画也浮躁，看不得了。

严先生说：大伯是我们家族的 spiritual leader，精神领袖！我们后辈连他老人家的脖子都够不到。表嫂斜了他一眼，说：什么脖子领子的，那叫望其项背。严先生大笑，说：对，对，望其项背，像大哥、我，都在大伯的影响下平常搞一点小收藏，吴先生、程先生厉害啦，有不少好东西呢。仲天麒喜不自禁，说：那太好了！不知可有机会欣赏。严先生说：有机会有机会，肯定让仲先生不虚此行。

吃完饭，严先生请仲天麒上车。因为吃饭的地方离酒店很近，仲天麒说不用送他了，他随便走走，自己回酒店。严先生不答应，客气又坚决地请仲天麒上车，程先生、吴先生也坐上来。表哥、表嫂、朱小姐乘另一辆车走了，他们的车子却朝酒店相反的方向开去。仲天麒正诧异间，严先生说：有一个地方仲先生一定要去，否则不算来过新加坡。旁边的程先生、吴先生笑而不言。

开了四十多分钟，车子停好，几人下车。仲天麒目之所及，拥挤的街道两旁全是大排档，东北大饺子、重庆火锅、台湾牛肉面、泰国咖喱鸡，俨然长平的夜市。仲天麒愕然，脱口而出：还吃啊！严先生指着旁边的一块绿色路牌，说：这里是Geylang，芽笼，男人的天堂，新加坡唯一合法的红灯区。仲天麒尴尬起来，说：怎么到这里来了？三人嬉笑。程先生亲热地搭着仲天麒的肩膀，说：仲先生，随心随意啦，国内人来新加坡没有不到这里来的。吴先生说：真正的夜晚风情，乌节路那些个星级酒店，没有这里有味道的。严先生拉过仲天麒，说：你们有一句话，既来之则安之，走走看看啦。

几个人沿着街道慢慢溜达，一排排穿着清凉的女子向他们招手。灯光闪烁，红翻绿骈，空气醉软，香粉气与爆炒鱿鱼的气味混合成一种暧昧，直冲鼻腔，让人有点眩晕。一个黄发妹突然从黑暗中冒出来，挽住仲天麒的胳膊，软软地说：哥，关照一下小妹嘛。仲天麒满脸通红，以他的人生经验，确实没见过这个。他慌慌张张甩开那又热又腻的手，看也不看黄发妹一眼。吴先生和程先生大笑起来。仲天麒脸上讪讪的。

严先生说：别理这些路边货，她们没有牌照的，不安全。店里的才是合法经营者，有牌照，有健康证，和我一样要交税的啦。

继续走，仲天麒发现几处类似寺庙一样的地方，觉得奇怪。严先生很善于察言观色，遂说：芽笼是个旧城区，原本是新加坡马来人的聚居地，后来被政府规划为唯一合法的红灯区，这个地方很复杂，寺庙多、饭馆多、金鱼缸多。

金鱼缸？仲天麒不解。严先生说：就是风月场所，小姐们都坐在一个大玻璃间里，等候客人挑选。古语有云，食色，性也。酒足饭饱，隔壁就能满足食色的需求，再到庙里拜拜佛，这是精神需求。新加坡政府的规划很人性的。

仲天麒乐了。吴先生插一句：徐悲鸿也在芽笼住过的，据说是在芽笼35巷的江夏堂。严先生说：这是真的，当年徐先生赴法留学期间，因生活拮据，辗转到了新加坡芽笼，先后五次客居这里，卖画赚钱。仲天麒说：我知道一些，江夏堂的主人，"百扇斋主"黄曼士，被徐悲鸿称为"生平第一知己"，是海外收藏徐悲鸿书画最多的藏家。吴先生竖起大拇指，说：仲先生渊博。

　　说话间，来到一家KTV样子的地方，门口两个男子一见严先生，忙迎上来说话，又招呼几人进去。仲天麒果真看到大厅左边一排玻璃房，里面十几个女子坐成一溜，表情淡然。这就是所谓的"金鱼缸"了。吴先生拉仲天麒坐下来，说：仲先生看看有没有喜欢的，随便挑啦。仲天麒心中一阵反感。

　　一个穿制服的男子走过来，躬身说：几位先生需要推荐吗？我们这里有新货，你们看那个，又白又软，还有那个，黑玫瑰，技术一流。仲天麒只觉耳根发烧，听不下去了，忙说：不好意思，我不感兴趣。制服男又说：这里没喜欢的吗？没关系，有几个漂亮的正在做工，等几分钟就OK了。

　　严先生从柜台那边过来。仲天麒说：严大哥，回酒店吧，我有些累了。严先生笑着说：仲老弟，放松一点啦，这里是正常消费，不用紧张的。仲天麒正色说：不是紧张，这种地方让我很不习惯，很不舒服。吴先生说：仲先生第一次来吧，玩玩就习惯了。程先生还想鼓动，发觉仲天麒脸色不对，就住了口。

　　仲天麒说了句不好意思，径直朝门外走。严先生三人互相看了一眼，只好跟出来。上了车，严先生说：仲先生别见怪啊。仲天麒说：没有，倒是我扫了诸位的兴。

　　此时空中飘起雨，随着车子的行进越下越大，雨水如泼墨瞬间在车窗上漫开，模糊了视线。

21

  蒋凤仪最近异常忙碌，倒不是课业有多重，而是她主动承担起孙立得助手的角色。当然这个助手是她自封的，她很乐意为导师做些力所能及的事，整理资料呀，裱画呀，打扫工作室呀，等等，而孙院长也给她提供了比其他同学更多的机会。蒋凤仪很感恩，觉得自己真是幸运，她热忱地投入很多琐碎的事务中，就像当初热忱地追求仲天麒。现在，一切都过去了，她要重新开始。仲天麒，再见！孟晓白，再见！

  这天下午，孙院长应邀去一家会所做讲座。这是某银行为VIP客户做的答谢活动，蒋凤仪早早过去，察看场地，调试投影。一切就绪，她坐在后排椅子上不知不觉打起盹儿来，突然觉得有人轻轻拍她，定神一看，原来是曾见过一面的绿筠轩的雷总。

  蒋凤仪有些不好意思，揉着眼睛说：有点困了。雷总笑着坐到她身边，说：我看了半天，还怕认错人了呢。孙院长到了吗？蒋凤仪问：几点了？雷总抬起手，一只明晃晃的大表松松垮垮地挂在腕上，他说：两点二十。蒋凤仪说：应该到了，在休息室吧，我陪您过去。雷总说：算了，马上开始了，我们去前面坐。

蒋凤仪跟随雷总在第一排坐下。一位女服务生走过来，躬身说：先生，不好意思，这一排是我们为特别客户预留的，请您……说着手上做了一个向后请的动作。蒋凤仪正要起来，却被雷总拉住，说：踏实坐着。我们是孙院长请来的朋友，你说算不算特别客人。服务生正犹疑，几个人陪着孙立得已经来到会场，雷总忙上前和孙立得握手，孙立得说：雷总来啦，凤仪，帮我招呼好雷总。雷总满脸堆笑，依旧在原位坐下。

　　讲座开始。孙立得环顾会场，先来了一段开场白：关行长给我出了个题目，让我讲讲怎么鉴赏一幅好画。我问都什么人听啊，关行长说，都是我们的重要客户，我问怎么个重要法，关行长说存款大概不少于这个数。

　　孙立得一只手比画了个八字，底下开始有人笑。孙立得接着说：我一听压力就大了，据说现在很多老板热衷于收藏，但又苦于没有收藏知识，如果各位想凭今天这一节课掌握鉴赏技巧，那我告诉你，你太高估我了，也太高估你自己了。好画是有标准的，它的标准甚至非常简单，我们的老祖宗在唐代就提出了"四品"，神、妙、能、逸，四个字说完了，多简单，但要让这四个字了然于胸，至广大，尽精微，却不是一节课几节课可以解决的。我想问问诸位，你一年会进几次美术馆、博物馆？中国人没有这个习惯，对于审美的熏陶非常贫乏。所以，我希望今天这个课是开始，如果诸位老总确实对绘画鉴赏有热情，那就多看，先别急着入手。如果听了我的讲座，一激动，买错了画，那我罪过就大了，就算您有八位数，也经不起折腾呀。底下哄然大笑，掌声雷动。

　　蒋凤仪拿出纸笔，边听边记。她觉得孙院长在外面的讲座又与学校不同，更多了风趣和通俗。很快，两个多小时的讲座结束了，银行方面安排了几家媒体做采访。蒋凤仪走进休息室的时候，一眼就看见了孟晓白。

　　她想收回目光，已经来不及了。孟晓白抬起头看到她，先是一脸诧异，很快嘴角浮起一丝笑意，这笑意她很熟悉。蒋凤仪觉出了尴尬，有一刹那想转身出去，但又觉得太过小气，便在靠门口的椅子上坐下来。蒋凤仪盯着导师孙立得，目不斜视，脸色平静，但她明显感到有个影子在眼前晃，不是晃，晃不准确，那个影子安静地坐在角落，低垂着头，手捏一支笔画来画去。蒋凤仪感到意外，怎么会碰见孟晓白呢？但很快反应过来，孟晓白是媒体的，她来很正常。有记者在问导师问题，蒋凤仪却走神了，也不知道导师说了什么，她讨厌自己的这种状态，孟晓白的目光不时探询过来，让她很不自在。

孟晓白也不踏实，她想和蒋凤仪说几句话，但直到采访结束，也没机会开口。她看见蒋凤仪紧跟在孙立得身后，出了门，与几个送行的人握手，然后上车，绝尘而去。

真的结束了吗？孟晓白问自己，她在心里一再确认，似乎只有一个答案：她和蒋凤仪完了，她失去了最好的朋友。

早上孟晓白收到仲天麒的短信，她没有回，像是在报复自己。这一段关系让她不知所措，紧张和不安甚至大于爱情带来的幸福感，也许她缺乏解决复杂问题的能力，她是这样认为的。相比所谓的爱情，她更愿意用简单的心去维持一段她能把握的友情。但现实给了她重重一击，原来友情也是无法把握的，猜得出开头，却猜不出结尾。心里的怨恨像一个潜伏的幽灵，渐渐露出了它可憎的面目，它对孟晓白说，是你把事情搞得一团糟，所以，接受惩罚吧。

仲天麒夜里醒来一回，有片刻恍惚，以为在家里。身上被充足的冷气激得打了个寒战，这才想起是在新加坡的酒店。他起身将空调调了，拉开厚重的窗帘，眼前一片灯火明灭，楼宇高低错落，霓虹闪烁，一层一层向更深的夜幕隐去，竟有了一种诡谲的味道。

第二天严先生来接他，问他睡得可好。仲天麒说，还好。看见地上湿漉漉的，才知道后半夜又下了一场雨。到了严老先生家，老先生在客厅迎候，昨晚饭局上见到的表哥表嫂都在。表嫂说，老爷子早早就起来了，换了衣服，说有外事接待呢。仲天麒赶紧迎上去，双手握住老人的手。严老先生穿一件米灰色中式褂子，身材瘦小，面容和善。仲天麒感到老人的手温暖而有力，问好道：老先生身体好啊。严老说：托福托福，很好。众人相让着坐下，仲天麒这才打量了一下四周，客厅并不大，明亮整洁，一面墙壁的三分之二被书柜填满，地板是深沉的暗红，木色经由岁月的打磨发出幽幽的光亮。

严老说：仲先生辛苦了，本来我的这些东西是不值得仲先生跑一趟的，我也愿意这些东西留在身边，可以随时拿出来看一看，但孩子们说服了我，我从善如流。仲天麒说：您托人捎来的画册我们看了，特别激动，谢谢您的信任。严老说：我对长平有感情，我的收藏是从那里起步呢。仲天麒说：大哥他们给我讲了您以前的一些事，我很感兴趣，我父亲也一直在这个行当，爱画如痴。严老高兴地说：太好了，仲先生有家学传承，年轻有为啊。仲天麒踧踖不安，说：您叫我小仲吧。严老说：好好，小仲。

严老拉起仲天麒，说：我们换个地方，慢慢看画。就引着他往阳台走，仲天麒这才注意到阳台外连接着一个小庭院，庭院与阳台由玻璃门隔开，竹帘卷起，帘外草木茂然，几株三四米高的芭蕉张开巨大的叶子，葳葳蕤蕤。仲天麒喜道：这个地方好。严老说：要下雨更好，可惜早上雨停了。喝茶，读书，听雨打芭蕉，人生乐事一桩。仲天麒说：隔窗知夜雨，芭蕉先有声。先生可真有雅兴。严老连连点头，笑说：《红楼梦》里的探春自号"蕉下客"，那我就是"焦下翁"了。仲天麒说：贴切得很。两个人坐下来。此时表哥已从屋内抱出几卷画作。严老说：你们去忙吧，我和小仲慢慢看。表哥答应着出去了。

茶已泡好，画作徐徐展开，仲天麒忽地生起敬畏来。严老的收藏尺幅都不大，但画得很精到，很少应酬之作。长平籍的画家占了大半，其中竟有两幅萧宁的作品。萧宁曾是长平画坛的扛鼎人物，以农村题材见长，虽已去世多年，但影响力依然，近几年拍卖价格不断攀升。仲天麒虽然对此类题材不甚感冒，但对萧老先生的功力十分钦佩。严老说，这两幅作品他最喜欢，他还保留着与萧宁来往的书信。仲天麒很惊喜，提出能否一看。严老回房内取出一摞信件。表嫂跟进来说：这些宝贝爸都不让我们动呢，今天托仲先生的福，我们也开开眼。说话间严先生也进来了，默声坐在一旁。

严老把信摊在面前，拣出一件递给仲天麒。仲天麒打开看到：

瑞国贤友：

　　收到为我订购的金丝眼镜了，屡次麻烦，深表感谢。来信所嘱绘工笔重彩之事，个人不是很擅长这种表现形式，亦以为不能畅抒所感。先生作为收藏家是会理解的。去年我个人展览是近年来数百件精选汇集，均已装裱，日后可择优秀者复制数帧以释先生之愿。

匆此。顺颂

近祺

萧宁

1984年11月7日于长平

仲天麒又随意看了几封，很有感触。那个年代，画家与收藏者的关系真是单纯，画家感怀于收藏者的知遇之情，必以好作品回报，而能真正识画者不多，所以是买方市场。现在反着来了，画家掌握主动，成了卖方市场，求画者趋之若鹜，皆因一个"利"字。书画市场虽热，却再难寻高山流水的佳话了，想起来真有些悲哀。

严老看仲天麒若有所思，便问：你一定见过萧先生吧？仲天麒说：是，见过几面，不过那时候我还小，不懂画，很可惜错过了向萧先生请教的机会。严老说：我最遗憾的是萧先生走的时候没能去送他，只能在这边对着画缅怀一番。前几年有个出版社征集中国当代书画名家的作品，我把先生的两幅画送了过去，还写了一篇怀念文章，算是慰藉故人吧。

画一张张看过去，看一张，严先生卷一张。严老最后打开一个长条木盒，颤颤巍巍将画取出。画幅窄长，当画心一点一点露出来的时候，仲天麒不禁呀了一声。两匹黑马跃然纸上，这不正是徐悲鸿的马么！仲天麒兴奋地说：您给我们的画册上没有这幅呀！表嫂说：这是老爷子的宝贝，一般人不让看呢，我上回见这幅画有两年多了吧。说着望向严先生，严先生说：啊是，是。声音微微颤抖。

严老并不言语，只等仲天麒慢慢看。画幅不到三个平尺，两匹黑马一前一后相偕奔跑。右下角是徐悲鸿的落款：怀山先生、若水夫人生子写此贺之。丙子三月，悲鸿。画的左上角另有题诗：风回小苑熏芳芷，日暖苍原照杜衡。愿叫他时驰双骥，千山万水总关情。兄嫂属题双骥图。丙子春，弟乐之。

仲天麒心中思量，丙子是1936年，这应该是作者给一对夫妇新生贵子的贺礼，但怀山、若水是谁？仲天麒费力搜索，脑子里留存的知名上款人名录里却没有这两个名字。仲天麒又细细看了印章、笔墨，笔力苍劲、用墨老到，下笔没有犹豫，似一挥而就。种种看来，他判断是真迹无疑，但由于是这么重要的作品，仲天麒比往常更多了一分谨慎。他问严老：这怀山先生、若水夫人是谁呢？严老说：我考证过，可惜不得而知。看仲天麒流露出一丝遗憾，严老说：我知道你们爱听故事，这一行也流行讲故事，但我收藏这幅画还真没什么故事。就是缘分吧，这画和人的相遇跟人之间的相遇是一样的，都讲究个缘分，人有人缘，物有物缘，强求强取都不行，是你的就是你的。悲鸿先生在新加坡留了多少作品，偏这一张让你遇上了，相濡以沫的，在手里摩挲把玩了二十多年，老伴儿一样的，不同的是她比你老得慢，甚至你老了她依旧鲜亮，看着她倒像是看见自己的过去了。感情这东西有时说出来就假了，小仲你应该懂的。

严老的目光落在画上，那么温柔，一瞬间让仲天麒想起了自己的父亲，也是这样的眼神。仲天麒感动了，想着要拿走老人这些画，竟有些于心不忍。

时近中午，严老留仲天麒在家里吃饭。自从严老夫人去世，严老一直独居，只一个保姆照顾生活。严老说，他一个人惯了，今天这么多人来有点过年的感觉。饭后，仲天麒和严先生、表哥、表嫂商量合同细节，严老进了卧室休息。严老一走，几个人明显放松了许多，尤其严先生，人顿时活泛起来，恢复了昨晚的神采。仲天麒一共选了二十多幅作品，双方在价格上没有太大分歧，以仲天麒的意见为主。表哥说，毕竟仲先生最了解国内的市场，这也是家父交代过的。到了徐悲鸿的《双骥图》，几人都比较慎重，仲天麒其实心里是有底的，前一两年国内市场上都有这类题材的拍卖纪录，他只需把底价压在一个既合理又有吸引力的范围内，拿下这幅画，将是他们拍卖会上最大的亮点了。想到这里，他有点兴奋，兴奋中还有一丝得意，恐怕连邓骁也不会料到，他此行竟然还有意外的收获。

仲天麒在心里估了一个价，他想先听听严先生和表哥的意思。表哥说：这幅画恐怕还得家父亲自定夺。于是大家开始喝茶，等严老醒来。

令仲天麒没想到的是，严老并不打算委托徐悲鸿的这幅画。当严老缓缓说出这个决定时，表嫂几乎跳起来，嘴张着却说不出话，眼睛直盯着表哥——她的丈夫。

表哥像是受了惊吓的孩子，结结巴巴地说：爸，这个，不拍了吗？严老说：不拍了。表嫂说：爸，您怎么变卦了呢？我们之前不是说好了吗？仲先生这么远来了，画也看了，价钱也谈妥了，您又说不拍了，您这是开玩笑吗？仲天麒有些尴尬，他只是来收画，并不想卷进人家的家庭纠纷。他赶紧说：没事的，这不是还没签合同吗？都不算数的。严老冲仲天麒微微点了点头，像是表示歉意。表嫂还不甘心，说：爸，要不您再考虑一下？这只是委托，还不一定能拍出去呢。没什么可纠结的，您这么多画都拿出来了，还舍不得这一张吗？严老哼了一声：是啊，我这么多画都拿出来了，你们还惦记这一幅吗？表嫂脸色越来越难看，还想说什么，被表哥拽了一下。

仲天麒觉得不适合再待下去了，于是跟严老告辞。严老并不挽留，但执意送他出了门。

严先生、表哥陪着仲天麒往外走。仲天麒回头望去，看见严老扶着玻璃门向他挥手。此时微风吹过，院子里的芭蕉树轻轻晃动，两片芭蕉叶挡住了老人的身影。仲天麒有些怅然，是因为没有拿到《双骥图》吗？好像是，又好像不是。遗憾是有的，但结识了这样一位老人，也足够抵消这一点点的遗憾了。

22

很多时候，孟晓白想，如果没有蒋凤仪，她对仲天麒会不会爱得更容易一些。答案是不确定的。人在拒绝一件事情的时候，总是习惯为自己找个理由，而拒绝仲天麒，她的理由是蒋凤仪。这是一个冠冕堂皇的理由，甚至可以称作崇高，因为友谊是可以拿出来放在台面上说话的，这是一个高尚的盖子。而盖子下面呢？孟晓白扪心自问，盖子下面的理由只有她自己清楚，但这种"清楚"有时也是"糊涂"的，是想想就隐隐作痛，以至于干脆不思不想假装什么都没有的。夜深人静的时候，孟晓白打量自己的内心，如果让她像所有的适龄女青年一样，谈个男朋友，然后结婚、生子，她竟是有些抗拒的，这种抗拒有些孤傲，也是自我保护的。仲天麒的确很好，抛开蒋凤仪，她真的能发展这段恋情吗？如果发展了，她希望是有终点的，但她却没有这个自信和把握。人生若只如初见，何事秋风悲画扇？如果一切都能像刚刚开始般美好而淡然，没有熟悉之后的猜疑、怨恨、冷漠，那么她愿意开始，但生活告诉她，变化是永远的，悲剧一直躲在幕布之后，准备随时露出诡计多端的笑脸。所以，她宁愿不要开始。

今天妈妈打来电话，问中秋节怎么过。孟晓白这才想起，是啊，再有几天就是中秋了。她说：回来过。妈妈问：想吃什么？晓白说：你做的月饼。

晓白妈自制的手工月饼是孟晓白童年的美味，是用菜油和了面，包上花生粒、核桃粒、芝麻、白糖制成的馅，放在一个印着花的模子里，压一压，再取出，煎熟。孟晓白最爱吃月饼的皮儿，酥酥的，油油的，满口留香。记得刚上大一那年中秋过后，她从家里带了几个月饼到宿舍，很快被舍友瓜分一空，都说是她们吃过的最好吃的月饼，孟晓白也因此和舍友拉近了关系。这一两年晓白妈很少自己做月饼了，市场上的月饼品种越来越多，包装精美得令人遐想，口味多到泛滥，可孟晓白还是怀念妈妈做的手工月饼的味道。

孟晓白家的中秋有一个小小的仪式——献月亮爷。小时候住在厂里的平房，门前空旷，中秋的晚上月光如水，一地白银，草虫在低处鸣叫，强一声弱一声，自有它们的热闹。晓白妈把吃的东西准备好了，月饼、石榴、苹果，装在盘里端出门外，放在早已摆好的矮桌上。月光洒下来，好像一切都没了棱角，柔柔的，做梦一样。晓白妈说：让月亮爷先吃，然后晓白才可以吃。晓白妈双手合十，嘴里不知念着什么，一脸虔诚。等待的过程中孟晓白很兴奋，倒不是为了即将吃到嘴里的月饼，而是渐渐地就有邻居的小伙伴们围拢过来，和她一起"献月亮爷"。后来晓白家搬进了楼房，虽然看不见月亮了，但这个仪式却一直都有，只不过地点换作了阳台，晓白身边也没有了小伙伴。

中秋节前总有些关系要走，《艺界》杂志社让各部门报送礼名单，领导审批后就可以去领月饼。孟晓白实在想不出她有什么关系，她在工作中接触最多的是画家，但也只是基于采访的原因，并没有深交，她也不想深交。于是当马姐统计名单的时候，她说：我这儿没有。

马姐扑哧一声笑了，说：好像去年你也是这么说，年年没有，你以为你大公无私啊，你这叫没心眼子。孟晓白回了马姐一个微笑，说：真的没有，跟大公无私没关系。马姐说：你这孩子还真实诚，这么多年记者都白当了，谁像你一样，清水挂面，人都是越走越近，越近越亲，你不走动，可不是就没关系嘛。孟晓白说：我要关系干什么？有工作关系就可以了。马姐说：你要没工作了呢？别说姐没告诉你，工作关系是可以变成个人关系的，你看人家刚子，跟你一年来的，现在多活泛呀，人家就登记了十多号人，先别管通不通过，起码人家有这个心。你呀，什么都好，就是有时候对人太淡了，美院的刘院长、孙院长、冯老，不都是你的关系吗？亏你还在美院上过学。哦，用人家的时候就上赶着找，用完了就拜拜，哪有你这么干事的，也不知道你是傻还是单纯。你能永远在这个单位干下去吗？人不能光想眼前，也要为将来做打算，包括送月饼，又不用你自己买。中国是人情社会，你送跟不送就不一样，你要不送，别人就送了，冯老现在不就是人家老李的关系了，咱们干这一行，以后难免打交道，礼多人不怪，你懂不懂？

马姐自作主张地在单子上添了美院刘院长、孙院长几个人的名字，都是孟晓白之前采访过或打过交道的。孟晓白惊讶于马姐的记忆力，只好由她去，心里也是感激的。

给孙立得副院长送月饼是孟晓白自告奋勇要去的。她有一点私心，想着月饼可以通过蒋凤仪转送。于是给蒋凤仪发了短信，郑重其事地说，因为工作原因要找孙立得院长接洽。果然没过多久，蒋凤仪短信来了，让她等消息。下午快下班的时候，蒋凤仪打来电话，让她到美院附近的真味轩，孙院长在那里吃饭。蒋凤仪语气很官方，孟晓白透过电话几乎看到了那张熟悉的冷冷的脸，但她还是有了些许的振奋，她太想修复和蒋凤仪的关系了。

到了真味轩，包间里人还没到。孟晓白就等在外面，人来来往往的，她提着一盒月饼，觉得自己有点傻。大约二十分钟后，几个人往这里来了，孟晓白首先看到走在后面的蒋凤仪，她微微舒了口气。

孙立得走过孟晓白时看了她一眼，很不经意的，目光里觉不出熟悉或陌生。蒋凤仪跟上来说：这是我给您提到的《艺界》杂志的记者。孟晓白说：孙院长您好，我叫孟晓白，和凤仪是同学。说着将手里的月饼礼盒递给蒋凤仪。孙立得说：哦，我看过你们的杂志，谢谢。

说话间几个人已经进了包间。蒋凤仪对孟晓白说：不好意思，工作改天再谈好吗？显然是请她离开的架势。孟晓白正想着怎么接话，旁边一位胖胖的中年男人说：小姑娘一起吃吧，凤仪，这不是你的同学吗？孟晓白说：好啊。

她意识到自己答应得太快，于是又补了一句：如果方便的话。中年男子说：方便，有什么不方便的，都是自己人，是吧，院长。孙立得笑着说：雷总做东嘛，自然由你说了算。

蒋凤仪有些吃惊地看了看孟晓白，那眼神好像在说：这可不是你的风格，你什么时候对这种陌生的饭局感兴趣了。孟晓白对蒋凤仪微笑，那笑容里有一点讨好的意思。

饭桌上孟晓白比较矜持，她发现蒋凤仪很会活跃气氛。当然，在学校的时候她也很活跃，但那是学生的活跃，透着一股傻劲的，而现在是得体，拿捏到位，游刃有余。她在心里感叹：大大咧咧没心没肺的蒋凤仪真的不一样了，看着她忙来忙去张罗，孟晓白竟有点心疼。

蒋凤仪看起来特别高兴，酒也喝得痛快。这丫头啥时候变得这么能喝了，孟晓白暗想。看她敬了孙立得，又敬雷总，几杯下去，脸通红。孟晓白忍不住说：凤仪，少喝点儿。蒋凤仪看都没看她一眼，依旧喝酒，谈笑风生。那位雷总似乎和蒋凤仪很熟，俩人频频碰杯。雷总说：凤仪，别光顾着自己喝，跟你同学喝一杯嘛。孟晓白欠了欠身，说：不好意思，我不会喝酒的。蒋凤仪端直走过来，扶着孟晓白的肩膀，带点嗔怪地说：你什么时候变得喝不了酒了，在座的可都是我们的师长，不兴骗人的。一边给孟晓白倒酒，又说：我和晓白在大学时是最好的朋友呢，现在都叫闺蜜，是不是晓白？孟晓白笑了笑，没吭声。蒋凤仪说：我们一起敬各位老师一杯。雷总说：那不行，你们俩好闺蜜先干一杯，再敬大家不迟。蒋凤仪端着酒碰了碰孟晓白的杯子，说：为了我们的友谊，为了你为我做的一切，干杯。孟晓白站起来，感到耳根发热，"你为我做的一切"，这几个字被蒋凤仪狠狠地抛给她，像铅球一样重。

酒喝到阑珊处，雷总唤服务员倒茶。茶端来了，雷总说：这是什么茶？这还叫茶？又抱歉着没自己带茶来，以为车里有，去拿时却没了。大家说，雷总是做茶的，自然知道优劣，我们喝着也差不多。雷总说，那哪能一样呢，你看这茶，不是梗，就是屑，说是老茶，其实是边角料压的，没几片完整的叶子，喝不成的。大家给雷总竖大拇指，雷总得意起来，说：我就一卖茶叶的，学问比不得各位老师，就是经的事多一些，见的人也多。说到卖茶呀，我给大家讲个段子。有一回，一女的来我店里买茶叶，试了几道，拿不定主意，又抓了茶在手上挑挑拣拣，凑到鼻子上闻，我不耐烦，就问，你要粗一些还是细一些，那女的说，粗细都可以，不要屑就行。我说，保证不屑（泄）。

雷总讲完，脸色端得平静。孙立得先嘿嘿笑了，随即哄然。饭桌上就蒋凤仪和孟晓白两个女的，她俩不明就里，这算什么笑话？在座的一位戴老师大笑道：是是，粗细不碍，关键不要泄，不能泄！孟晓白一下子明白了，再看蒋凤仪，越发面若桃花。蒋凤仪说：雷总太坏了！雷总说：我说的都是实话，难道你们喜欢屑。又是一阵哄笑。

总算等到饭局结束，雷总说茶没喝好，请大家移步绿筠轩品茶赏月。孙立得说：我还有事，就不去了。雷总很遗憾，说：要不换个时间？孙立得说：你们继续，大家不要负了雷总的美意。雷总说：可以暂借一下孙院长的学生吗？孙立得笑说：我没问题，学生下课就不归导师管了，你得问本人的意见。雷总转向蒋凤仪和孟晓白，说：两位美女，赏光吗？几乎在同时，蒋凤仪说"好啊"，孟晓白说"不了"。

雷总问：小孟同学有事吗？孟晓白看了蒋凤仪一眼，说：没事。雷总说：那就一起嘛，凤仪，让你同学一起。蒋凤仪挽住孟晓白的胳膊，说：那是一定的，谁叫我们是最好的朋友呢。她把头靠过来贴着孟晓白的肩膀，酒气阵阵。孟晓白感到了她过度的亲热。

孟晓白跟着蒋凤仪和一位戴老师来到绿筠轩。四个人上了露台。今晚月明星稀，虽然还有几天到中秋，而月亮已然圆了大半。一张原木长条茶案摆在中央，上面茶具一应俱全。蒋凤仪拍手叫道：这里还有露台呀，我上次都没发现。孟晓白四下张望，露台空间开阔，墙角装有地灯，映在几盆绿竹上，发出昏暗的莹莹的光。天空云彩很薄，月光更显皎洁。

雷总兴致很高，说只喝茶太过寡淡，须来点音乐才好。于是进屋让人放了音响，露台的四个角落就传来叮叮当当的调子，像是琵琶，又像是古筝，回旋在夜空中久久不散。孟晓白却觉得这声音有点刺耳了，在一片寂静中显得不合时宜。人类自以为是的欢乐，却不知扰了月亮的清梦。

　　蒋凤仪突然说：这曲子有什么好听的，不如让晓白给我们唱首歌，她可是我们班的歌星呢。雷总和戴老师拍手叫好。孟晓白有点尴尬，怎么话题就转向自己了，她低头微笑，不置可否。雷总说：小孟同学难开金口，我们没福气听喽。孟晓白说：今晚的气氛适合喝茶聊天，不适合唱歌。蒋凤仪说：哪有这么多讲究，不想唱就说不想唱，别找借口了。孟晓白感到蒋凤仪语气里的敌意，但她相信别人是听不出来的。就像两个好朋友互相拌嘴，只能说明他们的亲昵，她多么希望蒋凤仪是因为她们之间的情谊而无所顾忌口无遮拦，而不是像现在这样，每一句话都长了刺。当对她偷袭成功时，蒋凤仪在一旁若无其事，露出胜利者的微笑。

　　蒋凤仪说：明月几时有，把酒问青天。我们虽然没酒，但可以借借古人的豪气嘛。雷总说：好！我就喜欢凤仪的豪气。戴老师说：哈哈，雷总，看来小蒋同学还没喝好，问你要酒呢。雷总说：没问题呀，我这儿有茶有酒，各位随意。说着就喊人拿酒。蒋凤仪拉了一下雷总的胳膊，说：还真拿啊，我就说说而已，不喝了，咱们以茶代酒，小孟同学不想唱，那我就唱一个。雷总、戴老师，你们可别嫌难听哦。

　　大家拍手。蒋凤仪唱：明月几时有，把酒问青天。不知天上宫阙，今夕是何年？我欲乘风归去，又恐琼楼玉宇，高处不胜寒。起舞弄清影，何似在人间……

　　蒋凤仪站起身，声音又高又飘，很投入的样子。雷总、戴老师也唱和起来。孟晓白听着听着，渐渐听出了异样。转朱阁，低绮户，照无眠。不应有恨，何事长向别时圆。怎么开始抖动了，似乎又在强力控制。人有悲欢离合，月有阴晴圆缺，此事古难全。但愿人长久，千里共婵娟。声音呜呜咽咽，几乎要哭出来了。孟晓白吓了一跳，赶忙拉蒋凤仪坐下。她看到蒋凤仪的泪水含在眼眶里，像月色中的湖泊一样闪着光。她的眼睛也湿了。

　　雷总不明就里，问：唱得好好的，怎么……蒋凤仪用手背抹了一下眼睛，说：可能刚喝了酒又吹风，这会儿有点不舒服。她眼睑低垂，鼻子吸溜着，真的像一个受了风寒的人。孟晓白递给她一张纸巾,她用力擤着鼻子,当她拿纸巾揩眼睛时,忍不住又哽咽起来。孟晓白说:雷总,凤仪不舒服,我们先走了。雷总要送她们,孟晓白执意不肯,说她打车送凤仪回家。看这个女孩坚决的样子,雷总只好作罢。

  孟晓白绑架似的把蒋凤仪拖上出租车。两个人在后排默默坐了好久,一言不发,连司机都感到了气氛的诡异。酒的后劲儿上来了,蒋凤仪感到胃里翻江倒海,差点吐到车上。司机嘟囔着停了车,蒋凤仪几乎是扑了下去,蹲在路边狂吐不止。孟晓白拍着她的背,说:谁让你喝这么多酒?明明知道自己不能喝的。蒋凤仪推开孟晓白的手,说:你管我?你管得着吗?她站起来,直直盯着孟晓白,眼泪喷薄而出。

  蒋凤仪说:孟晓白,这么多年我看错你了,你真厉害,我没想到你这么厉害。明修栈道,暗度陈仓,跟我玩阴的。你要喜欢仲天麒,你直说呗,干嘛装得跟圣女一样。你想看我笑话是吧,你是不是跟仲天麒说,蒋凤仪就是个大傻逼,自作多情,自以为是?我是傻,我把你当我最好的姐妹,我一腔热血,毫无隐瞒,什么都跟你说,你受了委屈我比你还着急,我热脸贴你们的冷屁股,我真是太贱了!

  孟晓白抓着蒋凤仪的手臂,心里像刀割一样疼。她想解释,她有很多话想说,但嗓子里只挤出几个字:不是的,不是的,你听我说凤仪。

  蒋凤仪说:你不用说,我知道你要说什么!你想说你这样做是为了保护我对吧,你们不想伤害我对吧?多么高尚啊!多么令人感动!孟晓白,你太不了解我了,我伤心的不是仲天麒喜欢你,而是隐瞒,对我来说这就是一种欺骗!你们俩都在我面前演戏,演得可真好,我真想给你们俩颁个奥斯卡奖杯。

  蒋凤仪大口喘气,浑身颤抖。孟晓白流着泪,在心里下了决心。她说:凤仪,我也不知道我是怎么了,总之我错了,我不该瞒着你。我跟仲天麒是不可能的,我已经决定跟他分手了。

  蒋凤仪神经质般地大笑:你是为了我吗?那我谢谢你。你不用做这个姿态的,你要分手是你的事,跟我没关系,我更不会感激你。对于仲天麒,请你转告他，我为我之前对他的打扰表示歉意。孟晓白说：好，和你没关系，反正我和仲天麒不可能在一起。凤仪，不管以前发生了什么，也不管谁对谁错，我们还是最好的姐妹，你能给我这个机会吗？蒋凤仪低头看地，缓缓地说：行了，我们以后各走各路，各安天命吧。

  蒋凤仪步履蹒跚，头也不回地上了车。孟晓白站在原地，看着那辆车消失在夜色中。寒意袭来，已经是仲秋了。

23

  这是仲天麒在新加坡的第四天。他就像一个普通游客,被严先生、吴先生带着去了圣淘沙、鱼尾狮、滨海艺术中心。因为心里惦记着画,他有些着急,并不想逛什么景点,但对方盛情难却,说来了一趟总要游览一下的。他只好由着严先生安排,其间几次催促,问什么时候能看看严先生朋友的收藏。严先生总说,不急不急。

  晚上吃过饭,吴先生开车,在一个巷口前停下。三人下车步行,很快来到一座青石木顶的建筑前,走进去却是一间画廊。画廊里油画居多,也有几幅很有当代意识的水墨山水,都是仲天麒不熟悉的名字,应该是新加坡本地画家的作品。一位穿着黑色长裙的女子迎上来,打眼一看有些面熟。仲天麒想起来了,是他在新加坡第一晚一起吃饭的朱小姐。朱小姐满面含春,说:又见面了,仲先生。她伸开手臂,像是要拥抱的样子,但很快在胸前合拢,拍了一个轻快的巴掌。

  严表嫂从里屋出来,说:仲先生再不过来,Judy可要去找喽。朱小姐说:是呀,我是要亲自去请仲先生的,可是仲先生太忙了,恐怕顾不上我这里。仲天麒说:朱小姐说笑了,我倒是想早点来您这里,只是客随主便,我要听严大哥的安排。朱小姐轻轻哼了一声，说：严哥不够意思，要不是我今天特别打电话邀请，恐怕仲先生都回去了你也想不起来我。严先生嘿嘿笑着，说：Judy说话越来越厉害了，表嫂，我看在你之上。表嫂说：那是当然啦，我在家说话不算数的，你也看到了。

　　大家一笑。朱小姐将大门从内锁上，遂引着几人进了里间。这是一间小小的会客室，灯光柔和，三张粉紫相间花色的沙发围拢在一起，透着闺阁的脂粉气。仲天麒首先被墙上的一幅字吸引了，是傅儒的楷书。他上大学时临过一段时间傅儒的字，那笔力间挥洒的气度和俊逸，他再熟悉不过了。字是真好，但……仲天麒不由得皱了一下眉头，这幅字与整个房间的氛围极其不搭，像是随意挂上去的。仲天麒的审美强迫症又犯了，他不能容忍这种不伦不类，恨不得立即将它摘下来。朱小姐看仲天麒对着字发呆，便说：我就知道，仲先生一定喜欢的。仲天麒问：为什么挂这幅字？朱小姐说：怎么？不好吗？仲天麒说：字很好，就是挂在这里有问题。看朱小姐一副不解的表情，仲天麒又说：傅儒的字笔意高古，适合挂在中式书房，而您这里……仲天麒笑了笑，没有说下去。朱小姐脸上泛起红晕，有点娇嗔地说：人家不懂嘛，仲先生教我。

　　吴先生说：Judy的画廊一直经营油画，中国画是近来才开始关注的，不知者不怪。我有几幅画在Judy这儿放着，仲先生有兴趣吗？仲天麒说：太有兴趣了。朱小姐说：哎呀，真不巧呢！早上程总过来说有一家上海的拍卖公司要看画，他取走了几幅，不知现在怎么样呢。吴先生说：还没送回来吗？程总这个人呀，他不知道仲先生在等吗？你马上给程总打电话，让他立刻过来。说话间吴先生费力地欠了欠身，白胖的穿着粉色T恤的身体继而陷在沙发里，与粉紫花色融为一体，画面颇显滑稽。他对仲天麒说：不好意思，您要再等等了，最近到了征集季，国内的拍卖公司都过来淘宝，连日本人也来了。仲天麒笑了笑，表示理解。

　　朱小姐已经拨通了程总的电话：程总，你在哪里呀？我们都在画廊，仲先生也在。What？谈好了吗？要签合同。表嫂急忙插话：让程总先别签。总要有个先来后到嘛，仲先生还没看。让他快点过来！仲天麒有些紧张了，心里怦怦直跳。他听朱小姐继续对着电话说：好啦，我们等你过来。对，黄宾虹的、吴昌硕的，还有任伯年，都拿回来呀。What? 徐悲鸿的已经签了。哎呀，吴总不高兴了，脸色很难看，快点啦。朱小姐边说边对吴总挤了一下眼睛，表情妩媚。

房间冷气充足，仲天麒却觉得手心出汗了。徐悲鸿、黄宾虹、吴昌硕、任伯年，每个名字都足以让人兴奋。他把手掌贴在沙发上微微摩挲，极力压制内心的激动。朱小姐放下电话，说：他马上过来，可惜那张徐悲鸿的已经委托给别人了。

表嫂端上煮好的咖啡，几人边喝边等。大约半小时后，程先生来了，先是连连致歉，又说大家都是朋友，画给谁不给谁都要得罪人的。表嫂当即拉下脸说：不是已经说好了吗？仲先生这么远来了，难不成让人家空手回去呀，徐悲鸿的画落了空，我们已经很不好意思了。程先生面露难色，说：上海的拍卖市场总归好一些。仲天麒说：原来程先生担心这个呀。我们的拍卖公司虽然在长平，但业务不限于长平，今年还打算在北京拍一场，我这次来新加坡就是为北京拍卖会征集作品。其实作品委托给谁都没关系，还是在这个圈子流转嘛，我看重的是能亲眼看到好作品，即便拿不走，画已经在心里了，这个是谁也夺不去的，您说是吗？拍卖什么的先放在一边，我们先看画吧。朱小姐盯着仲天麒，柔声说：仲先生好有情怀。

程先生将画筒里的画取出，先是黄宾虹的一幅写生山水。仲天麒是学人物画出身，对山水画研究不多，记得上学时看过《黄宾虹画语录》，很为先生的学识见解倾倒。此画笔法疏淡清逸，像是黄宾虹早期的作品。仲天麒又看了款识、钤印、纸张，没有发现什么露怯之处。但他也不敢轻下判断，只默默把画放在一边。接下来的两幅仲天麒很有自信，一幅是任伯年，一幅是高其佩，都是人物画。任伯年的"高士"题材在拍卖会上比较常见，也是最受欢迎的作品，仲天麒曾一度迷恋任伯年的线条，临过不少。此《芭蕉高士》造型精准，用线刚柔相济，正是收藏行话里的"大开门"。

看仲天麒面露喜色，程先生说：这幅有著录的，曾是我们新加坡大藏家杨启霖先生的藏品。一边说一边指着画心上方的收藏印。仲天麒仔细辨认,"袖海楼",对,袖海楼,正是杨启霖的堂号。朱小姐拿着一册书,黑蝴蝶般飞到仲天麒身边,翻开其中一页,说:就是这幅。果然,画册上的《芭蕉高士》与眼前这幅毫无二致。仲天麒暗暗欢喜。

另一幅为高其佩的人物画,显然年代过久,画面发黄变脆,有的地方已经破损,但画上的题款清晰可辨:铁岭高其佩指头画。虽然品相一般,但高其佩作为指画开山鼻祖,他的作品也是很有吸引力的。

第四幅,吴昌硕的《桃实图》。书画市场上吴昌硕的伪作层出不穷,仲天麒多加了几分小心。画中果实红艳、枝叶浓黑,典型的吴昌硕风格。右下草书自题:灼灼桃之华,赪颜如中酒,一开三千年,结实大于斗。乙卯冬吴昌硕。仲天麒心中有一丝疑虑,遂说道,吴老的"桃实图"多是为人祝寿所作,没有上款的倒比较少见。程先生哈哈一笑,说:天麒老弟真是见多识广,什么都瞒不了你。说实话,这画是我几年前从日本收来的,据卖家说,之前这幅画是有上款的,但不知道在谁的手里将题赠的名字挖掉了,我也没见过最初的原作。这幅是后来重新托裱的,画你放心,绝对没有问题。

朱小姐惊讶道:为什么要将名字挖掉呢?这不是将画毁了吗?吴总挪了一下屁股,清了清嗓子,说:这个有各种原因,有的卖家不希望别人知道画是自己的,另外,一般认为没有上款人的作品更好出手。我还听说过一种作假的方法,拆旧配新、以伪配真,一张画可能变成两张,甚至三张。仲先生应该是了解的。朱小姐张了嘴巴说:Oh my god,好吓人!吴总说:还有更吓人的。我一位朋友,前几年在北京买了一幅吴昌硕的,花了五百美元,当然是赝品。据他说是一个仿吴派的高手画的,身份是某艺术学院的研究生。后来他将这幅画送人。有趣的是,一年之后,这幅"名作"出现在了某拍卖会上,居然拍出了二十多万人民币,你说吓不吓人。

严先生叹一口气,说:现在作伪的手段越来越高明,没有做不到,只有想不到呀。现在哪个拍卖会没拍过赝品,你买了假货,只能说明眼力不济,自认倒霉吧,想追责拍卖公司是不可能的。朱小姐说:看来拍卖公司比画廊更好赚呀！仲先生是吗？仲天麒无奈地笑了笑，说：这种钱不挣也罢。朱小姐瞪大眼睛，叫了一声：Why？为什么不呢？据我了解，好像中国并没有法律明文规定拍卖公司要对真伪负责，而且有的作品真伪根本无从判断的呀。仲天麒说：的确没有，但不是还有良心吗？不知假拍假是水平问题，知假拍假那就是道德问题了。短期看是获得了一些利益，长远说却毁了拍卖行业的诚信，会让大家对这个行业失去信心的，以后没人玩了，岂不是更大的损失。

表嫂过来给每个人添了咖啡，一边说：哎呀！你们就别谈这么严肃的话题了好不好，这几张画仲先生也看了，没什么问题就把合同签了吧，你说呢吴总？吴总说：我当然没问题啦，严兄介绍的人我信得过，这几幅也不全是我的，还要看程总的意思。程总有些犹豫地说：本来把画都签给仲先生也没什么问题，但现在上海这家公司找我，都是朋友，我总要平衡一下。朱小姐说：您不是已经平衡过了吗？"徐悲鸿"您都委托给人家了，还不算平衡呀。程总正要接话，表嫂却抢着说：是啊，本来我们那张徐悲鸿的是要委托给仲先生的，谁知我家老爷子临时变了卦，我已经很不好意思了，仲先生来新加坡一趟，怎么能让人家不签一两张大作品就回去的道理呢？况且我们不是一次合作，以后要常来常往的，仲先生是可交的人，价格、佣金方面是不会让我们吃亏的。朱小姐说：不管你们怎么样，我的画廊是一定要跟仲先生合作的，大家一起发财多好。严先生笑着说：还是仲先生有魅力呀，让我家表嫂和Judy两位女士如此青睐，我都有点嫉妒了。

大家都笑起来。仲天麒对今晚的成果很满意，最终他签了吴昌硕、任伯年、高其佩三件作品。那张黄宾虹，他只拍了照片，说自己不好把握，等回去再看看。其实，他的确看出了点问题，但又不好明说。他也知道这个圈子的规矩，对别人的收藏不做负面评价，心知肚明就好。这幅画与黄宾虹的笔法很像，乍一看没什么问题，但他总觉得有什么地方不对劲。回到酒店，他终于想起来了，《黄宾虹画语录》里说，"作画最忌描、涂、抹。描，笔无起伏收尾，也无一波三折；涂，是仅见其墨，不见其有笔，即墨中无笔也；抹，横拖直拉，非人用笔，是人被笔所用"。而这幅山水写生本是即兴之作，却似乎少了一点偶然和随性，正如黄宾虹所厌弃的"人被笔所用"。虽然画者水平很高，但还是过于用力了。仲天麒相信自己的直觉，看画的时候程总一直追问，他只好说"画有点新"，这是给对方留面子的说法。程总倒没有在意，反而说可以委托给别的拍卖公司了。仲天麒只好笑笑，无话。

离开新加坡的前一天，仲天麒想去和严老先生道别，却听严先生说老人身体不适，正在疗养，不方便见客。仲天麒只好作罢。没想到晚间严先生和表嫂到酒店找他，竟拿来了那幅徐悲鸿的《双骥图》。

仲天麒又惊又喜，几乎不敢相信自己的眼睛，但这幅画明明白白摆在眼前，正是他在严老先生家看到的《双骥图》呀！严先生说：这都是表哥表嫂的功劳，终于将我大伯说通了。表嫂说：哪里是我的功劳啊，说到底还是仲先生跟这画有缘分，虽然你和我家公公只见过一面，但他老人家对你印象特别好，我一说你没拿到什么大作品，老人家也有些内疚呢。

仲天麒心里不安起来，征集作品本就是你情我愿的事，现在倒有点强求人家的感觉。于是说：真是不好意思，严老先生对这幅画这么看重，我怎么好夺人所爱呢。表嫂说：没有啦，他要不愿意，谁能强迫得了他，况且也不一定能拍出去呢，就算是给仲先生撑一下场子，底价佣金方面你可要优待我们哦。仲天麒连连致谢。遂签合同，皆大欢喜。

送走了严先生和表嫂，仲天麒长长舒了口气。想着明天就要回国，他有些兴奋，对了，行李箱中有从国内带来的碧螺春，这几天一直为征集的事忙碌，竟没有喝过一回。他取出茶叶和随身携带的粗陶杯，颇有兴致地给自己泡了一杯茶，坐在靠窗的沙发上，细细品味。这趟新加坡之行总算有所斩获，昨天给邓骁打电话，这家伙乐疯了，说北京的拍卖会有这几幅压阵，大事可成。这么想着，仲天麒忍不住又将那几幅画展开，喝一口茶，再看一会儿画，心里惬意无比。他突然想起父亲，在他的印象中，父亲就是这样，常常在书房一边喝茶一边赏画，一待就是一整天。现在，他终于明白了，这种时刻对收藏者来说真是莫大的幸福。

仲天麒刚出机场大厅,就听见有人叫他的名字。是邓骁,旁边还陪着卢明慧,手中一大捧红玫瑰很是夺目。

邓骁迎上来,给了仲天麒一个大大的拥抱。卢明慧在一旁说:辛苦了,天麒。一边献上花。仲天麒直乐,说:邓骁你可真会整景儿,又是美女又是鲜花的,我可受不起。邓骁说:你太受得起了,卢总可是不轻易来机场接人的,这回是她主动要求,还有这花,红玫瑰,什么时候给我送过啊,你面子比我大。卢明慧捏了一把邓骁的脸,说:就你会贫,人家天麒是功臣,你是吗?邓骁把嘴一撇,说:我不是功臣,我是老板呀,再大的功臣也要听老板的,包括你。卢明慧作势要打,邓骁一闪,搂着仲天麒的肩膀快步朝前走去。仲天麒觉得这俩人真有意思,本来邓骁就挺强势,没想到遇上个卢明慧比他更强势,真乃一物降一物。

邓骁说:先送天麒回家,仲伯父仲伯母都等着呢,接风酒我们明天再喝。仲天麒此时却有另外的想法。在新加坡时他满脑子都是征集作品,现在回来了,把画交给邓骁,他一下子放松下来,第一个念头就是孟晓白怎么样?她一直没有回短信,一定还在生他的气。仲天麒想,这会儿她应该还没有下班,要不要直接去杂志社找她。他知道这有点幼稚，却抑制不住想见她的冲动，思念的河流一旦决堤，挡也挡不住。仲天麒不好意思告诉邓骁他的想法，打算先回家放行李，然后就去找孟晓白。那捧玫瑰花歪倒在座位上，甜丝丝的香味在车里缓缓流淌，颜色愈发浓郁动人。孟晓白才配这样的花，仲天麒心里一暖，嘴角不知不觉地荡出笑意。

其实仲天麒不知道，在邓骁和卢明慧的计划中，这捧红玫瑰应该经由孟晓白的手献给仲天麒。

几个小时前，邓骁有了一个大胆的想法。他一直为那天的事自责，虽是无心之举，但在结果上确实导致了一场误会。邓骁知道仲天麒用情很深，他想做点什么来修补这二人的关系。他没有见过孟晓白，只听仲天麒说过，这个女孩在《艺界》杂志社工作。于是，他和卢明慧找到孟晓白，并试图说服她，和他们一道去机场接仲天麒。邓骁甚至已经买好了花，他对自己的口才很有信心，女孩子嘛，总要扭捏一下，只要让她感受到足够的爱，没有什么问题是解决不了的。邓骁是行动派，他要给仲天麒一个大大的惊喜。

当然，我们已经知道了，孟晓白并没有被说服。当邓骁和卢明慧从杂志社出来，卢明慧远远地对着她的高尔夫摁了一下手中的钥匙，汽车发出一声古怪的鸣叫。卢明慧说，这姑娘可真拽。

孟晓白不是拽，而是已经打定了主意，不再和仲天麒见面。她态度冷淡，言辞谨慎，不管邓骁怎么说，她在心里一再告诫自己：狠下心来，你才能获得解脱。

从窗口看到邓骁和卢明慧走出大门，孟晓白鼻子酸酸的。翻到仲天麒发给她的短信，怔怔地看了一会儿，手指一点，删了。

明天就是中秋了，孟晓白答应妈妈回家过节。她无心写稿，眼睛盯着办公室墙上那面老旧的钟表，秒针走得很快，一圈又一圈，孟晓白脑子里想的却是，仲天麒应该已经到家了吧。她摇了摇头，似乎要将这个念头甩出去，但"仲天麒"三个字顽固地盘桓着，像一株老树，根已经深深地扎进孟晓白的土地里。

正胡思乱想，马姐悄无声息地来到她身后，说：晓白，下班别走，部门聚会。马姐最近心情不错，听说她女儿谈了一个男朋友，是公务员，家庭条件没得说。马姐不止一次在办公室炫耀，她身上穿的这件风衣，是未来女婿给买的呢。

看孟晓白有些犹豫，马姐强调，席主任说了，部门难得吃饭，不能请假。孟晓白说：我跟我妈说好了，今天要回家的。马姐说：你明天不能回呀，反正我负责传话，通知到你了，你要请假的话跟席主任说去。说罢露出狡黠的一笑，又说：集体活动还是要参加的，人家老李都没请假，知道了吧。

下了班，孟晓白和马姐搭刚子的车，刚出大门，一辆灰色轿车从对面驶过。孟晓白一激灵，她看到了什么？是真的吗？难道是她的幻觉。她扭头透过后车窗张望，那辆车果然开进了杂志社的大门。孟晓白心头一热，眼泪差点掉下来，她知道，那是仲天麒的车。

这顿饭孟晓白吃得一点滋味也没有，她心神不宁，如坐针毡。手机里有两个未接电话，是仲天麒打来的，孟晓白在接与不接的纠结中错过了。他会找到这里来吗？如果他来了她要怎么办？不见，不能见！就此分手吧。孟晓白真想找个没人的地方大哭一场。饭桌上觥筹交错，有人跟她干杯她就喝，有人向她举杯她也喝，白酒、红酒、可乐，孟晓白不知道喝了多少，她想自己怎么不醉呢？她听见刚子说，晓白真人不露相，原来这么能喝啊。她听见席主任说，小孟真是个好姑娘，从喝酒就能看出来，实诚，不装。"好姑娘"三个字深深触动了孟晓白，她想起那个飘着桂花香的小镇的夜晚，这三个字带给她多么大的感动和自信啊！这三个字又让她陷入多么深的噩梦啊！孟晓白感觉五脏六腑像着了火，她站起来往洗手间走，头有些眩晕，脚底下却尽力稳着步子。不能失态，不能失态，她孟晓白什么时候在人前失过态呀，哈哈，席主任说她不装，其实她是最能装的人，装强大，装完美，真可笑啊！孟晓白看着镜子里的自己，模糊而陌生，眼泪滴在洗手池里，没有一丝痕迹。

孟晓白是被刚子送回家的。她脑子很清醒，她在洗手间待了很长时间，马姐过来找她，说就要散了你怎么还在这儿，你今天是开了戒了，喝这么多，平常可真没看出来。孟晓白脸上挂着笑,眼泪却流下来。马姐说,难受了吧?一边扶着她出了门。上了刚子的车,孟晓白还从容地向马姐挥手,并对刚子表示谢意。到了小区楼下,刚子要送她上去,她执意不肯,刚子问:你能行吗?孟晓白说:能行。说着就要上楼,脚下却是飘的,像踩在棉花里。她身子不由得一倒,从黑暗中突然窜出来一个人影,将她牢牢接在怀里。

孟晓白一下子瘫软下来,她想了那么多种决绝的方式,此刻仲天麒就在身边,她却不知道怎么办了。她听见仲天麒对刚子说,麻烦你了,我是她男朋友。刚子诧异地看着孟晓白,想从她那里得到一个确认。

酒精开始发挥它的威力,孟晓白很想集中精神应对眼前的场面,却越来越听不清他们在说什么。她用力推开身边的人,仲天麒也罢,刚子也罢,都快离开她!这是出于一种本能,一种自我保护的本能。潜意识里她认为一个人是安全的,她不需要帮助,她可以一个人走,只要回到家,把一切都关在门外,她就安全了。眩晕中她被人抱起,一个声音从遥远的地方飘来,还没到耳边就被黑夜吞没。晓白,你别逞强了。那个声音说,晓白,你别逞强了。

不知过了多久,孟晓白终于从梦中挣脱,耳朵凉飕飕的,是泪水流进耳轮,将枕头浸湿了一大片。那个梦又来了,她被一团模糊的黑影压着,想喊喊不出,想哭哭不出,泪水无声地流淌,她喘不上气,感觉自己要死了,心里恐惧至极。好像有人呼唤她的名字,晓白,晓白……她拼命挣扎着,她要醒来,醒来!

一切都安静了。孟晓白感到一只手正在拭去她脸上的泪痕。她歪过头,看到仲天麒亮晶晶的眼睛。孟晓白忽地坐起来,警惕地问:你怎么在这里?她把自己武装得太快了,语气生硬得有点做作。仲天麒说:你做噩梦了。一只手在她脸上抚摸。孟晓白躲开他的手,又问:现在几点了?仲天麒说:2点多,你一回来就睡了,怎么喝这么多酒。孟晓白说:我没事了,你可以走了。仲天麒说:这么晚你让我去哪儿啊,再说我走了也不放心。孟晓白说:我很好,你有什么不放心的?仲天麒端来一杯水递给她,说:我怕你躲着不见我,发短信不回,打电话也不接,我得看着你,知道吗?孟晓白不言,默默喝水。她感到自己筑起来的堤防正在一点一点地溃败。胃里的酒突然反上来，她捂着嘴顾不上穿鞋就往卫生间跑，回身快速将门反锁上，把紧跟上来的仲天麒挡在门外。

孟晓白一通呕吐，翻肠倒胃。仲天麒敲门说：没事吧？快开门让我进来。孟晓白说：我已经好了，你赶紧走吧。仲天麒说：行，你出来，我看你躺到床上我就走。里面沉默了几分钟，门打开了。仲天麒上前紧紧拥住孟晓白，喃喃着：别再拒绝我了晓白，我们在一起吧，你什么都不用担心，我们之间没有任何障碍，你只要知道，我爱你，我真的爱你……他吻着她，小心翼翼的，无比怜惜的，让她有些迷醉了。

孟晓白被抱起来。终于要发生了吗？她抖得不能自已。仲天麒也在抖，身体像着了火，火苗从指尖窜出来，触到哪里，哪里便化了。唯独纽扣坚固，像一排站岗的哨兵。他低吼一声，有些气急败坏。孟晓白抓住这双手，拼命摇头，不行……不行！身子却像被施了魔法，动弹不得。孟晓白虚弱的反抗似乎给了仲天麒更大的鼓舞，他要她！他要住在她的身体里！他要住在她的心里！

当孟晓白真切感受到了一个男人探索的手，一瞬间如电光火石，她觉得这个画面如此熟悉，那令她恐惧的、羞耻的、无助的感觉又一次围剿了她。这是噩梦！是深渊！她要逃离，必须逃离！不行！孟晓白大喊。她双手乱打，双脚乱蹬，竟把仲天麒蹬到了床下。

仲天麒愣了，坐在地上半天没起来。他苦笑着摇摇头，刚才迸发的如虎狼一样的热情瞬间被浇灭。好，好，对不起。仲天麒说，我不动你。孟晓白不知所措，她抱着双膝靠墙坐着，把头深埋下去无声地哭泣。

仲天麒显得很疲惫。他退到书桌旁的椅子上坐下来，看着孟晓白颤抖的肩膀，又心疼又憋闷。他说：你睡吧，我不会打扰你的。

孟晓白累了，她侧身躺下来，手指触到墙壁，微凉。她闭上眼睛，感觉到背后仲天麒凝视的目光。夜真静，她的呼吸很轻，也许过了一小时，也许是两小时，孟晓白恍惚间觉得仲天麒走了。他轻轻开了门，又轻轻带上，脚步渐渐消失在楼道里。

孟晓白是被妈妈的电话叫醒的。妈妈一顿劈头盖脸：你在哪里呀？你看看几点了,怎么还不回来?我饭都做好了。孟晓白一看表,果然已经快12点了。她答应着:就回来了,你们先吃,别等我。放下电话,却没有马上起床,而是靠在床头上,望着惨白的天花板发呆。房间一切照旧,除了她空无一人,昨晚真的发生过什么吗?她有点怀疑自己的记忆。

刚出楼道,一阵汽车鸣笛声急切地响起来。孟晓白自顾自往前走,嘀嘀,嘀嘀,又一阵鸣笛声。是叫我吗?孟晓白转过身去,看到仲天麒打开车门下来了,手里捧着一束玫瑰花。

孟晓白怔在那里。仲天麒已经走到她面前,满脸倦容,军绿色外套皱巴巴的。孟晓白心里一疼,问:你是……刚过来还是昨晚没走?她有些闪躲地看着仲天麒,其实心里已经知道答案了,他一定是在车里将就了一夜。仲天麒没有回答,把花塞给她,问道:你睡得好吗?孟晓白点点头。仲天麒又问:你回家吗?孟晓白点头。——我送你。仲天麒不由分说,转身往车跟前走,扭头看孟晓白站着不动,他咧嘴一笑:你别老是一副宁死不屈的样子好不好,走吧,送了你我好回家睡觉啊。孟晓白没绷住,脸上终于有了笑意。

25

这个中秋节,仲天麒成了家里的众矢之的。妈妈和两个姐姐,三个女人对他意见很大。首先,他从新加坡回来,刚到家放下行李就出去了,出去也就罢了,竟然一夜未归。再者,消失一夜之后回家蒙头就睡,没有任何解释。其他时间也就罢了,关键今天是中秋节呀,一大家子人等着他吃饭。天麒妈真想把儿子从床上拽起来,但看他累成这样又不忍心。二姐在一旁煽风点火:你就惯着他吧,看你儿子要睡到什么时候。大姐低头沉思,突然一拍大腿,说:妈,小麒不是有女朋友了吧?

天麒妈精神为之一振,是啊,怎么没想到呢?种种迹象表明,儿子谈恋爱了呀。这样想着,她有一点兴奋,也有一点紧张,兴奋的是儿子终于开窍了,紧张的是这孩子会给她领来一个什么样的儿媳妇呢。母女三人热烈讨论着,仲青田倒不以为然,他关心的是儿子此行新加坡有没有收获,毕竟这是儿子第一次独立承担这么重要的工作。

快到晚饭时间,仲天麒终于睡醒了。下了楼看到母亲和姐姐正在客厅聊天,仲天麒自知理亏,有些讨好似的挨着母亲坐下来。母亲先是板着脸,但很快被仲天麒的一声"妈"给化解了,两个姐姐在一旁直啧啧,表情甚是古怪。

仲母问：你给妈说实话，你是不是有女朋友了？仲天麒吃了一惊，心想她老人家还真是火眼金睛，什么都瞒不了她。于是说：八字还没一撇儿呢。仲母又问：这么说有喜欢的人了？仲天麒说：算是吧。

什么叫算是吧？那女孩是哪儿的呀？二姐坐不住了。

仲天麒挺不好意思，在他印象里，似乎还没有这么正式地在家里三个女人面前说女朋友的事，他嗫嚅着说：算是……就是那女孩还没有答应我。

什么？敢情你是单相思啊！二姐揶揄他，我们家仲大少爷也有搞不定的人啊。我还真挺好奇的，什么时候领回来让姐见一下。

仲母的表情明显变得严肃了，在她心里，只有配不上她儿子的女孩，哪儿还有看不上她儿子的人呐。她立即有了一系列的问题：这女孩是干什么的？她家里是干什么的？她哪里人？什么学校毕业？长得怎么样？仲天麒头大了，悔不该告诉妈妈这件事，只好说，你们都别问了，到时候我自会带回来给你们看的。仲母免不了一番交代，什么看人要先看家庭呀，长相重要心性更重要呀，最好门户相当呀，等等。大姐二姐在一旁适时补充，查缺补漏。

这样的场景仲天麒太熟悉了。从小他就被家里三个女人教导着，预习生活的种种经验，父亲在这方面几乎是缺席的。他和两个姐姐很亲，总喜欢跟在她们屁股后面玩，有意思的是只要他哭了，妈妈一定教训的是两个姐姐。为此姐姐们对他既爱又恨，并深刻地认为这个弟弟是来跟她俩抢夺父母的爱的。当然，那都是小时候的故事了，现在常常被当笑话讲。

一个小丫头风一样地跑过来，这是大姐的女儿小鹿。仲天麒特别喜欢这个外甥女，小丫头在他跟前放肆得很，一边质问舅舅为什么没给她买礼物，一边拉着舅舅去外面的院子。这正合仲天麒的心意——终于可以摆脱家里三个女人的围攻了。

这个中秋夜没有月亮，云彩很厚，只在云的缝隙中依稀可见月光。仲天麒牵着小鹿，在院子里走了一圈。小鹿叽叽喳喳说个不停，他嘴上回应着，脑子里却是昨晚的情景，孟晓白激烈的抗拒让他灰心——她不爱我吗？她讨厌我的亲近吗？中午送孟晓白回家，他的车并没有开到孟晓白家楼下，因为晓白让他停车,他看着她渐渐走远,没有回头。这个女孩的执拗让他无可奈何,顺其自然吧,他这样安慰自己。他原本是骄傲的,一种男人的自尊让他克制住了想说的话,任凭她下车走了。那束玫瑰花还留在车内,有一瞬间仲天麒真想把花儿扔出去,但最后只在车里号了几声,拳头砸在方向盘上,梆梆响。

孟晓白刚上QQ,就看到消息提醒一闪一闪的。打开对话框,刚子发来一朵玫瑰。

刚子说:有男朋友了也不知会一声,害得我还惦记你。

孟晓白回了一个问号。

刚子说:坦白从宽,我可看见了啊,还装。

孟晓白回:普通朋友。

刚子说:普通朋友这么晚在你家楼下啊?看那家伙的样子,恨不得打我一顿呢。

孟晓白回:随你怎么想吧。又跟了一个笑脸。

刚子说:你那天喝得有点多,我是坚决要送你到家门口的,可你男朋友说不用,他一个人可以。我想着人家男朋友在,你担心什么。

孟晓白回:那你就走了?

刚子说:我不走咋办?紧跟着发了一个坏笑,你没出啥事吧?

孟晓白回:我能出啥事?你想多了。

刚子说:那我就放心了。

孟晓白发了个再见的表情,她挺了挺身子,振作精神准备干活。刚敲了几个字,马姐溜达过来,关切地问:看你脸色不好,没事吧?孟晓白说:没事。马姐压低声音,说:你那天走了之后,上演了一出全武行呢。——什么全武行?孟晓白不明白。——打起来了。马姐向四周瞅了瞅,说:席和李,你肯定想不到。

孟晓白确实没想到,这两个人怎么会打起来呢?她一脸疑惑。在马姐有声有色的描述中,孟晓白大致了解了那天的情况。还是因为喝酒。饭桌上席主任最大,部门的同事都挨个给他敬酒,唯独老李坐着不动。快结束的时候,席主任说,今天老李没喝好,他要特别敬老李一杯。老李说他最近正喝中药,不能喝酒。但席主任已经端着酒过来了,大家就劝老李意思一下。老李说,不好意思,那我就喝红的吧。席主任不答应,非要给老李倒白酒。这一推一搡之间,酒就洒出来了,湿了席主任一手。席主任脸上挂不住了,说老李你算哪根葱哪根蒜,充什么老大。老李当即把面前的酒倒了。席主任的手就上来了,当胸给了老李一拳,也可能是推。反正席主任是喝多了,脸红脖子粗的,但也可能是借酒撒疯。老李呢,倒没动手,一边躲一边骂:疯子,这个疯子。

讲到这里,马姐憋不住直笑:你是没看见呀,老席撒起酒疯来完全变了一个人,追着老李打,老李个蔫儿货,嘴上骂骂咧咧的,就知道躲。这阵势,我来社里这么多年还是第一次见呢。马姐难掩兴奋,一副看热闹不嫌事儿大的样子。

其实孟晓白已经感觉到席主任和老李之间有了芥蒂。尤其是这期做冯老的专题,席主任明确表示了对酒厂过度宣传的不满,孟晓白也照他的意思修改了稿子,但最后刊发的还是她之前的原稿。明显是老李经手,张总拍板的。大家都看得出来,老李和张总走得比较近,有些事甚至绕过席主任了。社里已经有了传闻,席主任的位子恐怕坐不稳了。

还有一些事孟晓白是无法理解的。比如席主任和老李,那晚的冲突似乎并没有对两个人造成什么影响,起码从表面上看,二人见面招呼照打,话照说,好像把所有的不愉快都屏蔽了一样。尤其是老李,作为被打者始终忍字当头,多少赢得了大家的一点同情。

这两天老李一直在跑冯老展览的事,有时候也会调用孟晓白帮忙,按理说席主任是她的直接上级,派活的话也该由席主任派。当孟晓白提醒老李要告知席主任一声时,老李总是说,张总会给老席说的,咱们这个项目直接对张总负责。孟晓白还能说什么呢?有时席主任开会有意无意间提到工作流程,她总是红了脸,好像这话是针对她似的。再看看老李,面色坦然,会后该干嘛干嘛。她想起马姐转述的老李评价她的一句话:这姑娘啥都好,就是太嫩。孟晓白哑然,以她二十六岁的年纪,还被人称"嫩",她到底是应该高兴还是悲哀。

仲天麒有一段时间没去师母家了。他不知道怎么跟师母解释，他曾承诺为师母收回那三幅"《牡丹亭》写意"，看来要食言了。

原来，仲天麒去新加坡不久，江西人就来公司取走了画。据邓骁说，当时他不在公司，是卢明慧接待的，那个江西人不打算拍卖了，手里又拿着收条，没理由不给人家。邓骁告诉仲天麒的时候满脸歉意，说他为此和卢明慧吵了一架，后来还想联系那个江西人，但苦于没有联系方式。仲天麒不好说什么，只恨自己当时没有早点出手买下来。电话打过去，江西人却说画已经卖了。仲天麒有些恼怒，你大爷的，有这么做生意的嘛！

最终还是与那几幅画失之交臂，仲天麒很遗憾，踌躇了许久才打电话告诉师母这个消息。韩梅先是沉默，然后说，你来家里一趟吧。

这次来仲天麒发现师母家有了一些变化，走廊的画不见了，留下一段空空的白墙。书房里多了一幅工笔重彩的莲花观音，观音像下方的条案上立一尊彩塑佛像，旁边的香炉里点了香，几缕青烟从细细的小孔中钻出来，形成没有规则的曲线。书房俨然成了佛堂。仲天麒不知道，师母是真的有了信仰还是为了寻求一种慰藉。

韩梅望着墙上的观音像，说自己很久不画工笔，手生了。又问天麒，你在拍卖公司上班，忙吗？平常还画吗？仲天麒说：最近忙，画得少了。韩梅说：你是杨老师最看重的学生，可别荒废了。仲天麒点头，心里却是愧疚的。自从进了拍卖公司，一直忙于征集的事，他几乎记不起上次动笔是什么时候了。韩梅拿出几本画集，说：这是杨老师最全的画集，印好的时候他已经走了，出版社送了几套，你拿去吧。仲天麒接过来，一页页翻过去，"《牡丹亭》写意"也收在其中，一时感慨万端。

仲天麒说：对不起啊韩老师，那几幅"《牡丹亭》写意"没收回来。韩梅微微一笑，转身出了书房，再进来时手里拿着一卷画。她递给仲天麒，说：打开看看。随着画幅展开，仲天麒瞪大了眼睛，啊！怎么回事？面前的画作正是那三幅"《牡丹亭》写意"！

韩老师，这画怎么到您这儿来了？难道还有一套，或者……是您买的？仲天麒抑制不住内心的激动，甚至比他在新加坡得到《双骥图》还要高兴。韩梅摇头说：我也没想到，这画跟我的缘分还没断，是杨老师的朋友给我送过来的。仲天麒问：哪位朋友？我认识吗？韩梅说：你不认识，他叫于淼，是我和杨老师的大学同学。仲天麒说：什么时候有机会让我也见见这位于老师，真要好好感谢他。韩梅说：他在浙江，平常很少来长平的，我都搞不清楚他是怎么得到这画的，问他他也不讲，就让我好好收着……韩梅顿了顿，眼睛停在画上，突然叹了一口气：唉，其实不用这么费心的，画在哪里又有什么关系呢？难道看在眼里才叫有，看不到就没有吗？或者说是你的就叫有，不是你的就是没有？都是执念罢了。

仲天麒默默听着，心里生出一丝伤感。他想到以前画佛教题材，总爱题上一句：菩提本无树，明镜亦非台。本来无一物，何处惹尘埃。那不过是故弄玄虚、故作高深的伎俩，谁也没工夫去深究诗里的真正含义，以至于这段偈语被用滥了，用俗了。现在他坐在杨老师的书房里，似乎捕捉到了一点什么东西，但又抓不住。就像面前香炉里袅袅上升的烟，转瞬消失在空气中，只留下淡淡的耐人寻味的味道。

胡丽君要结婚了！结婚的对象不是王鲁达，而是吴强！这真是个天大的消息。

孟晓白收到请柬的时候，以为自己看错了。她第一反应是给蒋凤仪打电话。凤仪是消息灵通人士，以前班里发生什么事总是她告诉孟晓白的，现在两个人关系疏远了，孟晓白感到自己像是被遗忘的人，越发地不闻窗外事了。

手已经拿起听筒，迟疑了一会儿还是放下了，转而拨打胡丽君的电话。胡丽君依然是娇滴滴的声调：哎哟，你们都问我这一个问题，为什么是吴强？感情的事哪儿那么容易说清楚呢。亲爱的，你只管祝福我们就好了。

婚宴当天，孟晓白早早来到酒店，发现同学们比她来得更早。大家都有一种莫名的兴奋，这可是我们班唯一成功的一对呀，而且是性格差异最大、完全不搭的两个人呀！他们是怎么走到一起的？年初同学聚会的时候还是王鲁达呢，也就半年多时间就改弦更张了，真够快的。在纷纷的议论中，孟晓白听到了几个版本，其中一个还相当曲折。

那是在五一，王鲁达组织自驾游去平遥，除了他的几个生意伙伴，吴强和两个同学也去了。玩到第二天，胡丽君在给家里打电话的时候意外得知，她妈妈不小心从楼梯上摔下来,受伤了。胡丽君当即就要回家,那时天色将晚,王鲁达让她别急,待个一两天再走,况且她妈妈摔得也不是很严重。但胡丽君不听,说她必须走,王鲁达就说那他走不了,还有客户在这儿呢。胡丽君说,我也没想着让你跟我一块走,你就跟你的客户玩吧。那晚,一行人住在平遥的四合院民宿里,几乎都听到了这两个人的争吵声。有人上来劝架,说不行你们就先回吧,来日方长,以后咱有的是机会玩。王鲁达说,没这话,说好的晚上请哥几个喝酒,哪能就这么散了呢,要走她走,咱们接着夜游。胡丽君骂:王鲁达,你个王八蛋!你以为我不敢一个人走呢。说着背上包就向外奔。王鲁达也不拦,反倒坐下来,两只手臂抱在胸前不停地晃荡。这时吴强说话了:我送她回去吧,你们继续玩。

据说那晚吴强开车一路狂奔,身边的胡丽君梨花带雨,回到长平已是半夜。医院的住院病区锁了门,吴强陪着胡丽君在走廊外一直守到天亮。几天后,王鲁达到处找胡丽君,胡丽君不见。有一个版本说,王鲁达最终在吴强的住处找到了胡丽君,而且还看见了一些不该看见的事。

一场关乎男人尊严的"架"不可避免。谁赢了,不知道。反正后来有人看到吴强的一个眼睛窝子青了,但身旁陪着胡丽君,依然一副千娇百媚的模样。

时间逼近12点,气氛更加热烈起来,大家似乎找到了兴奋的由头,那就是:王鲁达到底来不来?

音乐响起,宴会厅大门开启,胡丽君挽着父亲的胳膊缓缓入场,一袭低胸白色长裙曳地,光彩照人。吴强站得笔直,脸上露出庄重的神色,看得出来他有点紧张,当胡丽君的父亲把女儿的手交付在他手中的时候,主持人问:新郎,您不想对您的岳父大人说点什么吗?吴强憋了半天,说了声:谢谢。引得满堂笑声。胡丽君娇嗔地望了她的新郎一眼,随即向宾客挥手致意,大有母仪天下的风范。

婚礼按部就班地进行,并没有出现令人惊喜的环节,但孟晓白却不时湿了眼眶。也许是现场温馨的气氛,也许是同窗四年的情谊,也许是这段有些狗血却应该被祝福的爱情,也许是她想起了自己……

婚宴结束了，客人们陆续离开，唯有同学这一桌闹得不亦乐乎。胡丽君和吴强也放松下来，大家开始逼问：吴强啊吴强，你这么不动声色就把咱们狐妹给办了，真不愧是班长，说！你到底怎么办到的？狐妹啊狐妹，吴强有什么过人之处让你芳心暗许，给我们说说呗。面对逼问，吴强憨笑不语。胡丽君倒大方：你们问我为什么找吴强，告诉你们，吴强特男人，吴强宠我，吴强听话。同学们鼓掌，哄笑。孟晓白在心里感叹，看来人都是会变的，那个号称要找高富帅的胡丽君在现实的打磨下，终于从天上落到地上了。这何尝不是一次幸福的着陆呢？

同学们最终也没有见到王鲁达，前男友大闹婚礼现场，这是电视剧中才会有的桥段。

孟晓白也没见到蒋凤仪。听胡丽君讲，昨晚凤仪给她打电话，说学校今天有重要活动，实在走不开。胡丽君有些小不满，说蒋凤仪自从上了研究生，连同学都不见了。

蒋凤仪说的是实话。在吴强、胡丽君的婚礼进行之时，她正和同学在距长平二百公里以外的区县农村，上一堂特别的观摩课。

这个村子的名字挺特别，叫读书村，据说村志记载的明清以来有名有姓的举人进士有三百多位，被外界冠为"举人村"。读书村过去盛产"举人"，现今盛产文物。由于城镇化的推进，周边大兴土木，修公路，建楼房，于是不断有古墓被挖掘出来，渐渐地这里也成为盗墓者的天堂。几个月前，文物部门接到村民举报，称村里荒废的田地里发现疑似墓洞，文物部门过来勘察，果然是一座古墓葬，而且来头不小，据推测是晚唐时期高官墓，可惜墓室里的大部分文物已被洗劫，只有一个位置较隐蔽的壁龛内残留十几件骑马俑、仕女俑、陶罐等物品。唯一令人欣慰的是，在甬道和墓室四周，均绘有精美壁画。还算盗墓贼有点职业操守，没有毁了这些拿不走的壁画。在经过两个多月的清理、准备之后，文物部门将在今天对所有壁画进行揭取，以便后期的修复和保护。

孙立得穿一身白大褂，像个医生。他站在墓洞口，正与考古研究所的王副所长热烈地讨论着什么。王副所长是孙立得多年的朋友，这次孙院长把研究生的课堂搬到了文物挖掘现场，真得感谢王副所长的邀请。

大家很兴奋，这么专业化精细化的壁画揭取过程，不是想看就能看的。蒋凤仪戴着口罩，只在墓室的甬道里待了十多分钟，就被一股刺鼻的药水味熏得受不了。她快步出了甬道，将口罩摘下来蹲在土堆上喘气。

他们是早上10点到的，工作人员正在做壁画揭取前的准备工作，对蒋凤仪来说一切都很新鲜。王副所长带他们进了墓室，介绍说，初步推断这是晚唐时期一位同平章事的墓，同平章事是官职，属于二级宰相。蒋凤仪问，那相当于现在的什么官？王副所长笑着回答，大概是副总理这一级吧。蒋凤仪脚下小心翼翼，眼睛却贪婪地四下张望，生怕错过什么有趣的东西。最近网上流行盗墓小说，她追着看了几章，觉得太神乎其神了，有这么玄吗？现在真切地身处一座古墓里，倒没有悚然的感觉，更多的是敬畏和赞叹。

墓室里果然空无一物，王副所长说，盗墓贼进来了不止一趟，能拿的都拿了。大家一阵惋惜。墓室四周的壁画比较完整，第一次如此近距离地观赏一千多年前的壁画，恍然间有一种穿越的感觉。蒋凤仪不由得敛容屏气，看看旁边的孙院长，也是肃然而立，脸被口罩遮住，只露出一双眼睛，显出庄重的神色。一面壁画描绘的像是郊游的场景，四男四女，置身一片树林中，林木茂盛，草长莺飞，女子体态丰满，形貌昳丽，其中一个手持柳枝若有所思；画中男子身穿长袍，跪坐在蒲团之上，草地上摆有类似杯盘的食器。蒋凤仪脱口而出：这是在春游吧。孙立得说：唐人可比今人会玩，五代有记载，长安春时，盛于游赏，园林树木无闲地。这方面王所长是专家，老王你给同学们讲讲。

王副所长哈哈一笑，说：这位同学说得对，他们的确是在郊游。跟前朝比起来，唐人郊游特别注重物质享受，吃喝风盛行，而且唐朝真正把"贵族游"变成了"大众游"，这与当时假期多和皇帝的大力提倡有直接关系。当然，国力强盛、社会稳定是大背景。《唐诗纪事》记载，唐代从皇帝、官僚到平民百姓都喜欢郊游，那时是节节有假期、月月有假期，每年春天，皇帝都会带着妃子、朝臣游园，老百姓也全部出游。杜甫有诗云，三月三日天气新，长安水边多丽人。说的就是当时的盛况。

与墓室内相对完整的壁画相比,甬道两侧的壁画污染、脱落比较严重。王副所长说,这是因为一直埋在土里的缘故,他们已经尽力修复,以期恢复原貌。甬道很狭窄,只容一人通过,这里的气温明显升高了许多。蒋凤仪注意到,一台类似浴霸的设备正在烘烤壁画,一位文保人员拿着个小喷壶,小心地喷洒在墙面空鼓处,一股刺鼻的药水味迅速蔓延开来。王副所长说,这是在对壁画局部进行加固,保证其在揭取过程中不剥落、不掉色。说话间有人抬了炭火炉进来,王副所长让文保人员轮流看护,因为高温烘烤会产生大量的一氧化碳,有一定危险性。其他人可以间歇地进来观摩,但不要停留时间过长。

蒋凤仪再次进入甬道的时候,立刻感受到炎夏般的酷热,体感温度估计在四十多度。壁画已经覆上了一层宣纸,文保专家继续刷胶水,之后再覆上一层宣纸,又贴上一层纱布,反复好几遍。炭火炉继续烘烤,虽然有大功率风扇吹着,但空气依然闭塞而闷热。蒋凤仪感到胸前有汗珠淌下来,渐渐浸湿了内衣。她蹲得腿麻了,刚站起来突然眼前一黑,人差点栽倒。同学问:怎么了?是不是不舒服?蒋凤仪缓了缓,说:还好。这时孙立得进来了,看蒋凤仪额头冒汗,说:这里不敢待太久,快出去透一透。还有你们俩,都到外面等,估计还得烤一阵呢。三个人跟在孙立得身后出了甬道,又出了考古棚。蒋凤仪怏怏的,一副没精打采的样子。孙立得说:凤仪,你去车上休息一会儿,车上有面包,吃一点。蒋凤仪说:老师们干这么久都没问题,我才待了多大一会儿就不行了,真是没用。孙立得说:你能跟专业人士比吗?快去。蒋凤仪答应了一声,乖乖上车了。

蒋凤仪没想到,自己竟然在车上睡着了。昨晚帮爸妈卖烤串,一直忙到很晚才收摊,今天又起了个大早,感觉太累了。她是被叫醒的。已经下午5点多,蒋凤仪挺不好意思,又有点自责。同学说:看你睡得挺熟,本来不想叫你的,但孙老师说这次机会难得,一定要亲眼看一看。

甬道内已有五六个人,本来就狭窄的空间更显逼仄。孙立得见蒋凤仪进来,便招招手,示意她到跟前来。蒋凤仪小心地挪到孙立得身边,既兴奋又紧张。王副所长正在对壁画表面进行最后的检查，他蹲在地上，用手轻轻触摸壁画表面，然后说：可以了，你们来摸摸看。蒋凤仪看那壁画被宣纸、纱布覆了个严严实实，一摸上去，果然硬如砖块。王副所长说：开始吧。大家骤然安静下来，除了两个助手，其他人都自觉后退，给操作人员留出空间。蒋凤仪脚下一垫，不留神踩到了孙立得的脚，她扭过头调皮地吐了吐舌头，孙立得双手抚住蒋凤仪的肩膀轻轻拍了几下。蒋凤仪心中一暖，感觉她和孙老师贴得好近。

此刻，王副所长半躺在操作坑里，手中的铲刀从右下侧向上一点一点探入，助手在一旁不断提示：上，上，安全……大约十五分钟后，第一幅壁画完整剥离。工作人员早已准备好铺有海绵的托板，他们小心地将壁画平行放置在上面，抬出甬道。大家松了一口气。随即，第二幅壁画开始揭取……

夕阳西下，考古棚笼罩在一片静谧里，村庄深处传来几声犬吠。几个孩子远远地朝这边张望，他们一定觉得这个被围起来的灯火通明的地方很神秘，就像蒋凤仪来之前以为的那样。

孙立得带着学生们先走了，考古人员还在做着扫尾的工作。临开车时，蒋凤仪看到王副所长将一个包裹得严严实实的东西塞给了孙院长，看形状像是陶罐。孙院长没有推辞，随手搁进了后备厢。

车子在乡间土路上颠簸，蒋凤仪突然就想到了那样东西。她担心，那罐子会不会给颠碎了呀，随即又觉得自己很好笑，蒋凤仪呀蒋凤仪，你真是没见过世面。身子向前探了探，看孙院长正在闭目养神，那么坦然，那么从容，蒋凤仪不由得生起一丝艳羡。

27

有人说，了解一个城市要从它的夜晚开始。

白天的城市像一位君子，锦衣华服，彬彬有礼，却不免有些装腔作势；夜晚如小人，褪了华服卸下重负，心思就活动了，规矩暂且抛开，放肆一回也是可以的，虽不正经但却真实。就说这条街道吧，临着一所重点中学，白天一切井然有序，楼宇整肃，路面洁净，有时路过校门口会听到一声清脆的上课铃声，孩子们奔向教室，周遭顿时安静下来，车辆开过这里都不由得放缓车速。这一刻，你也许会感到现世安稳，岁月静好。当天色擦黑，这条街道突然变得局促起来，不知从哪儿冒出许多的商贩，推着小车的，支起铁锅的，坐地起摊儿的，大部分是卖些吃食，什么铁板鱿鱼、烤串、馄饨、臭豆腐、紫菜包饭，种种味道混杂着充斥鼻腔，挑逗着你的味蕾。几拨穿着校服的孩子穿梭其间，手里必是拿着一样吃食的，满脸烂漫，追逐打闹。夜色一下子就生动起来。夜晚是白天的背面，夜晚是白天的孪生兄弟，好也罢坏也罢，缺一不可。这就是世俗的生活。

这几天，蒋凤仪一直帮着父亲在学校门口卖烤串，今晚赶过来时父亲已将摊位支好，周围渐渐嘈杂起来，空气里油腻腻的。蒋凤仪有一种深切的感受，好像她从高尚圣洁的象牙塔一下子跌落到柴火堆里，书香、墨香遇到烟火味，简直不堪一击。怪不得同学问她最近是不是老吃烤肉。她无言以对，这些衣食无忧的富贵子弟，他们哪知道生活的艰辛。

9点半，学生们下晚自习，这是第二个人流高峰。蒋凤仪收钱，父亲烤串。刷了油的串串儿接触到铁板发出吱啦一声响，冒起浓烟，呛得蒋凤仪直流眼泪。但父亲早已习以为常，他神情专注，手脚麻利，好像面前的铁板就是他的全世界。夜晚寒意渐浓，父亲的额头却沁出了汗。蒋凤仪拿出纸递给父亲，父亲在脸上胡乱一抹，顺手丢进脚下的塑料桶里。

这一拨卖完就该收摊了，父亲催着蒋凤仪回学校。一个三十多岁的女人拉着一个男孩突然冲过来，满脸愠色。她指着蒋凤仪家的摊位，问男孩：是这家吗？孩子怯生生地点点头。女人说：你家的肉有问题，我儿子吃了肚子疼。蒋凤仪蒙了，扭头看父亲。对这起突如其来的事件，父亲显然也没有预料到，一时不知怎么回应。女人又说：大家不要再买这家的烤串了，这鸡肉、牛肉都有问题，我家孩子都拉肚子了！人们围上来，父亲赶紧赔着笑脸说：可不敢这么说呀，我在这儿不是一天两天了，从没有出过问题，你好好问问孩子，到底怎么回事？蒋凤仪说：是呀，你凭什么说是吃我家东西出问题的？你有证据吗？

证据？我儿子就是证据！女人把男孩推到前面，说：我家孩子从不说谎，这么多摊儿怎么偏指你家。告诉你，我们刚从医院回来，我就是要告诉其他人，免得你们再害人！

蒋凤仪急了：你说谁害人！自己孩子没管好，吃了不干净的东西，反倒赖我家。

哎哟哎哟，我本来是好心想提醒你们一下，现在改主意了，你得赔我家孩子，赔偿我们的损失，不然我让你们做不了生意！

蒋凤仪走到女人面前，说：你吓唬谁呢！我们没做亏心事，不怕鬼敲门。她回过头对父亲说：爸，收拾东西，今天生意不做了。

那女人推了一把蒋凤仪，身子拦在摊位前，说：想走？是不是心虚了？你们走不了，必须赔钱！不相信我还治不了你们这些下三烂！

蒋凤仪说：你嘴巴放干净点！

那女人说：嫌我嘴巴不干净，你们别干这缺德事啊！社会就是让你们这些人搞乱了。赶紧收拾铺盖卷儿，能滚多远滚多远。

蒋凤仪觉得血往头上涌，她直盯着那个女人，说：你再说一句，看我敢不敢扇你。

那女人晃着她狮子头一样的脑袋，说：扇呀，有本事你扇呀，渣滓！社会渣滓！

蒋凤仪上去就给了这女人一个大嘴巴子，父亲想挡她的手已经来不及了。女人号哭着冲上来，和蒋凤仪厮打在一起。蒋凤仪毕竟年轻，力气大，那女人占不到便宜，情急之下掀翻了摊位，铁盘、烤串、签子摔在地上，一片狼藉。

摊子被砸了。这摊子是父亲的命！蒋凤仪气疯了，她忘了自己是谁，耳边只听得父亲的喊声：停下，快停下！我们赔钱还不行嘛！

警察来了。那女人号哭不止，竟然一头栽倒在警察脚下，晕死过去了。蒋凤仪冷笑一声，哼，装死。那女人头发乱成了一蓬草，脸上乌七八糟，衣服被撕扯失了形，泼妇也不过如此吧。蒋凤仪心下怆然，她看不见自己的脸，只感到一股火辣辣的疼，她必定也是狼狈不堪的。这一刻，她又何尝不是一个泼妇啊。

这是蒋凤仪长这么大第一次进派出所，她怎么也想不到是以如此不堪的方式进来的。她被带到一间房子做笔录，灯光亮得晃眼，白惨惨没有一丝温度。警察还算和善，问一句她答一句，末了，警察将笔录递给她，说：没什么问题就在下面签字。蒋凤仪签了字，又摁了指印，随手将指头在衣袖上一擦，问：我爸呢？我们什么时候能走？警察笑着说：你这姑娘还挺厉害，你再等会儿吧。转身带上门出去了。

蒋凤仪听到了自己的心跳声，她开始害怕了。怎么办？她的冲动给自己和父亲惹了麻烦，那女人不会轻易罢休的。她该向谁求助？在这个城市，她和爸妈、弟弟像无根的浮萍，天气晴好的时候尚能有一块栖息地，一旦风雨来临便会七零八落，吹到哪里算哪里了。

墙上的钟表指向了12点。蒋凤仪心急如焚，父亲不知道怎么样了？母亲不清楚他们的状况，还不知急成什么样呢。

一个警察进来了，说：你可以走了。

那我爸呢？蒋凤仪问。

你爸估计得在这儿过夜了。

为什么？我爸又没犯法！你们凭什么不让走！

别激动姑娘，我看你还是研究生呢，说话要实事求是。你们把人打了是肯定的，现在人家去医院做了鉴定，软组织挫伤，精神伤害，还有食品卫生问题，一摊子事儿呢。

你们别听她胡说八道，她还砸了我们家的摊子呢！这怎么说？！

所以要调解嘛。你先回吧，明天早上过来。

蒋凤仪刚出来，一眼看见了大厅里的母亲，她的眼泪终于没忍住。母亲迎上来抱住她，说：我看你爸这么晚还没回来，就怕出什么事，没想到还是出事了。蒋凤仪扶母亲坐下来，说：没事，妈，你别着急，我爸很快就会出来的。你待这儿也没用，我先送你回去。

看到母亲的无助和眼泪，蒋凤仪反倒平静下来了，她好说歹说总算劝回了母亲，自己又朝派出所走去。夜深人静，街道上除了偶尔有车经过，她几乎是唯一的行人。她走得很慢，她必须好好把事情捋一捋，夜晚的寒意让她倍加清醒，赔钱看来是不可避免的，关键是赔多赔少的问题。虽然那女人言语侮辱，但毕竟是她先动的手，一想到那女人被她打得抱头鼠窜，她不由得生起一股快意。

将到派出所门口时，蒋凤仪做了一个决定，她要找人帮忙。该示弱的时候要示弱，她的倔强帮不了她，英雄也有气短的时候，更何况她蒋凤仪。该找谁呢？蒋凤仪一个人一个人地数过去——仲天麒？居然还能想到这个名字，真是够了！蒋凤仪嘲笑着自己，立即把这个名字扔得远远的。孙立得？好吧，只有孙老师了。

好不容易挨到天亮，蒋凤仪拨通了孙立得的电话：孙老师，帮帮我。

有些事在某些人看来是天大的事，但在另一些人眼里却轻如鸿毛。就比如蒋凤仪家的事，昨晚上还如临大敌，今天上午就烟消云散了。蒋凤仪算是见识了什么叫举重若轻，游刃有余。孙立得不过在外面打了几通电话，然后进来就对蒋凤仪说，没事了。

蒋凤仪不知所措，怎么就没事了？孙老师笃定的眼神告诉她，不用怀疑。人和人是多么的不同，她一直很反感"阶级"这个词，但现在，她悲哀地承认，这个世界是有阶级的。孙老师是一个阶级，她是另一个阶级。蒋凤仪流下复杂的泪水，孙立得轻拍她的肩膀，几乎要将她揽进怀里。

父亲很快出来了。他们最终赔偿了一点医药费了事。蒋凤仪感激极了，其实昨晚妈妈将存折交给她，她已经做好花大钱的准备，没想到峰回路转，几百块钱就解决了问题。蒋凤仪和父亲向孙立得鞠躬致谢，孙立得说：谢什么，老师帮学生是应该的。你赶紧送你爸回家，下午还要上课。

临走时，孙立得把蒋凤仪拉到一边，说：你怎么不告诉我你家的情况，你是可以申请助学金的，或者减免部分学费，明白了吗？蒋凤仪点点头，说：谢谢孙老师，我们家会记着您的好。孙立得微微一笑，说：没想到你还是个暴脾气，还会打架。

蒋凤仪想到自己此刻一定是蓬头垢面，衣衫不整，脸一红，尴尬地笑了。

有一种分手叫无疾而终。孟晓白之前不相信，两个人分手总是有原因的吧，怎么会无疾而终呢？现在她相信了，她和仲天麒就是这样。

情不知所起，亦不知所终。如果非要找一个原因，就是"退却"吧。不是他不好，而是他很好，我不好。中秋过后，孟晓白和仲天麒两个多月没见面了，开始仲天麒偶尔会发发短信，但孟晓白总也不回应，渐渐地短信也没了。两个人生活在同一城市里，互相知道住址、电话，却彻底失去了音讯。

孟晓白没有时间往深处想，或者说她不给自己时间去想。她前所未有地让自己忙碌起来，每天充实无比。冯老的全国巡展开始了，从10月底到12月，孟晓白马不停蹄地跟随展览团队去了北京、杭州。长平是最后一站，《艺界》几乎举全社之力承办此次展览，所有对外宣传、新闻通稿、领导的发言稿、主持串词，都由孟晓白负责撰写。这种规定动作最难完成，既要有冠冕堂皇的虚话、套话和溢美之词，还要周到、真诚、有文采，孟晓白真是浪费了几亿个脑细胞，好在最后冯老和赞助商都比较满意。有意思的是，一次冯老悄悄对孟晓白说：小孟啊，我准备写一本个人回忆录，你帮我执笔好不好？老师亏待不了你的。孟晓白连连推辞，呵呵着躲开了。

年底是各单位最繁忙的时候，而今年《艺界》杂志社格外不同。大家议论已久的人事改革终于启动了，一是全员聘用制，二是干部竞聘上岗。光听这些名词就让人热血沸腾，社里小道消息满天飞，一些人已经开始为竞聘做准备了。对于这些事，孟晓白的反应总是慢半拍，她并没有过多的想法，就觉得全员聘用挺好啊，大家都一样了。马姐对孟晓白的看法嗤之以鼻，她以惯有的明白人的口气对孟晓白说：你傻呀，这就是个说法而已，对新员工是全员聘用，管不上社里的老人儿，有编制的还是那些人，还平等呢，这是一刀下去分三块，公家的、社聘的、外聘的，你懂不懂？孟晓白摇头：我不懂，那马姐，你是哪一块呢？马姐笑着说：调皮，我是哪部分你不知道啊，呵呵，你先别管我，你倒是要好好抓住这次机会呀。

孟晓白知道，马姐说的机会是这次干部竞聘。其实她压根儿就没往那儿想，她很清楚自己的能力，她当不了官，从小到大，她有过两次做干部的经历，一次是小学五年级的语文课代表，一次是初中时校文学社的副社长。这个副社长听起来官挺大，实际上就是帮老师收作文，挑选好的登在校刊上。也许确实没做过什么轰轰烈烈的事，以至于孟晓白对文学社副社长时期的记忆所剩无几，只记得当校刊出来时，封底上印着孟晓白的名字，曾给了她极大的虚荣感。

当竞聘人员名单公示出来的时候，孟晓白发现，社里几乎一半的员工都参与到这场前所未有的竞聘中，就像刚子所言，竞不竞得上那是能力问题，参不参加是态度问题。孟晓白哑然，这么说她真有点不识时务。

竞聘进行了整整三天。孟晓白觉得自己像个看客，台上风起云涌，台下却没有叫好声。作为员工代表，孟晓白旁听了几场竞聘，竞聘人多高瞻远瞩，侃侃而谈，对于具体的工作却蜻蜓点水，让人不免失望。竞争最激烈的是编辑部主任，有七八位参与，包括现任的席主任，还有老李、马姐。孟晓白只听了席主任那场。席主任毕竟经验丰富，谈起工作头头是道，胸有成竹，几乎没有什么瑕疵。孟晓白猜测，不出意外的话，编辑部主任一职应该在老席和老李之间产生，至于副主任就不好说了。刚子竞聘的是广告部主任，孟晓白问他为什么不选编辑部，他说这是权衡之后的结果，也是他的兴趣所在，胜算比较大。竞聘前，刚子还给孟晓白布置了一个"小任务"——在问答环节向他提问。刚子的问题早想好了，他交代孟晓白，如果有机会就率先提问，这叫不打无准备之仗。果然，当刚子陈述完毕后，主持人说，现在有提问的吗？刚子给孟晓白递了个眼色，晓白忙将那个问题抛出去：请问广告业绩的完成最重要靠什么？刚子露出自信的微笑，稳稳地接住了这个问题。他的回答确实为自己加分了。

对于竞聘人来说，三天的竞聘之后，就到了黑暗的等待期。孟晓白有过这种感受，是在等待高考录取通知书的时候，那种焦虑，煎熬，惶惶不可终日，至今记忆犹新。所以，她挺庆幸自己没有卷入这场游戏。无欲则刚，"人之所欲无穷，美恶之辨战乎中，而去取之择交乎前，则可乐者常少，而可悲者常多"，孟晓白一直记得大学时读到的这篇古文，苏轼的达观令她震撼。人为什么能无往而不乐，盖因超然于物外。但现实的困境在于，面对"外物"，又有几人能修炼到"超然"的境界。

两周后的一天下午，孟晓白被叫到张总的办公室。张总笑容可掬，大大赞赏了孟晓白最近的表现，尤其是冯老的全国巡展，让他看到了年轻一代的潜力。孟晓白忐忑不安，为什么明明是表扬，却让她心里发慌呢。表扬之后，张总话锋一转，问她：小孟，你对这次竞聘怎么看？孟晓白说：挺好的。张总问：怎么个好法？孟晓白说：大家都很支持，参与踊跃。张总说：但我知道你可没参加啊。孟晓白说：我，我不行。张总说：怎么不行？行不行要看业绩，要让大家说，领导说，可不能自我否定哦。

孟晓白脸发烧，她不知道该怎么接张总的话了。终于，在张总一句"你出去吧"的首肯之后，孟晓白落荒而逃。

人生到处充满意外，一不小心就会撞得头破血流。当孟晓白看到干部聘任结果的时候，惊出了一身冷汗。

  编辑部主任　李德忠
  编辑部主任助理　孟晓白

"孟晓白"这三个字居然出现在干部任命文件上！有没有搞错？！

孟晓白彻底蒙了。各种祝贺从QQ对话框里弹出来，争先恐后。祝贺你，晓白！太棒了，晓白！这真是个天大的惊喜！——而对于他们祝贺的那个人，实事求是地说，还真是个天大的惊吓。

仲天麒站在北京街头。天色将晚，霓虹灯一片一片亮起来，比往日更添了几分热闹。每到年底，城市和城市里的人都有些癫狂和亢奋，况且，今天是平安夜呢。

起风了，空中飘起零星的小雪花，细碎得让人不忍凝视，但她分明来了。簌簌簌，这是雪的声音，落在树冠的缝隙里、行人的头发上，倏忽就不见了，她太纤弱，没有一点雪花的样子。仲天麒依然有几分惊喜，他刚刚从一位客户家出来，身体还留有室内的余温。手上的纸袋里装着最新出炉的拍卖图录，他没想到拍卖公司是这样招商的，重点客户登门拜访，推荐拍品，圈定购买意向，跟任何一个行业的销售员没什么区别。邓骁和仲天麒也是拼了，一个老板，一个总监，亲自跑客户，邓骁此刻在上海，仲天麒在北京，两个人从没有如此紧张过。

图将好景2006年迎春拍卖会定于1月8日举行。这是他们首次进军北京市场，公司上下都铆足了劲。大家连续作战，极其疲惫，两个月前开始作品拍照、装裱、编辑图录、印刷，每个环节都不容有失。仲天麒真是见识了什么叫昏天黑地，累了就闭上眼睛歇会儿，醒了继续干。毕业创作那会儿也没有现在这么拼,他对邓骁开玩笑说,这拍卖比画画累多了,早知道我就不来了。邓骁说,养兵千日,用兵一时,拍卖公司就忙这俩月,拍卖会结束了我们就放大假,一起去旅游。

仲天麒此刻无法生起对旅游的憧憬,这会儿他最想念的是酒店的大床。平安夜的街头拥挤不堪,地铁里更是人山人海,好像整个北京城的人都出来了。人们似乎形成了一种共识,圣诞节留给朋友,春节留给亲人,圣诞节出门,春节回家。仲天麒记得,大一的平安夜,他和几个同学徒步从学校走到市中心,越走人越多,人群占领了街道,形成数条汹涌的河流,最终一齐汇聚在中心广场巨大的天幕下。人们完成了一件壮举似的兴高采烈,一瞬间有了天下大同的幻觉。

仲天麒从地铁里挣脱出来,刚踏上出站口的台阶,一股清冽的气流逐级而下,与他撞了个满怀。他打了个喷嚏,欣喜地发现,雪下大了。

平安夜有雪助兴,这才像个节日嘛。回到酒店,仲天麒反倒没了睡意,窗外纷飞的雪花激起他作为一名绘画者的冲动,他突然想拿起笔画点什么。每次外出,他总随身带着速写本,这是上学时养成的习惯。现在,他拿出本子,翻开干净的一页摊在面前,没有毛笔,没有墨,好在有一支炭笔,足够他表达心情了。他画得很快,落雪的树枝,小屋,窗前歪坐的人影,用墨表现雪,用黑画白,这是中国画的奇妙之处。仲天麒端详着这幅小画,又用手指在一些笔触上抹了抹,画面立刻有了湿润的感觉。用炭笔营造水墨世界,尤其是雪景,仲天麒还是第一次尝试,他很满意,几乎有点得意了。

雪还在下,忽大忽小,忽疏忽密,像个顽皮的孩子。仲天麒在画面上写下一行小字:晚来天欲雪,能饮一杯无。他没有落款,这幅小画是送给自己的。

仲天麒一夜酣睡,早上被骤响的电话铃声惊醒。他有些烦躁,今天的客户约在下午,他本想好好睡一觉。

电话不接也罢,也许又是推销什么的。但那铃声很执着,跟他较劲似的。仲天麒摸起手机想挂掉,一看到上面的名字,却本能地坐了起来。是父亲。父亲很少主动给他打电话。仲天麒突然有种不祥的预感。

父亲说：你到贾总那儿去一趟。没有任何多余的话。仲天麒问：什么事？昨天我已经去过了呀。父亲说：去了你就知道了，马上。

仲天麒不问了。他很快收拾停当，没吃早饭就出了门。昨晚的雪停了，一切恢复如常。

贾总是父亲的老朋友，曾专程来长平看过仲天麒的毕业展，对天麒赞赏有加。一见面，就笑呵呵地问：早饭吃了吗？仲天麒嗯了一声：贾叔，我爸说你找我。他想尽快知道贾总找他干什么。贾总倒不急不忙，说：来，天麒，坐。

仲天麒坐下来，心中忐忑。桌上摆着他们公司的拍卖图录，是他昨天送来的。仲天麒问：贾叔，图录看了吗？有上眼的没？贾总说：有，有。依然笑眯眯的样子，让仲天麒稍感安心。贾叔一定是问他拍品的情况，或者，还要给他介绍客户呢。这样想着，仲天麒放松下来。

贾总一边斟茶一边问：我听你爸说这次不少作品是你跑来的，还去了趟新加坡？仲天麒呷了一口茶，说：这次去新加坡收获还不小呢。贾总说：我看好几幅作品都是同一藏家委托的。仲天麒说：是呀，严老先生的比较多，还有其他圈内朋友的。

贾总不说话了，翻开图录一页一页看下去，嘴唇紧紧抿着。仲天麒发现，贾总抿起嘴唇的时候嘴角上翘，自然带了笑意，怪不得他总觉得贾叔在笑。仲天麒想起上学时画全身素描，为了掌握精确的人体结构，同学们热衷于透过衣服分析每个对象的骨骼和肌肉，以便画出完美的衣褶。拥有这样的透视眼，除了医生就属画家了吧。这个习惯可真变态，但仲天麒还是忍不住在心里说了一句：贾叔的口角提肌很发达。

仲天麒继续喝茶，等着贾总再次开口。等待的过程很漫长，终于，他看到贾总在某一页停了下来，停留时间超过二十秒。仲天麒问：贾叔，您对这张感兴趣？仲天麒很高兴，这一幅正是任伯年的《芭蕉高士》，他相信任何一个有眼光的藏家都会对这幅画动心。

贾总长出了一口气，用略显疲惫的眼睛看了仲天麒一眼，意味深长地说：画是好画，可惜……仲天麒问：可惜什么？有什么问题吗？贾总用两个手指在那一页敲着，似乎在下最后的决心，他终于说：如果不是你爸的关系，我可能不会告诉你……这幅画是赝品。

仲天麒的脑子嗡的一声，贾总的话犹如晴天霹雳，在他的头顶炸开。他尽量使自己的语气平静：怎么会？贾叔，您刚还说这是幅好画。贾总说：伪作也有相当出色的，但不能掩盖它是赝品的事实。仲天麒问：您凭什么这么肯定？

仲天麒无法淡定了，他一方面不相信贾叔的判断，另一方面又恐惧贾叔的判断，毕竟这是一位有着十几年收藏经验的老玩家，他不会轻易说出"对"或者"不对"这么泾渭分明的话。况且他也说了，如果不是因为父亲这层关系，他什么都不会讲。仲天麒冷汗直流，胃也开始隐隐作痛，真他妈不该空腹喝茶。他盯着贾总的眼睛，想从中看出一丝迟疑，但什么也没看到。

贾总拍拍他的肩膀，说：为什么我会这么肯定地说这幅画是赝品，因为我看过原作。2000年的时候，新加坡举办"杨启霖书画作品珍藏展"，我去看了，有一幅画与这幅几乎完全一样。不同的是这幅尺寸较大，画心上方有诗堂。杨启霖先生生前对任伯年的作品情有独钟，他的袖海楼藏有不少精品。现在这幅画的真迹藏于新加坡亚洲文明博物馆，正是杨启霖先生捐赠的。我问你，你见过哪个国家博物馆会把馆藏作品拿去送拍？这是其一……

可是，画家画相同题材的作品也很常见呀！仲天麒打断了贾总的话。

天麒，你听我说完，刚才我说的是其一。其二，我们来看作品本身，任伯年擅长中西技法结合，人物造型极为讲究，这幅画的笔法、设色似乎都没有什么问题，人往往会被精湛的笔墨吸引，而忽略了全局。我没有见过这幅画，仅从图录上的照片来说，这幅画的问题不在画心，而在诗堂。

诗堂？诗堂有什么问题？仲天麒拿过图录，目光停留在画心上方的题诗上。这本图录是他亲自参与编辑的，每幅画的钤印、款识、释文他都认真核对过。此刻他不禁在心中默念：臧叟隐中罃，垂纶心浩然。文王感昔梦，授政道斯全。一遵无为术，三载淳化宣。功成遂不处，遁迹符冲玄。这诗会有什么问题？仲天麒抬眼望着贾总，想知道答案，又怕知道答案。

贾总说：问题的关键来了。杨启霖有个收藏习惯，他的藏品往往非常干净，从没有在上面题字或钤收藏印的习惯，但这幅画不但有收藏印，还加了诗堂，我是想不通的。因为有疑虑，我又专门查了这几句诗的来历，这是唐代一位道教名人的诗。我就更奇怪了，杨先生什么时候信奉道教了，连收藏印都舍不得钤的人，怎么会让人题上一段诗，而且是道家的诗。天麒呀，想必你也知道，现在的作假为了流转有序，往往就搞出这些名堂来，真真是弄巧成拙了。另外，我还要提醒你，一般来说，如果同一藏家的一幅作品出了问题，其他的就要当心了。

仲天麒感觉自己跌入了一个黑洞，愈是挣扎坠落得愈快，他抓起茶杯喝了一大口，滚烫的茶水顺着喉咙流进食道，穿过胸腔，最后撞击在胃壁上四分五裂，他仿佛听到了水花迸溅的声音。他不甘心。

纸张、装裱都没问题呀，如果是伪作，那造假的人技术也太高超了吧？！

如果不是摹画，而是复制的呢？

您说是印制的？不可能。您没看过原作，笔墨、肌理都很清楚。

贾总沉默了一会儿，他在组织语言，怎么说才会让面前这个青年不至于太难堪。

我听说现在海外有一种新的高仿技术，叫什么艺术微喷，它对墨水、色彩的分辨率已经接近人眼的识别范畴，拿放大镜都看不出网点的痕迹，尤其是在水印的基础上再添墨，几可乱真。天麒呀，你刚说到的纸张就更不成问题了，据说清朝末期的露皇宣已经卖到几万元一张了，这几年老纸卖这么火，你当是用来干什么的？

仲天麒呆坐在那里，怔忪不已。他必须回去看看原作，这是最后的救命稻草。

直到坐在图将好景拍卖公司的展厅里，面前摆放着三件面目可疑的作品，仲天麒才冷静下来。他调动自己记忆库的所有资料，尽可能客观地分析整个事件的前因后果。

一个小时之前，仲天麒的父亲连同两位资深鉴赏家对这几件作品进行了"会诊"。仲青田很愧疚，儿子从新加坡回来不久，他就看了这批画，当时并没有提出异议，直到贾总明确表示了怀疑，他才有恍然之感。当一件事已经有了蛛丝马迹，再探究起来就容易得多了。现在，种种迹象都指向一个事实：《芭蕉高士》是赝品，其他两幅存疑。

这三件作品均为新加坡的程总委托，程总是严先生的朋友，严先生是严老先生的侄子。仲天麒可以肯定，严先生与程总是有交集的，但严老先生和他们又有着什么样的关联呢？严老先生是此次拍卖的委托大户，共有二十多幅作品上拍，其中以长平籍画家作品居多，鉴定起来相对容易些。比如，萧宁老先生的两幅画作就是让他儿子鉴定的，当时邓骁还对五千元的鉴定费发了一通牢骚，说老一辈画家虽然人走了，但给子孙留了个好营生，不管画对不对，鉴定费一分都不少。我们忙活几个月也就挣个佣金，人家随便拍个照片钱就到手了，你找谁说理去。

令仲天麒略感欣慰的是，严老先生委托的作品都没有问题。但仲天麒也清楚，这不足以弥补他的过失。他是学人物画的，对任伯年的作品很熟悉，也许正因为熟悉，才会掉以轻心。任伯年精于写像，肖像画最难的是造型，他也是基于这一点做的判断，可是——可是——如果认定这是复制品的话，操！它的造型怎么会有瑕疵呢！我真他妈弱智！

回想在新加坡的一幕幕场景，仲天麒恐惧地意识到，也许从一开始自己就掉进了一个圈套。严先生、朱小姐、程总、吴总，甚至严表哥、表嫂，都是这场圈套的设计者和执行者，他们共同演了一场戏，而他竟以为是真的。当然，还有一种可能，就是他们也不知道画有问题，在几轮流转中，很难说谁蒙蔽了谁，谁又是始作俑者，每个人都在认真地玩游戏，即便被蒙了眼睛，捂了耳朵，也不会有人承认自己的愚昧。仲天麒终于理解了，为什么父亲不愿他涉足这一行。

多次联络后，委托人程总总算回了电话。果然不出仲天麒所料，程总答复：赝品？怎么可能？画绝对没有问题，著录清清楚楚，你们不相信的话就撤拍啦，没有关系的，很多拍卖公司等着接呢。

是啊，谁会承认自己拿的是赝品。仲天麒无语，人家不是说了吗？你不拍会有别的公司拍。皮球又踢回你这里了，怎么办？怎么办？仲天麒问自己。拍卖在即，图录已发至各地藏家手中，现在撤回为时已晚，只能撤拍。

仲天麒不甘心，他不想第一次涉足拍卖行业就栽个稀里糊涂，谁能给他一个答案。严先生不用找了，他和程总应该是一路的。问严老先生吧，仲天麒翻找通信录里的号码，拨过去，关机。十五分钟后再拨，依然关机。整个下午在仲天麒不断重复的拨号动作中溜走了。展厅渐渐暗下来，对面的白色墙壁上映出一个巨大的灰影，光线被整齐地吞噬，分割成黑白分明的奇特空间。仲天麒在旁观这场光与影的较量，当灰影悄无声息地爬上他的肩头，直至将他完全淹没，他发现，原来他是无法旁观的。

29

仲青田在书房枯坐到晚上10点,才听见儿子进门的声音。

作为父亲,仲青田了解天麒的个性,这孩子外表谦和,骨子里却自视颇高,对于看不上的人和事,嘴上不说,内心却不会有半点迂回的余地。这回事情是发生在他自己身上,一定就更多了痛苦和自责。仲青田想起自己初涉收藏圈时,不知交了多少学费,和妻子发生过多少争执,也想过放弃,但这种念头在一幅好画面前不堪一击,他说服不了自己,那就坚持吧。这个行业永远有学不完的东西,你必须时时保持清醒,并有一颗中正的心。圈外的人往往觉得这个行业讳莫如深,其实无非就是真假两个字。仲青田的目光停留在对面挂着的一幅字上,那是当年他仰慕的一位书法家赠他的。"思无邪",无论什么时候,每每念到这三个字,他都真切地感受到它的分量,收藏圈的诱惑太多,要保持心灵的纯正无邪,谈何容易。这么多年来,他一直以此自省,现在,他希望天麒亦能明白这三个字的含义。

仲青田叫了一声:天麒。书房的门被推开了。仲青田心里一疼,眼前的儿子失魂落魄,没有一丝往日的神采。唉,这个孩子啊,他从小到大都太顺了。仲青田不怕儿子有挫折,挫折迟早要来,他担心的是儿子会不会因此一蹶不振，对这个行业，甚至对世道人心产生怀疑和失望。

仲青田说：去睡吧，该来的早晚要来，没啥大不了的事。仲天麒重重地坐下来，眼睛低垂。他说：其实我一直有侥幸心理，那几幅画没有问题，是你们太谨慎了，看走眼了。但就在刚才，我确认了一件事，我被人狠狠地扇了一巴掌，这是第二次，终于把我打醒了。我可以肯定地说，我栽了，彻底栽了，这几幅画都是赝品，包括那张《双骥图》。

《双骥图》？仲青田皱起了眉头。仲天麒说：是的，《双骥图》。爸，您先别奇怪，我想问问您，我是不是特别自以为是，特别好骗，特别弱智。大家都说我是有为青年，我确实够有为的，我是一个纯真到弱智的有为青年。现在您听我说说《双骥图》的事。今天下午，我一直在给严老先生打电话，刚才，就在我回家之前，终于接通了，是老先生的儿子接的。我说拍卖图录已经统一寄给严先生了，他是否看到。他说还没有看到，因为严老先生住院了，他一直在医院照顾父亲。我又问他对程总和吴总是否了解，他说不太熟，都是表弟的朋友。我无法判断他说的话，知道这样问下去不会有什么结果。于是我邀请他来中国参加拍卖会，并问候了严老先生，对老人家能将自己珍爱的《双骥图》委托给我们公司表示感谢。然后，您猜他说什么？您一定猜不到，他说的每一个字现在还在我耳朵边嗡嗡直响。他问，哪一幅《双骥图》？我说，就是您父亲收藏的那幅啊。他说，不对啊，家父不同意送拍，我们怎么敢擅自拿出来呢？这幅画一直在家里放着。爸，您听清楚了吗？那幅《双骥图》还在严老先生家里妥妥地放着。我听了这话冷汗直流，我问他，你确定？他说，确定。我不敢相信，我说，这是表嫂，也就是您的太太亲自给我送来的呀，怎么可能有问题呢？电话那边一直不言语，我不知道这位严表哥是不是吓傻了，他就说了一句：真的吗？我问问。然后就挂了电话。

仲天麒一口气说完，这才抬起头，眼睛红红的。

仲青田思忖良久，看来儿子真的是被人装进套子里了。他心情沉重，竟有人利欲熏心到如此地步，他实在不愿相信，于是又向儿子确认：这么说你拿回来的《双骥图》是伪作，那你怎么肯定另外一幅是真品呢？仲天麒说：如果真如严老先生的儿子所说,这幅画还在他们家里,那公司这幅肯定是假的了。仲青田说:你这么相信自己的判断?

我……仲天麒哑然。他感到脸发烧,是啊,他还有什么资格这样确信呢。仲青田说:有没有这种可能,两幅画都不对。仲天麒说:不会的,当时我看得很仔细,老先生那幅,应该……应该没有问题,现在只能等严表哥的回复了。我的直觉告诉我,表哥是被蒙在鼓里的,否则他不会这么不小心说穿这件事。

父子俩都沉默了。仲青田欠起身,慢慢活动着因久坐而微麻的双腿,他踱到儿子面前,说:睡去吧。仲天麒坐着不动,看父亲就要离开书房,突然心里慌起来,问:爸,怎么办?仲青田回过头望着儿子,反问道:你说怎么办?——我不知道。雾里看花,真真假假,也许不说是最好的办法。仲天麒像是回答,又像是喃喃自语。仲青田叹口气,说:不说并不代表什么都没发生过啊。看看你背后的字,该怎么做你自己决定。

父亲带上门走了。仲天麒站起身,久久望着那三个字:思无邪。

邓骁从上海回来了。仲天麒想过,他们之间的分歧可能是有的,但没料到会发生这么大的争执。当他提出将所有存疑作品撤拍的时候,邓骁打量着他,像打量一个疯子。

你是不是发烧了?邓骁用手摸仲天麒的额头,一边说:你怎么会有这种想法,这些画可是你亲自从新加坡取回来的,合同也是你签的,现在你说要撤拍?天麒,没这么干事的。仲天麒说:的确,是我学艺不精,看走了眼,给公司造成了损失。对不起……邓骁口气缓和下来,说:哎,没人让你道歉呀。天麒,我们分析一下现在的形势好吧。他搭着仲天麒的肩膀,俩人一起坐下来。他从口袋里摸索出一盒烟,抽出一支,点燃,深吸了一口,说:天麒,这是我们进军北京市场的第一场拍卖会,我们辛苦了这么久,眼看就要有成果了,我想你不会让公司上下这么多人的努力都付之东流吧。一次撤拍这么多作品,而且是重要作品,会对公司声誉造成多么大的影响,等于我们还没上战场就先败了,以后公司怎么在业界立足?不要说在北京,在长平我们可能都混不下去了。仲天麒说:你说的我都明白,但问题是,明知作品有伪还上拍,这不是对公司更不利吗？出了问题怎么办？还有，买家的利益谁来负责？

邓骁把手指间燃了一半的烟摁在烟灰缸里，怕它灭不了似的，又端起茶几上的半杯水泼了上去，玻璃烟灰缸顷刻一片狼藉。邓骁说：不要轻易下判断，现在并没有一个人公开说作品是假的，只是存疑。一场拍卖会几百张作品，如果这个人说这张作品存疑，那个人说那张作品存疑，难道我们就不拍了。评价艺术作品，本来就是见仁见智的事，况且我们还没有预展，怎么就先怯了。

邓骁觑着眼观察仲天麒，看他没吭声，便接着说：天麒，我知道你是为公司着想，谨慎是好的，但太过谨慎就成了胆小，会错失良机啊。现在我们来说说这几幅画，《芭蕉高士》，贾总说是赝品，姑且不评论他说得对不对，除了这幅，其他三幅有人明确指出是赝品了吗？没有吧。我们上拍的每幅作品都经过了专业鉴定，你也是参与了的，是不是？怎么你连这点自信都没有了。仲天麒说：这不是有没有自信的问题。邓骁，我以为我们起码应该有一点共识，就是对每一件拍品保真，这是做事的基础。我不想说什么职业道德、良心，说这话我都不好意思。保真，这两个字在我们公司的宗旨中白纸黑字写得清清楚楚，我是公司的艺术总监，有义务也有职责为拍品把关。邓骁笑了，说：没想到你还跟上学的时候一样，天真无邪。我敢说，没有一家拍卖公司没拍过赝品，只是多和少的差别。你何必这么固执呢。

仲天麒望着邓骁，他第一次感到他和这位老同学是完全不同的两种人，他不想改变，邓骁也不想改变，他们还有辩论下去的必要吗？或者说，他们还有一起做事的必要吗？

仲天麒心中纡郁，知道说什么都没用了。他站起身要走，邓骁拦住他，说：好吧，我退一步，《芭蕉高士》可以拿下，其他三幅上拍，如果预展中有人提出异议，我们再撤不迟。怎么样？

仲天麒扔下一句：你是老板，你定。转身走了。

预展一切顺利。

邓骁心头一块重石落地了，他相信老天爷是眷顾他的。大战当前最怕有人唱衰，先前仲天麒的疑虑和紧张几乎传染了他。人在某一阶段会变得特别迷信，任何不吉利的话或者诡谲的事都会被当成可怕的征兆，邓骁憎恨这种感觉。

预展第一天，清晨6点，曦色还未明窗，酒店预展大厅已亮如白昼。连夜的布展没有让邓骁感觉到一丝疲惫，反而异常亢奋，他穿梭在迷宫一样的隔档里，展品琳琅满目。一瞬间邓骁热泪盈眶，六年前他只身来到长平创业，到如今一路挺进北京，其间的艰辛只有他自己知道。仲天麒哪里会有这种感受，撤拍难道就是把画取下来这么简单？对他来说这是耻辱，是失败。他并不想失去这个朋友，但如果朋友挡住他前进的道，他会毫不犹豫地推开他。

晚9点，参观者已散尽。在卢明慧不断的催促下，邓骁终于打算回去歇歇。仲天麒却来了。

邓骁有些欣喜，他讨好似的问天麒要不要一起吃夜宵。仲天麒自顾自转着，当看到那几幅面目可疑的画被挂在显著的位置，脸色阴沉得像要下雨。

仲天麒在《双骥图》前站定，对邓骁说：把这个拿下来。邓骁问：什么意思？卢明慧过来拉他们俩：哎呀，一天都没好好吃饭了，天麒，走，一起去宵夜好吧。仲天麒说：我吃过了。又转向邓骁，说：我让你拿下来自有我的道理。邓骁强压怒火：你的道理行不通，都这会儿了，你怎么还冥顽不化呢。仲天麒顿了顿，从手里的画筒中抽出一个卷轴，递给邓骁，说：换上这幅。邓骁一脸愕然。

出了酒店，夜幕下的都市霓虹闪烁，车来车往。仲天麒这才稍稍平复了澎湃的心绪。就在三小时前，他从严老先生的儿子手里，接过了《双骥图》真迹，一时悲喜交集。

与画一同带来的，还有严老先生的一封信。

天麒贤友惠鉴：

　　一别数月，时在念中。狮城匆匆一面，相谈甚欢，想世间之所遇，有白头如新，有倾盖如故，何则？知与不知也。余今得享忘年之乐，实为天麒所赐，再表谢忱。

近身体有恙，自感垂垂老矣，于病榻闻子详述内情，大感震惊，继而伤怀不已，叹子孙之不肖，愧老朽之不教。古有云，贻厥嘉猷，勉其祗植。余未能履践，实当内疚神明，不怨尤旁人。事不容缓，今遣子将《双骥图》奉友，望可补过。切切。至于其他，虽病体不济，然有失德失信者，亦当责罚不怠。

　　谨此奉闻，勿烦惠答。

蕉下翁草此

　　仲天麒眼睛湿润了。信纸微黄，字迹抖簌，这封信挽救了他的信仰。

　　严表哥说：我母亲属马，这是她生前最爱的一幅画，也是父亲送给她的礼物。所以，父亲一直舍不得拿出来……仲天麒无言以对。画又一次在他眼前展开，两匹黑马相偕奔跑，跃然于纸上。他想起严老那双浑浊的充满柔情的眼睛，那是在看《双骥图》时才有的眼神。仲天麒不知道怎么表达对一位老人的敬意，只有深深自责，他觉得自己就像一个披着正义外衣的掠夺者，伪善而可耻。

在孟晓白成人之后，父亲就告诫她：远离政治。当年孟晓白觉得好笑，她一个女孩子，能和政治扯上什么关系，父亲真是多虑了。但是现在，当她以编辑部主任助理的身份出现在杂志社时，周围的空气有了变化，那是一种夹杂着骚动、艳羡、猜疑、观望等等复杂情绪的空气，它不断升温并最终形成一股强大的气流，将孟晓白推向舆论的旋涡。

这次干部竞聘被张枰称为"具有划时代的意义"，两名80后被提拔上来，标志着干部的更新换代。其实孟晓白是1979年12月生人，她不知道为什么会被张总划到80后的行列，而另一个干部刚子倒是实实在在的80后。有更新就有换代，有人上就有人下，大家没想到，席主任下来得那么快。按老席自己的说法，是他到年龄该退休了，但据马姐等消息灵通人士透露，社里原本安排老席去后勤，老席死活不去，从一线岗位一下子掉到服务部门，这落差也太大了，老席自然不肯就范。还有一种说法，老席是这次竞聘的牺牲品，他一走，张总的一盘棋就活了，至于谁是这棋盘上的棋子，看竞聘结果就明白。

孟晓白悲哀地意识到，她已经被人看作张总的一枚棋子，甚至有人戏称她是张总的"新欢"。孟晓白宁愿闭目塞聪，听不到任何议论，但奇怪得很，自从做了所谓的干部，她就像一面遍布裂痕的墙，再也挡不住四面而来的呼啸的风声了。

老李正向她走来，她现在应该叫他"李主任"。

李主任春风得意，脚步很快，两只手向后甩，一左一右像两架人肉加速器。他对孟晓白说，周末去北京出差。孟晓白问：什么事？李主任说：参加一个会。孟晓白正要再问，李主任突然说：听说你男朋友是搞拍卖的。孟晓白愕然。李主任笑了，神秘地冲她眨眨眼，说：这可是个好行当。

孟晓白没想到，去北京开的"会"居然是"拍卖会"。一路上老李讳莫如深，只说去拍张画，直到入住酒店，孟晓白才吃惊地发现，他们参加的竟然是图将好景公司的拍卖会。孟晓白首先想到的是，仲天麒应该会在吧。

孟晓白在预展大厅转了一圈，她的心怦怦直跳，似乎有一点期待。站在画前，却看不进去，眼睛里满是色彩和线条，可大脑怎么也整理不出清晰的有逻辑的画面。她暗骂自己没出息，还没见到那个人就自乱阵脚。酒店暖气很足，她越发觉得燥热，走出展厅，在回廊的沙发上坐下来。她需要一杯水。

她看到老李和邓骁打着招呼，看来他们之前就认识。老李走过来，黑黢黢的脸庞因兴奋而泛着红光，他把办好的号牌递给孟晓白，说：看到了吗？孟晓白念：167号。老李说：不是看这个，我是问你看预展了吗？孟晓白说：看了。老李说：没看到张总的字？孟晓白红了脸，她的确记不起刚才看了些什么。她说：里面太热，我没看完。老李说：那看这个。把一册拍卖图录放在他们之间的圆几上，很笃定地翻到最后几页，指着一组书法四条屏，对孟晓白说：明天就看你了。

孟晓白低头看字，字是行楷，洋洋洒洒，倒有几分恣睢之貌。落款是：乙酉年仲夏恭录周敦颐《爱莲说》，长平张枰书。孟晓白一乐，说：张总真成书法家了。老李说：那是，没见张总在办公室狂练吗？这几年在艺术界也不是白混的。

要我来干吗？孟晓白不解。

拍画啊。

拍谁的画？

张总的呀。

啊？孟晓白有点蒙。老李说：明天你只管举牌，举到什么价格听我指令。孟晓白不想表现得太傻，她在心里把一条条凌乱的线索串联起来，似乎有点明白了。

这是孟晓白第一次参加拍卖会，场上高朋满座，灯光耀眼。她和老李选了靠后的座位坐下来，环顾四周，并没有发现仲天麒的身影。孟晓白惝恍不安，这么重要的场合他不可能缺席，除非是已经离开公司了，或者发生了什么事。

拍卖开始了。张总的字在后面，孟晓白有的是时间观察这个名利场，拍卖师驾轻就熟，手势潇洒，他似乎有超乎常人的能力，目之所及，就连最不起眼的角落，最不肯定的举牌，他亦能迅速捕捉，这就是所谓的职业素养吧。场上人数不少，但举牌的不多，倒是电话委托处更为繁忙，频频有工作人员举牌。大多数作品价格平平，直到徐悲鸿的《双骥图》出现，才掀起几轮竞价的高潮。二百八十万一次，二百八十万两次，二百八十万三次，落槌，成交！掌声四起。孟晓白吐了吐舌头，老李悄声说：加上佣金三百多万呢。不少人回过头向这位竞拍者投去致敬的目光，孟晓白只看见那个人的背影，挺年轻的样子，正低头跟旁边的女士窃窃私语。孟晓白发现，那个人看似平静，但他的肩膀正在微微颤抖。

终于到了张总的作品，一万二起拍。孟晓白很紧张，老李碰碰她的胳膊，说：举。孟晓白举了第一手。心想，如果没人接怎么办？看看老李，一副成竹在胸的样子。果然，有人跟了。老李说：继续。孟晓白再举，那人再跟。再举，再跟。几轮下来，价格已飙升至三万八，孟晓白举到四万，老李说：行了。落槌，成交。孟晓白手心全是汗。

此时拍卖已近尾声，场上的人走了大半。老李说：任务完成，走吧。孟晓白跟着老李向外走，刚出厅门，突然听到背后有人叫她的名字。她不用转身，知道那是仲天麒。

孟晓白住在1202房，这是拍卖公司为客户预定的房间。还不到5点，老李刚刚来过，问她要不要出去转转，顺便吃饭。她说累了，想休息。其实她哪里累了，看到仲天麒的一瞬间，她就乱了方寸。仲天麒让她在房间等他，说拍卖会一结束他就过来，怕孟晓白反悔似的，又把随身的背包交给她保管，像移交一件珍贵的信物般郑重。孟晓白傻傻地接过了，竟没有一丝反对。

　　孟晓白看着镜子里的自己。她难得穿这么正式，一件棉麻质地黑色衬衣外搭千鸟格的西装，像要参加一场商务谈判，神情中带着一种拒人于千里之外的傲慢。她对着镜子伸出手：你好，天麒，别来无恙。不好，有点装。她把手缩回来，两手搭在一起放在腿上：天麒，你好吗？怎么回事，不好。

　　孟晓白决定换身衣服，也许脱下板正的西装她会放松一些。打开行李箱，取出一件淡蓝色的开襟毛衫，换好。再次审视镜子里的自己，果然面色柔和了许多。但她又想，换衣服会不会太过刻意。正思忖间，门铃响了。孟晓白慌慌张张地把行李箱合上，用手指捋了捋头发，长舒一口气，开门。

　　门口站着仲天麒，看起来很疲惫，目光黯然，像一个被剥夺了玩具的孩子。他默默走进房间，孟晓白在他身后掩上门，刚转过身，便被仲天麒一把揽了去。孟晓白枕着他的胸膛，涌出一种难以名状的心疼的感觉，那些经过练习的各种情境下的开场白再也说不出口了。

　　这次拍卖会与邓骁的预期相去甚远，虽然场面上很热闹，但只有邓骁心里清楚实际的成交状况。他很痛苦，难道是他的战略出了问题？在拍卖公司成立之初，他就向员工描述了未来的愿景，五年内进军北京市场，现在公司已进入第六个年头，他不能再等了。痛定思痛，邓骁认真分析了此次拍卖会的得失，因为是首场北京拍卖，前期宣传投入较大，来的人很多，但大家举牌谨慎，要不是他安排人托着，近一半作品可能流拍。让他略感欣慰的是，几幅他力排众议上拍的作品都成交了，其中包括仲天麒要求撤下的两幅，虽然没有达到理想的价格，但总算为他挽回了些颜面，不至于颗粒无收。这也更坚定了他的信念，要在全国市场抢地盘，关键是作品，而且是在全国收藏界叫得响的大作品。

　　拍卖会结束一周之后，邓骁在长平接待了两位客人，来自新加坡的严先生和吴总。两个人没有见仲天麒，而是直接找到邓骁，令他有些意外。吴总此次委托了三幅作品，谈到被撤拍的《芭蕉高士》，他很不理解，说你们公司的仲先生太保守了，如果这幅上拍，肯定能拍个好价钱。邓骁表示赞同，并提出把这幅画留下来，下次拍卖会一定上拍。吴总哈哈大笑，把他的胖手伸向邓骁，两只手握在一起用力地摇了摇，像达成了某项重大协议。

直到严先生和吴总离开长平，仲天麒才知道这两个人来过了。他不能理解邓骁的做法，并为公司深深地担忧。他照常去公司处理拍卖会后的种种工作，而邓骁像有意回避似的，决不给俩人独处的机会。这样一种不尴不尬的气氛持续了半个月，在仲天麒几乎绝望之时，终于迎来了和邓骁的一次深谈。

还是在阅江楼，半年前，仲天麒就是在那场饭局上透露了他加盟拍卖公司的想法，他和邓骁踌躇满志，澎湃的热血几乎要冲出胸膛。两个人都喝多了，在酒精的作用下，他第一次与邓骁分享了心中的秘密——对一个叫孟晓白的姑娘的爱情。俩人蹲在挂满彩灯的景观树旁，邓骁的脸红绿变幻，嬉笑声淹没于车流之中。仲天麒对邓骁善意的调侃报以同学间的亲密回击，他至今都觉得那是一个酣畅淋漓的夜晚。

此刻，两个人的距离相隔一米。桌子上摆着的不是酒，而是茶。服务小姐殷勤地守在一侧，适时添水，以保证茶汤的火候和温度。俩人默默啜饮，谁也不说一句话，直到邓骁以潇洒的手势示意服务小姐离开，这场谈话才艰难地开始了。邓骁神情凝重，以他惯有的富于感染力的语调回忆起创业时期的种种艰辛，他背井离乡无依无靠，收起锋芒低三下四，处处看人脸色，为拿到一件拍品喝得不省人事，睡了两天才清醒，靠着这股不服输的信念，他终于攻破长平收藏界坚硬的壁垒，现在很多圈内人士都以为他是本地人。说到动情处，邓骁红了眼眶。

有一瞬间仲天麒走神了，他已经在无数的场合听到过邓骁痛陈其创业史，只不过这一次更加系统和详尽。成功人士总喜欢这么做，借此增添其个人的传奇性，仲天麒虽然反感，但也认为可以理解。他调整了一下坐姿，做好了长时间"听讲"的准备。突然，他听到邓骁喊他的名字：天麒啊天麒！邓骁说：我不知道你是怎么想的，但我是把你当作合伙人的！的确，邓骁曾多次劝说他入股公司，并承诺重新划分股权结构。有一段时间仲天麒被说动了，他和邓骁一起做父亲的工作，但父亲坚持自己的玩法，决不就范。仲天麒也因此觉得对不住邓骁，那时公司正处于上升阶段，前景看好，邓骁却愿意分他一块蛋糕，他从内心是感动的。而且他始终认为，邓骁是同学中最具经济头脑的一个，也是最讲义气的一个。

难道是他识人不明吗？仲天麒目光炯炯盯着邓骁，说：合伙人最重要的是彼此坦诚相待，你觉得你做到了吗？邓骁说：我还不够坦诚吗？虽然我们在理念上有一些分歧，但我从来都是据实相告，没有半点隐瞒。当然，这一次吴总他们来没通知你，一是时间仓促，二是人家并没有打算见你。你说我能勉强客人吗？仲天麒说：他们不打算见我，呵呵，是不敢见我吧，他们这是心虚了。邓骁说：你不好沟通，只能找我喽。仲天麒说：那我想知道，你们沟通的结果是什么？

仲天麒很少这么咄咄逼人，显然邓骁不太适应，他招手示意服务员过来，问有什么茶点。服务员说豌豆糕、苹果派很不错。邓骁用目光征询仲天麒，但并不等他回应，便说：各上一份。

邓骁从文件包里拿出一本画册，推给仲天麒，左手的手指却在桌上敲打，像古战场上擂响的战鼓，坚定而有力。他习惯凡事掌握主动，谈话更是如此。

邓骁等仲天麒翻过几页，说：看看吧，这是纽约苏富比今年要推出的中国当代艺术专场。多么让人振奋的消息啊！说明中国艺术市场已经大到纽约拍场都想介入，接下来的影响会有多大，绝对不容忽视，背后的归结点自然是中国庞大的经济消费力。我敢说，未来十年将是中国拍卖市场高速发展的黄金时期，我们必须做好准备！新加坡的当代艺术很活跃，一些有眼光的藏家早年就收了包括张晓刚、岳敏君、蔡国强、刘小东等人的作品，这些人都是中国当代艺术的扛把子。仲天麒冷冷地说：这么说，你准备转向当代艺术了？邓骁很有深意地瞥了一眼仲天麒，说：不是转，在长平，我们当然还是主打中国书画，苏富比那是面对国际级的藏家，我们有地域性，这一点我还是清楚的。但我想我们可以尝试嘛，比如推出一些小专场，趁着这个热度。你觉得怎么样？仲天麒说：作品呢？我们没有这个优势。

所以说要和吴总他们合作嘛！邓骁终于抛出了他从坐在这里的一刻起就想说的话：新加坡是国际大都市，包括日本呀、东南亚一些国家的藏家都喜欢在那儿交流，严先生和吴总在这个行业浸淫多年，人脉广，资源丰富，又有合作的意愿，我们何乐而不为呢？仲天麒说：邓骁，你是装糊涂还是真糊涂。这两个人有问题，作品有问题，人品我也很怀疑。你为什么就不信我呢？邓骁说：我不管他们有没有问题，我只看结果，就是他们委托的作品都成交了，给公司创造了利润，这就是合作的前提。仲天麒说：你把他们当座上宾，我考虑的是对他们的所作所为要不要诉诸法律。我几乎可以认定，这一伙人有一整套流程，通过著录、展览、拍卖等手段"洗白"作品。他们设好了套子，正等着我们跳进去。

这段话在邓骁听来过于严肃，他忍不住哈哈大笑，并用一种睥睨的眼神看着仲天麒。虽然他在心里对自己说，谁进谁的套还不一定呢，但还是对仲天麒的提醒表示感谢：我知道你是为公司着想，但你真的多虑了，怪不得严先生和吴总不愿意见你呢。天麒，作为老同学，我必须说一句实话，我佩服你的才华，但在做生意上你确实还是小学生水平，因为你连趋利避害、借势而为这个最基本的经验都不懂。仲天麒也笑了，说：如果要像你这样借势，那我宁愿不借。

邓骁想缓和一下气氛，便压低声音，用一种几乎称得上是饱含深情的语气说：天麒，图将好景是我们俩的公司，我需要你的帮助，我们要一起创造未来，我真的不想你掉队啊！

桌上的点心散发出诱人的香气，造型精致得像工艺品。仲天麒沉默了，他深深地意识到，他和邓骁已经在相悖的两条道路上越走越远。邓骁还不甘心，说：天麒，以你的眼光，你的能力，你的才华，我们能做的事情太多了。只要你跟着我干，我保证三年之后让你身家千万。仲天麒微微一笑，拿起一块豌豆糕，整个放进嘴里，细腻的豆沙在口腔中慢慢融化，滋味悠长。他对邓骁说：好好做你的千万富翁吧。

31

  美院的寒假特别漫长。圣诞节过后，基本就进入放假模式，这一放就是两个月，学生们调侃，离校时雪花飘飘，回校时春暖花开，感觉在家度过了整个冬天。但对于蒋凤仪来说，这个假期可以忽略不计，因为除了春节那几天陪家人，其余时间她都在雷总的绿筠轩兼职。

  还是在刚放假时，一次陪孙院长吃饭，雷总也在场。闲谈时雷总说他的一个茶艺师突然不干了，他急需一个能暂时守在茶室的人，让孙院长帮忙物色。坐在一旁的蒋凤仪心中一动，脱口而出：您看我行吗？话刚出口她就觉得莽撞了。没想到雷总满口答应。蒋凤仪红着脸向孙院长投去征询的目光。孙院长说：雷总，我这个学生可不懂什么茶艺，平常端个茶倒个水的还行，其他就帮不了你了，你不必顾忌我的面子，勉为其难啊。雷总哈哈大笑，说：哪里哪里，我怎么敢让院长的研究生端茶倒水，小蒋能来我绿筠轩，那是我的荣幸啊。

  事情就这么定下来，第二天蒋凤仪就上班了。她实在太需要一份兼职，太需要雷总给她开出的两千块钱了。她努力学习与茶相关的知识，一个多月后，她已经能像模像样地独立完成一整套茶道程序。寒假结束时，蒋凤仪怀着忐忑的心情问雷总，她能否继续留在绿筠轩，但因为早上还要上课，她只能上半天班。在蒋凤仪看来，这是个过分的要求，但雷总慷慨地同意了，更令她没想到的是，半天的工钱还是两千。当在ATM机上看到这几个可爱的数字时，她几乎要哭了。

天气渐渐暖了。闲暇时，蒋凤仪偶尔会想起孟晓白，这个名字那么熟悉，又像梦一样模糊不清。去年春天，她们一起流连桃花林，亲密无间。她丝毫不怀疑她们的友谊会一直到老，在时光的流逝中，两个人的友谊最终升华为两个家庭的友谊，这样的期许足以慰藉岁月的无情。令她感到残酷的是，仅仅一年时间，她就退出了孟晓白的生活，同时孟晓白也退出了她的生活，在同一座城市的同一片天空下，从此形同陌路。她并不伤感，只是惊叹人与人的关系如此变幻莫测，当你计划某一件事情时，本身就具有了一种反讽的意义，尤其是你的计划里有别人，而别人正是最不可控的因素，所以她现在只计划自己。她惊喜地发现，在她开始计划之后，她的生活变得明朗起来，她比任何时候都清楚自己要什么。比如现在，有两件事情是重要的，一是在绿筠轩兼职，因为她需要这两千块钱；二是她正在帮导师完成一个研究项目，这无疑可以提升她的专业水平。其他的事都可以暂时放下，包括友情和爱情。

在绿筠轩，蒋凤仪也见识了所谓上流人士的日常。他们中有的人是真爱茶，固定会在一周的某个时间来品茗，这些人穿着宽大的亚麻质地长衫，手腕上带着金丝楠木或小叶紫檀的珠子，脚上蹬的是厚底老式布鞋。这身装扮像是某种暗号，一旦接上头大家顿时惺惺相惜起来。那些存茶的人更是有一种不露声色的优越感，常常在到底是喝蒙顶甘露还是凤凰单枞的问题上犹豫不决，这时蒋凤仪会不失时机地说一句：春茶还是蒙顶甘露好，温而不寒。客人点头，微笑着说：那就蒙顶甘露吧。在一排排精致的贴着名签的小抽屉里，蒋凤仪找到客人的存茶，一场优雅的茶事就这样开始了。

虽然渐渐认识了各种茶的名字，但蒋凤仪还是很难理解为什么一坨黑乎乎的茶饼要卖几千甚至上万块，她也觉不出这些茶有什么特别的味道，更谈不上好喝。雷总说她太年轻，茶是要到一定的年龄才能品出滋味的。也许吧，蒋凤仪并不在意，因为和茶相比，她更感兴趣的是人，绿筠轩是一个窗口，让她看到各种各样的人,也领略了他们生活的小小一部分。她和他们,是多么的不同啊。

周末的下午,绿筠轩正在举行一场茶文化讲座,主讲人是台湾的资深茶人温素。蒋凤仪挺佩服雷总的,他的人脉还真广,总能邀来一些有名气的人,比如这个温素。蒋凤仪之前没听说过她,到绿筠轩后经常会翻翻与茶有关的杂志,看到过温素的专栏,她惊讶于这个台湾女人能把茶说出那么多道道,经济文化政治无所不包。一次蒋凤仪说,如果能把温素请来就好了。她只是随便说说,没想到雷总真把温素请来了,她觉得雷总的能量太大了。雷总却说没什么呀,温素正好来杭州参加交流活动,他顺道就把人请来了呗。

来听讲座的有三四十人,大家席地而坐,茶室顿时显得拥挤了许多。蒋凤仪坐在隔间里,透过打开的竹帘刚好能看到温素的半张脸,这个女人说不上漂亮,但她面容平和,透出温柔的笑意,尤其声音里有一种台湾女人特有的魔力,慢声细语,娓娓道来,音量不大却足以感染人。她正讲道:茶被人们认识应该不晚于战国时期。《尔雅》中已有关于茶的记载,"槚,苦荼",这里所说的"荼"就是"茶",槚是一种茶树。有人讲台湾的茶道是模仿日本茶道,讲抹茶是从日本传过来的,这真的有点妄自菲薄了。事实应该是日本学习我们的茶道才对呀,尤其是唐宋时期的末茶法,再到后来的点茶法,他们完全是学我们。很多古代诗词里都描述抹茶,因为它细如粉末,那时称为"茶末",比如苏东坡叫它"飞雪轻",白居易叫它"瑟瑟尘",多形象多美好的名字啊,朋友们觉得呢?当然一整套点茶的方法很烦琐,除非茶道表演,一般较少用到,现在我们用散茶法,简单便捷了很多,但总觉得韵味少了一点点……

蒋凤仪听得着迷了,雷总悄悄坐过来,问:好听吗?蒋凤仪龇牙一笑,说:好听,真好听!雷总凑近说:一会儿完了跟她合张影,机会难得。

讲座结束,温素女士说她这次过来特别带了她的新书,喜欢的朋友她可以签名赠送。话音刚落大家便围上来,希望能抢上一本。雷总说话了:诸位,诸位稍等,特别说明一下,由于书的数量有限,我们不可能每人一本。这样啊,此次温老师除了书，还从台湾带来了特别制作的老白茶"白牡丹"，买一盒可赠签名书一本，大家可以先品尝一下，今天下午绿筠轩的所有茶水都是免费的，诸位随意。

此时，包括蒋凤仪在内的几个服务人员端上茶水和点心，邀请客人们坐下来慢慢品。温素露出她的招牌笑容与每个人合影、交谈。蒋凤仪注意到，大多数人走的时候都带了茶，当然，还有免费的书。"每个交流活动背后都隐藏着一个商业目的"，蒋凤仪突然想起雷总对她说过的话。

直到晚上9点多，客人们才陆续散去。蒋凤仪喝了一肚子茶，早饿得前心贴后背了，她想回学校，又担心雷总送完客人有事交代，就等在茶室。果然雷总回来了，手里还拎着盒饭。雷总说：饿坏了吧，赶紧吃。蒋凤仪有些感动，说：您没见点心都被我扫空了吗？说着端起盒饭吃起来，扒拉了两口，一抬头发现雷总在看她。蒋凤仪说：是不是被我饿死鬼的样子吓住了？雷总摇摇头，若有所思，他说：我是想，现在像你这样能吃苦的女孩子很少了。蒋凤仪把嘴一抹，说：这算什么吃苦呀！有学上有饭吃，有活干，有钱拿，我幸福着呢，还吃苦？雷总你可太逗了。雷总伸手过来，轻轻拍了拍蒋凤仪的头。这个动作太过宠溺，蒋凤仪下意识地一缩脖子。雷总说：知足，知足就好。他话锋一转，又说：但是，知足有时候意味着安于现状，可不是你这个年纪该有的状态呀。

蒋凤仪心说，你怎么知道我安于现状呢，太小看我了吧。嘴上却说：嗯，雷总教导的是，但我觉得一切都得慢慢来，知足也好，安于现状也好，起码心不累，您说呢？雷总说：你这丫头还挺有定力，正确的方式应该是，心态要知足，行动要积极，机会来了一定把握住，懂了吧。

蒋凤仪点头如捣蒜。她已经吃完了饭，准备回学校。雷总却说天太晚了，让她在茶室住一晚。蒋凤仪说不了，明天一早还要上课。雷总说：那就再聊会儿，等会儿我送你回学校。蒋凤仪想，雷总今天真奇怪，话这么多，找不到可倾诉的人么。她不好拒绝，就嘻嘻笑着说：那我就再陪您聊五毛钱的。

雷总拿出一本书递给蒋凤仪，正是温素的专栏集，扉页上写着：凤仪小妹雅正。蒋凤仪惊喜道：我还以为没我的了呢！雷总说：我专门让温老师给你签的。蒋凤仪双手合在胸前连连作揖，说：谢谢谢谢，您对我真的太好了！雷总高兴着蒋凤仪的反应，眼睛明显亮了一下，他说：你明白就好，我不是对每个人都这样的。说完意味深长地盯着蒋凤仪。

蒋凤仪装起了糊涂，她不傻，今晚的气氛很不一样。她有点好奇，想看看接下来会发生什么。

雷总终于说：今晚别走了。蒋凤仪继续装糊涂：我肯定要回学校的，您不着急回家吗？您不怕老婆生气呀。雷总说：淘气。脸上露出笑意，越发觉得这个女孩子有趣了，他手指头点着书的封面，说：这本书叫《茶与美景不可辜负》，人生苦短，不可辜负的何止茶与美景，比如今晚，我和小蒋，难得敞开心扉一叙，我心悠悠，明月可鉴，不知小蒋知否？

雷总说话自带音律，一副自我陶醉的模样。蒋凤仪强忍住笑，她还真没见过雷总这样，这几句文绉绉的词儿从雷总嘴里蹦出来，怎么听怎么别扭。她不搭话，继续听雷总敞开心扉：

小蒋啊小蒋，在我们这个圈子混难免装腔作势，来的都是客，都得赔笑脸，有时候我累啊，这人呐，装逼装习惯了连他自己都不知道哪个是真的。偏偏我做的这个行当，是最装逼的，不装又不行，做茶的不懂茶文化，怎么走上层路线。你看我名片上的头衔，绿筠轩文化公司董事长、茶业协会秘书长、《尚品》杂志顾问，高大上吧。连我的名字，雷一茗，都透着文化，还有点天命的感觉，茗嘛，就是茶嘛，哈哈，你说我不干这个行当是不是天理不容啊……

雷总说得嘴角起沫，像即将发作的癫痫病人，蒋凤仪想说，您喝杯水吧，但见雷总伸出舌头灵活地向右边一舔，把白沫收回口腔。蒋凤仪犯了恶心，担心雷总继续做口腔运动，再有唾沫星子溅到自己的水杯里，她简直要晕了。雷总却把蒋凤仪的反应当作学生听课般津津有味，甚至暗想这个女孩子有些崇拜他了也说不定呢，于是更加掏心掏肺：

但是，但是——小蒋啊，你知道我本名叫什么吗？雷发达！我叫雷发达，好笑是不是？我也奇怪了，我爹妈想发财想疯了吧。还别说，我现在真发达了，但我特别讨厌这个名字，摆明了没文化嘛。我有时候很分裂，夜里静下来，孤独啊，独上高楼，望断天涯路。你的苦跟别人说不着，跟老婆也说不着，她只要你的钱。你想着有钱就好了吧，也痛苦，中国人历来轻商，你有钱了人家说你暴发户。你看看我这里，有竹、有琴、有茶、有书，够雅了吧，不行，人家说你这是面儿上的，骨子里还是个包工头。对了，你知道我干什么发家的，承包工程，盖楼、装修，其实就是个包工头，人家没说错。有一次我装修一家茶楼，气派，有档次，有文化，我就想什么时候我也要有这么一个地方。三年后，我真的实现愿望了，通过这间茶楼，我交往了不少上流阶层的人，包括你的导师孙院长，越交往我越心虚呀，总怕自己兜不住。我没好好上学，现在就羡慕你们这些大学生啊、研究生啊，跟你们在一起，我就觉得自己青春了，潮流了。你懂不懂小蒋，我真是喜欢你啊。

  蒋凤仪不露声色，瞄了一眼雷总，漫不经心地问道：你喜欢我什么呀？雷总说：我喜欢你不装。你像一股清新的风，朴实无华，沁人心脾。我需要一个可靠的助手，我观察你很久了，也知道你家里的一些情况。雷总顿了一下，似乎在考虑该不该说接下来的话，但他还是说了：你爸下岗，你妈没工作，靠摆地摊生活，你还有一个正在上学的弟弟。对不对？

  蒋凤仪惊讶极了，她不知道雷总从哪里了解的这些信息。她低头不语，如果说刚才她还把雷总当作一个笑话，现在已经转为反感了。她像一个被戳穿了谎言的孩子，想马上遁形。

  雷总并没有察觉蒋凤仪的变化，依然自我感觉良好地说：只要你跟了我，我保证让你不再为钱发愁，绿筠轩就是我们俩的，从此我们在这儿逍遥自在，多美妙啊。我知道你喜欢这个地方，怎么样？答应我。

  蒋凤仪按捺不住心中的鄙夷，越发觉得雷总像个跳梁小丑，她蹦豆子一样脱口而出：雷总，你是想包养我呗。雷总竟面露一丝羞涩，搓着手说：呵呵，包养多难听啊，情人？不，情人也太俗。你呀，就是我的红颜知己，我亲爱的小蒋。说着便要伸手拉蒋凤仪。蒋凤仪身子一闪，躲开了。雷总浑身抖动，

"癫痫"终于发作,一把将蒋凤仪拉到怀里,嘴也凑了上去。蒋凤仪一边挣脱一边说:等等!等等!雷总,你别急呀。这么大的事,你得容我考虑一下呀,你这样我可真生气了!雷总放开蒋凤仪,喘着气说:好好,你别生气,我太冲动了,我让你考虑,别让我等太久啊。蒋凤仪整整衣服,说:好,你现在送我回学校,我考虑好了自会来找你。

雷总看蒋凤仪态度坚定,他也不想坏了好事,姑且忍忍吧。他有这个自信,这丫头逃不出他的手掌心。

尽管凭着一点机灵劲儿,蒋凤仪安全脱身了,但直到躺进学校宿舍的被窝,她仍然惊魂未定。她甚至流了几滴眼泪,不是害怕,不是愤怒,而是一种很复杂的体会。她觉得自己是弱小的,弱到有人伺机占她的便宜,她还得小心翼翼地应付,不敢得罪了人家。但她也自认是强大的,她是研究生,长得不难看,具有一定的吸引力。她也茫然,她缺钱,但她不愿这样挣钱,她蒋凤仪决不会自轻自贱,毁了自己的前程。但前程又是什么?不就是生活富足人前显贵吗?跟了雷总也许是一条捷径,研究生毕业了又能怎样,一切都是未知的。

接连几天蒋凤仪没有去绿筠轩。雷总打来电话,她只说最近忙得很,在帮孙院长整理资料。雷总说很想她,只要她肯来,工资立马涨到五千,还可以更多。蒋凤仪气得牙痒痒,感觉一股污秽之气从话筒里喷出来,令她恶心。她想不通,为什么一个人可以有这么多副嘴脸,之前她对雷总还是尊重的,虽然此人有点装模作样,但毕竟是孙院长的朋友,想来也不会太差。现在看来社会是复杂的,"物以类聚,人以群分"也不一定对呀。她下了决心,不再去绿筠轩了。

孙院长最近在写一本关于古代屏风绘画的书,是一个出版社的邀约。眼看到交稿日期了,蒋凤仪和两个同学帮着查阅资料、校对文稿,周末也在加班。

周六,蒋凤仪早早来到孙院长画室,另两个帮忙的同学还没来。蒋凤仪带了两份早点,一份给自己,一份给孙院长。打开袋子,鲜香扑鼻。孙院长说:哟,驴肉火烧啊。语气里带着惊喜。蒋凤仪说:就是在您老提的那家买的,我还怕卖完了,早早去排的队。孙立得心里舒服着,还是女孩子心细些,嘴上却没说什么。

吃完早点，蒋凤仪开始在电脑前敲字。孙立得平常很少用电脑，一般的材料都由蒋凤仪代为录入。孙立得站在蒋凤仪身后看了一会儿，说：嗯，比我的秘书还快些。蒋凤仪有点小得意，说：我专门自学了五笔呢。孙立得拍拍她的肩膀，突然问：你今天怎么没去雷总那里，周末你不是都在那边吗？蒋凤仪是个藏不住话的人，听孙立得问她，恨不得将那天的事一股脑儿倒出来，但又想着是自己的私事，说出来也挺乏味的。于是说：我得紧着您这边的事啊，我是您的学生，又不是他的。孙立得并没有听出蒋凤仪的弦外之音。此时，另两个学生也到了，孙立得交代几句，出了门。大家继续干活。

直到下午3点多，孙立得才回到画室。蒋凤仪打了一天的字，正想站起来活动活动手脚，却看到孙院长身后还跟了一个人，雷一茗，不！是雷发达。雷发达踏进门就说：啊呀，同学们辛苦了，晚上我请客，好好犒劳一下大家，提前祝贺孙院长新书出版。他语气略显夸张，虽然对着两位男同学，眼睛却时不时向蒋凤仪身上瞟。蒋凤仪依然在打字，连头都没抬一下。雷总面露尴尬之色，像是在台上说了一段精心准备的开场白，底下却没人鼓掌。他给自己打了个圆场：看来我这个闲人来得不是时候，大家忙，大家忙。说着跟孙立得进了里屋。

蒋凤仪在外面不淡定了，她实在不想见这个人，更不要说一起吃饭了，她怕自己控制不住，说出什么不好听的话，大家都难看。犹豫了半天，蒋凤仪走到里屋门口，门没关，蒋凤仪也不想进去，她一只手扒着门框探进头去，说：孙老师，我家里有事，先走了。孙立得还没有应声，雷总却抢着说：有什么事这么着急，小蒋同学不要不给我面子啊。蒋凤仪不搭他的腔，依然对着孙立得说：那我走了啊，孙老师。孙立得觉出了蒋凤仪的异样，但也不好驳雷总面子，于是说：凤仪，雷总专程过来看大家，吃了饭再走吧。雷总站起来一拍手，说：既然小蒋有事，我们就早点开始，我知道一家馆子，环境好、菜好，离这儿还不远，我们现在就过去，先喝喝茶聊聊天。怎么样，院长？我今天可带了好茶哟。孙立得对蒋凤仪说：你看，雷总多迁就你呀。蒋凤仪勉强提起嘴角,挤出一条线的笑意,孙老师话都说到这份儿上了,她还能拒绝吗?

　　雷发达精神一振,立马招呼大家走人。出电梯时,他落到最后,看着前面的蒋凤仪被牛仔裤包裹着的臀部有节奏的摆动,他心里一痒,紧走几步凑近说:小蒋,我的大门随时向你敞开。蒋凤仪嫌恶地瞪了他一眼,雷发达不以为然,笑嘻嘻地赶上去给孙立得开车门,左手却有意无意地碰了一下蒋凤仪的屁股。蒋凤仪气炸了,恨不得冲上去给雷发达一个大嘴巴子。一瞬间她做了决定,她蒋凤仪是随便给人欺负的人吗?看着所有人都上了车,蒋凤仪说:大家吃好,我就不奉陪了,再见。她招招手,转身走了。

　　蒋凤仪能感觉到雷发达张着大嘴看她渐渐走远的背影,不由得使劲挺了挺身子。

32

一般情况下，社里有什么新消息，孟晓白总是最后一个知道，这次也不例外。

早上刚到办公室，马姐神神秘秘地拿出一张报纸，在连说了三遍"惊喜"后，指着上面一条消息给孟晓白看，《长平市书法家协会换届选举》。孟晓白只看了标题，不明白这件事何以让马姐如此兴奋。马姐对孟晓白的迟钝很不满意，她努努嘴，被涂抹得过于红艳的唇部形成一个丰满的凸字，仿佛有很多话堵在嘴边，正要跟这红色一起喷薄而出。孟晓白继续看那条消息，终于在铅字中发现了总编辑张枰的名字——张枰当选书协副主席。看到孟晓白张大了嘴，马姐满意地笑了，红色的坝口终于泄了洪，归于片刻的宁静。

孟晓白想起前两天李主任突然问她有没有张总的字，她回他说：我要张总的字干什么？李主任脸上浮起深邃的微笑，像一个智者。那天下班时，孟晓白收到一个信封，是李主任给她的。孟晓白回家打开信封一看，居然是张总的一幅字，尺幅不大，内容是：春风大雅能容物，秋水文章不染尘。孟晓白想，这是李主任给的，还是张总给的？应该是为了那件事，感谢她在拍卖会上的举牌。孟晓白有点不安，其实她对张总的书法完全不感兴趣，举牌也只是为了完成任务而已，她很不情愿地参与了这个"局"，现在又拿了人家的"好处"，这一切让孟晓白觉得自己像一个同谋犯。

　　张枰当上了书协副主席，这是杂志社的大事件，有人预言张总的字要涨价了，书协、美协换届就是书画市场的风向标，坐上位子的，价格翻跟头，下了台的，行情一路跌，这是不二法则。孟晓白从心底鄙视这样的"法则"，艺术什么时候跟官位挂上钩了，以权力大小排座次，看画先看人，主席、副主席的就好，不管他画了什么，写了什么，画本身不重要，是谁画的才重要。孟晓白怂怂然，她上学时努力追求的"艺术性"被市场的洪流席卷而去，仅留下模糊不清的残片，班里十多个人，现如今竟然没有一个做职业画家，吴强虽然留在美院，却干了行政。这就是现实，无奈啊！孟晓白的这些牢骚只在仲天麒面前发，他们的许多观点惊人一致。仲天麒说，要改变中国书画市场的畸形现状，就得把书协、美协、画院什么的统统撤掉，把画家书法家都扔到市场的汪洋里翻腾，会游的上岸，不会游的淹死，残酷是残酷了点，但唯有此才能回归艺术的本质。孟晓白打趣他，如果把他也扔到海里，他会怎样。仲天麒说，也许会一直游下去，不至于淹死，也上不了岸，虽然很辛苦，但不失为一种自我拯救的方式。孟晓白沉默了，她知道仲天麒已经离开了拍卖公司，那个邓骁，一再劝仲天麒回去，甚至给她打电话，让她劝劝天麒。但她知道，天麒在有些方面是不会让步的。天麒开玩笑说，现在自己是无业游民了，她会嫌弃吗？孟晓白说，嫌弃呀，嫌弃他打着失业的旗号装可怜，让她不忍拒绝他，还嫌弃他得了便宜卖乖，终于可以自己支配时间自由地画画了，这简直就是理想的生活。仲天麒拥着她说，有了你，才是理想的生活。

　　爱情的甜蜜一方面让陷入其中的人儿异常敏感，一颦一笑都是情感密码，另一方面又使人的脑子变得迟钝，分析能力几乎丧失。比如现在的孟晓白，一旦放下心中的执拗，满腔柔情像池子里欲溢的水，一个小石子都能激起涟漪，更何况是仲天麒这样的大石头呢。她和仲天麒如胶似漆，就差最后这一哆嗦。孟晓白很矛盾，她喜欢天麒的亲近，但又怕他亲近，她牢牢地把持着自己的身体，像坚守一个不能说的秘密，她一边在天麒有节制的爱抚下战栗，一边紧绷皮肤随时把身体变成墙壁。每每拒绝天麒之后她又悔又恨，悔什么？恨什么？她不知道，她一度觉得自己有病，她对天麒说"对不起"，可怜的天麒，以为她心里打不开的"结"是蒋凤仪，她默认了，她不想辩白，不想思考。当一个问题你解决不了，那就让时间去解决。这句话让孟晓白聊以自慰。

  这段时间，用仲天麒的话讲，他是跟着孟晓白混的。那次与邓骁的谈话之后，他就没有再去过拍卖公司，平常在家里画些自己喜欢的东西，倒也平静了许多。更重要的是，孟晓白成为他真正意义上的女朋友，都说商场失意、情场得意，看来还真有些道理。在女朋友这个问题上，仲天麒从来都不是主动的一方，唯独孟晓白是个例外，就像命运要故意捉弄你似的，你不是清高吗？不是不屑于就范吗？这回就让你彻彻底底地犯一次贱。孟晓白很少约他，都是他打电话约见面，反正他有的是时间，有几次他就坐在杂志社对面的咖啡馆里，等孟晓白下班。他细细想着孟晓白的样子，面孔有些苍白，眉毛淡淡的，更显了眼睛的清澈，有时她会涂一点唇彩，亮晶晶的，很生动，嘴角一翘带着点调皮，但调皮里又隐着晨雾一般的忧郁，忧郁的调皮？这样想着，仲天麒就笑了。他倚窗而坐，一眼就能看到孟晓白穿过马路向他挥手，黑色大衣粉色围巾，周围的人流车流变成了慢动作，渐渐凝固成一幅画，只等着画中的人儿走出来，走到他面前，世界才又恢复了喧嚣。

  今天却是孟晓白主动约他的。孟晓白露出一丝忧郁的调皮，说：你不是要跟我混吗？那走吧。

  孟晓白算是公私兼顾。一位姓王的颇有追求的文化商人，在自己的葡萄酒庄举办活动，活动有一个很诗意的名字——春天大爬梯。孟晓白挺纳闷，大爬梯？现在流行把"party"叫"爬梯"吗？到了酒庄，孟晓白才发现这活动真是名副其实。酒庄里有一个观景台，是这片建筑的最高处，观景台的楼梯建在房子中央，大家爬梯而上，梯道逼仄，只容一人，蜿蜒着向高处伸展，顶是木顶，像老戏台中间的藻井，梯子却是钢板，闪着金属的冷光。材料的反差带来强烈的视觉美感，尤其是每爬高一层，头顶藻井的图案就不一样了，仿佛小时候玩的万花筒，变幻无穷，更引得大家赞叹不已。孟晓白和仲天麒一前一后登上观景台，眼前豁然开朗，远山在春天的薄雾中显出一片黛色，山林还未尽绿，却也不乏春的生机，田野里有一大片密密匝匝的植物，从高处望下去满眼新绿，王总说那是葡萄架。观景台上人很多，孟晓白和仲天麒移步栏杆边，俩人几乎同时深吸了一口气，遂相视一笑，望向远方。

"爬梯"结束，众人来到酒庄中部一个下沉式的露天庭院，庭院方正宽绰，只在四边的走廊用玻璃搭成顶，许是为了防雨，视觉上却有奇异的效果，玻璃像是从一块块青石里硬生生长出来的，很有装置艺术的味道。王总正在向来宾描绘酒庄的美好蓝图，他计划以葡萄酒庄为核心向外延伸，用三年时间把这里打造成一座艺术村庄。他邀请所有在场的艺术家届时进驻艺术村，条件绝对优厚，三年内免房租。人群里叫好声、掌声四起。仲天麒附在孟晓白耳边说：这倒是好事，独立艺术家们有福了。孟晓白说：对呀，比如你。仲天麒一乐，轻轻握了握晓白的手。

来宾三三两两聊天，有几位画家是孟晓白曾经采访过的，仲天麒也遇到两三个熟人，彼此亲切地打着招呼，把手中的高脚杯碰得叮当响。这就是所谓的社交场合，认识的人要进一步加深感情，不认识的要想办法认识，好像熟人的数量会决定一个人的质量似的，但实际上，量变到质变的原理在交朋友这个问题上并不管用。孟晓白和仲天麒在人群里待了一会儿，便觉得有些乏味，俩人退出来，找了一处相对安静的角落坐下。

服务员托着盘子在人群中穿梭，身形自如，孟晓白倒担心起来：高脚杯会不会倒啊，红酒会不会洒呀。看了片刻，她发现自己真是瞎操心，那红酒杯像生了根，牢牢扎在盘子上，服务员从他们身边飘过，放下两杯红酒。孟晓白感叹，术业有专攻啊，不能小看了每一个行当。又想起王总方才描绘的"艺术村庄"，突然有了十二分的兴趣，尤其对面还坐着一位"自由画家"。她于是煞有介事地问道：请问仲先生，你怎么看艺术村庄计划？

仲天麒微笑着，觉得她此刻的"调皮"简直可以拿掉"忧郁"两个字了。他一本正经地说：你是在采访我吗？对于自由画家来说，这绝对是个利好消息。因为我们这群人没有学院画院的身份，没有固定收入，有的人生活都成问题，需要实力雄厚并且真正热爱艺术的个人或机构的扶持，但这个过程一定是很漫长的。在中国，画家不是一种职业，只是一个称呼或者说身份，职业是可以赚钱的，身份却不行，因为这里的艺术市场涵盖的内容太多，附加的东西也很多，一些有才华的艺术家没办法真正凭实力脱颖而出，你要有圈子、有门派、有血统，否则没人理你。孟晓白问：那你呢，你有没有血统和门派？仲天麒说：我算是有门派，但我没血统啊！他笑起来，又加上一句：按照师承来说，我们是同一门派，杨派呀！

一小片阴云倏地掠过孟晓白的心头，她用力咽下一口红酒，也咽下了一个鬼祟的念头。仲天麒继续说：这位酒庄王总的想法很不错，但他邀请的人不太对路。你注意到没有，今天来的画家大部分都是有身份的，要么是艺术院校的教授副教授，要么是画院专职画家，这些人有画室、工作室，作品有销路，根本就不需要扶持嘛。真正的扶持应该是雪中送炭，不是锦上添花。

孟晓白四下张望，发现确如天麒所言，来的都是有身份的人。在她将要收回目光的一刹那，人群中一个身影抓住了她，如此熟悉的身影——她确认，那是蒋凤仪。

孟晓白立即缩下脑袋，其实她是有点怕见蒋凤仪的，尤其天麒还在身边，这表明她对蒋凤仪食言了，当初口口声声说自己决不会和仲天麒在一起，现在见了蒋凤仪的面，要她怎么说呢。天麒谈兴正浓，孟晓白却听不进去了，她用眼睛的余光追随着蒋凤仪。凤仪的头发剪短了，瘦了，穿一件长长的红色大衣，在人群里特别扎眼，她旁边有一个男人很面熟，对了，是她的导师孙院长。他们应该是刚刚到的，正在和王总热切地谈论着什么。

仲天麒发觉了孟晓白的异样，又进一步发觉了造成这异样的源头。仲天麒说，要不过去找她聊聊吧。孟晓白摇头，过去该说什么呢？她们回不到从前了。走吧。孟晓白站起身。她承认自己在这件事上很软弱，如果一个人的软弱能避免互相伤害，那也不失为一种保全的方式。

可是，蒋凤仪还是看见他们了，在孟晓白和仲天麒绕过她穿过回廊的时候，她没有片刻犹疑，叫了声：晓白！

她走近他们。孟晓白手心冰凉，下意识地甩掉了仲天麒搭在她肩上的胳膊。蒋凤仪说：真是你俩啊，我还以为自己看错了呢。仲天麒说：是啊，好久不见。蒋凤仪说：也没多久呀，去年我们还在一起吃饭呢，我记得我考上研究生的消息是第一个告诉你的，是不是，天麒？仲天麒尴尬地笑笑。蒋凤仪又说：考研那会儿多亏了有你帮助，我还说要好好谢谢你呢。不过你现在是有人管着了，要请你吃饭是不是还要征求晓白同意啊。

孟晓白感受到了蒋凤仪话里的锋芒，她没接茬，只是淡淡地问：凤仪，你是一个人来的还是……问到一半她就察觉这是句废话，因为她明明看到孙立得也来了，她为自己假装的淡定红了脸。

蒋凤仪说：我不像你，爱情甜蜜，有男朋友陪，我只能跟着导师混了。说着回过身向孙立得招了招手。仲天麒不失时机地告辞，再待下去只怕更尴尬。蒋凤仪说：急什么，我刚来你们就要走，我还有好多话想跟晓白说呢。我们什么关系呀，同学四年，一个宿舍，洗澡一块洗，衣服换着穿，怎么说被你抢走就抢走啦，还有没有天理啊。

仲天麒笑着说：你要说抢那我就真抢了。他牵了孟晓白的手往外走，背后传来蒋凤仪尖厉的声音：听说晚上还有乐队表演呢，你们不看了！

直到那两个人从视线中消失，蒋凤仪才平展了面部僵硬的笑肌，刚才还是一副胜利者的姿态，这会儿却陷入无边的虚空。

天色渐暗，酒庄里亮起了灯。庭院一边的空地上，三个人的乐队唱着一首老歌：

叫我怎么能不难过，你劝我灭了心中的火，我还能够怎么说，怎么说都是错。你对我说，离开就会解脱，试着自己去生活，试着找寻自我，别再为爱蹉跎……

蒋凤仪想一个人走走，出庭院，穿酒庄。四野空旷，酒庄建在半坡之上，星星点点的灯光从里面透出来，在夜色中显出神秘的轮廓，很像童话里那隐藏着无数秘密的城堡。刚才还在耳边喧嚣的音乐声被四面高墙挡住，顿时变得高了，远了，缥缈了。

她找了一块石头坐下来，石头微凉，一阵风吹来，她不由得打了个寒战。唉，她发觉自己在叹气，这么长时间了，面对孟晓白和仲天麒，她还是不能释然，心里那根弦不知不觉又绷紧了。说明我还不够强大，是，不够强大。她对自己说。

身后响起脚步声，蒋凤仪回过头，看到孙老师走了过来。她连忙起身，说：孙老师，要回了吗？里面结束了？孙立得拉了拉衣领，说：还早呢，这帮人都是夜猫子。你坐这儿干嘛，不冷吗？蒋凤仪说：里面太吵，我想清静一下。孙立得说：你们年轻人不就喜欢这样的场合吗？蒋凤仪说：那也得分情况，比如我现在就想一个人待着。这话说得有点任性，果然孙立得说：你这是让老师走的意思吧。蒋凤仪笑了，说：我不是这个意思……孙老师，我能陪您走走吗？孙立得也笑了：你陪我还是我陪你呀？怪我平时对你们太纵容，学生没有学生的样子。

两个人沿着坡路往下走。孙立得说：你看这路边全是葡萄园，长得多繁密，今年夏天可以来摘葡萄了。蒋凤仪说：这个酒庄的王总还蛮有实力的，他是靠种葡萄和卖葡萄酒发家的吗？孙立得说：不仅仅是，光靠卖酒是做不大的，王总是个有远见的商人，他真正想做的是依托葡萄园、酒庄、艺术村搞体验式旅游。你知道他的琅玕酒庄是什么意思，琅玕是汉族神话传说中的仙树，果实似珠，古代有不少诗句都把葡萄比作琅玕，它还是美玉，总之是珍贵、美好的事物。王总将来的艺术村叫琅玕艺术村，看来他是要打造琅玕这个品牌啊。蒋凤仪说：您懂的可真多，谢谢您带我来这儿，我还担心您为那天的事生气呢。孙立得说：那天？什么事？蒋凤仪说：就是……雷总请吃饭那天，我不是没去嘛。孙立得说：去不去是你的自由。不过我也奇怪，你平常在雷总那儿帮忙，关系应该不错吧。蒋凤仪有点急了：什么不错！我可不想跟他有任何关系。话一出口她就意识到自己的失态，忙说：对不起孙老师，雷总是您的朋友，本来我不该说什么的，但是……在夜色的掩护下，蒋凤仪突然想把这几天憋闷的委屈倒出来。

孙立得站住了，说：我跟雷总也就是喝过几次茶，吃了几次饭，朋友嘛，倒也算不上。他语气和缓并诚恳，像是安慰，也像是鼓励。

蒋凤仪定了定神，便将雷总对她有所企图的事说了出来。她本以为自己可以控制住，但越说越激动，到后来几乎泣不成声了。孙立得在口袋里摸纸巾，没摸到，于是将脖子上的围巾抽下来，递给蒋凤仪。蒋凤仪接过来就鼻涕眼泪一把擦。孙立得拍拍她的头，说：你还真不客气，我这么贵的围巾算是毁了。

蒋凤仪扑哧一声，顿时觉得轻松多了。手里攥着围巾，不知是该还给老师还是自己先留着，她红了脸说：我把围巾洗了再给您吧，要不……给您买条新的。不过，如果您想要一模一样的，我可买不起。面前的孙老师半天没吱声，蒋凤仪抬头看他，却被他抓住了手，孙老师只这么轻轻一拉，蒋凤仪整个身子就靠了过去……

周遭静寂，田野深处有虫鸣叫，在夜色中听得真切。路边两棵老榆树的枝叶交织在一起，仿佛一对亲密的爱人。

仲天麒不得不认真考虑父亲的建议了——去北京发展。自从离开拍卖公司,他也在思考,未来的路该怎么走?想来想去,还是画画。曾经有一段时间,他对自己很怀疑,他是真的热爱绘画吗?还是因为父亲,因为从小到大的这种家庭氛围,一直推着他往前走?很多长辈告诉过他,包括已经故去的杨云海,他们说绘画是一条漫长艰辛的道路,如果没有足够的热爱,恐怕很难支撑下去。仲天麒承认,他的成长过程中充满了被动,所以当遇到选择时,他其实是软弱的。直到经历了职业生涯的第一次重创,他才觉得,能踏踏实实画画是一件多么幸福的事。当墨色随笔端纵横捭阖,在宣纸上幻化出高山、河流、四季、男人、女人……只要是你能想到的任何意象,再加上一双画家的手,这个世界就是你的。那种喜悦和成就感无以言表,仲天麒终于确认,画画对他来说不是一种惯性,而是与生俱来骨子里有的东西。

几天前,父亲对他说,现在有一个很好的机会,北京一个艺术机构正在全国物色签约画家,他们看了仲天麒的画,非常欣赏,让他尽快去北京谈谈签约事宜。仲天麒很吃惊,原来父亲一直在为他去北京发展做工作。显然父亲已经了解了这家艺术机构的情况,旗下有画廊,收藏颇丰,实力不凡,一旦签约,将为画家提供工作室，代理作品，策划展览，总之是一个更大的平台。仲青田说这些话的时候难掩激动，同时语气里又带着点小心，他太担心儿子错过这次机会了。

仲天麒有些感动，他很少见到父亲喜形于色的样子。他动心了，其实他也有去北京的打算，不是为了签约，而是去学习——中国画院开办高级研修班，这期正好是他很敬仰的一位老画家上课，学时一年。他觉得这种较为自由的深造方式很适合自己，现在又有了艺术机构签约的事，一边学习一边实践，去北京的理由似乎更充分了。

唯一令他不安的是，如果他去了北京，孟晓白怎么办？他们之间的关系刚刚稳定下来，他珍惜她，不想因为距离或者其他什么不可预知的原因，让这段感情遭遇考验。

当他们在那家常去的咖啡馆里坐下的时候，孟晓白看出了天麒的踌躇。她问：你有什么事要告诉我吗？

仲天麒拉过晓白的一只手，握在手心里暖着。他在考虑，怎么对晓白说去北京的事。孟晓白眼睛里含着笑意，说：你先别说，让我猜猜。你最近一直在考虑未来的方向问题，虽然你比较享受目前的生活，但老这么晃着无所事事，你有点心慌。家里对你有期望，你心中的理想蠢蠢欲动，这些都让你必须为下一步做好打算。你学了七年国画，绝对不会轻易放弃，未来要干的也是与艺术相关的事。你做不了生意，因为你不够功利；坐不了办公室，因为你受不了束缚；做不了管理，因为你蔑视权力。你只会画画，只能画画，你现在有一个去北京的机会，可以让你重拾做画家的梦想。这才是你该走的路，你还在犹豫什么？

仲天麒怔住了，内心潮湿而温暖，他惊讶于这个女孩如此了解他的心思。他问：这么说你同意我去？孟晓白说：当然，我为什么要反对？

虽然嘴上这么说，但孟晓白心里也是五味杂陈。她偶然在天麒的车上发现一份中国画院高研班的招生简章，便立刻意识到，他们不可能总这么厮守着，她也不想做那个绊住仲天麒的人。他们的关系从一开始就充满了不确定性，一路走过来磕磕绊绊，所有的美好时光都是短暂的，似乎在为下一次的磕绊做铺垫。孟晓白是悲观主义者，对于当下，她尚可以勉强把握，而面对未来，她知道无常才是主宰。就像吃葡萄，她永远都是先挑好的吃。一般的解读是，先吃好的，说明及时行乐，享受当下，应该是乐观主义者，其实不然。把坏的留在最后，内心深处对未来是没有把握的，而把好的留在最后，说明对未来还有希望。这是《围城》里的"吃葡萄理论"，孟晓白深以为然。

仲天麒没想到孟晓白这么干脆利索地同意了，反而令他有些不知所措。这个女孩不会黏人，总是表现出克制的亲密，有一次他打趣地问，为什么她不像别的女孩子喜欢黏着男朋友，一点也不小鸟依人。孟晓白说，你很想我这样吗？但那就不是我了呀。仲天麒将她揽过来，说，这样最好。

仲天麒是这么打算的，先去北京打前站，稳定下来后再让晓白过来，未来也可以考虑定居北京。只要两个人在一起，到哪儿都是一样。孟晓白笑他真会打如意算盘，其实他的如意算盘不止这些，他觉得去北京前还要做一件重要的事——带孟晓白回家。

带孟晓白回家见父母被仲天麒赋予了重大的意义，像是一种承诺、一种契约，两个人的爱情会因此更加紧密。他觉得自己对孟晓白的爱分量还不够，要加上父母，加上他的整个家庭，才让他安心，也让晓白安心。

对于仲天麒要带她回家的想法，孟晓白首先是抗拒的。是不是太快了，她还没有做好准备，仲天麒的父母会喜欢她吗？她特别怕那种在陌生环境里被人审视的目光，不管是有意还是无意，为了赢得对方的第一眼好感，人总会有一些表演的成分。她没有这个自信。但是最终，她被仲天麒说服了，这个孩子一样的男人对她说：如果你不来，那我去北京也是不安心的。神情认真又任性。孟晓白心软了。

周末，他们一起看了场画展，快到午饭时间，仲天麒说：我们去吃私房菜好不好？孟晓白说：好啊。对于哪家馆子的菜好吃，孟晓白没什么心得，她是那种可以在家宅一个礼拜的人，看电视、看书、写字、发呆，饿了就自己下碗面，自在，惬意。仲天麒吃饭讲究，常能发现一些有特色的馆子，就算在晓白的小租屋里自己做，也一定要炒几个菜，而炒菜的水平常常令孟晓白惊讶不已。她一直觉得仲天麒是被惯大的那种，衣来伸手饭来张口，在独立生活方面能力稍差。她有这样的印象并不是毫无来由，有一回燃气灶打不着火，仲天麒说肯定是没气了，咚咚咚下楼买了气，输进去，还是打不着。仲天麒又说会不会是点火器坏了。孟晓白看他摸摸这儿、敲敲那儿，完全束手无策的样子。孟晓白突然想到，是不是电池没电了。仲天麒露出恍然大悟的表情，原来燃气灶还有电池呀！孟晓白又好笑又好气。

所以，当仲天麒有条不紊地将牛肉切条、腌制、裹粉，炒出一道鲜香的青椒牛柳时，孟晓白直咂嘴，简直要对他刮目相看了。殊不知，仲天麒从小跟着两个姐姐一起玩，在做菜方面很有心得，他一直觉得，和画画一样，做菜也是一门艺术，技巧是需要的，但如果想让你的作品（画或者菜）有灵魂，必须一往而情深。

车子开进一个幽静的小区，在一栋连体别墅前停下来。孟晓白问：到了吗？仲天麒说：到了。孟晓白说：那下车吧。却看仲天麒坐着不动，有些奇怪。仲天麒说：择日不如撞日，就现在去我家吧。孟晓白不明白他的意思，说：不是去吃饭吗？你说的私家菜馆。仲天麒嗫嚅着说：是，我说的私家菜……就是……我家。

孟晓白的脸腾地红了，她有些气急败坏：你这是要绑架我呀。仲天麒自知理亏，忙赔着笑脸说：不要说得这么严重嘛，谁敢绑架你，不过吃顿饭而已。孟晓白说：不行，我还没有准备好。

仲天麒叹口气，说：我要不坚决带你来，恐怕你永远都会说没有准备好。我不知道你怕什么，就算是一般朋友，来家里吃顿饭也很正常吧。

孟晓白想说，可我们不是一般朋友啊，还是要郑重一些。但又觉得这话听起来过于古板，实际上她是有点怕，她总有一种不好的预感——他们的爱情不会善始善终。如果真到了那个时候，面对一个人要比面对一个家庭容易得多。想到这些，她的眼圈红了。

仲天麒看孟晓白半天不言语，只好缴械投降，说：好吧，你如果实在不想进去就算了。本来我想去北京前介绍你见见家里人，也好让他们照顾你，没想到你这么抗拒，对不起。

孟晓白心里有些松动，语气也软下来：可是……可是我什么礼物都没准备……贸然去你家好不好？仲天麒知道晓白这是答应他了，这个女孩执拗得让人头痛，又善解人意得让人心疼，于是拉着她的手说：有我在你怕什么。

其实仲天麒也没有告诉家里孟晓白今天会来，因为他没有把握说服晓白。所以，当他领着一个女孩子进门的时候，全体女性都惊呆了，包括仲天麒的妈妈和两个姐姐。

仲母虽然对儿子的突然行动很有意见，但这毕竟是儿子第一次领女朋友回来，在面子上还要过得去的。两个女儿在厨房忙着加菜，她斜靠在客厅的沙发上，默默观察坐在儿子身边的女孩。嗯，样貌倒还清秀，可太瘦了，脸色苍白，这孩子是吓着了吗？穿一件黑毛衣，一点喜庆的样子都没有。仲母自认阅人无数，她断定这个女孩家境平平，是普通人家的普通孩子。她有些失望，这女孩与她理想中的儿媳妇还差一大截呢，儿子真是眼拙了。

仲母心里有一杆秤，此时她一边衡量着，一边却教训儿子：天麒呀，你怎么这么不懂事，提前也不说一声，小孟是第一次到家里来，妈妈要好好准备一下呀。仲天麒说：需要准备吗？早晚都是一家人，一家人还客气什么，你说呢，妈。这样的语气在旁人听来有些放肆，比如孟晓白，但妈妈的耳朵体会出的却是亲密，这是她最爱的小儿子惯有的与她说话的方式。她在心里直想戳儿子的脑门，我的傻儿子呀，话不能说这么早的。嘴上说出来的却是：你懂什么？这是礼数。孟晓白终于说：不好意思阿姨，天麒临时说要来，我连礼物都没准备……仲母说：不用的不用的，你来了就好。一边拿眼睛瞥儿子，心中顿时不无忧虑——她还没见过儿子用那样的一种目光看过谁。她也是女人，知道这目光意味着什么。

直到吃完饭，孟晓白才稍稍放松下来。通过观察，她对这家人有了一个初步的认识。看得出二姐很活跃，饭桌上都是她在说话，问这问那，得知孟晓白在杂志社工作，她立刻表示她这辈子最佩服能写文章的人，后悔上学时没好好学习，现在只会做生意算账，俗人一个。孟晓白被她夸得不好意思，只埋头吃饭。大姐比较沉稳，周到，在一家国企做行政管理工作。仲天麒的母亲像个贵妇人，保养得很好，孟晓白脑子里呈现出一幅油画——俄罗斯宫廷油画，一位被绸缎包裹着的珠光宝气的贵妇，慵懒地倚在高靠背沙发上，露出优越的难以捉摸的微笑。孟晓白觉得，天麒的妈妈虽然热情，话也说得漂亮，却有点做作的成分，让人不太敢亲近。她隐隐感到，天麒妈妈可能对自己并不满意。

孟晓白没有见到天麒的父亲，开饭前大姐给父亲打了电话，说天麒的女朋友来了。那边说他忙着，回不来。孟晓白明显感觉到，包括仲天麒在内，大家都松了一口气，好像要接待的一位要员突然不来了，气氛一下子轻松了许多。孟晓白之前听天麒说过，他跟父亲交流得少，有点怕他，现在看来，不光他一个人怕，这个家里的人都怕。

让孟晓白真正感受到压力的，其实并不是天麒家里的人，而是家境。门当户对，这是孟晓白想到的第一个词，她不是不食人间烟火的仙女，知道这个词是经过实践检验的真理，是所有婚姻绕不过的坎儿。她是普通工人家庭出身，怎么算也到不了小康阶层，而仲天麒家境优越，小康是绝对挡不住的。从她走进这栋连体别墅开始，她已经感到一种压迫感，她一方面鄙视自己俗不可耐的市井心理，另一方面又支撑着可悲的自尊。很多时候就是这样，靠想象是试不出真章的，虽然孟晓白有心理准备，但事实是，她的清高不足以使她解决所有世俗问题。

跟着仲天麒上了二楼，这是他的房间。孟晓白想到第二个词——望衡对宇，屠宰厂的家属楼与这里何止千里。孟晓白并不是自卑，而是有一种深深的无力感。天麒拉她在书案前坐下来，红木笔架上挂着一排毛笔，一个小石盆，种着麦苗一样的草，天麒说，它叫菖蒲。哦，这就是菖蒲，古代文人雅士钟爱的灵草，瞧它的姿态多美啊，像少女弯下的纤纤细腰。孟晓白一时看出了神，她多喜欢这里啊。

34

这一切是怎么发生的？蒋凤仪现在想起来依然凌乱。她拒绝了雷发达，却投向导师孙立得的怀抱，从事情的本质上来说，有区别吗？！这两个男人有区别吗？这样问自己的时候，蒋凤仪会生起短暂的羞耻感，但她很快告诉自己：当然有区别。

区别的关键点在于她个人的感受，是被迫还是自愿，是有所企图还是情之所至，她相信她和孙立得是出于后者，起码在当时的那一刻，两个人都付出了美好的情感。但她也不得不承认，雷发达和孙立得在社会地位上的巨大差别，雷发达是披着文化商人外衣的暴发户，而孙立得是艺术学院的副院长、博士生导师，谁更有魅力显而易见。一段纯粹的爱情，不，感情吧——不知道为什么，蒋凤仪不愿称他们之间的关系为"爱情"。"一段纯粹的感情"固然不需要什么附加值，但如果这个附加值是身份、声望和财富的话，那它们不但会使感情锦上添花，甚至可以使感情更加牢固。"没有钱我爱你，有了钱我更爱你"，对于女孩子来说，这个想法并不丢人。唯一令蒋凤仪不安的是，每一次偷偷摸摸的幽会让她有一种苟且之感，孙老师从不在她面前提他的妻子，好像这个人不存在。有时蒋凤仪会突然冒出一个念头：会不会有一天，孙老师离婚了，然后跟她结婚，再然后，他们之前所有的苟且都变成美好的回忆了。

就像孙立得屏蔽了他的妻子一样，蒋凤仪也从不提她的那个念头，她不想给孙老师压力，她觉得自己没资格给他压力。在学校，她恪守着学生的本分，甚至比以往任何时候都更像一名学生，她的懂事让孙立得感动，从而倍加怜惜她。一次两个人缱绻之后，孙立得抚着蒋凤仪年轻的光滑的肩膀，问她，以后毕业了想干什么？蒋凤仪埋着头说，不知道。孙立得说，能留校最好，留不了就去其他大学当老师，或者去出版社做编辑。

孙立得说这些话的时候，声音很轻，语气却很笃定。他想眯一小会儿，闭上眼睛不再说话，蒋凤仪更深地将头埋在他的臂弯里，心怦怦地跳，幸福的眼泪差点流出来。听见了吗？他要管我，他已经为我的未来做好了安排。蒋凤仪第一次有了踏实的感觉。

也有不愉快的时候。蒋凤仪不喜欢孙立得和雷发达来往，一是因为雷发达之前对她的冒犯，二是她觉得这个人品行不端，不可交。她想，既然她已经将雷发达的种种丑行告诉了孙立得，孙立得就应该回避跟雷发达见面。在她偶尔一次使了小性子之后，孙立得答应了，但没过多久她发现，孙立得还在跟雷发达来往。这是让她不舒服的地方。

孙立得的新书出版了。出版社准备在书城搞一场签名售书的活动，孙立得婉拒，说他既不是名人，又不是畅销书作家，签名售书就不必了，如果是有学术性质的读书会，他倒是乐意参加。孙立得的话刚落地，雷发达就嗅着音儿来了，强烈表达了由他来操办读书会的意愿。孙立得没有马上答应，只说让出版社主办吧。雷发达说：好！他们主办，我们承办，一点儿问题没有。接着就忙活起来了。蒋凤仪很吃惊，见过无耻的，没见过这么无耻的，她不明白孙立得为什么要和这样的人合作。当她露出一丝不快时，孙立得拍拍她的脸，说：有理不打上门客，人在江湖，总有不得已的时候。蒋凤仪默然，什么叫"不得已"，孙老师也有"不得已"的时候吗？

读书会在雷发达的绿筠轩举办。虽然蒋凤仪有心理准备，但当她踏进绿筠轩的那一刻，还是感到浑身不自在。读书会很成功，嘉宾们充分讨论了新书，媒体访问，与学生的互动都很融洽。蒋凤仪坐在她以前常坐的一张明式椅子上，看着孙老师侃侃而谈，心里涌动着柔情蜜意，还有些许自得。以前参加类似的活动，她会想这是老师的事，她要服务好，而现在不一样了，这也是她的事，她和孙老师的事。这个优秀的男人不但会讲课，还会咬着她的耳朵叫她"小仪"，打趣说"被她占了便宜"。想到这些，蒋凤仪脸上荡起春风。雷发达突然坐过来，问：什么事这么高兴呀？蒋凤仪厌恶地看了他一眼，起身走开了。她还是学不会敷衍，尽管孙立得对她说：如果不能多一个朋友，至少可以少一个敌人。

蒋凤仪走到她的两位研究生同学旁边，她私下里叫他们"学校子弟"和"专业第一"。刚上研的时候，她自知不如他们，她没有家庭背景，专业平平，一度自卑焦虑。但现在，她有了一种不为人知的优越感，这是孙立得给她的。她会不自觉地在他们面前维护孙立得的权威，并尽量不带感情色彩。昨天，他们谈论起孙立得的新书，"学校子弟"有意无意间流露出一丝不满，说孙老师这次拿了不少版权费，大概这个数。他用手比了个十字，还说同学们出了这么多力，最后给了两千块就打发了。

蒋凤仪差点跟"学校子弟"理论起来，忍了又忍，从鼻子里哼出一团冷气。她想这些人怎么没良心呢！老师给了锻炼的机会，就是一分钱不给也是正常的。她冷冷地说：你是有钱人，看不上这点钱，我心不贪，两千块对我来说真不少了。蒋凤仪讲的是真话，自己就是帮孙老师查查资料，打打文稿，都是分内的事，没想到还有钱赚，这已经是意外之喜了。更令她没有想到的是，孙老师私下里又单独给了她一个红包，这让她有些惊慌和忐忑，好像收了不该收的钱，她一只手探进包里，悄悄感受那摞钱的厚度。回到家里一点，天呐！整整一万块。她想，爸妈卖几个月烤串也挣不了这么多呀！

再见孙立得的时候，她天真地问：劳务费不是两千吗？干嘛又给我这么多。孙立得亲了亲她的脸，说：你和他们一样吗？蒋凤仪不说话了，心里五味杂陈，是啊，她和其他学生真的不一样了。

偶尔会想起孟晓白给她讲的那个故事，城中村，冬天的清晨，孙立得和培训班的女孩，她就有了一种宿命的感觉。孟晓白知道了该怎么看她，鄙视？还是心疼？鄙视又如何？现在和孙立得在一起的是她，孙立得当下牵挂的女孩是她！此一时彼一时，谁又比谁高尚多少，蒋凤仪的生活自然要由蒋凤仪自己选择，轮不上别人说三道四。孟晓白会心疼她吗？哀她不幸恨她不争。呵呵，她蒋凤仪最受不了别人的可怜。当你可怜别人的时候，本身就有了一种居高临下的优越感，这不是悲天悯人，而是如释重负，释了别人的重负，心底里也许还有一丝庆幸吧。

　　人一得意就容易忘形。孙立得平日里都是低调行事的，那天晚上不知哪根筋搭错了，居然开着路虎带蒋凤仪兜风。兜着兜着心情就澎湃了，某处起了反应。他让蒋凤仪帮他，凤仪不肯，说恶心。他把蒋凤仪的手拉过来，脚下一使劲，方向就滑了，咚的一声，好像撞上了什么东西。孙立得一激灵，车继续开。

　　天色已晚，郊外的路上没有一个人影。蒋凤仪问：刚才什么声音？孙立得说：没有啊，可能崩上石头了。蒋凤仪说：停车。孙立得说：宝贝，别一惊一乍的，专心享受我们在一起的时刻。蒋凤仪说：停车！我要下去看！她抓住方向盘，孙立得只好说：你别下去，我往回倒。倒了一会儿，便看见路边的一团东西。蒋凤仪吓坏了，哆哆嗦嗦走到跟前，看清了，原来是一只狗。她上了车，怏怏的。孙立得说：我说没什么吧，看你紧张的。蒋凤仪说：怎么没什么，是条生命呢，也不知道是死是活，不如……我们救救它。说着就要下去，孙立得拽住她，说：别多事。车子开了。蒋凤仪说：不知是谁家的狗，主人该多伤心。孙立得说：也许是条野狗。突然又担心起来，自言自语：这附近没监控吧，我一个堂堂院长，大晚上的开车跑到郊区，还撞死了一条狗，说出来谁信呢。他拍拍蒋凤仪的脸，说：都是为了让你高兴，还不领情。蒋凤仪勉强挤出一丝笑意。

　　两个人没了心情，车往回开。孙立得有些后悔，最近太顺了，想啥来啥。不该这么张狂，幸亏是条狗啊！他不打算把车开回学校，太扎眼。车是雷总的，雷总大方，说让他随便开，他想哪有随便这回事，雷总刚收了一家美术培训机构,想倚着他这棵大树好乘凉,放言三年内做到本市最大。他倒不怀疑雷总的能力,这人胆子大,能折腾,就是人品让他不放心。雷总开出的条件很优厚,股份,分红,他确实动心了,动心的原因是雷总的一句话:您不为自己考虑,也得为您在国外上学的儿子打算打算吧。任何时候,孩子都是人的软肋,孙立得想,这家伙不是吃素的。

车子还给雷总,雷总问:怎么样?开得还爽吧。孙立得说:撞了一只狗,你洗洗车。雷总说:交给我,没问题,这辆要是开不惯,您说,喜欢哪一款。孙立得哈哈着不置可否。走到路边树影下,蒋凤仪等在那里,孙立得说:你学车好不好,给你弄辆车,以后出去你开。蒋凤仪说:如果是你买给我,我要,如果是那个姓雷的给的,就算了。有没有车我都无所谓,关键不要落了别人的口实。孙立得刮了一下蒋凤仪的鼻子,说:懂事。

懂事的蒋凤仪让孙立得倍加怜爱,他骨子里有大家长作风,却被强势的妻子压制。妻子的强势源于娘家背景,他认卯,因为他需要这个背景。他理想的生活是大红灯笼高高挂,可惜生不逢时,高挂不了,只能偷着挂。这种事情容易上瘾,好在他眼观六路耳听八方,一切都在掌控之内。

考验也是有的。一次,妻子拿着他脱下的衣服发呆,像狗一样嗅了好久,猛然扔到他脸上,声色俱厉地说:有一股怪味儿。他问:什么味儿?妻子说:不三不四的味儿。他哈哈大笑,说夫人你真幽默,脑子里却在转弯。他中午在工作室和蒋凤仪幽会,一时心血来潮,让凤仪给他做模特,他是搞理论的,从没有画过人体,很兴奋,画着画着就画到了蒋凤仪的身上,两个人滚到一处,颜料啊,色油啊,沾得满身满脸。他从没有这么爽过,简直要晕厥过去。他想,到底是五十岁的人了,力不从心啊,在沙发床上小睡一会儿,小睡成了大睡,一睁眼到下午了。他急着要走,却找不见衣服,叫蒋凤仪,没人应。这丫头跑哪儿去了?!他有点生气,进而恐惧起来,该不会出什么事吧,把衣服拿走,让他出不了门,再来个瓮中捉鳖,抓现行!要挟他!让他身败名裂!但是,蒋凤仪为什么要这么做?没理由啊!要不就是受人指使,对!他孙立得专业突出,有能力有背景,是下届院长的后备人选,多少人想给他使绊子呢!孙立得越想越怕，光着身子在屋里转圈。他不敢打电话，任何一个举动都可能给自己带来麻烦，汗顺着脖子流下来，滴在他发福的肚子上。他突然想躲起来，但工作室空空荡荡，往哪躲？

门开了，那锁眼转动的声音在孙立得听来无异于一声响雷。蒋凤仪进来了，他一个箭步冲上去，抓住这丫头的胳膊往进扯，背后没有其他人，他松了口气。蒋凤仪被他的举动吓到了，叫：你干嘛！孙立得脸色铁青，问：你干什么去了？！蒋凤仪说：我，我给你洗衣服去了。孙立得说：洗衣服？好好的洗什么衣服！他抓过蒋凤仪手中的袋子，翻了翻，狠劲儿掷在地上。蒋凤仪说：你发的哪门子火呀，这衣服沾得到处都是颜料，你这儿又没洗的东西，我又怕洗了干不了，就到楼下的洗衣店加快洗了，不然你穿什么？光着出门啊！

孙立得这才冷静下来，把衣服穿好，看蒋凤仪红着眼睛坐在沙发上怄气，便挨过去，抚着蒋凤仪的肩膀，说：我一觉醒来不见你，不是有点慌了吗？还有，你把我的衣服拿到外面洗，也不合适呀，万一被人看见了呢。蒋凤仪冷笑着说：谁会看见？就算看见了怎么样？谁能看出来这是你孙院长的衣服，您也太小心了吧！孙立得说：小心驶得万年船……不过，我还就喜欢你使小性儿的样子。他扳过蒋凤仪的脸，亲了一口。

回到美院的家，孙立得就想，是不是该换个地方了。还没等他想清楚，这不，连锁反应来了，他老婆居然在他的衣服上闻出了味儿。女人真是厉害，什么味儿呢？颜料的味儿，洗衣剂的味儿，还是蒋凤仪的味儿？哎哟，孙立得头大了，妻子在旁边不依不饶：你说，你今天都干什么了？孙立得说：早上开会，下午去工作室画了会儿画。哦对了，你说衣服上有味儿是吗，可能是颜料、松节油什么的。妻子问：什么是松节油？孙立得说：是一种调色的油，味道大得很。妻子问：画画还要用油？孙立得说：是啊，油画嘛，当然要用油。妻子说：你还画油画？孙立得笑得诚恳，说：画着玩儿。

他以为事情就过去了，谁知第二天一早醒来，妻子说：老孙呀，你把工作室的钥匙给我，我去打扫一下。孙立得说：不用夫人费心的，我学生每周都会打扫。他说的是实话。

妻子还是要去，执意要去。他不好挡了，说：那我陪你。心里像长了草，有一千只手在薅。他躲进厕所匆匆给蒋凤仪发了条短信：屋子收拾好！离开工作室！他昨天先走的，蒋凤仪说收拾好了就走，但他不能确定，这丫头是不是听他的话，走了，还是在工作室过夜。打开门的一瞬间，孙立得放心了，屋子很干净，没有一点昨天的痕迹，那张所谓的人体画已经在完成后的第一时间被他涂得面目全非，连抽象画都算不上，只是些胡乱堆积的色块。现在它正靠在画架上，默默提醒着只有孙立得自己才知道的疯狂。妻子盯着画看了一会儿，说：你这也叫画？伸出一个手指想摸，孙立得说：别碰，还没干透呢！我画着玩，找找色彩的关系。他对妻子笑，笑得诚恳。

没有什么可怀疑的，如果非要找问题，那就是房子打扫得太干净了，让妻子白白来了一趟。

孙立得内心是感动的，为着蒋凤仪。虽然经历了一场虚惊，但他决不允许类似事件发生第二次。看来，是该找个地方了。

35

　　天麒去北京了，孟晓白的生活回归单调。朝九晚五的日子让她有一种错觉，似乎每天都是重复的，走路上班，走路下班，她从不改变路线。巷子口的路灯还是今天亮，明天暗。她记得天麒就是在送她回家的路上向她表白的，当时她落荒而逃，现在想起来真是可笑得很。天麒走的时候和她约定，每天通一回电话，其实也没什么可说，无非是"你怎么样""这会儿在干什么"之类。而且，孟晓白是特别不善于在电话里说事儿的人，她对一些情侣隔着电话线卿卿我我，一聊就是一两个小时的行为很不能理解，"我想你""我爱你"，这样的词她是说不出口的，所以当天麒偶尔说出这种话的时候，她的反馈要么沉默，要么是"知道了"。他们渐渐地习惯了"电话时间"，不为说什么，听到对方的声音就好，有时他打过来，有时她拨过去，有时两边都占线，他们知道，在他（她）打的同时对方也在打，这时候他们会感到一种叫作"心有灵犀"的东西，并为此激动。

　　仲天麒临走前送了孟晓白一样东西——一方砚台。孟晓白不收。仲天麒说，你不是喜欢写字吗？用它研墨的时候想着我。孟晓白笑他太矫情，一盒一得阁墨汁就搞定了，还用得着研墨吗？况且古人说绿衣捧砚，红袖添香，我旁边既无绿衣，又无红袖，自己研墨好没意趣。仲天麒说，你来北京的时候带上砚台，做我的绿衣红袖如何？孟晓白不禁莞尔。

令孟晓白苦恼的是，以前做记者时，她经常去北京出差，现在当了所谓的主任助理，反倒不自由了。对于她的岗位职责，李主任是这样安排的，李主任对外，负责协调外部关系，她对内，负责选题、审稿，说白了，就是一个大编辑。职位升了，工资高了，却没有想象中那么喜悦，看别人的稿子远不如自己写稿痛快，当然，她也在写，写的是工作计划、部门考勤、各种表格，孟晓白想，用升职和加薪换来这样的生活到底值不值？马姐说她就是干活的命，多少人想要这个职位而不得，她还腻腻歪歪考虑什么值不值的问题。生活总是这么阴差阳错，有条件的时候没有需求，有需求的时候却没条件，比如去北京这件事。有仲天麒在的北京，具备了前所未有的吸引力，孟晓白第一次觉得一座城市跟自己的关系这么近。以前，北京就是首都，政治文化中心，大、堵，而现在，她知道北京西三环有个紫竹桥，紫竹桥往南是中国国家画院，在画院的某个教室里，仲天麒也许正在为笔下的人物上色。这样的遐想常常令她既煎熬又甜蜜。

其实利用周末时间去趟北京也是可以的，但孟晓白的矜持和自尊不允许她这么做，一定是要有一个机会，让她"顺道"去看天麒。她，不能太主动，这是女孩子的心机吗？还是一种幼稚的伪装？她不知道，总之她要以一种对她来讲安全的方式去经营感情，尽管这对另一方可能是不公平的。

仲天麒走后，孟晓白没有去过天麒家一次，这的确违背了仲天麒当时带她回家的初衷。孟晓白有时觉得仲天麒天真得近乎孩子气，一厢情愿地认为她和他的家人会相互照顾。他不知道自己就是那个交点，他走了，孟晓白和他的家人就成了两条平行线。只有一次，两条线眼看着要交错了——仲天麒的二姐来杂志社打听孟晓白的情况，当然不是直接找她，而是托人打听。这件事很快就传到了孟晓白的耳朵里，并且被演绎得像家庭剧里的狗血情节——孟晓白找了个富二代，未来的婆婆派人来社里了解情况，看看这个叫孟晓白的姑娘有没有资格当他们家的儿媳妇。

孟晓白觉得太滑稽了，当晚就在电话里质问仲天麒。仲天麒说他一点儿都不知道，但要说这事儿谁能干得出来，只有他二姐。说着就乐了。孟晓白好气又好笑，戏谑天麒说，你二姐都打听到什么了，我还真好奇呢。玩笑归玩笑，孟晓白心里其实是不舒服的，这种突如其来的审视让她有一种压迫感，好像有人要揭开她的盖子。

9月，孟晓白终于有了去北京的机会。中国美术馆有一个大展，本来社里安排一名记者去采访，但孟晓白强烈要求一起去，理由是需要学习。李主任并没有马上答应，说对方只承担一个人的费用。孟晓白说没关系，费用她可以自己承担。李主任狡黠地笑了，说从没见过孟晓白有这么强烈的学习愿望，但既然是公事，没有让孟晓白承担费用的道理，他要请示一下张总。

孟晓白被李主任看得不好意思，人家一定是知道自己的心思了。直到出差前一天，李主任才慢悠悠地对晓白说，张总同意了，去学习吧。孟晓白忙说谢谢，心里想的却是，现在告诉我，还来得及订票吗？没想到问一起去的记者，那个刚从广告部转岗过来的女孩子说，已经订好了。孟晓白不得不感叹李主任的周到，怪不得大家都说，离了一次婚让老李脱胎换骨了。

孟晓白没有告诉天麒她要来，她想制造一个惊喜。

画展开幕式可谓隆重，嘉宾级别高，领导讲话一个接一个，千篇一律。半小时之后，围观人群显出不耐烦的骚动，好在画家本人的发言很简短，在大家以为要结束的时候，主持人兴致盎然地开始了一段即兴采访，让开幕式又延长了十五分钟。终于，在人群自发的掌声中，主持人的一句"请大家进场观展"成了开幕式上最动听的一句话。在孟晓白看来，展览的开幕式最为无趣，除了能从背景墙前排排站的嘉宾判断出画家的背景外，几乎没有更多的意义，那些热情洋溢的讲话于画家而言没有任何营养，因为能在台前说的大多是正确的废话。真正想看画的人，一般不会选择开幕式来，来开幕式的，一是为工作，比如孟晓白；二是为捧场，比如圈内人士；三是为领免费画册，比如广泛的热爱"艺术"的大爷大妈。

此刻，孟晓白被一群大爷大妈挡在门口，任何城市的美术馆、画廊都会有这样的景观。孟晓白决定去展厅转一圈就走,从这里到仲天麒那儿,不堵车的话,最少也要四十分钟,她想赶在中午之前到,可以和天麒一起吃午饭,他会对她的出现感到欣喜吧。

孟晓白快速地浏览画作,周围尽是嘈杂的人声。穿过人群,从一展厅到二展厅,有一些人在走廊休息、聊天,毫无征兆地,孟晓白忽然在很多算不上窃窃的私语中分辨出一个声音,虽然那声音不大,却足以使她确定。她回过头,循着那声音传来的方向看去——她看到了,真的是天麒呀!

像是有一个小人儿在她心脏里敲着铁皮鼓,咚咚咚,一种兴奋到微疼的感觉让她弯下腰。天麒坐在靠墙壁角落的一条长凳上,他在说话,他在微笑,他不是一个人。孟晓白瞄着天麒旁边的女孩,很青春,像个大学生。孟晓白不认识她。他们聊得很开心,那女孩子咯咯地笑,涂着橘色唇膏的嘴巴有节奏地张合着。一瞬间孟晓白想到了蒋凤仪。

可惜她不是蒋凤仪。她是谁呢?同学、朋友?孟晓白突然想逃走,她觉得让仲天麒现在看见她是一件尴尬的事。她莫名其妙地心虚,好像自己是一个跟踪者,千里迢迢,从长平到北京,就为了看见这一幕。

那女孩拍了仲天麒一下,两个人站起来,向二号展厅走去。孟晓白在犹豫该不该叫仲天麒。她是否应该追上去,红着一张脸,喘息着说:嗨,天麒,我来了。旁边的那个女孩子会吃惊地打量她,猜测她的身份。天麒呢?天麒会说:嗨,你怎么来了。也许这句话还隐藏着另一层意思——你这么突然出现是想考验我吗?

有时候你以为的惊喜,在对方看来却是惊吓。这种过于戏剧化的场景,孟晓白是不会让它发生的。她第一次为自己的幼稚和天真感到脸红。

仲天麒和那个女孩子已经消失在观展的人群中了。孟晓白怔了片刻,下楼,出大门。几个大爷大妈没领上免费画册,正在和工作人员争吵。这画面瞬间让高雅的艺术殿堂有了市井的味道。

回程票是明天晚上的。孟晓白自己吃了午饭,想着应该在一个合适的时间给仲天麒打电话。他的午饭一定是和那个女孩子一起吃的,吃完饭他们会干什么？天气这么好，也许在街道上走一走，走累了去喝杯咖啡或者奶茶，坐在靠窗的位子上，看行色匆匆的路人。孟晓白讨厌胡思乱想，又忍不住胡思乱想。整个下午，她窝在酒店房间里，被自己无端的愁绪搞得筋疲力尽。

一般情况下，仲天麒会在晚上8点以后给她打电话。如果他没有打来，孟晓白就打过去。现在9点，没有电话。孟晓白发了一条短信：我来北京了。十分钟过去，没有回复，三十分钟，仍然没有。看来他今天果真很忙。

住同屋的女孩回来了，讲她今天的见闻。孟晓白听着，怨气一点一点在心里积聚。快10点的时候，仲天麒电话打来了。

晓白，你什么时候来的？怎么不早告诉我。你现在在哪儿？

我，刚到……你在哪儿？

抱歉，才看到你的短信。我今天去见了个朋友，你应该也认识的。

我认识？谁啊？

杨溪月。

杨溪月是谁？我不认识。

杨老师的女儿呀！仲天麒像揭晓谜底一般，声音里满是欣喜，他正等待着孟晓白同样欣喜的回应。

孟晓白不自觉地战栗了一下，身体突然下沉，一种宿命的感觉让她恐惧起来。杨溪月这个名字很陌生，但她知道。杨云海说起过他有一个女儿，叫溪月，小名月月。孟晓白见过月月吗？也许见过，但月月那时候还小，她只不过是个学生，怎么会和老师的女儿有交集呢？哦，是了，仲天麒不一样，他是杨云海的研究生，他们走得很近，他当然熟悉杨溪月，一直都熟悉。

仲天麒说：你在哪儿？我来找你。孟晓白说：现在太晚了，我有同事在，不方便……仲天麒说：我去接你出来，我想马上见到你。孟晓白说：不了。明天吧……我明天去找你。仲天麒感受到了孟晓白声音里的冷淡，他问：怎么了？晓白。

没什么，有点累。说了一声"明天见"，孟晓白挂断电话。她走进卫生间，她的室友，那个年轻的记者用清脆的声音叫她：孟老师，你先洗吧。孟晓白说：好。她锁上卫生间的门，站在镜子面前，拧开水龙头。镜子里的她眉头微蹙，水汽渐渐蒸腾，眼前有一团白雾变得浓稠，让她看不清自己的脸。

仲天麒到北京一周之后，杨溪月就来找他了。那时他正和一家艺术机构谈签约，每天还要上课。他显然还没有适应北京的生活，离开熟悉的环境，离开家人朋友，离开晓白，一种孤身奋战的感觉让他有些焦虑。

他走的时候师母特别交代，让他一到北京就去看溪月。师母还准备了自制牛肉酱，说溪月最爱吃，她装了两个大罐头瓶，一瓶给女儿，一瓶给天麒。仲天麒挺感慨，是不是所有的母亲都觉得儿女在外面没得吃没得喝，他妈妈也给他装了一大包东西，被父亲嗤之以鼻。事实上，那些东西他还没拆开过，他忘了包里还有一罐牛肉酱，是要带给溪月的。

上一次见溪月大概是两年前。仲天麒记得是在师母家，溪月大学还没毕业，很青涩的样子，脸上有点婴儿肥。所以，当一个穿着时尚、个子高挑的北京姑娘站在他面前时，他差点没认出来。溪月真是变了，一身飘逸长裙，脸上略施粉黛，像T型台上的模特。溪月一见他就说：天麒哥哥，我妈给我带的东西呢，我实在等不及你送了。仲天麒笑着说：实在抱歉啊，我忙忘了。一边去拿罐头瓶，还有其他一些东西，全是零食。溪月接过瓶子，使劲一拧，盖儿开了。她把鼻子凑近瓶口，深深一嗅，说：嗯，就是这个味儿。满脸幸福。

仲天麒想起那次见溪月，她说话间忧郁黯然的神情，让人很为她担心。这次明显不一样了，生动了，明朗了，溪月说她留在了北京电视台，虽然不是正式编制，但她很满足，她相信她做的片子总有一天会让大家看到。仲天麒为她高兴，内心涌动着一股类似亲情的感动。

第一次见面之后，很长时间他们没有联系。一次溪月打来电话，让他晚间一定看一档节目，这是她作为外景记者首次出镜。那是一档社会新闻类节目，虽然溪月的出镜时间很短，但这绝对是她迈出的一大步。节目一结束，仲天麒给溪月发短信：表现很好，落落大方。给你庆祝一下吧。溪月回短信说：OK，你周末来找我。我都紧张死了。

他们约在美术馆见面。溪月正好有采访任务，仲天麒也乐得看一场画展。

画展人很多,开幕式结束后,溪月和录像师将画家请到代表作前,溪月手持话筒,访问开始了。仲天麒远远看着,不由得佩服起这位画家,要是换作他,在如此嘈杂人头攒动的环境中,一定什么都说不出来。而这位画家却泰然自若,侃侃而谈,溪月也是训练有素,采访过程中始终面露职业的微笑。仲天麒突然想起了孟晓白。晓白也是记者,不同的是她在杂志社,不需要出镜,只用文字说话,工作应该更单纯一些吧。

看完画展,溪月说她要回台里做片子。两个人只好就近找一家餐馆,随便吃了些东西。仲天麒挺过意不去,他答应师母要照顾溪月,本来想好好请溪月吃一顿,没想到她比自己还忙。溪月说,这顿不算,你欠我的。仲天麒笑着点头。

晚上7点多,溪月又打来一通电话:

天麒哥哥,你吃饭了吗?

吃过了。怎么了?

我还没吃呢。

那你快去吃呀,下班了吧?

你还欠我顿饭呢。

啊,这么快就来要账了。仲天麒咧开嘴笑:好,你说吃啥,我请你。

杨溪月在电话那头乐不可支,她喘着气说:哈哈,天麒哥哥,你别紧张呀,我又没说让你现在请我,逗你玩儿呢。仲天麒说:我很认真的,我这人经不起逗。杨溪月说:虽然不让你请吃饭,但有一个人,我想你肯定愿意见的。仲天麒问是谁。杨溪月说:是我一个叔叔,也是我爸妈最好的朋友,于淼老师,你知道吗?

仲天麒想起来了,师母曾跟他提起过这个名字,那几幅"《牡丹亭》写意"不正是于淼收回来送给师母的吗?仲天麒兴奋地说:知道知道,我一直想见见于老师的。杨溪月说:我跟于叔叔提到你,他也想见你呢。

太好了!你们在一起吗?我马上过来。仲天麒站起身找他的外套,同时听到电话里一个陌生的声音：月月，你这孩子就是性急，说见马上就要见，也不问问人家方不方便。

　　方便方便。仲天麒一边说一边出了门。杨溪月在电话那头喊：于叔叔，天麒哥现在就过来。

36

9月是北京最美的季节，天空如洗，云淡风轻。秋天的阳光是温柔的，打在一幢幢通体玻璃的楼身上，折射出棱角分明的光。光和楼群的背面，藏着名字奇怪的胡同，矮墙、窄巷、四合院，突然窜出的红顶棚人力三轮车，组成了另一个小世界。一株槐树从墙那边伸过来，枝叶繁密，颜色绿得深沉，像一蓬大伞，将四散的光一点一点收进来。树的影子很淡，阳光更加温存了。

孟晓白喜欢看这一切，美的事物常常令她眼睛湿润。她慢慢向地铁口走去，在人群中她没有感到热闹，反而有一种更加孤独的感觉。

到仲天麒那儿已近中午。孟晓白没想到她也在——只知其名并不相识的杨溪月。孟晓白更没想到，还有一位故人，她几乎要忘记了，但当她看见他的第一眼，他的名字那么轻易地跳了出来。孟晓白怔住了，人生何处不相逢，在北京，在仲天麒的房子里，她又一次见到了于淼。这是命运的吊诡吗？生活无情地以各种方式提醒你曾经发生的事情，你记得也好，忘了也罢，发生过的就在那里，像一帧定格的画面，总会被风翻起一角。

孟晓白竭力抑制自己的颤抖。她听到仲天麒在说话：于老师，溪月，这是孟晓白，也是杨老师的学生。杨溪月说：天麒哥哥，我怎么没见过这位姐姐呀。孟晓白不冷不热地回答：杨老师这么多学生，你怎么可能都见过呢。她虽是对着溪月说，目光却投向于淼。

于淼倒没有显出很意外的样子，微微向她点头。其实在孟晓白来之前，他刚刚从仲天麒口中听到她的名字，心里也是一惊，想着怎么这么巧，是那个他认识的孟晓白吗？又听仲天麒说这女孩也是云海的学生，他便确认无疑了。但他也提前做好了打算，如果孟晓白没有表示出认识他，那么他也不会有所表示。就当是他们的第一次见面吧，这个女孩心思细密、敏感，虽然他们也只是见过屈指可数的几面，完全谈不上熟悉，但他有一种奇怪的感觉，像是亏欠，又像是怜惜。于淼笑着说：天麒，早知道你女朋友要来，我们还来当什么电灯泡呢。杨溪月插嘴道：是呀天麒哥哥，有女朋友不早点说，让我们也高兴一下嘛。我之前还在想，什么样的女孩能配得上我天麒哥哥，今天终于让我见到啦。

孟晓白微笑不语。左一个天麒哥哥，右一个天麒哥哥，叫得还真亲热。杨溪月跳过来挽住孟晓白的胳膊，她个子还要高一些，却将头歪着，几乎贴在孟晓白的脸上，她说：晓白姐，你什么时候认识天麒哥哥的？

孟晓白很不习惯杨溪月的亲热，她对所有来得快的亲热有一种天然的防备，于是说：肯定没你认识得早。又突然觉得话锋硬了些，唉，一个小女孩，我跟她较什么劲。

于淼似乎察觉到一丝紧张，说：月月呀，你这丫头非得拉我来，好没眼色。我下午还有事要办，不如你跟我一起走吧。杨溪月说：我不走，现在都快中午了，天麒哥哥还欠我一顿饭呢。

仲天麒说：是呀，于老师，我还想跟您好好聊聊，昨晚太匆忙了。再说，我要不把这顿饭请了，溪月会惦记一辈子的。杨溪月一边嘻嘻笑着一边使劲点头，大眼睛忽闪着看于淼，仿佛在恳求：留下来吧。那表情像极了杨云海。

于淼至今独身。自从杨云海去世，他就告诉自己，要替好友照顾韩梅母女。对于韩梅，他有无法言说的情感，大学时代他们三人关系最为要好，他和

257

云海都喜欢韩梅，但他清楚，韩梅爱的是云海。所以，他一直把这份感情埋在心里，即使云海走了，他也从没有表露过，他知道韩梅的为人，不想给她压力。于淼从小看着溪月长大，早已把她当女儿一样，这一年来感觉尤甚，只要有机会他就来北京看溪月，溪月渐渐变得快乐了，在他面前也是越来越放肆，他很欣慰，别看这丫头在镜头前一本正经，其实还是个孩子呢。

杨溪月看于淼不再说话，知道他拗不过自己，又转向孟晓白，说：晓白姐，你不嫌我们在这儿碍事吧？孟晓白说：怎么会？面对杨溪月的无知无觉，她心里即便有再多的不舒服，也只能放下了。

杨溪月露出满意的表情，在屋子里环顾一圈，突然想起什么似的一拍手，说：天麒哥哥，干脆我们自己做饭吃吧，你这儿开火了吗？整天在外面吃，我都烦死了，自己一个人又没心情做，不如今天就在家里做好不好？仲天麒说：好是好，但我什么都没准备啊。

不需要特别准备的。杨溪月说着，已经打开了冰箱的门，一边翻一边叫：有鸡蛋，有西红柿，有一把青菜，哎哟，还有不少熟食呀。这还叫没准备？就这么定了，不出去了！杨溪月不知道仲天麒对吃饭是比较讲究的，虽然一个人很少做，但基本的东西都有。他租这间房一是考虑到离画院近，二是功能齐全，一室一厅一卫，尤其厨房，不大，但很人性化，可以看出房主也是个讲究的人。客厅摆了一张大画案，是仲天麒住进来后添置的，其他东西都是全配，仲天麒还算满意。

看到杨溪月劲头这么大，仲天麒也被调动起来了。他很快活，晓白在身边，于老师、溪月是他愿意亲近的人，自从到北京，他这间房子第一次有了这么多人。仲天麒说：好！只要你们不嫌弃，我就来做一顿。杨溪月说：不用不用，你们两个男人聊天，我们两个女人做饭。

孟晓白被杨溪月拉着进了厨房。她有点儿没脾气，就像把拳头砸在棉花上，没有任何反弹不说，还沾了一手棉花絮子，甩也甩不脱。不得不承认，这个杨溪月还是有一点可爱的。

两个人在厨房里一通忙活。杨溪月显然不会做饭，她端着锅蒸米饭，先是问孟晓白添多少水，又问高压锅怎么操作。孟晓白也是第一次到仲天麒这里，但却努力装出熟悉的样子，她来不及想自己为什么会有这么奇怪的举动，只是一股脑地洗菜、切菜、剥蒜、剥葱，全然像这间屋里的家庭主妇。仲天麒进来了，看见孟晓白正在切姜，刀碰撞案板发出急促的噔噔的响声，他觉得这是世上最美妙的声音，要不是溪月在旁边，他简直要从背后抱住孟晓白了。仲天麒主动请缨炒菜，杨溪月说你还会做饭啊，仲天麒说我做得好呢，不信你问晓白姐。

其实也就炒了两个菜，原料有限，一盘西红柿炒鸡蛋，一盘干煸青菜，其他是现成的熟食，腊牛肉、豆干、一小碟腌辣椒。熟食是仲天麒妈妈寄来的，每隔一段时间，估摸着儿子快吃完了，仲母就寄些东西来，还有仲天麒的姐姐们，隔三岔五也会寄些日用品、吃食一类，所以他这儿总有些存货。

饭菜上桌，杨溪月叫嚷：别动别动，让我先拍几张照片，发在博客上让我娘看一下。她先围着桌子拍了几张，又拉于淼和仲天麒拍合影。她把手机递给孟晓白，说：晓白姐，你来给我们拍。孟晓白接过手机，拿稳，将三人圈进框内，杨溪月左手挎着仲天麒，右手挽着于淼，笑得灿烂极了。这样拍了几张，于淼说：来，我给你们三个拍。孟晓白说：不拍了，我不喜欢拍照。

杨溪月给韩梅打电话，要韩梅猜猜她和谁在一起，韩梅说是天麒吧，杨溪月说只猜对了三分之一，除了天麒，还有天麒哥的女朋友晓白姐，还有淼叔。韩梅说天麒有女朋友了，杨溪月说没想到吧，晓白姐还是我爸的学生哩。于淼在一旁催促：行了，吃完饭再打，下午还有事呢。仲天麒说：可惜我这儿没酒，不然要跟于老师好好喝一杯。于淼说：有机会，这段时间我会频繁来北京，我们下次喝。

于淼最近确是常在北京活动，北京一家文化公司策划丰子恺漫画展，聘请于淼当顾问。这几年于淼除了画画儿，还在进行一项工作——丰子恺漫画艺术研究。丰子恺祖籍桐乡，他的故居缘缘堂就在桐乡市石门镇。于淼可谓得天独厚，一是对丰老先生的人和漫画感兴趣，二是为了打发寂寞时光，他做事向来专注，经年累月，倾心研究，在国内的专业期刊上发表了一些文章，渐渐小有名气，竟成了这个领域的专家。

杨溪月的关注点一直在菜上。她夹了一口腊牛肉，说，嗯，家乡的味道。又夹一口鸡蛋，嗯，家里的味道。她问仲天麒，这鸡蛋咋炒得这么嫩呀，太好吃了！仲天麒说，有个诀窍，鸡蛋打散加一点水，出锅加一点糖，又嫩又鲜。

杨溪月的眼圈突然就红了。她想起爸爸最爱做的菜就是西红柿炒鸡蛋，说这个既简单又营养，每次出锅的时候也会加点糖，说可以提鲜。这个味道太熟悉了。杨溪月停下筷子，眼泪吧嗒吧嗒掉下来。

仲天麒和孟晓白都愣住了，不知说什么好。于淼赶忙打趣说：你们看，菜好吃得把月月都感动哭了。杨溪月抹了下眼睛，说：是太好吃了，让我想起了……我爸。他不太会做饭，就会炒个西红柿鸡蛋，我还老说吃腻了，现在想让他给我做……都没机会了……

一阵沉默。于淼说：大家吃饭。杨溪月说：于叔叔，你说，你说，为什么我爸这么好的一个人，老天爷要带走他啊！于淼心中凄然，云海走了两年了，他以为这孩子已经接受了，平复了，可现在看来，她还没有迈过这个坎呀。于淼说：好了，月月，今天我们难得聚在一起，应该高高兴兴的。

杨溪月带着哭腔说：我是高兴啊，我在北京每天就是工作、工作，没人听我说心里话，我也不知道给谁说，今天终于有了家的感觉了……这么美好，这么温暖，我应该感到快乐的，我们坐在一起，好像很圆满，但我知道不圆满，因为……因为我没有爸爸了！我这么快乐我爸爸不知道，我努力工作我爸爸不知道，我有了成绩我爸爸不知道，为什么会这样？我想不通啊，老天爷为什么这么不公平啊！杨溪月双手捂住脸，肩膀剧烈耸动着。

仲天麒一时不知怎么安慰，想说谁说你爸不知道，你爸在天上看着你呢，又觉得太煽情，喉咙也哽哽的，便立在杨溪月身边，用手轻抚她的后背。杨溪月倒过来，把脸埋在仲天麒的身上，长久地嘤嘤地哭泣。

孟晓白的心冷得像冰，脸上却落下一行热泪。她搞不懂自己为什么落泪，是同情杨溪月的泪，还是自怜自艾的泪。胸中有一团东西堵着，水化不开，要用火烧！烧成岩浆，鲜红似血，在无人的山口喷薄而出！

别哭了，哭有用么？！孟晓白是在心里说的，但她清晰地听见了自己的声音。杨溪月抬起头茫然地看着她，还有于淼，还有仲天麒，也在看她，她确认，那声音是她发出的，虽然很轻。

孟晓白说：你哭不回来你的爸爸，已经发生的事无法改变。此刻他在天上看着你吗？我看未必，每个人都有他该去的地方，我听说这就叫因果。你痛恨老天爷不公平，夺走了你的爸爸，但谁知道呢，在你心里他是好爸爸，但在其他人心里呢？他是个好丈夫吗？是个好老师吗？是个好朋友吗？我们并不知道。做人真累啊，要扮演的角色太多了，不可能每个都扮演好的，否则不就成了圣人了。还有人说，装吧，装一辈子，伪君子就成了真君子，我觉得这话是有道理的。可惜，杨老师装不了了，他解脱了，对他来说这未尝不是一件好事。

孟晓白不知道她说了什么，那些话好像不受她的控制，就这样肆意流了出来。她看见三个人错愕的脸，然后听见仲天麒说：晓白，你在说什么呀！

孟晓白默然。于淼的脸色很难看，他说了一句，我还有事要办，我们先走。然后拉了杨溪月，径直向门口走。仲天麒拦也不是不拦也不是，只好跟出去，尴尬地说了声：下次再聚。

几盘菜动了不到一半，兀自摆在那里，像是一种讽刺。孟晓白坐着，沉浸在一种痛感和快感交织的情绪里，她不想说话，最好不要让她说话。但仲天麒还是问她：你怎么了？你到底怎么了？孟晓白说：没怎么。仲天麒说：你今天一来我就发现你不对劲，我想是不是我太敏感了。你说的那些话我不懂，我不知道你为什么这么说，你是对我不满意吗？还是今天这个聚会让你不满意？孟晓白不答。

仲天麒继续说：我现在越来越感觉到，无论我怎么努力，也走不进你的心里，我不知道你在想什么，这常常让我害怕。我原本以为我是有耐心的，你那么善良，那么善解人意，我想，是我做得不够好，我没有充分了解你。看来我错了，你就没打算让我了解，你把我关在门外，我们中间隔着一道玻璃，虽然看得见彼此，却触摸不到对方，这对我是一种折磨。你知道吗？晓白，今天你来看我,我特别高兴,还有于老师、溪月,他们第一次到我这儿,就算是不认识的人,也要有起码的客气和尊重吧,况且这两个人和你我都有些渊源的。我真的不懂你了,我糊涂了,这还是我认识的晓白吗?那个善解人意的晓白去哪儿了?

孟晓白从没有见过仲天麒这个样子,脸色绀青,嘴唇抖动,她甚至在他的目光里看到了厌恶。好吧,该结束了。孟晓白冷冷地说:是,我不善良,我伤害了溪月。杨溪月没爸了,她在北京,你也在北京,你可以好好照顾杨溪月,陪她吃饭、逛街。对了,你昨天不是陪她看画展了嘛,挺好的,就这样吧,这才是众望所归,我为什么要掺和进来呢,真是不自量力。现在好了,我放手,大家都满意了。仲天麒盯着孟晓白,露出不可思议的表情。许久,他重重地说了两个字:好吧。

天还是那么湛蓝。有一片云停在孟晓白的头顶,风很轻,吹不动它,孟晓白就走,越走越快,几乎跑起来,有什么东西在她包里跳来跳去,像一把小锤儿砸在她的身上。她把手探进去,触摸到一个硬物,方形,微凉。哦,是那方砚台。孟晓白带着它来北京,是想做仲天麒的"绿衣红袖"啊。

很早就到了机场,坐在候机厅的长椅上,孟晓白放空了自己,什么也不做,什么也不想。手机突然发出嘀嘀的响声,是仲天麒发来的短信——你太残忍了。

37

　　每天早上去画室,如果没什么紧急事的话,仲天麒都会顺道逛逛花鸟鱼虫市场。从他的房子走到画室,不过二十分钟的步程,那个市场存在十多年了,卖些有趣的玩意儿,环境一般,老旧、局促,但老北京人没事都喜欢来这逛逛。仲天麒常看到几个老头甩着八字步,手里提个鸟笼子,优哉游哉,很有些北京老炮儿的做派。仲天麒对一切老的东西感兴趣,包括人,也正因有了这些老物件和老人,北京才显出了它的生动和平易,否则对于一个像仲天麒这样的外来者,是常常有一种压迫感的。这种压迫感要靠自己缓解,比如和人聊天,仲天麒喜欢听老人们讲故事,他观察他们的神态举止,渐渐在心里勾勒出一个画面。这幅画最终落实到了纸上,起名《北京风物》,仲天麒很欣慰,觉得这是对他来北京两年的一个总结。他更没有想到,这幅画入选了一个迎奥运的大展,还获了二等奖,他因此有机会成了北京青年画院的外聘画家。有时候人的际遇真是难说,有一段时间仲天麒极为低沉,几乎要放弃了。虽然他签约的艺术机构一直努力做推广,但北京画画的人太多了,各种大大小小的展览目不暇接,你的作品就像投入水中的石子,还没有发出一点响动就沉下去了。任何一种艺术门类的作品都需要有观众,那些声称"只为自己而作"的画家,要么是到了某种境界，要么就是精神胜利法了。

现在仲天麒成了一个彻彻底底的北漂，外聘画家没有所谓的编制，更不是什么长期饭票，但毕竟机会多了，平台大了，对于他这种没有北京户口的外来者，也是相当不易的。仲天麒很知足，画家看重的是有没有一个平台展示自己的作品，如果再有两三个懂画的知音，那就是莫大的幸福了。仲天麒是完美主义者，对自己的作品要求很严苛，他不满意的绝对不会拿出去，他曾看到过太多知名画家的劣质作品，随意、草率，想必画家本人也不愿意承认是自己亲自炮制的吧。每每看到这些画，仲天麒就很替他们羞愧，即便是应酬也该有基本的水准吧。以此为鉴，他要求自己慢些再慢些，把每一幅作品都当作自己的代表作来画，有时他慢得连画廊都着急了，调侃他年纪轻轻，却一副老画家的做派。他一笑了之，依然故我。

画室外的丁香开了，那白色的小花原本不起眼，一簇簇地聚拢在一起却令人惊艳，尤其今晨细雨淅淅，素华柔枝，更是倚烟笼雾一般，多了几分动人的情致。仲天麒打开窗子，一阵幽香袭来，他竟有些沉醉了。坐了许久，想起那天新进的宣纸还没有试，于是拿出来裁下一块，随意涂抹了两笔。他有一个习惯，新纸总要放一段日子再用，名曰去燥，北京天气太干，纸易脆、易燥，像今天这样的湿润天气，最适合试纸。笔落之处墨色氤氲，墨与纸有了默契一般，线条自然流淌有如神助，仲天麒似乎已经忘了手中的笔。

当他终于停下来，凝神细看眼前的图画，不觉吃了一惊，白纸上勾勒出的线条竟是一个人的侧影。孟晓白的样子又一次从心底浮上来，融进丁香微雨之中，花非花，雾非雾，来如春梦几多时，去似朝云无觅处。仲天麒蹙了蹙眉头，将纸揉作一团，扔在地上。

其实仲天麒在等邓骁。自从他离开拍卖公司，两个人很少见面了，后来他到北京，就几乎断了联系。昨天突然接到邓骁的电话，说要过来看他，他问：有事？邓骁说：没事就不能来看看兄弟吗？又顿了一下，说：呵呵，确实有事，好事。

仲天麒太了解邓骁了，无利不起早，作为一个精明的商人，邓骁来找他决不仅仅是为了缓和关系，一定有某个原因，而这个原因姓"利"。但这一次，仲天麒似乎搞错了。邓骁不是一个人来的，他还带了一位老者。

一见面，邓骁就给了仲天麒一个大大的拥抱，好像两个人之间不曾发生过什么。这种善于遗忘和随机应变的能力着实令仲天麒佩服，两个男人的臂膀有力地围拢在一起，手掌把对方的背拍得啪啪响，一切都显得用力过猛。站在一旁的老者有些局促，仲天麒请他们落座，客气地问：这位老伯是？邓骁露出得意的笑容，说：你绝对想不到他是谁。

仲天麒再看那位老者，七十岁左右的样子，戴一顶灰色礼帽，面色偏白，有点老派绅士的感觉。他再次确认自己并不认识这位老者。老者笑着欠了欠身，说：我姓林，叫林杜衡……仲天麒正待老者详谈，邓骁插话道：天麒，你这儿不错呀，闹中取静，我们整日地瞎忙，你倒在这里躲清闲，羡慕啊。赶紧，有什么好茶先倒上，这事说来话长，等我慢慢给你讲林老伯的故事，还有你们之间的渊源。

我们之间会有什么渊源？仲天麒心说，这家伙真会卖关子。茶斟上了。老者端起茶杯呷了一口，说：仲先生，我要谢谢你呀。

谢我？仲天麒不解。老者窸窸窣窣从包里拿出一本册子，却是图将好景拍卖公司2006年春季拍卖会的图录。仲天麒印象太深了，正是这场拍卖会，让他和邓骁分道扬镳，这本图录是他一个字一个字校对的，几乎每一幅画都经过他的手。往事历历在目，仲天麒却有物是人非之感。

老者翻到中间一页，这页用书签夹着。《双骥图》登时跃入眼帘，仲天麒一振：啊，正是那幅曾令他大悲大喜的《双骥图》啊！老者颤抖着声音问：仲先生，这幅画，您是从哪得来的？仲天麒正待说明，邓骁说：你知道这位老伯是谁？顿了顿，又说：他就是画的主人，怀山、若水夫妇的儿子啊！

仲天麒一时没反应过来，怔了片刻，再看老者，已泫然泪下。仲天麒明白了，七十多年前，这幅《双骥图》正是因林老伯的诞生而诞生的，画上落款"怀山先生、若水夫人生子写此贺之"是为他而贺啊！原来如此，原来如此啊！仲天麒太兴奋了，他想起在新加坡严老先生的家里第一次见到这幅画，还苦苦思索上款人是何来头，能得徐悲鸿亲赠，而严老亦不知此画流转渊源，对于藏家而言，到底是有遗憾的。

仲天麒将征集《双骥图》的经过讲给林老伯听。老伯听得仔细，生怕漏掉一个字。末了，老伯沉默不语，足足顿了有二十秒，才问：您是说，画的主人姓严，不姓林……仲天麒点点头，虽然他很想提供更多的信息，无奈也只知道这么多了。看得出老人有些失望，仲天麒问：林老伯，您是想通过这幅画寻找什么人吧？老人轻叹一口气，掏出白手帕擦了擦眼睛，说：是啊，我总抱着一丝希望，想找到我的姐姐。邓骁说：天麒，画上的题诗你还记得吧？当时我们还研究了半天呢。仲天麒当然记得，他拿起图录，轻声念道：风回小苑熏芳芷，日暖苍原照杜衡……刚念了两句，林老伯就接过去：愿叫他时驰双骥，千山万水总关情。林老伯用手抚着画面，说：这诗里的杜衡就是我，芳芷是我的姐姐。

在老人缓缓的讲述中，一段关于《双骥图》的往事渐渐清晰起来。

获徐悲鸿赠画的怀山先生，原名林平之，也就是林老伯的父亲。林平之祖籍陕西，在上海一家报馆主事，与文艺界名流多有往来，他新迎娶的若水夫人是位名票，年轻貌美，已近花甲之年的林老先生特改名怀山，与新夫人若水相呼应。婚后诞下一子，正是林老伯，取名杜衡，因为若水夫人姓杜，而怀山先生与结发妻子所生长女名叫林芳芷，是故《双骥图》题诗中有"芳芷""杜衡"一说。题诗的是怀山先生的胞弟，名乐之。

这本是一段佳话，可惜好景不长。日军进攻上海，年幼的林杜衡被送往陕西老家，由怀山先生的结发妻子抚养。之后林杜衡的人生又遭变故，直到上世纪60年代才知道父亲在送他走后不久就病逝了，跟随若水夫人生活的姐姐也在战争中失散。后来林杜衡写信给父亲当年的朋友，请求帮他寻找母亲。这位朋友果真找到了若水夫人，那时她仍在上海，但已经改嫁，连名字也改了。林杜衡赴上海与母亲相聚几日后回老家，从此这对母子再也没有见过面。

这一次，是林老伯的儿子无意间在网上看到《双骥图》，林老伯又重燃希望——委托这幅画的会不会是他失散的姐姐？或者借此得到一点线索，让他们姐弟在有生之年得以重逢。

　　这个故事很长，林老伯说得很慢，中途几次停下来，拿手帕擦眼睛，但似乎怎么也擦不亮。仲天麒想，那双浑浊的眼睛里，是看过了太多的世事，还是藏着太深的忧愁？

就要研究生毕业了，可蒋凤仪却高兴不起来。

关于她留校的事，似乎搁浅了。孙立得的回答总是很含糊，开始说正在办，后来说很难办，再后来就不耐烦了。蒋凤仪有点怕他，他是情人身份的导师，还是导师身份的情人？在她想来，二者似乎有那么点儿区别，一个落点在导师，一个落点在情人，哪一个分量更重，她也不知道。她只知道，跟了他两年，现在要毕业了，却感受到前所未有的慌张。她爱他吗？说是崇拜更确切吧。在这两年中，孙老师给予她很多帮助，她不再为学费操心，甚至有时还能接济家里一些。她在校外有了一间房子，孙老师租的，不大，六十多平，被她收拾得温馨整洁，关键是安全。他们常常在那里幽会，她做好吃的饭，在饭桌上给孙老师讲网上的新段子，她常有一种错觉，自己是这间屋子的女主人。她也想到会有结束的一天，但当这个念头来的时候，她就像一个武林高手，挥剑斩乱麻，于无声处自行化解，这是她自我训练的一门绝技，有了这门绝技，她几乎可以说是快乐的了。

可这一天还是来了。蒋凤仪不知道发生了什么事，孙立得有意无意间回避和她单独见面，他已经好几天没来他们的家了。蒋凤仪靠着床头看电视，电视里正在播《北京欢迎你》，几十个明星共唱一首歌，旋律很动人，画面很祥和。蒋凤仪想起有一次她对孙立得说，如果能去北京看奥运会开幕式就太棒了。孙立得说，你从来不跟我提要求，所以这个愿望我一定满足你。蒋凤仪乐疯了，真的么真的么？！她连问几个"真的么"，把孙立得扑倒在沙发上……孙立得后来说，我是很想跟你一起去的，但你知道我事情多，不管我去不去，一定让你去。蒋凤仪挺满意的，你不能要求一个男人为你做太多，况且从法律上说他并不是你的男人。

蒋凤仪看了看表，2点多了，今天周一，孙立得早上开会，一般情况下他中午会过来休息一会儿，看来他今天不会来了。蒋凤仪从不会在孙立得工作的时候打电话，更不会发短信，孙立得很喜欢她这一点。

5月的长平已经很热了，一阵倦意袭来，蒋凤仪想小睡一会儿，刚躺下，床突然晃动起来。

蒋凤仪以为是昏沉造成的错觉。不对，床还在摇，而且越来越剧烈，抬头看天花板，吊灯也在摇。难道是——地震！蒋凤仪跳下床，趿拉着鞋就往外跑，想起电视还没关，又返回去关电视。她住七楼，一出门发现楼道全是往下跑的人，有人喊：别坐电梯！别坐电梯！此刻楼梯也晃动起来，蒋凤仪跟着人群往下跑，脚下高低不平，身子也不自觉地倒向一边，她的心揪着，紧张得几乎要停跳了，她大口喘气，被楼道里扬起的灰尘呛得直咳嗽。

终于跑到楼下的广场，广场上站满了人。大家都在打电话，却打不通，人们议论，是哪里地震了，是我们这里吗？还是别的地方？蒋凤仪这才发现，她没拿电话，包也忘拿了，钥匙在包里。她只能等着。

消息很快明确了，地震点在四川，震中是一个叫汶川的地方，很多城市都有强烈震感。蒋凤仪心里发慌，不知道爸妈怎么样，弟弟怎么样，还有，孙立得怎么样？她不能再等了，这里距美院不远，她要去找孙立得。

美院教学楼下的人群已经被疏散，大部分老师和学生都在操场。蒋凤仪在人群中穿梭，四下张望，没有找到孙立得。她越发慌张，怎么办？先去爸妈那里吧，又想起自己身无分文，她在南边，爸妈在北边，走过去太远了，还是得先联系上。她问一个同学借了电话，同学说，不一定能打通呢，大家都在打。蒋凤仪拨了十几遍父亲的电话，终于通了。父亲在那头喊：凤仪，打你电话怎么不接！你没事吧？蒋凤仪说：没事没事，我忘带电话了，你和妈都好？我弟呢？

在确认了爸妈、弟弟都没事之后，蒋凤仪心里总算踏实了一些。她想给孙立得打个电话，已经拨通了，刚响了两声，她又急忙挂断。她想，孙立得总会来找她的。

蒋凤仪在操场的塑胶跑道上坐下来，周围人声鼎沸，气氛有些奇怪，是一种紧张中带着点兴奋，震惊中又有释然的感觉，各种信息铺天盖地，越聚越多。有人说震级比唐山大地震还大，许多房子塌了，几千人埋在地下；有人说余震还会来的，这几天不敢住家里了。蒋凤仪看到有人光着脚，有男生只穿了个花短裤，好在，好在自己穿得比较周正，因为等孙立得来，她甚至还化了淡妆呢。在操场待了一个多小时，她决定还是先回房子，也许孙立得马上就会来找她。蒋凤仪走出操场，她没有就近从教学楼穿过去，好像所有带顶的地方都是不安全的，她绕了一大圈，从教学区和教职工家属楼之间的小道往校外走。偏偏在这条路上，她遇见了孙立得。

有时候你不得不感叹，命运的齿轮如此严丝合缝，就像有一只无形的手在操纵着一切。后来蒋凤仪不止一次地想，如果知道在这条路上会遇见孙立得和他的妻子，她宁愿冒着余震的危险，去穿过那一座座带顶的房子。

蒋凤仪慌了。孙立得和他的妻子迎面走过来，那女人被孙立得挽着胳膊，是的，是孙立得挽着她。越来越近了，躲是躲不掉的，蒋凤仪脑子飞速旋转，要不要打招呼，还是装着不认识。到跟前了，她感到那女人的目光，好锐利的目光啊。她机械地叫了声：孙老师。感觉那声音不是她发出的。孙立得点点头，表情坦然。就要擦肩而过了，那女人看着她，突然问：这是……孙立得说：是我的研究生。

哦，是你的研究生呀，我怎么从来没见过呢，你那两个学生都到家里来过，这位同学可从来没来过呀。那女人笑着问蒋凤仪：你叫什么名字？

蒋凤仪。

哦，蒋凤仪。那女人念了一遍，说：老孙，没想到你还重男轻女啊，让男学生来咱家，不让人家小蒋来，你怎么做人家导师的，女孩子更要照顾呢。

孙立得有些不耐烦了，一边拉着妻子的胳膊一边说：走吧走吧。

蒋凤仪这时发现，这女人好高，几乎冒出孙立得半个头，加上一张比例失调的长脸，特别像一匹大母马。她之前觉得孙立得虽然个子不高，但气场很强，怎么今天在这个女人面前矮了一截，似个小男人了。

蒋凤仪急于要走，来不及细想她的新发现，说：孙老师，可能还有余震呢，您和师母注意安全。那女人说：是呀，把人能吓死。幸好我办公室在二楼，我那会儿正接水，饮水机突然晃起来，杯子里的水也洒了，我还奇怪，今天怎么了，头晕乎乎的，想着是不是没睡午觉，结果就听见我们办公室的小王喊，地震了，快跑。我端着杯子就下楼了，现在心还怦怦跳呢。说起来我们在二楼，但那种老机关楼都几十年了，经不起晃呀，我操心你们孙老师，他可在十二层呢！就赶紧给他打电话，电话打不通，我那个急呀，好在你们孙老师很快过来找我了，我这才放心了。

那女人说得激动，不时用手拍着胸脯，又突然想起什么，问孙立得：这几天还上课吗？是不是该停课了？孙立得说：等通知，等通知。蒋凤仪说：那我先回去了孙老师，您看什么时候方便帮我过一下论文吧。孙立得还是说：等通知。眼里看不出任何别的内容。

蒋凤仪出了校门，慢慢往回走，那个临时的家也回不去了，但是她能去哪儿呢？她在楼下的广场转了几圈，终于下了决心，到她常去的一个小商店，问老板借了座机。她要给孙立得打电话，管他正在干什么。

电话通了。蒋凤仪说：是我。孙立得说：现在不方便。蒋凤仪怕他挂电话，抢着说：我钥匙忘家里了，你……孙立得说：知道了。随即挂了电话。

蒋凤仪没敢再拨过去，既然孙立得已经知道她进不了门，应该很快会过来的。这样想着，她的心稍稍安定了些。

小商店是夫妻俩开的，女主人三十多岁，人很和蔼，话不多。蒋凤仪经常在这儿买日用品，盐啊，酱油啊，洗衣粉什么的，有时忘了带零钱，人家就给她赊账，一来二去，虽然平常不太说话，但也有了几分亲切。女主人姓王，蒋凤仪叫她王姐。王姐拿了一瓶水，递给蒋凤仪。蒋凤仪说：唉，我慌慌张张的，把钥匙锁家里了，身上一分钱没带。王姐说：喝吧。你家人啥时候回来？蒋凤仪脸红了，低声说：应该快了。

蒋凤仪坐在小商店门口，看街上来来往往的人。太阳已经偏西了，每个人脚下都拖着条影子，向西走的，影子跟在身后，向东走的，影子在身前。上中学时写作文，每到表态或者立论的时候总爱写：沿着正确的方向一直走下去。但正确的方向是哪边呢？就像她现在看到的，是影子在前的东边，还是影子在后的西边？每个人都那么匆忙，有谁会停下来看看自己的影子，也许本就没有所谓的正确方向，只有目的地，每一小时，每一天，月月年年，人都在奔向自己的目的地。以是否到达预期的目的地作为评判正确或成功的标准，倒是个简单的方法。那么此刻，她的目的地在哪里？是那个七楼的临时的家吗？

王姐的老公送饭来了。鸡蛋炒米饭，满满一饭盒。王姐像是自言自语：哎哟，中午剩的太多了，你全炒了，留一点明早还能熬稀饭呢。她老公说：这天气留不到明天，吃一顿剩饭还不够，还想吃两顿？王姐把饭盒推给老公，说：你先吃，吃剩下我吃。又有点不好意思地看了一眼蒋凤仪，说：妹子，剩饭……我就不让你了。蒋凤仪笑着说：嗯嗯，你们吃，我去转一会儿。其实她哪有心思转呢，不过走出五十来米的地方，站在那儿望着小区门口，以便孙立得一出现她就能看到。

天渐渐暗下来，蒋凤仪心里的那点光亮也暗了。她感觉好疲惫，想立刻躺下，睡他个一天一夜。她也气，从没这么气过，胸中那团气越积越多，几乎要爆炸了。她走回小商店，对王姐的老公说：哥，你能帮我把门撬开吗？

门打开了，锁居然没被撬坏。王姐老公露出一丝得意，说：你找我就对了，我以前在开锁公司干过。蒋凤仪咧了咧嘴，说：太谢谢你了，哥，进来喝杯水吧。王姐老公说：不了，你王姐还等着我呢。他踏进一只脚，弓着身子向客厅看了看，嘴里啧啧着说：你这房子真不错啊，我和你王姐最大的心愿就是在城里有这么一套房，把儿子从老家接过来，一家人团聚。

蒋凤仪说：没问题的，相信自己。说完又觉得这句话特别空洞和幼稚，就差举个拳头喊加油了。王姐老公倒很受用，一边按电梯准备下楼，一边说：对对，相信自己。蒋凤仪说：别坐电梯，估计还有余震，小心一点好。突然想起什么，跑回屋里，找到她的包，从钱包里抽出一百块，又犹豫了一下，放下一百，换了张五十的，跑出去叫：哥，等一下。她把五十块钱塞给王姐老公，说：麻烦你了，今天要不是你和王姐，我真不知道怎么办了。王姐老公坚决不要，一脸严肃地说：顺手帮个忙，不费事的，我又不靠这个挣钱。说着跑下楼了。

蒋凤仪关上门，躺倒在沙发上。她似乎睡着了一会儿，又好像没睡，感觉脑子在不停地想事情，乱成一团。她把包抓过来，找出手机，开始翻看，爸爸打了十几通电话，弟弟也打了几通。唯独没有孙立得，没有一通电话，没有一条短信。

蒋凤仪将手机扔得远远的，她尖叫一声，胸中那团气堵着，她必须喊出来。声音从胸腔发出，震动心脏，穿过喉咙，来到嘴唇之外，已经变了调——哭泣，歇斯底里的哭泣！

39

地震来的时候,孟晓白在距长平四百公里之外的一个小镇。小镇有个好听的名字——漩涡镇。

这里是陕南秦巴山区,几年前孟晓白来过一回,蜻蜓点水,却一直念念不忘。从凤凰山麓向山顶盘桓,一圈又一圈,仿佛永远没有尽头,道路内侧是依山势迂回而上的梯田,在云雾中隐然如大环,层层叠叠,绵延不断,从高处望下去,正像天地间一个巨大的旋涡,旋转,旋转……直至消失在无尽的碧绿里。孟晓白问村民,漩涡镇是因此得名的吗?有的说是,有的说不是,也有村民笑她,说这里是汉江的上游,水从镇子边流过,老打转转,涡旋太多嘛。孟晓白也笑了,当地的土话她听不太懂,一般靠猜的。这时她就说:我看不要叫漩涡镇,叫酒窝镇好啦。你们从山顶向下看,一圈圈的稻田多像姑娘的酒窝啊,又神秘又迷人,天晴的时候你们都能看到她的笑,下雨了,起雾了,她的酒窝就藏起来了。

孟晓白一个月前来到漩涡镇堰坪村,她带了一个大行李箱,准备一直待到油菜花季结束。在这之前,她刚刚辞职。

她纠结于离开还是留下,已经不是一两天了。她大学毕业就进了杂志社,今年满七年。难道工作也有七年之痒？在外人看来，这是个令人艳羡的工作，文化单位，很有面子，她也算是老员工了，还当了个小领导。但她自己知道，她现在所做的事，离自己的初衷越来越远。她热爱文字，喜欢单纯的生活，现实却要把她培养成一个唯领导马首是瞻的人，如果领导是正确的，她愿意听从，可问题的关键是，要在领导不是那么正确的时候，你依然坚定地跟领导走。孟晓白妥协过，但她很痛苦。一次突如其来的职场危机，让她下了决心——辞职。

那是去年底，又到了岗位竞聘和领导任命的关键时期，杂志社的上级主管单位收到一封匿名举报信，据说是针对总编辑张枰的。上面下来人调查，挨个找员工谈话，大家都说，张总编这回要翻船了，匿名信是谁写的呢？一天孟晓白签完稿子，办公室已经没人了，她正要回家，老李突然从外面回来，叫她等会儿。孟晓白就在外面等，老李进了自己的办公室，却没有开灯，黑暗中打了半天电话，然后才叫她进来。

孟晓白说：怎么不开灯？顺手把灯打开。老李打着哈哈：天还没黑严实，省电、省电。两个人谈了一会儿下期的稿子，孟晓白奇怪老李怎么还不说正事，他以前交代工作可不是这样的。老李还是瘦，但精神矍铄，脸上黑里透红。马姐说权力是男人的养颜秘方，老李以前是干瘦，现在是精瘦，听说前不久刚买了房，还是精装修，拎包入住。马姐感叹，谁想到老李有今天啊，他老婆可真没福气。

老李终于说到主题了：小孟，这两天大家都有什么议论呀？孟晓白说：是张总的事吗？我听到一些，好像对张总挺不利的。老李笑着说：都是谣言。这文化单位呀，就是是非多，都不好好干活，背地里说起人来一个顶俩。但我觉得小孟你跟他们不一样，你就没什么是非，简单，有能力，还不拉帮结派，张总对你评价一直很高的。我也是，喜欢简单的人际关系，自从咱俩搭班子，部门气氛多融洽呀，你说是不是？孟晓白笑了笑，不置可否。

老李接着说：你还年轻，不知道这个单位的水有多深，你我都是简单的人，但别人不这么认为啊，你说我就是专心工作，没有什么小圈子，但别人不这么想啊，他们早就把你、我划到张总的圈子里去了。当初张总力主提拔你，你是80后吧，那么多比你资历老的，在后面排队的，都靠边站了，张总顶住压力提拔你，就是看重你的品质。那些老油条，打的是自己的小算盘，张总是真正要干事的，哪能用那些人呢。所以，不管你愿不愿意，承不承认，我们都是一条船上的人了。唉，这次张总遇到坎儿了，我们能帮就帮一把，人要讲良心，张总对我们不薄。有人想看张总的笑话，看我们的笑话，想得美，我们不能中了小人的计。这是生死存亡的关头，我们干每一件事，说每一句话都得小心啊。

老李端起面前的杯子喝了一大口水，然后不说了，等着孟晓白表态。

孟晓白有一种被人裹挟的恐惧，老李左一句"我们"，右一句"我们"，在她听来极其刺耳。她认真地回答老李：我知道。就再也不说话了。她想好了，关于这次调查，没有问的她不会主动说，问了的她说实话。

果然在第二天，调查组的人把孟晓白叫了去，主要问了三个问题：第一，杂志社平常换回的字画或其他艺术品的明细单是否规范，出库流程是怎样的？第二，员工对竞聘上岗怎么看？有没有人浮于事的现象？第三，张枰跟某拍卖公司合作，炒作自己的书法，有没有这回事？

虽然有了心理准备，但这几个问题的尖锐程度还是令孟晓白吃惊。她稳了下心神，开始回答：

书画作品一般有两个入口，业务部门和经营部门，业务部门指的就是编辑部，记者采访艺术家，用的是杂志社的版面资源，一般来说艺术家会回馈作品，数量和版面投入都是有规定的。记者利用职务之便换回的作品，都要交回社里，登记入库。我们编辑部有自己的明细单，经营部门也有明细单，两个单子都交由办公室汇总管理。至于出库，需要张总和办公室负责人签字，其他人是没有这个权力的。

调查组的人问：就是说有两个明细单，那你们多长时间汇总一次？孟晓白说：我这边是两个月交一次。调查组问：经营部门呢？孟晓白说：我不清楚。调查组说：就是说两个部门互相并不知道对方有什么作品，只有办公室掌握整体情况。孟晓白说：是的。

第二个问题比较开放。有些人很喜欢回答类似"怎么看""有何感受"之类的问题，因为发挥空间大，不想回答的话还可以打太极，但孟晓白最不会绕着说话，她调动了所有的脑细胞，说，竞聘上岗的初衷很好，可以调动员工的积极性，提拔有能力的人，只要能做到公平公开透明，大家还是很支持的。

孟晓白直接略过了"人浮于事"的问题，她觉得对于第二个问题的回答已经发挥了她最大的智慧。没想到调查组的人特别善于"搞事情"，居然不依不饶地问：那你认为现在够公平公开吗？

孟晓白一时不知怎么措辞，舌头开始打架，脸也红了。调查组中那个年龄稍长的男人笑着对另两个人说：别为难人家姑娘了。

唉，最为难的还在后头呢。张枰联合拍卖公司炒高自己的作品，孟晓白能不知道吗？就是她去拍的呀！不管了，她只能实话实说。

孟晓白谨慎而又克制地讲述了那次拍卖，对于调查组"怎么具体操作"的追问，她表示不知道。她确实不知道，甚至在去北京的路上老李也没有跟她透露一个字，这些细节她并没有讲，客观，尽量客观，她只是完成了一项任务，至于任务背后的故事，她一无所知。但令她生气的是，调查组似乎将她认定为一个同谋者，一个共犯，对她简短的叙述表示怀疑。当其中一个人问"有没有拍卖合同"时，孟晓白不客气地说，你应该去问拍卖公司，而不是我。调查组又问：除了拍卖自己的作品，张总还有没有拍别人的作品？孟晓白不解：别人的作品？调查组提示：比如，某某某……他们说了一个名字，孟晓白表示不清楚。后来听人说，那是省美协的一位领导。

轰轰烈烈的举报信事件结束了。大家都在等待一个结果，但奇怪的是，结果迟迟不来，好像调查组从没有来过杂志社。

年后，干部竞聘开始了，今年的规则有所调整，不是全岗位竞聘，而是拿出部分岗位竞聘。有人分析，这些能拿出来的岗位意味着什么呢？意味着领导对上一任干部的表现不满意，否则的话就直接任命了，还需要走竞聘程序吗？

几个热门岗位,如办公室主任、编辑部主任和编辑部副主任都在竞聘之列。孟晓白纠结了,她要不要参加竞聘呢?她目前的职位是编辑部主任助理,而这个岗位已经没有了,你要么竞聘副主任,要么放弃。

孟晓白不想玩这个游戏了。但老李对她说,你一定要竞聘副主任,当然,也可以竞聘主任,这是你的权利,不要有顾虑,更不要碍于我的面子。孟晓白说,呵呵,我连副主任都不想竞聘,更别说主任了。老李无比惋惜地看着她,像看着一个即将失去的战友,然后说了一句富含哲理的话:有时候放弃也是一种智慧,从这个角度来讲,我不如你。

直到发布领导任命文件,大家才惊觉,那个事情了结了。文件上张枰依然是总编辑,该在的人都在,只少了那位办公室主任,还有一位孟晓白。大家面面相觑,这演的是哪一出?引线都点着了,雷居然没响,不对,还是响了——误炸了。很快,有聪明人表示,张总太厉害了,这么大的一场危机,让他举重若轻地给化解了,你不服不行。炒作自己怎么了?现在哪个书画家不自我炒作。人家花的是自己的钱,又不是单位的钱,犯法吗?不犯法!顶多是个道德问题。说张总为当书协副主席给领导行贿,你看见了?人家是在一起切磋艺术,这叫雅玩,你懂个啥。还有传言说,社里的库房就是张总家的,想拿啥拿啥,这绝对是污蔑,张总拿公家的东西是为公家办事,难不成你让领导倒贴吗?拿自家的东西办公家的事,没有这个道理。至于库房管理混乱,那是办公室的事,领导要定战略,考虑大局,不可能事事都操心,不然要你办公室主任干啥。所以这个结果是意料之中的,大家也是信服的。

孟晓白看着这场表演,内心一片荒凉。其实她又何尝不是表演者,在这场演出中,谁比谁更高尚,谁又比谁更卑鄙,不过是利害的权衡罢了。

孟晓白辞职了,义无反顾。她没有告诉爸妈,只说自己要去旅行,她第一次强烈地想逃离这座城市。

漩涡镇堰坪村,一座隐藏在凤凰山中的种着水稻和油菜花的村庄。孟晓白迷上了这里,她喜欢看雨后升腾的云雾,如滚雪球般越滚越大,聚拢在山间久久不散;她喜欢看油菜花海,一望无际的嫩黄,比梵高的画还要炫目;她喜欢在傍晚眺望远山，淡淡黛色宛若少女的蛾眉若隐若现；她喜欢和大大小小的孩子聊天，喜欢画画时孩子们在她身后叽叽喳喳……孟晓白住在村主任家，好几个清晨，她在一种舒适的浅睡中游离，湿润的空气和土地的腥香充满空空荡荡的屋子，窗外是树、稻田、房檐上挂着的干豆角，一切恍若梦境。她坐起来，床可真硬，缎子被面上有大红的喜字，让她觉得特别活泼生动。

孟晓白一来就给村主任说，她想教村里的孩子们学画画。村主任很高兴，带她到了小学。一年级只有一个班，三十多个孩子，年龄从六岁到八岁都有。村主任说，村里不少年轻人都去城里打工了，一去好几年，干得好的安定下来后会把孩子接过去，基本上就很少回来了，谁愿意在这大山里待上一辈子呢。这些留下的孩子就可怜了，跟爷爷奶奶一起过，一年见不了爸妈几回。孟晓白喜欢这些孩子，他们和城里的孩子很不一样，羞涩、单纯。她刚来的时候，孩子们见到她都站得远远的，不敢搭腔，她向他们招手，几个胆子稍大一点的挨到她跟前，眼睛里满是好奇，问他们话，除了小声地告诉你名字外，只是低着头笑，或者一溜烟儿跑开，依旧站在远处看你。第一次上课之前，孟晓白专门去了趟镇上，给每个孩子买了蜡笔和图画本，当她把这些东西发给孩子们的时候，他们很兴奋，但又不敢表现得太兴奋，于是互相用眼神传递着喜悦，你看我，我看你，那意思是说，你看，我有，你也有。其中只有一个孩子对孟晓白说了声"谢谢"。一个小男孩，怯生生的，因为说了"谢谢"两个字，他满脸通红，小小的身子颤抖不已。孟晓白弯下腰看着他，说：不客气。然后首先记住了小男孩的名字——吴腊八。

吴腊八六岁，是腊八节那天出生的，爸妈一年前出去打工了，他由奶奶照顾。吴腊八很瘦，尤其脖子又细又长，却顶了个大脑袋，孩子们说他像个细脖子大敞口的喇叭，他名字又叫腊八，所以大家见他就喊：喇叭儿喇叭儿，吹一个。吴腊八对此很生气，却也没办法阻止别人这么叫他，在和孟晓白熟悉之后，他对孟晓白说：我想改名字，老师，你帮我取个名字。孟晓白笑了，拍着他的大脑袋问：为什么呀？吴腊八说：这个名字不好听，他们笑话我。孟晓白说：我倒觉得很好听啊，你不觉得这个名字很酷吗？吴腊八眼睛一亮。孟晓白说：腊八是个节日，到了腊八就快过年了，你喜不喜欢过年？吴腊八点头。孟晓白说：大家都喜欢过年，过年能吃好吃的，穿新衣服，还有你的爸爸妈妈就回来了，所以腊八是个特别好的日子，你叫这个名字特别喜庆，大家一叫腊八腊八就高兴，是不是？吴腊八歪着脑袋想了一会儿，说：但是，他们老让我吹喇叭。吹喇叭有什么不好？孟晓白又说，喇叭的声音又高又亮，跟你的声音一样，好听！

吴腊八终于接受了自己的名字。他依着孟老师教给他的方法，别人叫他，喇叭儿喇叭儿，吹一个，他就大声答应，哎——调子拉得长长的，还真像个喇叭了。孟老师在班里表扬了他，说他很勇敢，回答问题声音洪亮，还在他的美术本皮皮上画了个小喇叭。就给他一个人画了，吴腊八得意了好几天。

山里的雨下起来连绵不断，有时候雨下得气若游丝，眼看要歇住了，忽然间又大起来，整个村庄被浇透了。晚上吃饭时，村主任特别叮嘱孟晓白，去学校路上要小心山上的砂石，如果雨再这样下下去，恐怕就要遭灾了。

那一晚孟晓白睡得很不踏实。外面的雨越下越大，如波涛夜惊，一重赶着一重汹涌而来，砸在山石和树木上，发出钬钬铮铮的声响。窗外并不是漆黑一团，反而越发明亮起来，孟晓白第一次看到雨是白色的，像被稀释的牛奶，带着一股草腥气，扑向无边的混沌的夜色中。

直到半夜两三点，孟晓白才迷迷糊糊睡去。不知睡了多久，感觉只有一小会儿，她突然被惊醒。外面一阵嘈杂声，她本来睡觉就很轻，这会儿她确认那声音不是雨声，像是有人在砸门，然后是说话声，走动声，开门关门声……很快，四周又沉寂了。孟晓白看了一下表，不到6点钟，雨还在下，比起昨晚小了很多。她想再睡一会儿，但努力了半天也没睡着，心里怦怦直跳。索性不睡了，孟晓白出了屋子，发现一个人都没有，往常这个时候，村主任老婆会在厨房忙碌，有时候打扫院子。孟晓白站在厅房喊了两声：嫂子，嫂子。没人应。

天色微亮，雨几乎要停了，雾气迅速从水田和江面上升腾起来，铺天盖地，连成白茫茫一片。盘山路上偶尔有汽车缓缓开过，鸣笛声已经到耳朵边了，却不见汽车的影子，浓稠的白雾像一堵墙，汽车低吼着终于破墙而出。这画面让孟晓白想起电影里常见的桥段：一头庞然大物突然从隐蔽处冲到镜头最前端，把人吓个半死。此时，孟晓白不但看到汽车破雾而出，还有人，越来越多的人，他们向一个方向跑去，迅速消失在白雾中。孟晓白拦住一个村民，问出了什么事。村民说，房塌了，昨天半夜发生泥石流，把房子冲塌了。

在此之前，孟晓白只从电视上看到过泥石流。

眼前已经没有房子，断裂的木梁、散落的石块、稠密的泥浆、一棵扑倒的树，这些物体叠压在一起，凝固成一件沉默的雕塑。

孟晓白呆望着眼前的景象，不知所措。村民们在废墟上抬木梁搬石块挖泥土，边干边喊：小心，下面有人！下面有人！一个男孩子跑过去，被大人拦下来。孟晓白认出这是班里的一个孩子，她拉住他，把他揽在怀里。男孩子哭着说：老师，喇叭儿在里面，喇叭儿在里面……孟晓白一阵眩晕，这是腊八的家吗？她不相信。她扑上去问：这是谁家？谁在里面？！一个村民说：是吴腊八。另一个村民也说：是吴腊八，还有吴腊八的奶奶。

中午12点多，赶来的救援队在废墟中找到了吴腊八和他的奶奶。两个人的身体都那么小，被裹在白布里抬走了。孟晓白远远看着，哭到不能自已。就在前两天，她给父母打了电话，让他们去乐器店买个小喇叭寄过来，她想给腊八一个惊喜。现在，这个心愿再也不能完成了。

40

蒋凤仪决定摊牌了。她不是好欺负的人。哦，我跟了你两年，小心翼翼，如履薄冰，你说不要我就不要了，哪有这么便宜的事。蒋凤仪来来回回想了好几遍，以孙立得的地位，是不会坐视她发疯的，丢人就丢人吧，她又不是没丢过人。钱是必须要给的，有个作家亦舒不是说过嘛，没有爱的话，有钱也是好的。但钱并不是唯一目的，钱总有花完的一天，她要的是一份体面的工作，有持续的收入，让她养活自己的同时也可以为家庭出一份力，爸妈很看重她，她不能令他们失望。当然，她也懂得退而求其次，留校是不可能了，孙立得会把一个随时可能爆炸的地雷埋在身边吗？绝对不会！但孙立得人脉关系广，如果他念着旧情肯用些力，为她找个靠谱的工作并不是难事。这也许是她蒋凤仪最后一次求他了，从此一拍两散，一别两宽！

蒋凤仪早就编好了一条短信，不到万不得已她是不想发的，但孙立得一直对她避而不见，提交上去的论文如石沉大海，没有丝毫反馈。昨天，她实在忍不住了，跑到孙立得的办公室，问他，论文有什么问题吗？当时沙发上坐着一位戴老师，戴老师说：这不是小蒋吗？自从上了研很少见你呀。蒋凤仪说：孙院长管得严，都不带我出去的。边说边瞥了一眼孙立得，那张熟悉的脸极其难看，蒋凤仪心里生起几分快感，偏做出一副大大咧咧的样子。孙立得让她先出去，没提一句论文的事。结果到了下午，蒋凤仪从"学校子弟"口中听到了一句令她心惊的话——孙老师那天说了一嘴，他说你的论文水分有点大。蒋凤仪当即就蒙了。论文答辩在即，要不是因为地震推后了几天，恐怕已经结束了。现在孙立得却说什么水分大，学校盲选之前检查重复率，她的论文是在可修改范围内的，而且她已经做了调整，孙立得也是认可的，现在仅仅过了一个月，他的说法就变了。蒋凤仪越想越怕，论文不通过，意味着她有可能拿不到硕士学位，她的三年不是白费了吗？孙立得这么敲打她，一定是有原因的。

蒋凤仪呆呆坐在床边，屋里的光线渐渐暗下来，她不知道几点了，对面楼房的窗口一盏一盏亮起了灯，像无数只眼睛在窥探着她。她躲不了，她也不想躲，面对命运的捉弄，生活的残酷，她一贯的做法是：正面还击！哪怕头破血流。

孙立得有两部手机，一部公私兼用，一部纯粹私用。他告诫过蒋凤仪，不要打电话，不要发短信，有急事也只能打专用的号码，事实上，这部电话他大多时候是关机的。所以，当另一部他常用的没什么问题的电话响起来的时候，他并没有做过多的考虑，直到妻子狠狠地将电话摔给他，他才意识到，问题严重了。

彩信，点开，是他的照片。他不用想也知道是谁发来的。照片很模糊，但认得出是他，他睡着了，光着膀子。孙立得在心里骂了句"X他妈"，千小心万小心，还是疏漏了。照片里他的身边并没有人，可这就足够了，只要不是傻子，都会明白怎么回事。

是不是那个蒋凤仪？是不是？！妻子问。她穿着睡衣睡裤站在床边，头发散开，在黑暗中活像一个女鬼。

孙立得打了个寒战。他有点怕这个女人，不光因为他老丈人是市委宣传部的退休干部，妻子家的背景一直压着他，也罩着他；另一点，眼前的这个女人极具洞察力，她恐怕早就知道了他在外面的秘密，只是等一个证明而已。

孙立得沉默着，心里却在思考另一件事：刘院长年底任满，作为最有希望的继任者之一，他不能出任何问题。这几个月他一直有意疏远蒋凤仪，对于这种家境的女孩，他自信是有办法的，给些好处，钱也罢工作也罢，毕了业，关系也就结束了。说实话，他挺喜欢蒋凤仪，不多事，朴实，最重要的是她对自己的充满热忱的崇拜，让他有一种做王的感觉。很奇怪，只有这个女孩子给他这样的感觉，她懂得维护他的权威，小心翼翼地克制自己的需求。这一切曾让他感动，甚至一度想把蒋凤仪长久地留在身边。唉，当断不断，必受其乱啊。

不需要辩解了，一切显而易见，他陷入了前所未有的危机。孙立得听见妻子说：下去。他看着妻子冷冷的脸，一时没明白这女人的意思。——滚下床去！妻子一字一顿。孙立得听清楚了，他乖乖地下床，居然没忘记抱着自己的枕头。

关上门，孙立得立在卧室门口听了一会儿，里面没有声音。一个不哭的女人是可怕的，只要她哭，她吵，男人就有办法。孙立得深信这一点。

照旧进了书房，开灯，灯光亮得晃眼，无情地将黑夜拦截在窗外。歇会吧，想一想吧，孙立得把自己的身体放倒在大班椅上。这是一张有按摩功能的椅子，皮质细腻，极其舒适。谁送的？一时倒忘记了。

身体是沉重的，思维却很活跃。他仰头看到书架上一行行的书，有一层是专放他的著作的。这么多年来，不管多忙碌，社会活动多频繁，他在专业上从不敢懈怠，因为他知道，专业院校，说到底还是要玩专业，否则很容易被边缘化。刘院长上台后不是就被诟病了吗？说他不懂学术，只会做官，现在这个时代，只顾埋头干事是不行的，还要追求一点虚名，社会上认这个。中国的知识分子，讲究立德立功立言，立德立功太难了，有学者说，历史上能做到三不朽的只有两个半人，孔子、王阳明，另外半个是曾国藩。孙立得想，做不到立德立功，立言还是可以的嘛。他一直很注重平衡行政事务和专业研究的关系，现在虽不敢说著作等身，但在学术界还是有些威望的，这也是他自恃的资本。这一切来之不易啊！这么多年奋斗、经营的大好局面，怎么可能让它毁于一旦呢？

孙立得坐起来，一只手在裤兜处摸索，他想抽一支烟，突然意识到他只穿着内裤。于是走出书房，在客厅找烟，没有。他有些烦躁，晚饭后靠在床头吸一支烟已成为他的习惯，妻子骂他"迟早有一天能把床单烧了"，他却不以为然，说自己就这一个不良爱好了，老婆你就忍忍吧。其实这几年他们过得很平静，儿子在国外念书，只要按时把钱打过去，倒也不用他们太操心。和妻子呢？他不求相敬如宾，只求相安无事。年轻的时候火气大，吵过闹过，他总是先服软，有错认错，没错也认错，女人很吃这一套，他屡试不爽。这两年他认为他们的关系比以前更牢固了，不是更加亲密无间，而是他们之间建立了一种同盟关系，利益共同体，一荣俱荣一损俱损，他认为这比夫妻关系更为可靠。

孙立得踌躇了许久，终于推门进了卧室。妻子背对他躺着，一动不动，但从妻子竭力克制的呼吸判断，她没有睡着。孙立得打开床头灯，轻轻地绕到妻子那一面，看着这个与他同床共枕了二十多年的女人，他心一横，跪在了床边。

蒋凤仪没想到最终等来的是孙立得的老婆。

两个人在电话里没有客套。孙立得老婆说：见个面吧。蒋凤仪说：好，在哪？孙立得老婆说了一个地点。蒋凤仪说：我平常很少出去，您说的咖啡馆、茶馆什么的我不知道在哪，不如到我这里来吧。蒋凤仪有点儿示威的意思，她要让孙立得的老婆看看，你老公为我租的房子，我们就是在这儿幽会的。

果然，孙立得老婆一踏进来就意识到了，脸色极其难看。但她还是故作轻松地问：小蒋，这房子不错呀，你自己的？蒋凤仪说：租的，我可买不起。孙立得老婆说：现在的学生放着学校的宿舍不住，都喜欢在外面租房子，好像爹妈的钱都是白挣的，图的什么呀。蒋凤仪微笑着说：各人有各人的考虑，不过我可没花爹妈的钱。

这样的谈话场景太奇怪了，两个所谓的情敌，居然貌似融洽地讨论起了房子的问题。蒋凤仪心里生起一种复杂的感觉，她厌恶自己，觉得自己和孙立得，和这个女人一样虚伪、无耻。她也可怜自己，这是她的一个机会，她不能妥协，无耻就无耻吧，脸面能当饭吃吗？蒋凤仪给自己和对手各倒了一杯水，递过去的时候，她说：没想到您会过来找我，师母。孙立得老婆很快说：不要叫我师母，我姓任。她接过水，没有喝，而是重重地蹾在茶几上。

蒋凤仪说：那我叫您任老师吧。任老师盯着蒋凤仪看了一会儿，说：你想怎么样？你发那样的照片过来是想威胁我们吗？蒋凤仪有些吃惊，她说"我们"，意思是她和孙立得之间没有问题，他们是一致对外的。蒋凤仪真真佩服孙立得，居然这么快就做通了老婆的思想工作，来替他擦屁股。蒋凤仪说：任老师，我不想威胁谁，就是想顺顺利利拿到学位证，找个像样的工作。任老师说：你找工作要靠自己的能力，跟我们有什么关系？蒋凤仪说：跟您没关系，跟孙院长有关系。任老师说：小姑娘不要胡说八道，你以为你有那个照片就能唬人了，告诉你，那照片说明不了任何问题。蒋凤仪说：说明不了问题您还来什么？任老师说：我是不想看你继续堕落，国家培养个研究生多不容易啊。我和孙老师想拉你一把，你可不要自毁前途。蒋凤仪冷笑。任老师语气一软，说：你好好的，你完成了学业，通过了答辩，谁会不让你毕业呢？工作嘛，研究生求职还是很有优势的。蒋凤仪说：任老师，咱们就别兜圈子了。你不是问我想怎么样嘛，告诉你，第一，我要二十万，第二，我想去出版社工作。

任老师显然没料到蒋凤仪会这么直接地提出要求，她先是一怔，随即笑了起来：你是想钱想疯了吧！你凭什么认为我会给你二十万！你还真敢要啊，现在的学生都这么不要脸吗？哦，我忘了，你不是学生，你是小三儿，勾引人家老公的小三儿！蒋凤仪说：任老师，别激动。我既然敢要这二十万，我就有值这二十万的资本。你和孙院长都是有地位的人，我就一个学生而已，大不了毕不了业，还能把我抓起来不成。

任老师嘴唇抖动着，眼睛通红。她有整整两晚没合过眼，身体和心理疲惫至极，但她只能打起精神，拉下脸面，去跟眼前这个女孩子谈判。孙立得啊孙立得，你在外面怎么搞都可以，为什么偏要跟你的研究生搞在一起，堂堂美院副院长，被一个小丫头威胁，丢人，真丢人！任老师心里翻江倒海，她一面默念，不能失态，不能失态，一面从沙发上站起来，一只手把坐垫拉拉平，笑着说：抓你？谁会抓你？又不是封建社会，乱搞的女人还要被抓去沉井，你言重了小蒋，这在今天就是个道德问题。你太年轻了，很多事没你想得那么简单，一张照片能说明什么问题？谁拍的？在哪拍的？都看不出来呀，我还说是我拍的呢。孙老师我是知道的，在业界有些影响力，人又平和，没架子，多少人想搭上他呀，这其中不乏女学生，我是见识过的。有的人被拒绝了，面子上过不去，难免恼羞成怒，在外面说孙老师怎么怎么样，结果呢，并没有把孙老师怎么样啊。都说人言可畏，但我相信清者自清，那些为着某种目的想往上扑的人，或者交易不成就诋毁孙老师的人，我们是不屑于计较的。

蒋凤仪真想把唾沫吐到这女人的脸上，居然有脸说"清者自清"，是谁给了她翻手为云覆手为雨的自信啊。蒋凤仪只是冷笑，她倒想看看，这个女人如何表演，如何自圆其说。

小蒋，咱们都是女人，我说实话，这种事闹到最后受伤害的只有女人。你想想看，一个是有地位有声望的副院长，一个是普通的学生，谁的话更可信？大家又愿意相信谁的话。我告诉你，我和你们孙老师感情和睦，众人皆知，岂是你能破坏的，不管你抱着什么目的，我希望你不要做任何妄想。

任老师停止了走动，抱着双臂睥睨依然坐在沙发上沉默的蒋凤仪，她觉得自己已经掌控了局面，小丫头就是小丫头，多少许她一点好处，事情也就了结了。她慢慢踱到餐桌旁，坐下。餐桌很小，只有两把椅子。她突然问：这房子的租期什么时候到？

蒋凤仪不言，这女人问房子的租期干什么。

你不是快毕业了吗？其实不用急着搬走，找个合适的房子也不容易。任老师用手指轻敲餐桌，语气很淡：我是说，你可以住到年底的，不着急。

蒋凤仪再也压制不住了。如果面前有一把锤子，她会拿起来砸烂这个女人的脑袋。这突如其来的想法吓了她一跳，面前没有锤子，她的身体里倒有一把，此时正敲击着她的脑子，热血上涌，泪水在眼眶挣扎，她意识到，比这个女人的嘴脸更令她愤怒和痛苦的，是孙立得的薄情。无耻啊！无耻啊！她听到自己的声音在颤抖：

你们是在施舍吗？施舍我可以住到年底，然后再把我赶走。不用你费心，我当然会走，但不是现在，虽然住在这里让我恶心……

蒋凤仪走到窗前，打开窗户。房子是临街的，车流、人流、商场制造的各种声响混杂着，一齐涌进狭小的窗口，瞬间充满了整个屋子。在以前，蒋凤仪会觉得很吵，但现在她觉得那就是生龙活虎的生活。她多么渴望无所顾忌地、真诚地融入这生龙活虎的生活中，而不是在这个封闭的空间里与人谈判，数着日子等待一个结果。

蒋凤仪面对窗口深吸了一口气，转过头对那个女人说：任老师，你觉得我敢不敢从这个窗户跳下去。

惊惧和不可思议的表情定格在那张脸上，产生了一种莫名的喜感。蒋凤仪竟然想笑。

42

仲天麒刚回到长平,就被两个姐姐拉去相了一场亲。其实他是中了她们的局,说是一起吃饭,菜点好了,上齐了,却不让吃,说等一个人。仲天麒明白怎么回事了,放在以前,他肯定拍屁股走人,现在却有些不忍。两个姐姐,从小看着他长大,为他操心已经成为一种惯性,她们喜欢以己之心揣测弟弟的生活,一个人在北京,压力、孤独、身无所依、心无所属,这样的揣测让她们心疼。

姑娘来了。仲天麒很客气。大姐介绍,姑娘在银行工作,年纪轻轻就做到客户经理,很能干。二姐不失时机地冒了句,我们家天麒最不会理财,你以后可要教教他呀。仲天麒哑然失笑。姑娘倒还大方,侃侃而谈,浑身上下洋溢着国家银行的气质。仲天麒突然就想起了孟晓白。人与人多么不同,面前的姑娘眼睛明亮,如探照灯直射过来,令人脸热,而孟晓白的眼睛像水,幽游迂回,你以为她很浅,她却很深,你以为她很深,她却很浅。仲天麒有片刻走神,姑娘对他的画家身份很感兴趣,问了几个问题,他一一作答,连他自己都觉得,他的回答很敷衍。

相亲饭吃过后自然就没有下文了,姐姐们不甘心,却也无可奈何,只是担心弟弟还没有忘记那个孟晓白。他们两个为什么分手呢？天麒不说——何止不说，简直不能提。

仲天麒清楚地记得那个日子。快两年了，孟晓白决绝地走出门的背影，依然会在某个意想不到的时刻让他的心隐隐作痛。回想那天发生的一切，晓白来看他，溪月、于淼老师也在，一起做饭、吃饭、聊天，正是午后，阳光漫进来，岁月静好。后来，怎么突然就变了，他想不明白。一场美好的电影戛然而止，银幕一片灰白，谁也不知道，是因为停电了，还是胶片出了问题？他一个人在屋子里坐了很久，当孟晓白离开而他没有追出去的时候，他就知道，他们结束了。然后他给孟晓白发了一条短信，没有回复。就这么结束了。

回到家里的日子很放松，除了妈妈、姐姐们一如既往地关注他的个人生活外，仲天麒发现，父亲对他的态度似乎有了一些变化，也许他对绘画的回归让父亲满意，父亲不那么严肃了，话也多了，有时父子俩在书房能聊一下午。中国父子之间的关系总是很微妙，儿子小的时候，父亲是山，沉默且坚硬，儿子对父亲怕多于爱，体现在行为上常常是对抗的，也会有相互较量的时候；不知从什么时候开始，这种关系悄悄转换了，儿子成了山，父亲成了山脚下倚傍的溪流。这次回来仲天麒感到父亲明显衰老了，年龄不饶人，父亲四十岁上才有的他，《论语》里说，父母之年，不可不知，一则以喜，一则以惧。喜的是父母的长寿，惧的是他们随时可能离开。再有几个月，父亲就满七十了。仲天麒以前从来没有将父亲和"老人"这两个字联系起来，因为父亲一直以来的强硬作风和主导地位。但这一回，他真切感受到了父亲的落寞和力不从心，有时跟他说话还会露出小心翼翼的表情，这让他有点心酸。

想起以往，父亲对他的管控无所不在，甚至连睡觉这样的小事都要管。父亲最不能容忍的是他早上贪睡。记得高中时，每到周末他都要补觉，但只要父亲在家是决不允许的。有一次父亲早上外出中午回来，他还在睡。起床后父亲叫他到书房，他准备好了对抗父亲的教训，父亲却拿出一本书，翻到其中一页，让他念。他冷笑着，满不在乎地大声念道：

在天亮的时候，如果你懒得起床，要随时作如是想："我要起来，去做一个人的工作。"我生下就是为了做那工作的，我来到世间就是为了做那工作的，那么现在就去做那工作又有什么可怨的呢？……试想每一细小的植物，每一只小鸟、蚂蚁、蜘蛛，蜜蜂，他们是如何的勤于劳作，如何的各尽厥职，以组成一个有秩序的宇宙。那么你可以拒绝去做一个人的工作吗？……"但一些休息也是必要的呀。"这我不否认。但是根据自然之道，这（睡眠）也要有个限制，犹如饮食一般。你已经超过限制了，你已经超过足够的限量了。但是讲到工作你却不如此了，多做一点你也不肯……

父亲问：你画过奥勒留的石膏像吗？仲天麒不答。仰着头看天花板。父亲说：奥勒留就是这本书的作者，他是古罗马皇帝。我为什么让你念这段，早上能不能早起，事情虽小，意义却很大。连古罗马的皇帝都这么认真地思考这件事，因为这是每天生活斗争的第一回合。如果你连自己的贪睡都战胜不了，那你还能干什么？你以为你比奥勒留更勇敢、更智慧、更有权利睡懒觉吗？仲天麒还是不答，但也觉得自己的气焰被压下去不少，最后他灰溜溜地出了书房，手里拿着那本书。父亲要求他把那段话背过，当他想睡懒觉的时候，就念给自己听。直到现在，这本书还放在他的书架上。

而这次回来，仲天麒很放松地睡了几次懒觉，父亲居然不管了。这天上午，快11点他才出了卧室，母亲不在，家里静悄悄的。仲天麒来到书房，父亲在这里。

仲青田正借着窗外的光亮看一幅画。天气阴阴的，房间里却没有开灯。见儿子进来，仲青田说：过来看画，我刚收的。仲天麒把灯打开，仲青田说：别开灯，这种黄光啊，会影响画的真实感，天光最好。仲天麒把灯关掉，看到父亲坐在书案前端举着画，因为背光，父亲的脸有些模糊，但那种专注和对画的虔诚，是他从小就熟悉的神情。

走近看，是傅儒先生的一帧小画。不到两平尺的样子，笔墨相当精到。一树松，几丛乱石，远处有水，却不着一丝笔墨，留白处见悠远。仲天麒赞道：好画。

仲青田眯着眼，一副满足的样子。他说：现在啊，没人愿意玩小画了。停了片刻，又说：这两年书画市场火爆得吓人。大家都喜欢收大作，画家也是越画越大，六尺都不够了，要八尺，有的甚至丈二。我就不明白了，又不是要挂到人民大会堂去，需要这么大吗？美感在哪里呢？过去的画小，精致，因为是在书房里雅玩的玩意儿，几个好朋友喝喝茶，赏赏画，惬意，美！高兴了，大家换一换，画就流通了。现在不一样，搞收藏的第一目的是赚钱，我听说现在流行什么艺术基金、艺术银行，有钱人把钱聚在一起，倒画、炒画，艺术品成了金融、资本共同经营的商品，这不是背离了收藏的本质了吗？天麒，你说，是不是这么回事。

这是父亲第一次认真地跟他讨论艺术市场的问题，仲天麒想了想，说：在北京我的感受更明显，越来越多的人涌入艺术市场，因为大家看到了拍卖场上的价格，可以用疯狂形容，有人预测，明年会有破亿作品出现，这样看来，艺术市场的高潮还没有来呢。

这是会害死人的！仲青田突然加重了声音：收藏本来就是小圈子，从古至今都是这样。现在不管懂不懂，人人都想捞一笔，等到这个潮退了，不会游泳的人会被淹死的。

仲天麒沉默了。父亲的忧虑是有道理的，这也是他敬畏父亲的原因，无论艺术市场怎么风云变幻，父亲总是坚守着自己的底线，不跟风，不盲从，不投机，所以这么多年能一直保持平稳，确实不容易。

仲青田说：我就是担心啊，一些人会被高价艺术品冲昏头脑，这里面有多少泡沫，我们不知道。谁不想这个市场红红火火呢，我希望它一直红火下去，但世间的规律告诉我，不可能啊，盛极必衰，你刚才说，现在这个"盛"好像还没来，可我已经在担心它的"衰"了。我是不是老了，还是太悲观了。

仲天麒一时不知怎么安慰父亲，看到书案上有一摞写过的宣纸，便翻着看。一直坐在椅子上的仲青田微微欠了欠身，突然就露出一丝羞涩的神情，嗫嚅着说：是我写的，你看看怎么样？仲天麒心头一热，父亲这是在请教他吗？以前可从来没有过啊。

父亲喜欢行书，尤其推崇赵孟頫的字，走的也是赵体的路子。仲天麒细细地看了几张，说：字的结构已经很不错了，就是有些拘谨，您就放开写、大胆写。仲青田点点头，手上却把字收了起来，动作很快，好像一个小学生让人窥见了什么秘密，一边收拾一边说：对的，对的，看字是一回事，写字又是另一回事；临字是一回事，脱开帖子自己写又是另一回事了。

这是父亲第一次在儿子面前露怯，仲天麒突然感到心疼。时间不曾善待任何人，那个强势的永远正确的父亲正在老去，而他，还没有习惯父亲的柔软呢。

还没到6月，长平的天气已经热得不像话了。空气里没有一丝风，站在树荫下，才能感到密实叶子里藏着的一点点湿度，也许是绿色带给人的错觉。穿过城门，右拐就是仲天麒熟悉的小巷，画廊一间挨着一间，延伸至小巷深处，每一间的门都虚掩着，或挂一扇竹的布的帘子，让你一眼看不到屋内的景况。这是这条小巷独有的神秘，卖画的人总喜欢故弄玄虚，他们日复一日熏染着这座城市的文化气息，倚傍在城墙根下，悠然地做着自己的买卖，看似波澜不惊，实则暗流涌动。这也是此行业的魅力所在。

前面就是图将好景拍卖公司，以前仲天麒总是把车停在公司门口，今天他在巷子口将车停好，慢慢逛进来。邓骁中午打电话，说新加坡严老先生的信到了。仲天麒很高兴。一个多月前邓骁带着林杜衡老先生去北京找他，希望通过《双骥图》的委托人找到姐姐的线索。仲天麒很快写好了信，让邓骁回长平后按着拍卖合同上的地址寄往新加坡。之后很久没有消息，仲天麒一直念着这件事，担心信没寄到，他想无论结果怎么样，一定要给林老先生一个交代。

邓骁的公司看起来没什么大的变化，还是"图将好景"四个绿漆大字，门口依然蹲着一双石狮子。只是进门玄关处挂的画变了，写意牡丹换成了青绿山水。邓骁说，这个看着清凉一些，牡丹虽好却过于招摇，富贵逼人可不是人人都受得起的。仲天麒笑着问：那这幅山水怎么讲？邓骁说：从风水上讲是极好的，水从高处流下，有人说是一泻千里，但你没看到吗？水并没有流出来呀，而是聚到深潭里了。邓骁用手指在画面下端画了一个圈，说：看见没，水是财，这叫聚财。仲天麒说：你真是越来越迷信了。邓骁叹了口气：唉，自我安慰吧。

对于邓骁的境况，仲天麒听父亲说了一些。他去年做的中国当代艺术专场拍卖受了挫，没赚钱不说，还差点惹了官司。一位买受人质疑公司拍卖赝品，将邓骁和公司告上法庭，后来经过私下调解对方撤了诉，但影响已然造成，公司的信誉受到重创。在这个圈子，失去信誉很容易，重建信誉太难了。好在邓骁在业界的人缘还不错，他又是极有韧性的，这样才没完全垮下来。但拍卖暂时停了，只在画廊办办小展，卖卖画。仲天麒是知道邓骁的，如果他就此沉寂，他就不是邓骁了。先不论他们之间在理念、价值上的分歧，但就邓骁的坚持、打不倒，仲天麒是佩服的。

果然，邓骁已经有了新的计划。他说：我想搞一场公益拍卖会，所有收入捐给汶川地震灾区，支持灾区重建。如何？说完定定地看着仲天麒，他太想得到老同学的肯定了。看老同学沉默不语，邓骁又说：我知道你在心里想，这家伙又想沽名钓誉了。我不否认，我确实想通过公益拍卖重建公司的声誉，但我绝对是真诚的，我是四川人，想为家乡做点事。自从你离开公司，我经历了一些事，我也在反思，我太急功近利，太想成功，以致丧失了基本的原则。我想你是对的，做这一行有些东西是必须坚守的，比如，真和诚。

仲天麒有些吃惊，他没想到邓骁会这么说，他感到欣喜，大学时代那个理想主义的邓骁又回来了。仲天麒说：好，我支持你！邓骁举起右手，说：那就说定了。两个男人的手掌啪地一击，发出清脆的响声。

先把你的画拿来支持一下呗。邓骁狡黠地笑着。仲天麒也笑了：我就知道，你这家伙不算计我是不可能的。

公益拍卖的事说妥了，邓骁心里一块大石头落地，这才想起将新加坡的来信交给仲天麒。信装在纸筒里，除了信，还有一幅画，却是严老先生从仲天麒手里换回的《双骥图》复制品。仲天麒打开信，邓骁也凑到跟前看。信不是严老先生的亲笔，而是他儿子写的——

天麒兄台鉴：

您的来信收悉，直到今日才回信，请见谅。有一件事必须呈告您：家父已于两周前仙逝……

仲天麒心中一沉：严老先生走了？他再一遍看了那行字，确认自己没有看错。与严老先生虽只有一面之缘，却好像认识了很久，人世间的相遇真奇怪，有的人每天都能见到，但你对他的感觉就是一个名字而已，还有一种人在你生命中也许只出现过一次，却能让你记很久很久。仲天麒以前不相信所谓的轮回说，前世今生的故事不过是文艺作品中博取眼球和眼泪的噱头，但萍水相逢而一见如故，又怎么解释呢？就像他和严老先生，投缘？面善？这些字眼太表面了，表面得如果用它们来形容一种感情，他会觉得庸俗和肤浅。此刻信在眼前，仲天麒脑海里蓦地闪出那个潮湿的午后，老先生站在芭蕉树旁向他挥手的身影，那一别，从此天上人间，再无相见之日了。

这一个月来我都在医院照顾父亲，他时而昏迷，时而清醒。您的信到的时候，父亲已经昏迷了三天，我们甚至担心他会一直这样睡下去，再也不醒来。幸运的是他老人家醒来了，就像要听您讲那幅画的故事一样。我把您的信念给他听，念了两遍，他激动地眨眼睛，虽然身体不能动，但我知道他在用这种方式告诉我：他太高兴了，他终于了解了《双骥图》的来龙去脉。您一定明白，这对于收藏者来说多么重要，尤其是他自己最珍爱的作品。父亲示意我靠近他，我把信捧到他眼前，他用力地看，像是要记住这封信的每一个字。他嘴里含糊不清地说着什么，我的耳朵贴近他，我知道我听懂了。他说，谢谢您，谢谢您告诉他这幅画的故事。他也感到遗憾，因为他并不认识林先生的姐姐，他帮不了这个忙了。这幅画几经流转，早已找不到最初的主人了。没能帮到您，我也感到很遗憾。

父亲特别让我委托您，将《双骥图》赠予林老先生，希望能带给老人家一些安慰，同时这亦是林老先生和家父的缘分。家父很乐于让这幅画回到它该回的地方去，虽然只是复制品，但却是家父的珍爱之物，也是他老人家的一番心意。请您务必转赠林老先生。

家父还让我带一句话给天麒兄："宁可正而不足，不可斜而有余。"这也是他老人家对我们晚辈的教导。我虽然愚钝，但这句话我一直不敢忘怀。愿与天麒兄共勉。

顺颂艺祺

思贤　敬呈

信看完了，仲天麒久久没有回过神，直到邓骁添了一杯茶给他。他打开《双骥图》，不禁感叹：真的是以假乱真啊！邓骁脸上显出一丝尴尬，遂又庄重起来。仲天麒将画递给邓骁，说：转交给林老伯吧。邓骁接过来，双手竟然颤抖了。

美院操场上的帐篷几乎没有了，蒋凤仪倒希望它们可以多存在些日子。一场地震让这个世界短暂地平等了，教授、官员、带孩子的保姆、打工的青年，都住在露天的帐篷里，生命高于一切，大自然以灾难的形式提醒人们，俗世间所谓的名利、地位在生命面前不值一提。但吊诡的是，人们似乎都得了健忘症，尤其善于忘记苦难，就像几天前操场上五颜六色的帐篷，它们以灾难的狰狞的面目出现，走的时候又欢天喜地了，仿佛地震不曾来过，仿佛这只是一台行为艺术表演的现场，结束就结束了，大家各归其位，回到惯常的轨道上，继续，生活。

蒋凤仪勉强完成了硕士答辩。说是勉强，实在因为很危险。答辩组评委五人，是否授予学位需四人通过，而她刚好四票；论文需五人全票才可通过，她还是四票。也就是说，她可以被授予硕士学位，但论文没有了发表资格。

就这样吧。走出答辩室，蒋凤仪突然觉得，这是最正常的结果，或许也是最好的结果。几天前，她搬出了那间房子，走的时候发现居然没有什么东西是她可以带走的。她背着一个小包站在人来人往的天桥上，华灯初上，夜色还是那么美，她想，我来的时候什么都没有，现在走了也没有什么是属于我的，无所谓得到也无所谓失去,多像一场梦啊。

她承认,之前对孙立得的要挟除了不甘心,更有报复的成分。当孙立得的老婆暗示她只要她删了手机里的所有信息,就帮她找个好工作时,她突然间改变了主意。她说:我想删的时候自然会删了那些东西,你们也不用给我找工作,我们两不相欠。这句话的杀伤力显然比问他们要钱要工作更强大,她看到在孙立得老婆故作镇定的外表下藏着一颗七上八下的心。蒋凤仪反倒坦然了。当你不想得到时,你就什么都不怕了。

她定下心开始找工作,给好几家单位投了简历,其中一家深圳的出版社通知她去面试。她还没有想好到底要不要去。十几岁时总想离开家,走得越远越好,她坚信梦想是在远方实现的,而不是在这座城市的某个角落,不是在家到学校、学校到家的两点一线上;梦想更不是爸妈脑子里贫乏的想象和永远词不达意的表达。她想要更大的世界。直到现在,这个念头没有削减,反而更加强烈。

唯一让她犹豫的是不能在父母身边尽孝。母亲一直嫌她性子野,常拿她和弟弟比较,说他们两个托生反了,她像男孩,而弟弟腼腆、听话,像个女孩子。小时候她执拗地认为母亲重男轻女,所以变本加厉地野给他们看,每每闯了祸面对母亲的叹息和眼泪,她没有愧疚,反倒有一种报复的快感。她记得从学校到家的路上要经过一条河,河水不深,河上有桥,但她偏不走桥,5月到10月,天气和暖的日子,她都会从桥下过,脚踩在水里的感觉很舒服,酥酥痒痒的,像一只狗的舌头在舔你。那些藏在水里的石头绊不倒她,因为她的脚长了眼睛,她爱石头,石头也爱她,所以石头听她的话。她能在数不清的石头里一下子挑出最独特的那一个,石头散落在岸边普普通通,一旦浸入水里便显出它的神奇,那些美妙的纹理和图案是怎么形成的呢?她小小的脑袋百思不得其解。石头越捡越多,她拿不动了,就把它们埋在第四个桥墩下的泥沙里。这是她的宝贝,阳光好的日子,她喜欢把它们挖出来一个个摆在浅水里,看阳光穿透水面照在石头的斑纹上,亮晶晶闪烁烁的,真如宝石一般了。

有一个夏天,她十二岁,弟弟八岁。每天她带着弟弟上学、放学,那天热极了,她照例走桥下回家,经过第四个桥墩时,她突然想看看她的那些石头。可是令她惊恐的一幕出现了,石头消失了。她以为自己记错了地方,左寻右找,没有,难道石头长了脚不成?她想起一直跟在后面不吭声的弟弟,只看了他一眼,弟弟便哭了起来。不用她问,弟弟吞吞吐吐地交代了:我同学说你在桥下埋了宝贝,我说不是宝贝,是石头,他们不信,让我挖出来给他们看……他们,他们就把石头拿走了。蒋凤仪问:拿哪里去了?弟弟说:不知道。

弟弟只是哭,蒋凤仪气疯了,用力一推,弟弟跌在水里,半截身子湿了,胳膊蹭破了皮。回家后母亲自然要问,弟弟说自己不小心摔了一跤。母亲看着蒋凤仪,目光冷峻,好像洞悉了一切。她故意做出满不在乎的样子,于是更激发了母亲的愤怒。母亲不打她,但会用另一种方式教训她,孤立、冷战,加倍地对弟弟好,将父亲拉到她的阵营里。这种时刻令蒋凤仪感到绝望,她宁愿被暴打一顿,让她绝望的不仅是母亲的冷漠,还有父亲母亲的态度竟然如此一致——不问缘由,一致对"她"。

在蒋凤仪的记忆里,她从来没有得到过父母当面的称赞,她学习不如弟弟,但也努力考上了大学,甚至上了研究生,虽然她是艺术类,弟弟是985。她曾经怨恨过,不服气,发誓要以一己之力让他们刮目。可现在呢?时间是一双温柔的手,可以抚平任何坚硬的石头,何况人的血肉之躯。她渐渐长大,长大的唯一好处是过去你认为的那些不可原谅的伤痛都可以原谅了,包括人,包括事。这个过程很像国家情报机关有一个解密日,通常在某项任务执行的十年之后,与该项任务有关的人及部分细节重见天日,可以谈论,可以评判。在蒋凤仪看来,有些痛苦一旦解密,简直比笑话还要笑话。

轻舟已过万重山,蒋凤仪童年及少女时代的痛苦解密了。她告诉爸妈有一个去深圳工作的机会,爸妈的态度依然一致——赞同。妈妈甚至说,你不是就喜欢满世界疯吗?去吧,不用操心我们。蒋凤仪笑着回,妈,你下一句是不是要说,我们有你弟就够了。妈妈嗔怒地打她,怼了我一辈子,还怼!

这一天傍晚,她去烤串摊帮忙。旁边卖馄饨的阿姨见她走近,便说:哟,研究生闺女来啦。母亲透过烟气喜滋滋地瞧她，手里正烤着几串面筋和香菇。母亲问：吃了吗？蒋凤仪说：吃过了。一边转到后面收拾签子。旁边阿姨说：你有福气呀，两个孩子都这么出息的。母亲说：罢了罢了，也难管着呢。蒋凤仪看不到母亲的脸，母亲背对着她，来来往往的车辆喧嚣不停，车灯扫过，烤肉的铁架铁盘发出金属的冷光，母亲的身影忽明忽暗。这一切产生了一种奇特的孤独感，像舞台上的独角戏，热闹是观众的，母亲只管演自己的角色。有一个瞬间，蒋凤仪觉得母亲的身影在变小，是夜晚光影下的错觉吗？她想，原来人老了身体真的会缩水啊。

有一阵子摊位前没食客，母亲对蒋凤仪说：你盯一会儿。然后绕过几个摊位朝马路那边去了。等了十来分钟，母亲回来了，手里却多了一样东西——一次性的白盘子。母亲把盘子放在蒋凤仪面前，说：吃吧，好吃。蒋凤仪说：这是啥？不是跟你说过，我吃过饭了。盘子里盛的像是鸡蛋饼，软塌塌的，样子不太好看。母亲说：这叫蛤煎仔，听说是台湾那边的小吃，那个小伙开张时间不长，生意可好得很，都是学生和年轻人买，我尝过的，还真是跟咱这儿的味道不一样。你快吃，趁热。

蒋凤仪心说，这能有什么好吃的，但还是用筷子夹了一小块，放进嘴里。旁边的阿姨说：你妈心疼你呢，担心你去深圳吃不好。

去深圳？蒋凤仪抬头用目光询问：怎么我还没去人家就知道了。母亲脸上讪讪的，想说什么，但话在嘴边打了结，将手在围裙上抹了又抹，终于说出一句：我娃争气着呢。声音很低，像是对女儿说，又像是对自己说。蒋凤仪嘴里的蛤煎仔还没有完全咽下去，眼泪却在不觉间流下来。似乎这么多年她一直在等这句话——我娃争气着呢。

蒋凤仪去了趟深圳，面试一切顺利。想着即将在另一个城市开启新的生活，期待大于忐忑，她内心的小宇宙似乎又转动起来了。

该离校了，收拾完东西，刚出宿舍楼，迎面碰上了吴强。研究生三年，她几乎忘了美院还有一位老同学，吴强和胡丽君结婚的时候她也没去。面前的吴强胖了一些，脸上少了棱角，不过一本正经的干部气质丝毫没变。两个人都很惊喜，吴强怪她三年了都没来家里坐坐，是对老同学有意见吗？蒋凤仪连说怎么敢，实在是太忙了。说完又觉得这句话很敷衍，谁都知道研究生课程是很松散的，有大把自己的时间。她笑着说：我很少在学校住，况且你们两口子甜甜蜜蜜的，我总去打扰多没眼色啊，胡丽君肯定不高兴。吴强说：你错了，胡丽君巴不得有人来看她，她在家快憋闷死了。蒋凤仪说：你要说别人闷坏了可能，胡丽君，绝不可能！难道她转性了？吴强拉住她，说：好，我现在就邀请你去我家。你马上离校了，不至于拒绝我吧。

再拒绝就矫情了，蒋凤仪跟着吴强进了一栋家属楼。这是美院新盖的高层，共两栋，大部分教职工都住在这里，孙立得应该也在吧，但具体哪一栋的几层几号，她不清楚。三年了，她从没有问过孙立得家里的事，当然他也不会说，他们的关系就像用细竹竿搭的空架子，取掉一根就全塌了。她曾经以为那么亲近的一个人，竟连他住哪里都不知道，这听起来不合情理，但他们的关系原本就是非情非理的呀。蒋凤仪在心里深深地叹了口气。

到了吴强家，蒋凤仪果然惊到了——胡丽君挺着个大肚子，目测该有七八个月了吧。她惊呼一声：胡丽君要当妈了！谁能想到，那个千娇百媚、恋爱至上的胡丽君——对，就是男生爱慕女生嫉妒的著名"狐狸精"，竟然是他们班女生第一个当妈的！胡丽君变得圆润了，少见的素颜，眉眼还是弯弯的，媚媚的，但分明多了点什么。蒋凤仪想了半天，终于找到一个合适的俗滥的词语：母性的光辉。蒋凤仪说：我们班的胡丽君现在是只胖狐狸了。胡丽君说：你还有脸来啊，我们结婚你都不来。一边说一边用手扯着身上宽大的睡衣，又埋怨吴强：你不早说凤仪要来，我好收拾一下，你看我这丑样子。吴强忙说：哪里丑了？你现在的样子最美。说着还用手轻捏了一下胡丽君的脸蛋。蒋凤仪捂眼说：看不下去了，你们别在我跟前秀恩爱行不行。

胡丽君眉梢一挑，给老公抛了个媚眼的同时也捎带着把蒋凤仪电了一下。这就是胡丽君的本事，她就那么一颦一笑，让每个人都觉得她对自己有意思。蒋凤仪一瞬间又看到大学时代的胡丽君了。老同学就是这样，虽然好久不见，见了面却没有一点生分和违和感，过去的记忆一下子全回来了，让人既亲切又感慨。

　　吴强说孩子的预产期在8月初，他特别希望是8月8号，北京奥运会开幕的日子。孩子的名字他都想好了，叫吴奥娇（骄），奥运的奥，如果是女孩就用娇媚的娇，男孩用骄傲的骄。胡丽君说不行不行，什么奥娇奥骄的，太张扬太直白了。蒋凤仪说，你还嫌张扬啊，你就是傲娇小姐啊，生个小傲娇正好。三个人说说笑笑，不知不觉聊了一个多小时。

　　要告辞了，胡丽君却神神秘秘地问她：你导师是不是孙立得？蒋凤仪点头。胡丽君说：听说他出事了。

　　出事了？出什么事？蒋凤仪心里一紧，登时警惕起来。胡丽君说：这两天学校都在传，说他当招办主任的时候以权谋私，收了学生不少钱，还有，好像生活作风也有问题，和女学生不清不楚的。蒋凤仪冷汗直冒，压制着不让自己的声音抖动，她问：这是什么时候的事？胡丽君说：听说有人举报，学校早就开始调查了，只不过这两天才传出的消息，我听吴强说孙立得还是院长的后备人选呢，现在恐怕连副院长的位子都保不住了……还好你已经毕业了……

　　蒋凤仪已经听不见胡丽君后面说了些什么，她从沙发上站起身，直到走到门口开了门，才想起来说一句：我走了，再见。

　　在美院的小树林坐了好久。偶尔有风吹过，蒋凤仪感到额头凉丝丝的，才觉出脸上冒了汗，这会儿让风一吹，刘海粘到额头上，干了。她用手指将头发向上拢好，然后长长出了口气。胡丽君的话在她耳朵边一个字一个字地蹦，孙，立，得，出，事，了！她想起那个晚上，她像一个幽灵，在院长办公室门前徘徊了好久，终于将一个U盘塞进了门缝，U盘很薄很小，但她相信，里面的内容很重。

　　身旁还是高高低低的拴马桩，一个个老老实实地伫立着，寂寂无声。其中一只石猴似笑非笑，表情怪异，你看着它的时候，它也在看你，一双猴眼凸得老高，却是有眼无珠的，因为被无数人的手摸过，已经变成了深灰色。蒋凤仪想，这上面一定也有她手心的汗渍。她又一次触摸这只猴子，手上感受着石头坚硬的体温——很克制的微凉。她心中一颤，像被石猴参透了秘密。

44

    时间似乎回到了三年前，仲天麒又忙碌起来。跟着邓骁跑了两天，才觉得公益拍卖不是想象那么简单。首先，不能把"宝"压在公开征集作品上，公益拍卖和普通拍卖不同，普通拍卖藏家拿作品是为了获取更大的利益，而公益拍卖等于是捐赠作品，人家有这个觉悟是惊喜，没有觉悟也是正常的，你不能用道德去绑架。其次，虽然是公益拍卖，走的程序却一个都不能少，印图录，租场地，宣传推广，钱花了七七八八，规模可以控制，但基本的样子还要说得过去，不能太寒碜。再次，拍品不尽如人意。公益拍卖很难征集到好作品，即使藏家愿意拿，也多是碍于人情捧个场，能拿出来拍就很不错了。最后，时间紧迫，要在短时间内完成拍卖，以及交割、回款等后续环节，及时将善款捐给地震灾区，否则就失去了公益拍卖的最佳时机。

    眼看拍卖的日子一天天逼近，进展却不大。邓骁着急上火，开了几次会，决定调整思路。一是拿出拍卖公司库存的部分作品参与拍卖；二是直接与书画家本人对接征集作品，放弃民间征集；三是寻求合作，包括场地、媒体宣传等以减少成本。邓骁说：先从大画家突破，只要他们愿意捐赠作品，其他人就好办了，书画家有宣传推广的需求，我们必须和媒体联手，扩大此次拍卖的影响力。

　　一次开会，仲天麒也在场。卢明慧坚决反对拿公司的藏品参拍，说这是打肿脸充胖子，得不偿失。邓骁说我们自己做公益拍卖，自己却不拿作品，说不过去，也说服不了别人。卢明慧说：但我们花钱了呀，这不算我们的投入吗？邓骁不答，拿眼睛瞅仲天麒。仲天麒原本不打算说话，他不是公司的人了，这次算纯帮忙。但看着邓骁期待的眼神，只好说：我觉得邓骁的思路是对的。邓骁挺了挺身子，像有了底气似的，说：这次公司全力以赴，就算是打肿脸，也要充回胖子！卢明慧脸色难看，说：公司也就这点儿底子了，你看着办。说完径直走了。

　　公司里也就卢明慧敢跟邓骁撂挑子，大家见怪不怪。倒是仲天麒有些不安，私下里问邓骁：你俩没事吧？邓骁呵呵一笑：能有什么事？放心，她准保一会儿回来。果然到了下午，卢明慧回来了，手里还提着大大小小的购物袋。邓骁嬉皮笑脸上前拥抱，说：又去败了。卢明慧一只手把他推开，说：我不败等着你败呀。抬脚往里走。邓骁忙跟上去，附在卢明慧耳边说了句什么。卢明慧站住了，起码停留了十秒钟。

　　仲天麒看着邓骁乐颠颠地从里间出来。邓骁说：你猜我刚跟卢明慧说什么了。仲天麒说：赔礼道歉么。邓骁摇头：我跟她说，公益拍卖完了咱们就结婚。仲天麒说：你终于想通了。邓骁拍了拍他的肩膀，突然问：你呢，你那个孟晓白呢？仲天麒一怔，半天才说：不知道，早分了。两个人都不再言语，默默看着卢明慧指挥人清理许久不用的画框。阳光穿过窗户，空气里满是跳动的灰尘。

　　事实证明，邓骁的思路是对的。一件对的事如果推行困难，那只能说明方法不对，一旦方法对了，会达到事半功倍的效果。邓骁很快和一家都市报达成合作，报纸正需要这样的公益活动提升自己的品牌，体现媒体责任，双方一拍即合。有了媒体介入，再向书画家征集作品就容易多了，《美协主席号召书画家积极参与公益拍卖》《著名国画家某某倾情支持公益拍卖》，这样的报道极具煽动性，书画家不拿作品出来自己都不好意思了，还有一些三流画家也积极参与，生怕把自己落下。

邓骁照单全收。既然是公益拍卖，就不要拂了人家的善意，参与的人越多越好。仲天麒的父亲也捐出了两件收藏，令邓骁很是感动，他特意找记者去做采访，却被老先生拒绝了。

仲天麒打算回北京了。以前多么不想离开长平，离开家，现在却有另一番感受，家还是家，回来就是放松、休息，而北京才是他奋斗、生活的地方，他也奇怪，短短两年时间，何以有这么大的改变。好像离家越远，故乡的样子越发清晰，故乡的山山水水，一草一木，熟悉的街道和陌生的人，一起固化为永恒的意象，成为他创作的巨大源泉。过于安逸的生活让人沉沦，他更愿意背井离乡以保持一份清醒——独立的清醒，这清醒里有思念，有温暖，有惆怅，也有痛苦。

给师母韩梅打了电话，韩梅说知道他回来了，溪月说的。仲天麒问要给溪月带东西吗？韩梅先说不用，接着又说如果他不忙的话就过来一趟。

韩梅没有让他来家里，而是约在了杨云海的画室。这间画室仲天麒以前经常来，杨老师喜欢在这里给他们演示一些新的技法，讲中国画的精神，都是课堂上听不到的内容。能进到这间画室的都是杨老师比较偏爱的学生，所以很长一段时间仲天麒都以此为荣。

画室里堆满了画框，有的有画，大部分是空的框子。韩梅说她把画都收起来了，方便保存。屋子光线较暗，可能是画框挤占了空间的缘故，因为长久不开窗，空气里有一种木材混合墨汁发霉的味道。韩梅一边将窗子打开，一边说：我过一段时间会来打扫一次，但这儿东西太多，我也挪不动。仲天麒说：我今天帮您把这儿清理一下吧。说着就动手挪框子。韩梅说：不用不用，我跟画框店说好了，哪天来把这些都收走。迟疑了片刻，又说：我准备把这房子卖了，再有两三年我就退休了，月月让我去北京住，留着这房子也没用。仲天麒说：这样好，您早就该去北京了，溪月老说不放心您一个人在这边。

韩梅在有限的空间里踱了几步，拉了一把椅子给仲天麒，说：你坐下。仲天麒让韩梅坐，韩梅说：你坐。固执得让人吃惊。仲天麒只好坐下，韩梅问：

听月月说你有女朋友了？仲天麒说：没有……之前有一个，现在……分了。他觉得师母今天太奇怪了。

韩梅哦了一声，陷入了沉思。仲天麒觉得自己坐着不合适，便站起来说：师母你坐。韩梅摆摆手，依然靠在画框上，说：年轻人分分合合很正常，别太在意了。感情的事很难说，有时候两个人在一起好几年，但就是走不进婚姻，有的认识几个月就结婚了，都说感情需要时间培养，看来也不一定，尤其你们这一代，人对了什么都对了，其他外在的一些问题都可以克服。我常对月月说，感情最怕什么？最怕功利，你要冲着这个去了，那最后就只剩下功利了。她一个人在北京，又是电视这个圈子，竞争压力大，诱惑多，人的功利心本来就重，如果不能守住自己的一颗心，就容易走偏。这是我最担心的。仲天麒说：溪月没问题的，她很有主见，知道自己要什么不要什么，有时候她的一些看法我都很受教呢。韩梅眼睛里闪烁着欣喜，说：那就好，其实你去北京发展我很高兴，你是杨老师最看重的学生，心地纯良，又有才华，如果待在长平就埋没了。况且你去北京也能帮我照顾月月，这是我的私心……也不对，应该是你们互相照顾才对，你们相互了解对方的脾性，知根知底的，人总喜欢向外看向外寻，而忽略了身边熟悉的人，想想是很可惜的。天麒，你明白我的意思吗？

仲天麒心下憬然，原来师母叫他来是这个缘故啊。他要怎么回答师母？说他明白，他会好好照顾溪月，还是说不好意思，他并没有师母所希望的那个想法。但他真的很感动，以至于有些紧张，人家要把女儿交给你，这是多大的信任和肯定啊！

仲天麒终于还是回答了：师母，您放心，我会照顾溪月，把她……把她当我的亲妹妹照顾。语气郑重得像在发一个誓言。韩梅微微一笑，说：你们都还年轻，慢慢走着看吧。

临走时韩梅拿出三幅画交给仲天麒，说知道他们在做公益拍卖，这几幅是杨老师的精品，就替他捐了吧。仲天麒将画叠好，小心地装进信封里，想说声谢谢，又觉得这两个字太轻了。韩梅突然想起什么，说你等等，进里屋搬出一个不大的油画框，说：地震的时候别的画都好好的，偏就这一幅掉地上摔了，画倒没有损伤，就是框子裂了。

仲天麒接过来，心里猛然一紧，这不是那幅油画吗？他在杨老师的纪念展上见过，印象很深，画中人的眉眼像孟晓白。

韩梅说：杨老师很少画油画的，我知道的不超过十幅，但他很享受画油画的过程，因为中国画传统已经渗透进他的骨子里，有时候反而囿于条条框框，难以达到自由之境，反倒是画油画能随心所欲，也是他放松的一种方式。这幅画我也是后来整理时发现的，都不知道他什么时候画的。天麒，你见过这幅画吗？仲天麒说：我也是在杨老师的纪念展上第一次见。韩梅说：虽然是油画，但融入了国画兼工带写的方法，虚虚实实，似真似幻，我还很少见杨老师这么画，很特别，而且我总觉得画里的形象有些面熟。仲天麒说：可能是杨老师的哪个学生吧，他喜欢用学生做模特。

画靠在墙上，韩梅歪着头看，表情认真且凝重，像是要走进画的意境里，半天才如梦方醒似的对仲天麒说：我想也是……这幅画能上拍吗？你也拿去吧。

窗外的无花果树上停着一只猫，仲天麒看着它爬上来，伏在树丫上悄然不动，有鸟飞来，猫警觉地观望，身体绷紧，目光犀利，让你感觉它随时会扑上去，但它还是不动。仲天麒也不动，直到天色暗下来。

树上冒出了零星的绿果子，看起来硬硬的，再有两三个月就该成熟了吧。其实他把手伸出窗外就能够得到，但他从没有摘过，任凭果子熟透了落在地上。他不喜欢吃无花果，那种甜很不正常，就像他一直觉得香菜是臭的。总有一些事让人想不通，比如此刻，猫为什么待在树上？无花果开花为什么还叫无花果？同一种事物为什么每个人的感受却不同？还有，杨老师留下的这幅画到底藏着什么秘密？

仲天麒很爱这幅画，不光因为画里的影像让他想起某个人，还有一种奇特的感受，画面营造的氛围明明是温暖的，阳光、树影、窗前的人，大片绿色中跳跃着粉红、橙黄、淡紫，没有一个颜色是冷的，但他为什么感到了不安和伤感。从杨老师的画室回来,他就在房子里看这幅画,他几乎想打电话给师母,他要留下这幅画。

他把框子拆下来,想着明天重新装,拿了干净的湿布,细细地擦拭画面的边边角角,当擦到画布一侧的边缘时——之前被画框遮挡了,他在一小块刷出画面外的绿色中发现了一行字母。仲天麒以为是杨老师的签名,奇怪着杨老师为什么不签在画面下方,而在这么隐蔽的角落。字母很小,但足以让他触目惊心——sorry xiaobai。仲天麒念了两遍,意识到这是一行英文,sorry xiaobai,对不起,晓白。意思再明确不过,但仲天麒糊涂了,为什么是"对不起,晓白"?杨老师对不起晓白什么?仲天麒觉得有千万个念头在脑子里厮杀,刀光剑影,血肉横飞,他艰难地把目光从画上移到窗外,看到那只猫仍伏在无花果的树丫上,一动不动。

于淼从不认为自己是什么专家,研究了几年丰子恺就敢称专家,他没这个底气。但讽刺的是,身边或远或近的人都乐于承认他是专家,并自觉维护他的权威,这令他不安,因为他相信,他们维护的只是一个专家的名号,而这个名号可以带来某种利益,并不是他的研究有多深奥和伟大。中国目前充斥着所谓的专家、学者,上可以登庙堂之高,下可以走江湖之远,以自己的一套理论横行天下,如果这位专家的理论是基于事实且全面、中肯的,那真是万幸,听的人能有所受益;但如果有失偏颇,甚至与事实背离呢?那么这个社会接受的将是错误的信息,它可能贻害无穷。任何研究都有一个从胆大到胆小的过程,就像开车,从不敢开,到敢开,再到不敢开,探究得越深,越觉得不确定不懂的东西太多了。在北京,专家学者更是一抓一大把,于淼不敢造次,他对自己的定位就是一名研究者,来自丰子恺先生的故乡。

但于淼的合作者不这么认为。说是合作者,不如说是请于淼来北京并聘用他的人。老板姓许,浙江石门镇人,卖小商品起家,一直做到全球贸易,近两年准备进军房地产市场。许老板酷爱艺术,尤其是丰子恺的漫画,他常说作为丰先生的老家人,有责任让更多的人认识丰子恺的艺术。许老板到处搜罗,从拍卖场到潘家园,从北京、上海到故乡小镇,只要是丰子恺的作品,必全力拿下,几年下来竟也小有规模。他为自己的藏品出书,请于淼写文字,书出来了,他又有了新的想法,决定在北京他们集团的总部建一座丰子恺艺术馆。许老板说,石门镇有丰子恺纪念馆,北京有丰子恺艺术馆,一南一北,交相辉映,更重要的是,这座馆可以慰藉他的乡愁。

因为有了之前的合作,许老板很倚重于淼,希望由他来担任艺术馆的馆长。于淼没敢答应,运营一座艺术馆可不像学术研究那么单纯,要懂营销,有商业头脑,这方面正是他欠缺的。许老板不以为然,说艺术馆需要他这样的专家来坐镇,日常运营交给副手就好了。于淼还是犹豫,放在以前,他一定直接拒绝了,桐乡地方虽小,但闲适自由,他待惯了。而现在,他有了其他的想法。

溪月在北京——是的,溪月在北京。如果杨云海没死,他可能一辈子待在桐乡,不会有任何别的念想,但云海死了,他的生命里就多了两个女人,韩梅和溪月。杨云海弥留之际将她们托付给了他,他还记得,云海在病床上对他说,韩梅的后半生就交给你了。说这句话的时候云海全无伤感,还调侃说,早知道不能陪韩梅走到最后,就不该占用她的前半生,如果当初韩梅选择了你,也许更幸福一些,我们三人也不会有那么多纠结了。

于淼无语,生活的残酷就在于没有如果。他忘不了大学毕业离校前的那个傍晚,他和云海都在等韩梅最后的决定,当时他有两个工作机会,一个留下来,一个回桐乡,他想好了,如果韩梅选择了他,他就留在长平;如果选择了云海,他就回桐乡。

7月的傍晚特别闷热,宿舍空荡荡的,同学们都走光了,地上一片狼藉。于淼随手捡起一本不知谁落下的书,《罪与罚》,作者名字很长,陀思妥耶夫斯基,于淼念出声,似乎只有念出来才认得这几个字。翻开第一章,他努力想让自己看进去,但满篇的文字毫无秩序,渐渐幻化成一只只黑色的蚂蚁,在书页上无休止地爬行,拖曳着一道道黑线,交叉、重叠,再交叉、重叠,终于织成了一团乱麻,找不到起始,也找不到结尾。一声叫喊从楼下传来,于淼跳起来扑向窗口，他看到了结果。昏黄的灯光下，杨云海在向他招手，身边的韩梅仰头望着，他看不清两个人的脸是欢喜还是平静，但这已经足够。他们三人约定，在这个夜晚，韩梅和谁一起散步，就代表她选择了谁。于淼想，在这之前，云海一定也在宿舍等待，等待着动听的敲门声，他一定也和他一样煎熬。但现在，云海是最幸福的人了。

于淼还是妥协了。他答应许老板，做艺术馆的馆长，条件是给他足够的时间和自由。足够时间的意思是说，运营一座艺术馆和做其他生意不一样，要有长时间积累和培育的耐心，许老板想找精神寄托是一回事，但任何一个商人都不想做赔本买卖，坚持一年两年可以，三年五年呢？八年十年呢？他见过不少投身艺术市场的商人，刚进来的时候踌躇满志，一两年下来就偃旗息鼓了，因为只见投入不见收益，人就慌了。所以面对那些想投资艺术的有钱人，他总会先问一句：你是真的喜欢艺术，还是想借着这一波高峰捞上一笔？如果是后者，那趁早收手，艺术投资是个无底洞，周期长，风险大，没有"真爱"的支撑很难坚持下去。看得出来，许老板是真的热爱丰子恺，且持之以恒，专一，这是让淼敬重的，也是他答应出任馆长的原因之一。另一个条件，足够的自由就简单多了，他想离开的时候就可以离开，当然，许老板也有随时炒掉他的自由。

艺术馆在集团总部的一楼，展厅有八百多平方米，方方正正，光线充足，内部按照美术展馆的标准重新修缮过，深灰色的地面越发显出展墙的雪白，绘事后素，两个月后，这里将举行纪念丰子恺诞辰一百一十周年暨丰子恺艺术馆开馆大展，一切都是那么恰到好处。

许老板指着一处角落边走边说：于老师，你看这里是不是需要一张大茶台，朋友来了可以喝喝茶聊聊天，还有这儿……俩人走到靠近门口的地方，许老板又说：这儿要不要立个背景墙做开幕式，我老觉得这个地方太空了。于淼笑着说：背景墙最好不要固定死，不同的展览有不同的设计，可以用活动展板，方便灵活，现在的开幕式已经很多样化了，不是每次都在门口举行的。您现在看着空，那是还没布置起来，到时候间隔一些区域，学术交流区、多功能展示区、公共服务区等等,就不是空的问题了,而是空间够不够的问题。许老板连连点头,说:对对,有道理,于老师,我不懂,就随口一说,哪儿不合适了您只管纠正。

在场馆转了一圈,两个人上了许老板的办公室。墙上挂着一幅丰子恺漫画,装裱得非常精致。画面很简单:红廊一隅摆放一桌两椅,桌是方桌,椅是藤椅,桌上一壶四茶杯,无人,竹帘卷起,空中斜挂一轮浅黄弯月。题字:人散后,一钩新月天如水。于淼说:很有意韵,如果我没记错的话,这是丰老在公开刊物上发表的第一幅作品。许老板说:于老师,您知道我为什么挂这一幅吗?于淼说:我正想问呢,以您目前事业发展的势头,您该挂一幅"登高望远"或"豁然开朗"啊,这一幅我本人非常喜欢,但挂在您的办公室稍显清寂了点儿。许老板笑了,说:对,清寂,我喜欢这个词。我应该痴长你几岁吧,虽然不敢说有多少人生阅历,但这些年也看过、经历过不少起起落落的事,现在事业到了一个平稳期,各方面发展都不错,但越到这个时候人就越恐慌,因为我知道当你到了顶峰也意味着该走下坡路了,创业难守成更难。我挂这幅画就是想随时提醒自己,不要得意,不要忘乎所以,天下没有不散的筵席,我现在要把握的,就是筵席还没有散场的这段时间。

于淼想,难得许老板有这样的忧患意识,他之前对生意人总有种说不出的偏见,现在看来是他有傲慢心了。于淼问:许总对这次展览的主题有什么考虑?许总说:你是专家,你来定。于淼说:我想起俞平伯先生对丰子恺漫画有一句评价,"如同一片片落英,含蓄着人间的情味",不如展览叫"人间情味"如何?许总思索了片刻,说:好,就叫"人间情味",展览就交给你了于老师,哦不,应该叫于馆长才对。说着向于淼伸出一只手,于淼握住,感受到这只手的真诚和力度。他笑着说:于馆长听着真别扭,还是叫我老于吧。

本来许总想把于淼的办公室安排在和他同一楼层,但于淼坚决要去一层,原因是展厅在一层,方便工作,第一次大展,很多事需要他亲力亲为,他不敢怠慢。

想到自己年过半百却迎来了人生的一次重大转折,让他有世事无常之感,闲散了大半辈子，一个从来没有规划甚至拒绝规划的人要开始规划他的人生了。更不可思议的是，他的规划里多了两个女人。想到韩梅和溪月，情感如潮水般在胸中激荡，让他湿了眼睛，一瞬间他觉得自己是个年轻人了。

下午溪月打来电话，说天麒回来了，晚上一起吃饭。于淼说好啊。溪月说：祝贺于叔荣任馆长，你知道吗？除了我们台长，你是我认识的第二大官了。于淼哈哈大笑，说你这丫头就是爱拿你于叔开涮。溪月说：哪有啊，我说真的，您能留在北京我太高兴了，于叔你要好好干，不要辜负我和我妈对你的期望哦。于淼说：好，听月月的，我一定努力……话音未落，那头一边喊着拜拜，一边挂了电话。

于淼很享受溪月对他的这份亲密感，正是这份亲密感让他有了自信——照顾并陪伴她们的自信。

两个工作人员搬进来一盆植物，姿态挺拔，叶子葱绿。于淼问：这是什么树？一小伙儿回答：于馆，这叫幸福树。于淼心情好极了，身体轻飘飘的，直到那两个小伙子盯着他看，他才意识到自己的嘴里正在发出一种声音：北京欢迎你，为你开天辟地，流动中的魅力充满着朝气……他这个五音不全的人竟唱起歌来了。

手机又响了，铃声也比平日悦耳了许多。是仲天麒，于淼一接通就说：天麒，我知道了，晚上一起吃饭，月月刚打过电话了。

那头没应声。于淼叫：天麒，天麒，说话呀。

于老师，您现在在哪儿，我来找您。仲天麒声音沉闷。

晚上就见面了，你不用过来，咱们在月月那儿见。

不是，我必须来找您，我有事……您等我。

于淼觉出天麒的奇怪，又听他语气坚决，只好说：好，你来吧。

其实他们两个人接触不多，于淼也是通过韩梅和溪月对仲天麒有了一些了解，算是爱屋及乌吧。韩梅很喜欢这个小伙子，有一回韩梅向他透露了心思，想撮合溪月和天麒，问他是什么意见。于淼说当然好了，这两个孩子很般配。韩梅让他在恰当的时候给俩孩子吹吹风，还说溪月太傻，有时候错过了合适的自己也不知道。但于淼很快观察出这俩孩子互相都没那个意思，一次他旁敲侧击地试探溪月，没想到被那丫头好一顿嘲笑，说他们想什么呢，简直乱点鸳鸯谱，是担心她嫁不出去吗？溪月还说，天麒哥爱的是孟晓白，虽然他们分手了，但他忘不了她。

孟晓白——想到这个名字，于淼深深地叹了口气。

一小时后，仲天麒到了，没有客套，没有迂回，把一幅油画直接摆在他面前。于淼心下轰然，这一刻还是来了。

于淼不知道画里隐藏着字的。当仲天麒颤抖着声音问他这是什么意思时，他无法回答，他甚至在心里狠狠地埋怨杨云海，为什么要留下这些字！画这样一幅画已经是错误了，为什么还要说出来？！这是妄念，是愚痴！sorry xiaobai，这几个字母像铅块，捆绑着他的身体急速下坠，刚才他还在天空飞翔，瞬息之间却已跌入谷底。

有一些事，他永远也不愿想起。

46

  2000年的那个秋天，桂花香弥漫了桐乡小城。新世纪的躁动与狂喜早已散去，生活还如往常一样平淡。这是于淼回到桐乡的第十八个年头，文化馆的工作轻松安逸，他有更多时间流连于各个偏僻的小镇村庄，故乡的美常令他惊讶，奇怪着为什么自己之前没有发觉。青石板路总蒙着一层潮气，泛着黄渍的白墙渗出晶莹的水珠，这些看惯了的景色焕发出新的魔力，每天徜徉其间，似乎感受不到时间的流逝。

  但时间却是真真切切地流逝了，两年间，他先是送走了母亲，紧接着又送走了父亲，他很欣慰自己选择了回来，父母的最后几年他都陪伴在身边。老家的生活是清贫的，父母种了一辈子地，去过最远的地方是嘉兴。他有时也不甘，他从不怀疑自己的才华，却没有能力给父母更舒适的生活。后来他慢慢发现，父母的想法和他完全不一样，他们很满足，大儿子和他们生活在一起，小儿子在市文化馆工作，想回来的时候就回来了，老家条件再不好，但它是老家，乡音乡情，在这块土地上过日子就是踏实。父母在，不远游，游必有方，于淼觉得起码这一点他做到了，虽然有点自我安慰的成分。

  于淼继承了父母的乐天知命，并将之发扬光大，他的散淡和不思进取让他在文化馆这么多年还是一个副研究员。他喜欢写诗,在一位出版社朋友的怂恿下出了一本薄薄的诗集,是给自己和朋友们看的。画也画得少了,他觉得再画也画不出家乡的美,有时朋友索取他才完成任务般地画上一两张。馆里的领导看他总往乡下跑,便把收集、整理非物质文化遗产的工作交给了他,他很愉悦地接受了,从此更有了理由深入到乡村的各个角落,听老乡唱"挑香担",看剔墨纱灯、蓝布印染,总之哪里有好玩的、好看的、好听的,他就去哪里,乐此不疲。

杨云海带着一班学生来的时候,他正在洲泉镇的一个村子里寻访一位唱花鼓戏的老人。这位沈阿婆七十六岁了,精神头还好,说起桐乡花鼓戏,老人抖抖索索地对于淼做了个"六"的手势,意思是说,整个桐乡会唱花鼓戏的不超过六个人,她年龄最大,最小的也六十多了,老人担心等这拨人唱不动了,挑香担就要绝台了。于淼安慰老人,说我今天过来就是要录下你们的唱段,记下唱词,然后印在书上保存下来,好东西是不能让它失传的。沈阿婆很高兴,说我唱的这些能印成书?于淼说那当然,一提到花鼓戏就是人家湖北湖南啊,其实咱们桐乡花鼓戏也有二百多年历史了,又叫"挑香担",对不对呀,阿婆。

对呀,对呀。沈阿婆欢喜地说:有句老话,叫"花鼓戏不成戏,搭台搭在粪堆里;没有刀枪没有戟,两脚插在烂泥里",就是说它土生土长,你是从城里来的,愿意听啊?

于淼说:特别愿意。

那我给你唱啊。沈阿婆眯起眼睛想了一会儿,把靠在竹椅上的身子挺挺直,开始唱了,那绵软的调子不像是从一位老太太口中发出的:

手拿布鞋仔细看,内中情意非一般,灯油熬尽多少盏,飞针走线夜不眠。一针一线密密缝,针针线线紧相连,缝进我的心一片,绣上一朵并蒂莲,一双布鞋表心愿,见鞋呀你会想从前……

沈阿婆声音不大,但足以充满这间小小的过厅,午后的阳光穿过半开的木板门，在青黑的地面上留下一道光柱。于淼一时听得痴了。后来他把这支曲子收入桐乡花鼓戏词谱里，这也是他学会的第一个花鼓戏段子。

两天后于淼回到市里，当天下午就开着他的二手车去找杨云海了。后备厢里装着烤肉架、木炭和切好的牛肉，烤肉架是他回桐乡后自己置办的，毕业时他对杨云海说，长平最让他难忘的就是夜市的烤肉摊儿了，混合着孜然粒的牛油滴在炭火上吱啦作响，光是想想就让人流口水。但回来后他并没有烤过几次，气氛不对了，少了空气里弥漫的烟火气和周围大声喧哗的食客，一切都显得有点寡淡，让他提不起精神。这回杨云海来了，像要重温某个仪式一般，他从杂物间把这些家伙事儿翻出来，收拾干净，买了上好的牛肉，一齐装进车里。

杨云海和学生们写生的地方是个不起眼的小镇，没有被开发，保留着古朴的韵味，这正是画家们喜欢的，各地学生来得多了，慢慢形成了一个民间写生基地。见到杨云海的那一刻感受很特别，十八年很长，让两个年轻人变成了中年人，杨云海变化不大，似乎比大学时更帅了，说帅不太准确，是一种气度吧，艺术家的气度。于淼无可避免地想起了韩梅，他曾经深爱并一直深爱的女人，韩梅和云海已经有了一个十多岁的女儿，生活于他们是实实在在的，而属于自己的那段青春记忆，如行将燃尽的炭火，在身体的某个角落依稀闪出一星半点的火光，再也不能燎原了。

看得出杨云海是幸福的，尤其在学生们中间，学生们喜欢他，崇拜他，而他也很享受这份喜欢和崇拜。他情绪充沛，挥洒自如，说起话来像个演讲家，他站在招待所后院的一块空地上，高举酒杯，仰望明月，说人生一大乐事就是他乡遇故知，于淼不仅是故知，更是兄弟。学生们围着他俩使劲拍手，于淼也被感染了，恍惚又回到了大学时代。

烤肉就啤酒，天生绝配，大家吃嗨了也喝嗨了，于淼不知道自己是什么时候倒下的，但他知道自己的酒量，练了这几年也没把酒量练上来。说过的话做过的事很多已模糊不清，只记得杨云海说于老师是个诗人，让他朗诵一首诗吧。于淼说，我的诗不行，瞎写着玩，不敢在同学们面前班门弄斧，此情此景倒是让我想起一首苏轼的词，与今晚的气氛特别搭，我读给大家听：

> 清夜无尘，月色如银。酒斟时、须满十分。浮名浮利，虚苦劳神。叹隙中驹，石中火，梦中身。
> 虽抱文章，开口谁亲。且陶陶、乐尽天真。几时归去，作个闲人。对一张琴，一壶酒，一溪云。

杨云海和学生们大声叫好。于淼说不能光我表演呀，你们也演一个。不知谁喊了句，让孟晓白唱首歌吧。杨云海说好，孟晓白，孟晓白在哪儿？没人应声，大家又喊，孟晓白！孟晓白！终于一个女孩子被谁从人堆儿里推了出来。一个纤弱的女孩子，这会儿因为成了焦点而手足无措。热闹场合里须臾的沉默都令人尴尬，于淼几乎要打圆场了，他想说让杨老师唱一个，这时女孩开口了：我唱一首和桂花有关的歌吧，今晚满院子飘着桂花香，让我想起小时候看过的一部电视剧《八月桂花香》，里面有一首歌很好听，我给大家唱几句吧。

女孩子定了定神，目光越过众人望向夜色深处，声音有点颤抖，却很清亮：

> 漫漫长路起伏不能由我，人海漂泊尝尽人情淡薄，热情热心换冷淡冷冷漠，任多少真情独向寂寞，人随风过自在花开花又落，不管世间沧桑如何，一城风絮满腹相思都沉默，只有桂花香暗飘过，只有桂花香暗飘过……

一个声音变成几个声音，慢慢成了合唱。夜色愈发深沉，似乎隐藏了一切多余的东西，只留下唱歌的人、旋律、桂花树和桂花香，每个人都闻到了甘甜如饴的香气，这种感受在白天是没有的，桂花原本就属于夜晚。

莫名的惆怅趁着夜色，一丝丝潜进于淼的皮肤里，让他直起鸡皮疙瘩。他觉得自己已经不适合这种长时间的聚会狂欢了，熬夜是年轻人的专利，人到中年，诗情酒兴渐阑珊，话说多了都觉得乏味，但他又是一个不愿扫别人兴致的人，尤其面对杨云海，他们在人生最珍贵的阶段互为见证，彼此连接，这种情谊不是每个人都有机会体验的。那个夜晚是怎么结束的？是在杨云海的房间里彻夜长谈，还是他执意离开？于淼真的忘记了，酒精让那段记忆缥缈无着，现在回想起来只有散落的碎片，偶尔有只言片语一闪而过，于淼就拼命抓住。

杨云海问他为什么不结婚，他说不想结，杨云海说你是在惩罚我们俩吗？他说你别自作多情了，你不知道一个人的生活有多自在。杨云海把烟头摁在地上，说你不会对女人没兴趣了吧。他大笑。杨云海说：那你说说看，今天晚上我的学生里，你对哪个姑娘有印象。他用仅存的一丁点儿意识想了又想，在把胃里的东西吐出来之前，说：孟晓白，那个桂花一样的姑娘。

于淼后来想，他真的说过这话吗？他不敢确定。但几天之后杨云海把那个叫孟晓白的姑娘带来了，可见他是说过这话的。

于淼的画室在文化馆后楼，是一栋80年代的建筑，非常老旧、破败，新楼盖好后，大家都搬到了前面，楼里几乎没人了，一直说要拆，但也没拆。于淼喜欢这里的安静，自从父母去世，他就很少回老家了，平常在画室写写画画，不想写不想画的时候就闲坐发呆，倒也逍遥自在。杨云海和孟晓白来的时候是中午，阳光正好，画室被一层薄薄的暖色调包裹，简陋中平添了几分光彩。这个叫孟晓白的女孩子也像是被阳光叫醒了，没有了那晚淡淡的忧伤，反而多了几分调皮，让于淼怀疑她们是两个人。

吃完饭于淼带着杨云海去见朋友，云海本来想带孟晓白一起去，但于淼觉得一帮老爷们聚会，小姑娘可能不太适应，孟晓白也很善解地说自己有点头晕，如果于老师不介意的话，她更愿意待在画室等他们。

对于那个下午的安排，于淼在以后无数次地设想过，如果当时孟晓白跟着他们一起去，如果他和杨云海一起回来，如果沈阿婆的儿子没来找他……也许，也许故事的结局会是另一种样子。但很快他就否认了自己的想法，甚至为自己的种种设想感到羞耻——难道要把这场悲剧归结于时间、空间和几个人的随机组合，是温柔的阳光，挟裹着桂花香的风，令人眩晕的酒，是所有这些外在的客观的东西共同酝酿了一场罪恶，而唯独忘记了人性的卑劣、贪婪和懦弱！多么无耻的借口，多么可悲的自我安慰！

八年了，于淼以为时光之手可以抚平一切，但当他开始小心翼翼地拨动记忆，只消轻轻一拨，所有的所有都显露出来，那些画面像烙在胸口的红字，闪耀着地狱般的烈焰。

那天，他们应该是5点多回到文化馆的。与朋友们的交流还没有结束，说是交流，其实就是喝酒，虽然于淼一再说杨老师已经吃过午饭，但这帮朋友还是备了酒宴，以表达对客人的重视和敬意。于淼虽然事业平平仕途无望，但在朋友间还是很有些人缘的。朋友的周到让于淼觉得挺有面子，既然安排了那就喝吧。杨云海自然没问题，数杯白酒下肚，依然谈笑风生，神采奕奕。酒过三巡，大家的交流才回归艺术主题。话题是一位年轻画家挑起的——如何在艺术上建立个人风格，他困惑于创立风格和继承传统之间的关系，孰轻孰重，怎样平衡？于淼知道这位年轻画家正深陷个人风格的泥潭不能自拔，他摒弃传统绘画形态，想创造一种超越吴冠中式的中国新水墨，他的尝试并没有得到市场认可，也没有取得学界支持。他就像一个在黑暗隧道中摸索了很久的人，急于找到出口。

这个问题的抛出令在座的精神一振，目光齐刷刷聚在杨云海身上，大家都想听听这位来自长平的大画家有何高论。于淼至今记得杨云海那天的发言，俗气点儿说，真是给他长了脸了。杨云海说：

风格是一把双刃剑，年轻画家想确立自己的风格，是可以理解的。因为按我们惯常的想法，因袭传统意味着没有创造力，没有个性，大家都想成为艺术家而不是画匠，但在追求个人风格的过程中，有的人找对了方向，有的人却走偏了。传承很重要，中国画自南北朝以来，历经唐宋元明清，从材料到技法不断发展成熟，无论是谢赫的"六法"还是朱景玄的"四品"，画脉书脉一以贯之，那是老祖宗留给我们的宝藏，尽可以挖掘享用。任何风格的建立，都不是凭空想象来的，高手是基于技法忘记技法，基于传统超越传统。那些唯风格论者，可能会有一时的喧哗，但毕竟是无本之木无源之水，长久不了。所以说，风格是一把双刃剑，成也风格，败也风格。

杨云海的回答大概是这样，经过于淼记忆的粘贴与整理，真实的情况只可能更精彩，因为当时大家都感到杨云海戳中了要害，那就是这位年轻画家确实"走偏了"。杨云海显然对自己的这段论述也很满意，饭桌上掀起新一轮敬酒热潮。这时于淼的电话响了，文化馆的处长让他马上过来汇报非遗资料的收集情况。

于淼几乎要骂娘了，一早上都干什么去了，这会儿想起来让汇报。于淼说：不是把情况报告交上去了嘛，写得比说得好，处长您就看报告吧。处长说：不是非要这会儿听你汇报，是有人找你。于淼问谁找我。电话那头很快换了一个声音：于老师，我是沈阿婆的儿子，你前几天来过我们家的，你记得吧，我妈有一个戏本，让我交给你。于淼当然记得，是那位唱花鼓戏的沈阿婆，当时就说有一个本子，是儿子帮着记词的，等找出来让人送给他。没想到今天还真来了，于淼挺感动，说好吧，你等着我。

于淼先把杨云海送到文化馆后楼的楼梯口，这栋老楼没电梯，看着杨云海走进幽暗的楼道，于淼问：还行吗？杨云海转过头，倚着锈迹斑斑的扶手，说：这点儿酒能撂倒我？你太小看哥儿们了。那神情里透着于淼熟悉的骄傲。

于淼在处长办公室待了多久？这点重要吗？似乎是不重要的。处长问了些情况，他和沈阿婆的儿子聊了聊，都是很常规的话题：收集工作怎么样了，有没有什么困难，沈阿婆身体好吗，等等，每一条都不足以展开讨论。这么算来，于淼在处长办公室的时间不会超过半小时，加上前后楼来回的距离，四十分钟吧，不会更长了。有一段时间，于淼反复回忆每一处细节，如钻研一道艰深的数学题般地演化、计算，几乎到了魔怔的边缘。时间对于每一个平凡到庸俗的日子来说是没有意义的，但那些意料之外的呢，那些生命的拐点甚至劫点呢？时间就成了推波助澜的工具，也许毁灭，也许重生。于淼想，如果能穿越回那一刻，他会不会重新做出选择。

从处长办公室回来，踏上幽暗的楼梯，于淼身后跟着沈阿婆的儿子。这个看起来比于淼大一些的朴实汉子，完成了母亲交办的任务，满脸喜悦。于淼说：戏本我先拿着，等我整理完就给阿婆还回去。沈阿婆儿子说：不用，我妈说了，戏本留给你比放在她那儿有用。

于淼过意不去，寻思该给老太太送点什么，突然想起画室里有一张刚画完的小画，便说：你先别急着走，我也有样东西想送给阿婆。沈阿婆儿子咧着嘴，半天才听明白似的，连说客气了客气了。

那段楼道又窄又长，拐角处的窗户破了半扇，将落的太阳把一抹霞光映在玻璃上，又在对面墙壁投下一个残破的粉红色轮廓。于淼走得很快，沈阿婆的儿子慢吞吞地跟在后面，好像不慢就不足以表达敬畏。

画室的门虚掩着，于淼只轻轻一推，就推开一道门缝，只一眼，他就看到了，也明白了。杨云海叠在一件什么东西上面，身下陡然闪出一截雪白，触目惊心！于淼知道，那是属于女孩子的晶莹的肌肤。也许在推开门之前，于淼就听到了某种声音，所以他的动作才那么谨慎。一瞬间，几乎是一种本能，于淼从外面拉上了门。他朝正向他走来的沈阿婆儿子说：呵呵，你看我这记性，钥匙忘带了。

然后，下楼，一直走，走出文化馆。于淼站在街的对面朝一个方向凝望，直到夜幕降临，黑暗悄悄爬上楼顶，将那栋又老又丑的建筑完全淹没。于淼无法想象，就在那里，在太阳将落的时候，他成了一场罪恶的帮凶。

此刻，面对仲天麒的诘问，他该说什么呢？说什么都显得轻佻，孟晓白的名字不应该出现在这场谈话中，那个可爱的姑娘，说什么都是对她的亵渎。于淼想，他只能忏悔，当时他没有时间思考和判断，本能的反应是维护，维护杨云海，维护自己，维护韩梅和韩梅的婚姻，他的懦弱和自私让他选择关上门，然后默默离开，当作什么事也没发生过。他相信杨云海背负着比他更大的痛苦，也像他一样，在无数个夜晚辗转反侧，直到天明。

于淼叹了口气，眼睛长久地落在那张油画上，熟悉的场景，熟悉的气息，一切再明白不过了。他感到仲天麒投来匕首一样的目光，正在他的心上划开一道口子，他感受不到疼痛，却已经血流成河，他竭力想让自己的声音平静，却抑制不住地颤抖：

杨老师是带着深深的忏悔走的，精神的苦比身体的苦更猛烈也更残酷，他完全垮了。我常想，他的死是不是一种解脱，或者他的灵魂正在地狱里接受拷问。错就是错，真实虽然丑陋，但总比虚伪来得好。天麒，我们让你失望了……

于淼讲述的过程中一直在观察仲天麒的反应，他想找到一种和缓迂回的表达方式，尽量消解冲击和伤害，但他发现这是徒劳的，罪恶就是罪恶，无论你怎么粉饰，也改变不了恶的本质。更让于淼担心的，是他在仲天麒的眼睛里看不到恨和愤怒，在那隐忍的泪光背后，是一种难以言说的痛，有不解，有怀疑，有绝望，一个一直以来被敬重和信赖的人轰然倒塌了，没有任何挽回的余地，这是天麒不能接受的。

于淼等着，哪怕仲天麒说一句话。馆里的一个小伙子敲门进来，似乎感到了气氛的异样，说话小心翼翼：于馆，您看还有什么要安排的吗？没有的话我们先走了。于淼这才意识到，已经6点多了，于是说：没有了，你们都回吧。小伙子带上门出去了，于淼走到仲天麒一侧，想说点什么，话到嘴边又觉得没意思了，只拍了拍他的肩膀。仲天麒突然站起身向门外走，很决绝的样子。于淼在他即将走出去的一刻，终于说：去找她吧，晓白是个好姑娘。

47

一大早，仲天麒就在花鸟鱼虫市场游荡，从这头走到那头，又从那头走回来，看到新奇的玩意儿便停下来，像个行家似的与卖家聊几句。太阳有点燥了，人们隐在彩条伞下，这个世界就是它们的了，奇石、盆景、花卉、鸟雀、鱼虫，各自划了势力范围，雄霸一方，游的、飞的、爬的、啁啾的、绽开的、蜷缩的，肆意汪洋，透着不管不顾的泼劲儿。如果这时有人从高处看下来，这地方一定是热腾腾冒着气的，像一锅乱炖，五味俱全，活色生香。仲天麒要的就是这股活气儿，他也常逛古玩市场，那边的东西要旧，要老，死了更好，没人喜欢鲜活的。如果刚好也有人从高处俯瞰，古玩市场就像掀开了盖子的大坟地，每样东西都标榜着年代，面目模糊而遥远，也有怀了鬼胎的贩子，鬼鬼祟祟掏给你一面铜镜，说是大清朝某个妃子用过的，镜子举到眼前，你便看到了影影绰绰的自己，那样的情景简直让人不寒而栗。按说仲天麒应该习惯这些场景和套路，父亲搞了半辈子收藏，有什么没见过呢？可他时常会有一些联想，每个老物件儿的背后都站着一个人，这最是动人之处，也是伤感之处。父亲说他不适合做收藏，看来父亲是对的。几日来，他浑浑噩噩，正需要活物的刺激，喘着气的，生动着的，花、鸟、鱼、虫，很好。他在太阳底下游荡，额头沁出了汗，前面有一个穿红裙的女孩子，买了一盆绿植抱在胸前，瘦削的身材像孟晓白，但仲天麒知道，孟晓白是从来不穿红裙子的，她喜欢黑、白、灰，鲜亮的色彩不属于她，她太冷。以前仲天麒不明白她的冷——不可理喻的孤傲，不谙世事的矫情，莫名其妙的执拗，现在一切的表象似乎有了出处，于仲天麒来说却是最大的折磨。他宁愿她继续冷下去，像所有被宠坏的女孩一样，天生自带优越感，虽令人生厌却也坦荡无畏。他宁愿孟晓白是这样的女孩。

市场越发热闹了，没人注意一个小伙子已经来来回回走了好几趟，他神情凝重，跻身人群之中却难掩落寞，他明白，用别人的热闹治愈自己的孤独是一种妄想，更别提勇气了。生活如江河日夜奔流，泥沙俱下，人该学会分辨，可这多难啊。周遭人声沸腾，一波紧一波涌进他的耳朵，嘈杂中他分明听到一个声音：去找她吧，去找她吧……如丝如缕，从心里生出长长的一根，绵延不绝。

仲天麒到底找了个借口回到长平。图将好景公益拍卖会在一家私人会所举行，场地是免费提供的，没有五星级酒店的富丽堂皇，倒也素雅别致，用邓骁的话讲，与本次拍卖的公益性质十分搭调，他很满意。由于大部分拍品是无底价拍卖，拍多少捐多少，所以吸引了很多收藏者和爱好者参加，大厅里坐得满满当当，连过道都站满了人。邓骁陪着仲天麒坐在靠后位置，他确实有点紧张，想起多年前的首场拍卖会，兴奋和忐忑是相似的，而这一次更多了重生的意味。越过层层背影，邓骁的目光停留在前方大屏幕上，1号拍品正在拍卖，代表价格的数字随着每一次举牌即时变化，他的心也揪起来，一轮，两轮，三轮，四轮……数字不断滚动，攀升。成交！开门红！邓骁长出一口气，所有做拍卖的人都知道，第一件拍品的成交是多么重要。

仲天麒却有些倦怠，说萎靡也不为过，不像是坐在拍卖场，倒像坐在电影院看一场无聊的电影，周围的喧嚣跟他没关系，他只是走累了，想坐在舒适的椅子上休息一下。他知道电影终会落幕，他又将被裹挟进汹涌的人流，但这片刻的小憩，就让他沉溺吧。

直到一件拍品的出现，如电光火石，骤然惊醒了他。

怎么会？大屏幕上赫然出现一幅画面，对别人来说就是一件普通的拍品，但于仲天麒而言却有着重要的意义。一方端砚！砚台上依石而雕两尾小鱼，一尾在左上，尾羽摇曳，正向砚池游来，另一尾盘桓于砚侧，悄然不动，两尾鱼似乎都不知道对方的存在。仲天麒脑子里蹦出一句：相濡以沫，不如相忘于江湖。他以为自己看错了，急急翻开图录，是了，就是这方砚台！父亲送给了他，他送给了孟晓白。

仲天麒抓住邓骁问：这砚台在哪儿？是谁委托的？邓骁说：怎么？你看上了，看上了快拍啊。两个人说话的当儿，这件拍品已经过了。仲天麒说：你带我去看看实物。他想，也许是两件相似的砚台呢。

邓骁叫人找出一个锦盒，打开盒子的一刹那，仲天麒确认，是那方砚台无疑。他曾在手中摩挲过无数遍，每一处细小的裂纹，石头在手里的温度，他很熟悉，他向砚心呵了一口气，一小块透着墨绿色的水渍氤氲开来，那形状正是他平常捺墨的习惯。

仲天麒眼睛潮了，问：这个是谁送来的？邓骁不明白仲天麒为何单单对这件拍品感兴趣，作为拍卖公司的老板，他喜欢讲故事，况且这件东西正是他经手的。邓骁饶有兴致地讲：你要问别的拍品我可能记不住，但这个我有印象。那天来个了男的，五六十岁吧，我刚好在公司，就接待了他，他打开一个小布包，拿出这方砚台，说要捐了。我很感动，这一看就是老坑端砚，虽然没有名款，但雕工细腻，怎么也值个两三万。我就问这东西是您的啊，他说是受人委托，我让他留个电话地址，咱这是公益拍卖，一定要清清楚楚，拍出去了要给委托人一个反馈，这是对人家的尊重。但这位大叔说什么也不留，还说捐都捐了，拍多少钱跟他没关系，我判断这人不是搞收藏的。我说这东西可值点钱，至少两万。这位大叔愣了一下，看得出有点意外，也有那么一丁点犹豫，然后他笑着对我说，捐吧，我女儿让我捐，我听她的。

邓骁讲完了，看仲天麒没反应，又说：是不是很感动？本来我还想问问他女儿的情况，但人家放下东西就要走，我说得签个合同，我们拍卖是很规范的。仲天麒眼睛一亮，有合同？邓骁说：有啊，但你看了估计会失望，上面什么信息也没有。

果然如邓骁所言，合同上没有电话、没有地址，只有委托人一栏里的名字：孟先生。这就够了，够了！仲天麒心头涌过一阵热浪，眼泪差一点夺眶而出。孟晓白就站在他眼前，那么清晰，她的笑，她的哭，她思虑时皱起的眉头，她如晨雾般弥漫的忧愁，全都回来了。

蒋凤仪没想到，仲天麒会来找她。

在夕阳的余晖下，仲天麒逆光站在美院门口，凝练成一个孤单的剪影。直到蒋凤仪走近了，他才从一处建筑的暗影中跨出来，笑着对蒋凤仪说：好久不见。

心还是怦怦跳，蒋凤仪有些不好意思，想到当年自己的狂热，脸一阵阵泛红。唉，明明是仲天麒和孟晓白欠了她的，怎么她倒像理亏似的，在任何关系中，情感付出多的那一个永远处于下风，而被追逐的人自然就在上风了，听听，仲天麒那句"好久不见"多轻松啊，多坦然啊。

蒋凤仪的语气里不觉带了刺：你不会是为了孟晓白才来找我的吧。这下轮到仲天麒难堪了，支吾半天不知怎么应答。蒋凤仪顿时心软，罢罢罢，好看的男生跟好看的女生一样，都欺负不得。她说：走吧，你打算站这儿说话啊。

美院旁有一家老书店，主要经营美术用品，凡在美院上过学的，没有人不熟悉这里。近两年旧店翻新，也学着书吧的样子加了几张桌椅，给买书看书的人小坐。俩人进了书店，老板笑呵呵地打招呼。还是那位光头老板，长得佛相，穿粗布大褂，学生们叫他苗叔，几十年如一日，学生换了一拨又一拨，他却青山常在，倒让人忽略他的年龄了。

坐在一个角落，仲天麒说：很久没来这儿了，还是老样子，东西多、乱。心里却放松下来，熟悉的地方总是给人安慰的。这苗老板奇怪，别家书店都讲究个齐整有序，书分门别类，进柜上架，他家从来都是将书摊开了摆在三张大案上，一摞叠着一摞，你随意翻，没人管你。也有简易的架子，潦潦草草地存在着，倒像是为了证明这是一家书店，而不是什么杂货铺。但你以为这些书、笔、纸张、颜料都是随意摆的吗？那你就错了，这里面是有门道的，美术培训类图书摊在案子上，方便学生翻阅，精装的大部头理论藏在柜子里，只有美院的教师才会看，毛笔、油画笔、水彩笔、炭笔摆在随手可取的门口、过道，宣纸在收银台背后的架子上，宣纸娇贵，得老板亲自拿。老顾客熟门熟路，像进了自家的店，这儿翻翻那儿看看，和苗老板聊几句，不急着买，或者就是进来转一圈，感受一种熟悉和亲切。

蒋凤仪研究生三年，常来这家店查资料，现在是暑假，店里学生不多，苗老板难得清闲，沏了壶茶自斟自饮，看蒋凤仪和一个男生枯坐着，便给他们也倒了一杯。苗老板说：这是汉中仙毫，一个学生送的，明前茶。蒋凤仪把玻璃杯凑近鼻子闻了闻，小呷一口，说：嗯，苗叔，这茶不错，汁绿汤亮，喝着清爽，又润，我看比龙井好。苗叔说：哟，你还懂茶啊。蒋凤仪说：我还卖过茶呢，您不知道吧，上学这几年净勤工俭学了。苗叔说：好，勤工俭学好，积累社会经验，不过你舍近求远了，卖什么茶啊，我这儿也需要勤工俭学的，也不见你来呀。蒋凤仪笑着说：不敢，您这儿熟人太多了。苗叔连着哦了几声，很明白的样子，看一旁的仲天麒朝他望，就说：不打扰了，你们聊。蒋凤仪指着仲天麒说：这位也是美院出来的，您没见过？苗叔说：哦哦，学生太多，我哪能都记住呢。蒋凤仪说：这么帅的帅哥您都没印象啊。苗叔说：我只对漂亮姑娘有印象，比如你，哈哈。不说了，你们聊，你们聊。

苗叔反身回收银台坐了。仲天麒说：苗叔还是老样子，一点儿没变。蒋凤仪说：有时想想真不公平，男人不易老，女人老得快，我明年就三十了，吓人不？看着蒋凤仪有点儿幽幽的样子，仲天麒不好接话，便问她，毕业了打算干什么？蒋凤仪说：你再晚来两天我就去深圳了，那边有家出版社，已经谈好了，催着我过去，我想最后过个暑假也不行了。仲天麒说：深圳不错，机会多，关键天气好。蒋凤仪斜了他一眼，说：讨生活而已，如果这边有合适的去处，谁愿意背井离乡啊。

一阵短暂的沉默，仲天麒说：我一直想跟你说一声，对不起。蒋凤仪盯着他看，突然就笑了，说：你没有什么对不起我的，倒是我打扰了你。仲天麒抹了抹额头,说:那就……谢谢你。蒋凤仪说:谢我?怎么又谢我了?谢我喜欢过你?还是谢我把孟晓白带给你?仲天麒语塞。蒋凤仪叹口气,将两个手指在桌上敲,她说:好了好了,孟晓白呢?她怎么样?仲天麒说:她……我们两年前就分手了。

分手了?!蒋凤仪瞪大眼睛,手指停止了机械的敲打,搭在桌沿上像两只弯曲的细竹节。她问:你们为什么分手?仲天麒低头不语。蒋凤仪说:算了,我知道问也白问,那孟晓白呢?她在哪?仲天麒说:我不知道,她电话换了,我找不到她。蒋凤仪说:呵呵,看来我没想错,你果然是为了她才来找我……

蒋凤仪喝了一大口茶,杯子往桌上一蹾,说:她没联系过我,你都不知道她在哪,我就更不知道了,我和她分手的时间更长。仲天麒问:她家呢?她家在哪?蒋凤仪说:她家我倒是去过,但还是上学的时候,时间太久我记不清了。你为什么不去单位找她?仲天麒说:她早辞职了。

蒋凤仪一只手托住下巴,朝仲天麒眨了眨眼睛,说:像她干的事,想辞就辞,白长了一张惹人怜的脸,脾气又臭又硬,你没少被她折磨吧。仲天麒苦笑,对于女人的八卦他也是无可奈何。蒋凤仪继续问:你找她是想重修旧好?仲天麒点头:是,如果她还愿意给我机会。蒋凤仪说:看来是你的错?仲天麒说:是,是我的错。我自以为是,骨子里的傲慢让我不习惯向任何人低头,包括我爱的人,我以为那是自尊,其实是自私,我最爱的是我自己,我不愿意牺牲自己的尊严和所谓的原则、名誉去成全别人,我斤斤计较自己的付出为什么得不到回报,我以小人之心去猜度别人的想法,我以为自己孤绝洒脱,恃才傲物,其实,我只是一个外强中干、不堪一击的卑劣的俗人。

仲天麒一口气说完了想说的话,不知不觉中加大的音量引得旁边一位看书的女士频频望过来。他很想得到蒋凤仪的回应,却看见那双眼睛里有盈盈的光在闪动。

两个人在书店门前分手,仲天麒说:车停在美院,我送你回家吧。蒋凤仪说:不了,马上就离开这里了,我想走走看看。仲天麒说:好。转身向美院方向走，却被蒋凤仪叫住。在一片阑珊的灯火中，蒋凤仪说：天麒，我羡慕孟晓白。如果你想找到她的话，你一定能找到。

在现代社会找一个人容易吗？似乎是容易的。不知道地址，没有电话，那就QQ留言，抑或通过网络。但如果被寻找的人有心避之呢？就像你永远叫不醒一个装睡的人。孟晓白是那个装睡的人吗？

凭着蒋凤仪给的大致地址和自己的模糊记忆，仲天麒找到了孟晓白的家。一个破败的厂子，他送孟晓白回来过一次，仅有的一次，在离家属院还有一段距离的地方，孟晓白执意下车，独自走了。仲天麒有一种被抛弃和被蔑视的感觉，当时的他愤懑不已，想不通这个女孩子怎么如此执拗冷漠。而这一次，他是怀着热切的期望来的，就像一个在黑暗森林里迷失了方向的人，看到一束火光便拼命奔过去，可是，命运似乎跟他开了个玩笑，那光亮不过是流动的萤火，飘忽不定，像宋词里的诗句，只存在于书本之中，现实里你根本抓不住它。当仲天麒被告知，孟晓白搬家了，他就是这样的感觉。

孟晓白搬家了？怎么会？这是电影里才有的情节，发生在现实生活中怎么看都像个玩笑。那位阿姨说：你找孟晓白？哦，是老孟家吧，对，他女儿是叫晓白，他们半年前就搬走了。仲天麒问：搬哪里去了？阿姨说：不知道，反正是搬城里了，住在这个楼里的人不多了。仲天麒怔忡了片刻，在心里编织了很久的画面突然间散了，墨水横流，收都收不住。这样的结果他没想到，他不甘心，问了晓白家的具体位置。四楼西户，门紧闭着，上面贴了几张修锁、租房信息的小纸片，两边的春联还在，颜色依旧鲜红。仲天麒伸手敲了敲门，楼道寂静无声，他站在孟晓白家的门口，一时不知是走是留。一个年轻男子经过他身边，继续朝楼上走，他急忙问：这家人呢？像个病急乱投医的患者。男子回头看了他一眼，说：不认识，我是租户，这楼里住的大部分是租户，原来厂里的老人走得差不多了，我那位房东，一年过来收一回房租，我平常都见不到人呢。

仲天麒慢慢走下楼梯，抬眼便望见不远处的村庄。这里是城乡接合部，连接村庄和家属楼的是一大片玉米地，视觉距离消解了具体的形象，仲天麒看不到绿色的叶子和金黄的穗，只看到黄绿相间的色块，在正午的阳光下熠熠闪光，像极了梵高的油画。该到收割的季节了吧，彼时彼刻，孟晓白是否也曾常常眺望这片村庄和田野呢。

48

　　仲天麒是在写生途中度过他的三十岁生日的。如果不是母亲打来电话,他几乎忘记了。

　　彼时他正给一位藏族姑娘画像。姑娘很年轻,最多十八九岁的样子,一笑起来脸上绽出两朵高原红,面色愈发饱满浓烈,恐怕最明艳的胭脂也不及这两团红。在仲天麒看来,这是生命的高光,是草原的太阳和风给予她的馈赠。姑娘害羞了,许是第一次被一位汉族的陌生男子这样盯着看,但她的害羞不是藏着的,而是明目张胆地对你说:嗨,你看得我不好意思了,你还要看多久。仲天麒画得很快,灵感这东西稍纵即逝,你必须抓住你和模特之间那个默契的点,她的讯息你接收到了,灵感就来了。仲天麒画了两张,一张留作素材,一张送给藏族姑娘。姑娘指着右下角的签名问:这是你的名字?仲天麒:对。姑娘问:你的名字是什么意思?仲天麒说:吉祥如意的意思吧。姑娘说:就是扎西德勒了?仲天麒笑着说:对,扎西德勒。姑娘拿出一只碗,舀了几勺豆腐渣样的酸奶,撒上白糖,递给仲天麒。仲天麒才吃了一口,就被一股浓烈的膻味刺激得直咧嘴,又不好意思当面吐出来,只得强咽下去。姑娘看出他难受的样子,一直笑,还问:这是我家自制的酸奶,好吃吗?这藏族姑娘真够调皮的。仲天麒友好地笑笑，把碗递给姑娘。这时母亲的电话来了。

天麒，干啥呢？电话老不接。

我在甘南写生，这儿信号不好。

哦，吃饭了吗？

还没到饭点呢，吃什么饭。

记得吃好点，儿子，今天日子不一样。

有什么不一样啊？刚问完这句，仲天麒就意识到母亲说的日子是什么了，人在旅途最容易忽视的就是时间。

今天是你的三十岁生日呀！傻儿子。母亲嗔怪着。

哦，我三十了。仲天麒突然有种百感交集的感觉，曾经想过，自己的三十岁应该是什么样。画让自己满意的画，办一场还算讲究的个展，有一个亲密爱人，你懂她，她也懂你。这些目标达到了吗？似乎都在路上，也许永远在路上，到了四十岁，他希望他的愿望有减无增，这是不是所谓的不忘初心呢？

和母亲通完话，仲天麒独自发了会儿呆。走出帐篷，远远看到同伴们骑着马在对面的缓坡上漫步，云彩低而稠密，不是城市上空的一朵两朵，而是成堆成卷，铺天盖地落在草原深处的山峦间，苍茫茫不知归处。

空间的转换让仲天麒感到世事奇妙，几天前他还在北京被浓浓的奥运氛围包裹，站在繁华的十字路口，和行人一起仰望电子屏上冉冉升起的五星红旗，聆听《义勇军进行曲》的激昂旋律，与其说他对某场赛事感兴趣，不如说是这种气氛深深感染了他。2008年真是个值得纪念的年份，人们擦干汶川地震的眼泪，转身投入全民奥运的狂欢，这样的大开大合、大悲大喜似乎昭示着某种更为深邃的意义。现在，他面前是一望无际的若尔盖大草原，风吹草低，满目苍翠，阳光在云层里时隐时现，草原的绿便呈现出深浅不一的色调，让人以为那是它本来的面目，走近了，却发现还是那一片绿。八九月的草木，丰润、蓬勃，不知名的白色、黄色的小花，一簇簇纤弱而倔强地从草里冒出头。放眼望去，草原更深处有星星点点的黑点儿缓缓移动，那是牛群在吃草。

仲天麒要了匹马，动作有些笨拙地跨上去。一个小男孩过来牵住缰绳，拉着马就走。仲天麒说：我自己来。伸手将缰绳拽住。小男孩没明白他的意思，回头看姐姐，藏族姑娘倚在帐篷外，笑着对男孩说了句什么，男孩松开缰绳，仰头对仲天麒吐了下舌头，调皮的样子跟姐姐一模一样。男孩的手在马屁股上拍了一下，马就像得到号令一般，向前跑去。姑娘喊：快了就拉缰绳！仲天麒想回头给他们一个潇洒的挥手，但明显感觉身体不稳，似要向一侧倾倒，他旋即坐正，拽紧缰绳。身后传来姐弟俩咯咯的笑声。

　　同伴们已经到了坡顶，向他招手。马儿不疾不徐，时而停下来吃草，不必担心方向，马儿也要找自己的同伴。约莫半小时，仲天麒到了坡顶。这是草原的一块高地，极目四野，莽莽苍苍，碧波浩荡，一股豪迈之气在胸中激荡，必要发出几声号叫方能尽情。同伴喊：嗨——！仲天麒喊：啊——！同伴喊：嗨——！仲天麒喊：啊——！骑在马上的感觉与地面上完全不同，有一种征服之感，白云触手可及，人如立于万物之上，幕天席地，纵意所如。仲天麒下了马，像当地人一样四仰八叉躺在草地上，耳边风声呼啸，天光下眼睛微蒙，他感到内心一片明澈。

　　与草原的牧马人相比，他们这些来自大城市的所谓画家真的就更幸福、更快乐吗？画一幅好画，作品被收藏，与一匹母马诞下一只小马驹带给人的快乐，真的就不同吗？生活的境遇无法选择，心灵却可以安放。在郎木寺，仲天麒常常被一幅画面感动：沐浴着晨光的老老少少，一圈又一圈拨动转经筒，经轮飞速旋转，连接成一条金色的河流，奔涌不息。所有的过往，过去的人，过去的事，欢乐的，苦痛的，都在这一转中烟消云散，那一张张面孔，平静、笃定，像是洞悉了人世间的真相。

　　仲天麒和同伴在甘南盘桓数日，一路向东，经过汉中、安康，一日车行至汉阴，突遇大雨，一时间天地相接，雾气弥漫，路也辨别不清了。远处山色如黛，若隐若现。众人惊呼，太美了！一位画家说，这叫雨天留客，不如在这里停几日。大家都说好。

　　车在山间缓缓行进，如云中漫步，到了傍晚，雨势渐小，雾气开始散去，车窗外两三点星火摇曳，路边的房屋慢慢显出轮廓来。仲天麒说：像是到村子了，就住这儿吧。大家都有些疲惫，连说好。写生原本就是走走停停，能遇上这样不期而至的好景致，可以说是画者的福气了。终于找到一处农家，二层小楼。问主人能住下六个人吗？这位黑脸的中年汉子操着口音很重的普通话说：能住下，一楼一间，二楼两间。大家进去看房子，房屋是按标准间的样子摆设的，极其简单，说简陋也不为过，两张床一张桌子，墙壁刷得很白，显然是刚收拾好不久。黑脸汉子说：都是新的，电视还没来得及装，想看的话楼下有。说完带点儿小心地等着这几个城里人的反应。仲天麒说：行，就住你家。黑脸汉子忙拿水壶去打水。仲天麒问：这个村子叫什么？黑脸汉子说：堰坪村。

每个早晨都是被鸡鸣声唤醒的。六七点钟，整个村庄一片静谧，这种静与城市的静不同，城市的静是人为的，好像一个暂时睡着的顽皮男孩，你知道他总会醒来，你的世界又将陷入一片混乱。而这里的静是万籁俱寂，鸡啼、狗吠、鸟鸣、虫叫，让这静更静，静到一种虚空里。但这种"空"又是充满的、丰盈的，你说不清是什么，只感到内心喜悦。

他们已经在堰坪村住了三天，早晨背着画夹行走在山间，看到好的景致就坐下来，画上三四个小时，再溜达回去吃午饭，照例是米饭，小土豆、腊肉、雪菜，一种当地的小鱼。下午想画了便出去，不想画就睡觉，或几个人聊天，四处转。山中无岁月，日子像水一样滑去，令人有不知魏晋之感。

第四天清晨，仲天麒出门很早，他想走得远一些，同屋的是位北京山水画家，走到半途被一棵长相奇绝的古树吸引，于是停下来画。仲天麒继续沿着山路向上走。树木密密匝匝，整个山峦被浓重的墨绿色浸染，不觉间走了一个多小时，眼前豁然出现一大片平缓的梯田，房屋也多起来。有农人在田间忙碌，把收割的稻子扎成一捆一捆，堆得老高。仲天麒走近了，拿出速写本快速画起来，农人察觉到有人在画他们，扭头朝这边看，手里的活计却不停。几个原本在路边玩的小男孩围拢过来，在仲天麒身后窃窃私语。画毕，仲天麒一回头，孩子们忽地散开了。仲天麒喊：别跑，我给你们画像好不好？孩子们站得远远的。仲天麒又说：画的画送给你们。只有一个男孩慢慢走近他，说：画送给我，真的？仲天麒笑了，说：当然。

男孩带着仲天麒向村庄深处走去。一个石碾散落在路边，仲天麒说：就在这儿画，你坐在石碾上，好不好？男孩点点头，开始还有些扭捏，但很快自顾自玩儿起手中的塑料玩具，那是一个小小的变形金刚。

考虑到孩子的忍耐力，仲天麒很快画好了。男孩兴奋地跳过来，拿起画看了好一会儿。仲天麒笑着问：怎么样？叔叔画得好不好？男孩歪着头做思考状，终于说：好，但是……没有我们老师画得好。仲天麒说：你们老师这么厉害呀。男孩说：那当然，我们老师是全世界最厉害的老师。仲天麒摸摸男孩的头，说：谢谢你做我的模特，画送你，可以让你的老师看看，叔叔还要去别的地方画，再见了。

仲天麒没走出几步，男孩追上来，说：叔叔，我知道一个特别好看的地方，你想画吗？仲天麒说：想啊，你带路。

跟我走。男孩的手在空中一挥，像个领兵的将军。

男孩所说的地方其实是个简陋的观景台，六七层楼高的样子，歪歪斜斜，没有扶手，大约是村民自己修建的。仲天麒跟在男孩身后，每登上一个小平台，男孩便得意地瞄他一眼，那眼神似在说，叔叔我没骗你吧，好看吧。

确是如此，山间景色虽大同小异，但登高望远，视野开阔，感受自是不同。男孩越走越快，仲天麒还在下面拍照，便听见男孩的喊声：叔叔，快上来！向上望去，男孩已登至最高处，他朝男孩挥挥手，两步并作一步。男孩兴奋地叫：叔叔，快点！快点！我们老师也在这儿呢！

登上最后一级台阶，凉风扑面，云海茫茫，朦胧中仲天麒似乎看到一个身影。他不敢相信，以为是幻觉。云气在身边疾走，一瞬间眼前通透，像穿过一面被擦拭干净的玻璃，豁然看到了另一处世界。男孩正拉着一个女子的手对他笑，女子也在笑，笑里满是惊异。

孟晓白——叫出这个名字，仲天麒心里一阵战栗。

你怎么在这里！

你怎么知道我在这里！

俩人几乎同时发出惊呼。

是你的学生带我来的。仲天麒眼含潮湿的笑意。

你好吗？仲天麒问。

好。你呢？

也好。

两个人不再说话，像画画到一半，忽然不知道怎么接下去了，笔就那么停在空中，但气息还在，两个人都感到了一种东西的流动。

这里也许是堰坪村的最高处。极目千里，白云瀚瀚澹澹，群山浮于天际忽明忽暗，一阵风吹过，秋岚尽散，天地的面目渐渐清晰起来，梯田层层叠叠，横亘如玉带，房屋点缀其间，错落有致。孟晓白站在仲天麒身边，这里的景色她不知看过多少遍，此刻却如初见一般，眼里不觉涌出泪来。

男孩望望自己的老师，不明白发生了什么，小声说：老师，你不高兴了吗？你不是教过我们，不高兴的时候就想一个能让你高兴的名字，站在这儿大声喊出来，你快喊啊。孟晓白抚着男孩的头，不说话，脸却红了。仲天麒说：原来是这样啊，不如我来试试看。他深吸一口气，云和风就充沛了身体，人简直要飘起来。他大声喊：孟晓白——孟晓白——孟晓白——

天地无言，云气如墨色流淌，却是以墨画白的，太阳倏地跳出来，那白色里就有了金黄，一圈又一圈，像梯田映在天上的影子。